XPLICATION

DES PSEAUMES;

A L'USAGE

RINCIPALEMENT DES COLLÉGES,

DES SÉMINAIRES,

ET DES FAMILLES CHRÉTIENNES.

TOME PREMIER.

A AVIGNON,

Chez J.J. NIEL, Imprimeur-Libraire, rue de la Balance.

1791.

LA VIE

DE

M. DE RENTY,

OU

LE MODÈLE D'UN PARFAIT CHRÉTIEN.

Par le P. Jean-Baptiste Saint-Jure,

de la compagnie de jésus.

NOUVELLE ÉDITION.

AVIGNON,

SEGUIN AÎNÉ, IMPRIMEUR-LIBRAIRE,
rue bouquerie, n° 8.

1833.

AVIS

Gaston de Renty fut un des plus dignes coopérateurs de saint Vincent de Paul dans l'exercice des bonnes œuvres. Né au Bény, dans le diocèse de Bayeux, le baron de Renty avait voulu dans sa jeunesse embrasser la vie monastique ; mais ses parens l'en avaient détourné, et l'avaient marié de bonne heure à une jeune personne de la maison d'Eutraigués dont il eut cinq enfans. Le baron fit quelques campagnes dans les armées et commanda en Lorraine une compagnie de cavalerie. Dans cet état périlleux, il n'oublia point ses devoirs de chrétien ; mais ayant assisté à une mission que les Pères de l'Oratoire donnaient dans les environs de la Capitale, il résolut de s'attacher entièrement au soin de son salut. Il choisit pour directeur le Père de Condren, quitta le service, et embrassa une vie retirée, pauvre et pénitente. Son zèle ne se bornait pas à se sanctifier lui-même ; sa charité se répandait au dehors pour assister le prochain dans toutes ses nécessités. Les séminaires, les associations pieuses, tous les projets utiles à la religion et à l'humanité obtenaient son concours et son appui. Ce fut lui qui forma une association pour secourir les catholiques anglais réfugiés en France, et il se chargea de la distribution des secours. Il dressa les réglemens et fut le premier Supérieur de l'association des Frères cordonniers, dont la piété et la charité faisaient tout le lien, et où régnait une heureuse émulation de vertus et de bonnes œuvres. Les captifs de Barbarie, les missions du Levant, l'église du Canada trouvèrent en lui un protecteur actif et généreux; il avait des correspondans en diverses parties du royaume pour l'informer du bien qui était à faire. A son château du Bény, il voulait qu'on reçût tous les pauvres, les instruisait, les exhortait, les servait lui-même. Personne ne prenait plus d'intérêt aux missions; il en faisait donner dans ses terres, dans les environs de Paris, en Normandie, en Picardie, en Bourgogne. Ce fut à sa sollicitation que le Père Eudes parcourut diverses provinces. Le baron de Renty visita l'Hôtel-Dieu de Paris pendant douze ans; il rendit le même service à l'hôpital Saint-Gervais, maison destinée à recevoir les pauvres et les passans, et où on leur donnait à coucher et à souper pendant trois mois. (*) Chaque soir le baron venait faire le catéchisme à ces voyageurs, et y joignait une instruction et une lecture, dans l'intention de leur rappeler des vérités et des devoirs qu'on n'oublie que trop souvent au milieu des mouvemens des passions et du soin des intérêts temporels. Sa jeunesse, sa piété, sa douceur, lui donnaient une grâce et une onction particulières pour toucher les

---

(*) Il y avait des années où l'hôpital Saint-Gervais donnait ainsi l'hospitalité à 36,000 personnes.

cœurs et les porter à Dieu, Il ne se tenait point à Paris d'assemblée de piété à laquelle le baron ne prit part, point de bonne œuvre qu'il n'encourageât. Ce pieux et zélé gentilhomme mourut, en 1649, dans la force de l'âge, et lorsqu'il eût pu rendre encore de longs services à la religion. (*)

Voilà le précis de cette Vie si sainte, si édifiante et en même temps si intéressante, que le Père Saint-Jure, dernier Directeur de M. de Renty et le dépositaire de ses papiers, a écrite dans le plus grand détail, avec l'onction qui distingue ses autres ouvrages et que comporte un tel sujet, avec l'exactitude et la fidélité d'un historien aussi véridique que parfaitement informé, avec la prudence et le discernement requis en des matières qui ont trait à la plus haute spiritualité. Car, dans ce livre, il s'agit autant de la vie intérieure de M. de Renty que de ses actions extérieures ; et sous ce rapport il y a peu d'autres traités qui fassent mieux connaître les opérations et les progrès de la grâce dans une ame bien disposée. Aussi ce livre a-t-il eu, dès sa publication, le plus grand succès auprès des personnes pieuses. Une place distinguée lui a été assignée dans toutes les Bibliothèques chrétiennes, et son titre n'est oublié dans aucun Catalogue de bons livres. Les Maîtres de la vie spirituelle, les Directeurs zélés en ont

_____

(*) *Ce qui précède est tiré de l'Essai historique sur l'influence de la Religion en France pendant le XVII° siècle, ou, etc. Paris, Leclère, 1824. Tome I. page 463 et suiv.*

autant conseillé la lecture aux fidèles dans les conditions ordinaires de la société, qu'à ceux qui en occupent les rangs les plus élevés. Tous ils peuvent se former, d'après cette Vie exemplaire, *l'idée d'un Chrétien parfait*, et, dans le monde même, parvenir, comme M. de Renty, à une haute perfection, en l'imitant dans ses pratiques de piété, dans les industries de son zèle infatigable, dans les actes multipliés de son ardente charité.

Ce livre n'ayant pas été réimprimé depuis long-temps, les exemplaires en sont devenus rares; il convenait d'en faire une nouvelle édition. Mais comme le langage en est maintenant suranné, il a fallu en retoucher le style qui ne se trouvait plus du goût des lecteurs actuels. C'est ce que nous avons fait partout où nous l'avons cru nécessaire, mais avec la discrétion convenable; car, il ne s'agissait que de faire disparaître les rides, et non de changer ni même d'altérer les traits originaux.

AVERTISSEMENT

DE L'AUTEUR.

———◆◆———

Mon cher Lecteur,

J'ai à vous avertir en peu de mots
de trois choses touchant le contenu de
ce Livre.

La première, que, comme la vérité
est la principale partie et l'ame d'une
histoire, vous pouvez vous assurer
qu'elle est exactement observée dans
celle-ci ; d'autant que ce que vous y
verrez est tout tiré ou des originaux,
ou de copies authentiques, ou est rapporté par des témoins oculaires et ir-
réprochables.

La seconde, que si nous nous servons
souvent des Lettres de M. de Renty et
si nous employons son propre témoignage pour le faire connaître lui-même,
cela ne doit point vous faire douter de

la vérité ; parce que, premièrement, sa haute vertu l'a rendu très-véritable en tout ce qu'il a dit même de lui ; secondement, parce que ses Lettres sont pour la plupart adressées à son Directeur, à qui il découvrait confidemment les choses de sa conscience, et rendait compte de ce qui se passait dans son ame, comme c'était d'ailleurs son devoir ; et Dieu, qui sait si bien prendre les moyens propres pour parvenir à ses fins, ayant dessein que sa vie fût écrite et publiée, pour donner à tous les Fidèles le modèle d'un parfait Chrétien, disposa tellement les affaires, que son Directeur demeura quelques années hors de Paris, afin que M. de Renty fût obligé de lui faire savoir par lettres ses dispositions intérieures, lesquelles nous avons mieux sues de cette manière, que par aucune autre. En troisième lieu, nous ne pouvons rien connaître de l'intérieur d'un homme, que par sa propre déclaration ; et ce que nous savons de l'intérieur des Saints, qui fait le principal de leur sainteté, ne nous est venu que par cette voie, c'est-à-dire, qu'eux-mêmes s'en sont ouverts à quelqu'un, qui ensuite l'a publié. Ainsi, M. de Renty a dû lui-même manifester les secrets de son cœur, et dire ce qui était caché dans son esprit ; autrement il nous eût été caché et inconnu pour toujours ; encore très-assurément n'a-t-il ni tout manifesté ni tout dit.

La troisième chose est, que désirant d'obéir au Décret de notre Saint Père le Pape Urbain VIII, daté du 13 mars de l'année 1625, et à l'explication qui l'a suivie le 5 juin 1631, où il est ordonné que celui qui compose la Vie de quelque personne de grande vertu, fasse une déclaration et une protestation sur certains chefs : pour cela,

PROTESTATION DE L'AUTEUR.

JE proteste que je n'entends et que je n'ai dessein de faire entendre à personne tout ce qui est rapporté en ce Livre,

en autre manière qu'en celle qu'on a
coutume de prendre les choses qui ne
sont appuyées que sur la foi et le
témoignage des hommes, et non sur
l'autorité de la sainte Église ; et que
par le nom de saint que je donne en
quelques lieux à M. de Renty, je veux
seulement dire, qu'il était doué d'une
vertu qui passait bien le commun ; et
je m'en sers au sens auquel saint Paul
le donne à tous les Fidèles, et non pour
le mettre au nombre des Saints cano-
nisés, ce qui n'appartient qu'au Saint
Siége.

LA VIE

DE

M. DE RENTY.

PREMIÈRE PARTIE.

CHAPITRE PREMIER.

LES vertus de feu M. de Renty sont si grandes, et les belles actions qu'il a faites, si éclatantes, que d'abord je confesse ingenument que je m'estime incapable de les représenter selon leur mérite, et de les faire voir dans leur jour, non-seulement en ce qui en était caché dans son intérieur, qui est le principal, mais même en ce qui en a paru aux yeux des hommes. J'entreprends toutefois d'en écrire, pour n'avoir pu le refuser à beaucoup de personnes de piété et de qualité qui l'ont desiré de moi, et qui sachant que j'ai eu le bonheur de le connaître particulièrement plusieurs années, et lorsque sa vertu a été dans le plus haut point de sa gloire, ont cru que ce trésor ne devant pas, pour l'honneur de Dieu et le bien du public, demeurer inconnu, ni cette vie excellente et parfaitement chrétienne être ensevelie dans l'oubli, j'étais en quelque façon obligé d'empêcher ce dommage.

Faisons-le donc à la plus grande gloire de Dieu, qui est admirable en ses Saints , et à celle de son Fils Notre-Seigneur Jésus-Christ, qui a comblé de ses grâces cet homme rare , et lui a communiqué abondamment son esprit ; et faisons-le aidé de leurs secours , dont j'ai très-grand besoin , et que je leur demande aussi de tout mon cœur.

M. de Renty tire son origine d'une des plus nobles maisons d'Artois ,. qui est la maison de Renty , illustre par son antiquité ; par la grandeur de ses alliances , entre lesquelles on marque la maison de Crouy , d'où sont sortis les Ducs d'Ascot et les Princes de Simay ; par les charges honorables que ses ancêtres ont exercées , et par les célèbres actions qu'ils ont faites dans les armées et dans les batailles ; et surtout par la piété, dont, dès l'an cinq cent soixante et dix, Wambert, dit le bon Comte de Renty , et Hamburge sa femme ,. laissèrent à la postérité un grand témoignage , fondant et dotant de bons revenus dans leurs terres , sous le nom et la protection de saint Denys , un Monastère de Religieux , qui eut même la bénédiction d'avoir un Saint pour Abbé , qui fut saint Bertulphe ; et non contens d'avoir donné une preuve aussi remarquable de leur dévotion , comme les Justes , suivant le dire du Sage , vont toujours croissant en vertus et en bonnes œuvres , ainsi que l'aube du jour en lumière , ils bâtirent encore trois autres Eglises , la première dédiée à saint Pierre, la seconde à saint Martin , et la troisième à saint Wast.

M. de Renty fut fils unique de Charles de Renty et de Magdelène de Pastoureau , laquelle était issue , du côté maternel, de la même maison de

Renty. Il naquit au Bény dans la basse Normandie, Diocèse de Bayeux , l'an de grâce mil six cent onze , et fut tenu sur les Fonts par les pauvres , Dieu ayant disposé par une providence particulière qu'il eût pour parrains ceux dont il voulait qu'il fût pendant sa vie le sollicitateur , le protecteur et le père. Il fut nommé Gaston , au Baptême ; et à la Confirmation , Jean-Baptiste ; et nourri en ce lieu jusques à l'âge de six à sept ans , et puis amené à Paris par madame sa mère, qui le tint auprès d'elle environ deux ans , jusques à ce qu'il fut mis au Collège de Navarre , et de là envoyé à Caen au Collége des Pères Jésuites , sous la conduite d'un précepteur Ecclésiastique , et d'un gouverneur qui par malheur se trouva hérétique , et qui ensuite lui pouvait faire un notable préjudice pour la corruption de sa croyance et de ses mœurs. Mais Dieu ayant pour lui des bontés toutes particulières et des soins paternels , dans la vue du dessein qu'il avait de le faire un jour un grand instrument de sa gloire et du salut de beaucoup d'ames , le préserva de ce péril , empêchant toutes les mauvaises volontés et tous les pernicieux effets de cet homme dangereux , et se rendant lui-même son guide ; ce qui lui fit dire depuis , que Dieu, dès son enfance, lui avait fait de grandes grâces , et avait été , ainsi que David disait de lui-même , sa sauve-garde dès le ventre de sa mère.

Comme il avait naturellement un très-bon esprit , une intelligence pénétrante , et un grand jugement , il fit un notable progrès et parut avec éclat dans les études ; néanmoins il en fut tiré à l'âge de dix-sept ans , et mis dans l'académie à Paris, où il se rendit fort habile et très-adroit dans

tous les exercices ; mais celui qui de tous lui plut
le plus , et qui le charma , pour ainsi dire ,
ce furent les mathématiques , auxquelles il s'appliqua avec tant d'assiduité , que , pour y vaquer ,
il se privait de toutes sortes de divertissemens , qui
néanmoins sont si agréables à la jeunesse ; et il
y réussit avec tant de capacité , qu'il les entendait parfaitement , et en composa même des
livres.

Or comme le temps était venu que Dieu voulait travailler de plus près à son ouvrage et disposer cette ame d'élite à l'exécution de son dessein , il fit que le libraire , chez qui il allait souvent pour acheter les livres nécessaires à contenter sa curiosité et le désir ardent qu'il avait
de savoir toutes les sciences convenables à sa
condition , lui présenta un jour le célèbre livre
de l'Imitation de Jésus-Christ , et le pria de le
lire ; mais lui , qui avait alors l'esprit attiré à
d'autres connaissances , n'en fit point d'état pour
cette première fois : le libraire lui ayant porté un
autre jour quelques livres dont il avait besoin ,
lui présenta derechef celui-ci , et le supplia ,
même avec instance , de le vouloir lire ; il se
rendit à ce coup , le lut , et en fut si touché,
comme déjà avant lui une grande multitude de
toutes sortes de personnes l'avaient été , que prenant d'autres pensées et d'autres affections , il
résolut de s'appliquer sérieusement à son salut ,
et de se donner à Dieu : de façon que parmi les
grands fruits que ce livre a produits et parmi les
signalées victoires qu'il a remportées , il faut
mettre cette opération de la grâce et ce changement de M. de Renty ; qui aussi depuis eut tant
d'estime et tant d'amour pour lui , qu'il le portait
partout sur lui , et s'en aidait dans tous ses besoins.

L'effet des grâces que la lecture de ce livre produisit en son ame, fut si grand, qu'elle lui fit naître la pensée et alluma dans son cœur le désir de quitter tout-à-fait le monde, de se consacrer entièrement au service de Dieu, et de se faire Chartreux, quoiqu'il se vît fils unique, héritier de grands biens, et avec des qualités et des perfections qui lui ouvraient le chemin des grandeurs du monde. Comme il était naturement résolu, ferme et constant, assisté du secours de Dieu, à qui il voulait plaire et faire un sacrifice de lui-même, après avoir examiné et concerté son dessein, il se mit en devoir de l'exécuter, ce qui se passa de cette sorte :

Etant un jour sur le Pont de Notre-Dame avec madame sa mère, il la pria de trouver bon qu'il descendît de carrosse pour acheter quelque chose, ce qu'elle lui ayant permis, il se dérobe aussitôt à ses yeux, et se coulant subtilement et en diligence de rue en rue, il sort de Paris à pied, au mois de décembre, l'an 1630, et prend le chemin de Notre-Dame des Ardilliers. Peu de jours après son évasion, il écrivit cette lettre à M. son père pour l'en avertir.

MONSIEUR,

Je ne doute nullement que ce changement ne vous donne de l'affliction, les premiers mouvemens n'étant pas au pouvoir des hommes, et même la nature nous portant à regretter la perte de ce qu'elle aime. Mais puisqu'il y va de Dieu, je vous supplie très-humblement d'ôter toute passion de votre ame, et de considérer ce qui vient de sa part. C'est, Monsieur, qu'après avoir combattu deux ans contre moi-même,

et résisté à toutes les inspirations que Dieu m'a
données pendant ce temps, j'ai été enfin contraint
de rompre un si long délai pour quitter le monde,
avouant n'avoir pas assez de force pour entreprendre de faire mon salut dans un lieu où se pratique
le contraire de ce que je voudrais faire : cela est
trop périlleux pour une personne faible, qui veut
marcher sûrement, et partant j'ai jugé qu'il serait
plus à propos d'étouffer le mal en sa naissance, que
d'attendre qu'il soit devenu plus grand, pour
après peut-être n'y pouvoir mettre ordre : car les
maximes du monde sont tellement différentes de
celles de Jésus-Christ, que je ne crois pas qu'une
ame, qui craindrait de l'offenser, y pût vivre
long-temps, et principalement dans la Cour, qu'elle
ne fût bientôt contrainte de l'abandonner, quand
elle se verrait obligée d'assister à tous les effets de la
corruption du siècle, qu'il ne me siérait pas bien de
dire, puisque désormais mon dessein est de cacher
plutôt et de mettre en oubli toutes ses sottises, que
de tâcher de m'en ressouvenir. Je veux me démêler
de ce labyrinthe, quoique je sache que l'on dira
que je pouvais bien vivre dans le monde, et m'empêcher de faire les choses qui s'y font mal à propos.
Je l'avoue ; mais qu'on regarde ce qui s'ensuivra ;
il faudra donc se résoudre à être l'entretien d'un tas
de ces Messieurs à la mode, qui diront que l'on est
un bigot, un farouche, un homme sans repartie,
qui est à charge à tout le monde, et mille autres
semblables discours, que je n'ai déjà que trop ex-
perimentés. En effet, ce serait une chose plaisante
de voir un jeune homme de ma sorte entrer dans la
Cour, et vouloir y faire le réformé : si vous voyiez
cela, n'est-il pas vrai, Monsieur, que vous seriez
le premier à vous en moquer ?

Je vous supplie donc de considérer quel déplaisir ce serait à un père de voir son fils dans la Cour et dans les compagnies, pour y être ainsi méprisé : ce n'est pas pourtant qu'une bonne conscience ne tînt à très-grand honneur de souffrir toutes ces choses pour Dieu ; mais je crois plus faire pour votre contentement de me retirer ; car il faut vivre à la Cour comme à la Cour, et ne pouvant servir à deux Maîtres, je conclus, avec l'Evangile, que celui qui sert Dieu, le doit donc suivre.

J'ai toujours vu pratiquer dans le monde, que quand un ami a querelle, non-seulement son ami ne va point s'offrir à son adversaire, mais qu'il fuit encore sa compagnie et sa conversation : de même Dieu et le Monde étant appointés en fait contraire, je croirais commettre une très-grande offense de ne pas faire pour Dieu, ce que je ferais bien pour un ami, qui n'est qu'un homme mortel : et puis, quand on aime une chose, on ne va point chercher celle qui lui est opposée : le moyen d'éviter le péché, c'est d'en fuir les occasions, et pour une misérable vanité qui va à paraître et à faire parler de soi, est-ce à dire que l'on doive se mettre en danger de perdre son ame ? Non, non, et ceux qui sont de cette opinion, la changeront quand il faudra rendre compte à Dieu du passé : ce sera alors qu'ils connaîtront ce que c'est de vivre bien ou mal, mais ce sera trop tard. C'est pourquoi laissant aux morts le soin d'ensevelir les morts, si nous avons un peu de lumière, travaillons à réformer notre vie, et à faire quelque chose pour l'amour de Dieu, qui a dit si expressément et si souvent, qu'il faut renoncer à soi-même, quitter tout et le suivre, que je ne crois pas que vous voulussiez vous porter contre.

Vous êtes la cause de mon retard, et depuis ce

temps j'ai toujours prié pour cette séparation, appréhendant beaucoup votre affliction, qui sera pourtant bientôt modérée, quand vous penserez que Dieu fait tout pour le mieux, et qu'il vous a peut-être envoyé cette tribulation pour en faire sortir de bons effets.

Je laisse cela à ses secrets jugemens, et vous supplie de croire que je peux autant pour le moins vous servir dans cette nouvelle profession, que dans celle où vous m'aviez destiné ; Dieu m'en fasse la grâce. Je ne vous mande point encore le lieu où je suis, craignant qu'au commencement la passion ne vous y fît venir : mais dans quelque temps, lorsque je connaîtrai l'état de toutes choses, je ne manquerai pas de vous en avertir. En attendant je prierai incessamment celui que j'ai résolu de servir, de demeurer avec vous, et de vous faire connaître avec quelle passion je suis,

MONSIEUR,

Votre très-humble fils et très-obéissant serviteur,

GASTON DE RENTY.

Voilà la lettre qu'il envoya à M. son père, laquelle fait voir son esprit, sa dévotion, et les pures et solides lumières dont son entendement était déjà éclairé.

M. son père extrêmement en peine de son éloignement, envoya de tous côtés le chercher, et Dieu qui lui avait donné cette volonté, sans en prétendre l'effet, voulut qu'on le trouvât à Amboise, et qu'on le reconnût, quoiqu'il fût travesti et déguisé, pour avoir changé son habit qui était couvert de passement d'or, contre celui d'un

pauvre. Il fut de là ramené à Paris à M. son père,
qui jugea à propos de le faire venir avec lui dans
son château du Bény , où il rentra dans les exercices convenables à sa naissance , dans lesquels
il fit paraître tant de vertu , tant de sagesse et de
bonne conduite , que , quoiqu'il n'eût que dix-
neuf-ans , il fut choisi et député de la Noblesse
du Bailliage de Vire , pour assister aux États
de Normandie qui se tinrent à Rouen , et auxquels présida M. de Longueville , où il parla si
pertinemment et si prudemment des affaires ,
que les trois États en demeurèrent non-seulement
satisfaits , mais encore étonnés.

Après ces exercices de noblesse , il s'employa
à faire rebâtir l'Eglise du Bény , comme elle se
voit aujourd'hui ; et bien loin de prendre les divertissemens des seigneurs de condition et de
son âge , il était tous les jours régulièrement
levé à quatre heures , et puis il s'en allait doucement , sans éveiller son valet de chambre ,
dans son cabinet , prier Dieu , et de là à cinq
heures à l'Eglise , et à son bâtiment , d'où il ne
revenait que sur les sept à huit heures du soir ,
s'y faisant même apporter à manger , et travaillant continuellement avec les ouvriers. Nous ne
pouvons douter qu'une telle action faite par une
personne de cette qualité , et de cet âge , et avec
une telle ardeur , n'ait été très-agréable à Dieu ,
et ne lui ait acquis de grandes grâces , puisqu'une action héroïque y prépare plus une ame ,
et l'en rend plus capable , qu'un grand nombre
de petites et de communes.

***

CHAPITRE II.

*Son Mariage, et comme il a vécu jusques à l'âge
de vingt-sept ans.*

Quoique l'état religieux soit, ainsi que la Foi
nous l'enseigne et que l'Eglise l'a défini, beaucoup plus parfait que celui du Mariage, néanmoins, comme la perfection d'un homme ne
consiste point dans la perfection de l'état qu'il a
embrassé, mais à faire précisément la volonté
de Dieu, et à se comporter d'une éminente manière dans la condition où il l'a mis : Dieu, pour
ne point priver tout-à-fait M. de Renty de la gloire
et du mérite de la Religion, lui en a donné la volonté et inspiré le dessein, pour l'accomplissement duquel il a fait ses efforts ; mais ayant résolu
de le proposer à toutes les personnes mariées
qui sont dans l'Eglise, comme un patron parfait
et achevé de toutes les vertus nécessaires à l'état
de mariage, il l'y a appelé ; ce dont M. de Renty
disait avoir tant de certitude, qu'il n'en pouvait
point douter.

Il se maria à l'âge de vingt-deux ans, et épousa
la fille de M. de Dunes, comte de Grouille, Eli-
sabeth de Balsac, de la maison d'Entraigues,
dame de grande vertu, de qui la modestie m'empêche d'en dire davantage, et m'empêchera dans
le cours de cette histoire de lui donner devant
les hommes la part de la gloire qu'elle a méritée
en beaucoup de bonnes œuvres que M. son mari
a faites, pour la lui réserver plus grande devant
Dieu.

Les mariages se faisant dans la crainte de Dieu
et dans le respect du Sacrement, Dieu verse

. toujours sur les époux ses bénédictions spirituelles , et pour l'ordinaire les temporelles ; parmi
lesquelles comme les enfans sont estimés la principale , il bénit le leur de cinq , dont les quatre
qui restent , deux fils et deux filles , font espérer
qu'ils se rendront dignes héritiers encore plus
des vertus de leur père que de ses biens.

Il vécut dans son mariage jusqu'à vingt-sept ans
avec la modestie , la sagesse et la conduite ordinaires aux personnes vertueuses de sa qualité
qui sont engagées dans cet état , s'occupant
de pieux et louables exercices , faisant des visites autant que la civilité et la bienséance le re-
queraient de lui , où sa grande prudence , son
aimable douceur , sa rare modestie , mêlée d'une
gaieté raisonnable , avec des reparties gentilles
et pleines d'esprit, le rendaient fort agréable , et le
firent même considérer , aimer et caresser du
feu Roi Louis-le-Juste ; jusques au point de lui
susciter des envieux , qui après l'avoir étudié de
près ne trouvèrent autre chose à redire en lui
sinon qu'il était jeune. Mais il préférait toujours
à toute autre chose ce qui regardait le service
de Dieu et son salut , fuyant avec grand soin
toutes les occasions de péché , et évitant adroitement les écueils où ceux de sa condition et de
son âge échouent ordinairement , disant l'Office
de Notre-Dame et parfois celui des Morts , et
d'autres prières vocales , et faisant toutes les
choses nécessaires pour se sauver ; qui est aussi
le sujet pour lequel Dieu nous a faits et nous
tient sur la terre , et pourtant ce à quoi la plupart des hommes pensent le moins.

Mais comme sa naissance lui faisait porter une
épée , il faut , pour l'instruction de la noblesse ,

et pour donner aux gentilshommes un beau miroir, que, le tirant de sa maison et des exercices de la paix, nous le voyions dans les armes et la guerre, qui était déjà allumée il y avait plusieurs années, et qui continue encore, quelques prières que nous ayons faites à Dieu pour l'éteindre, parce que nous attisons toujours ce feu et soufflons dessus avec nos péchés.

Premièrement, pour les connaissances, M. de Renty entendait parfaitement toutes les parties et toutes les fonctions du métier de la guerre, à cause de son bon esprit et de l'étude particulière qu'il en avait faite, qui le faisaient admirer dans les conseils de guerre et dans d'autres assemblées, même des plus vieux et des plus expérimentés capitaines, parmi lesquels fut le duc de Weymar, qui s'étonnaient qu'un jeune homme, avec le peu d'expérience que son âge lui donnait, pût parler si savamment de choses aussi difficiles.

Pour la conduite, comme Dieu lui avait donné naturellement une grande prudence, et, nonobstant toute son activité, un sens fort rassis, il l'avait très-bonne, prévoyant tout et pourvoyant à tout selon la nécessité. Dans la guerre de Lorraine commandant une compagnie de cavalerie composée de deux cents cavaliers, dont plus de soixante étaient de naissance, ils arrivèrent à deux heures de nuit dans un village, où ils trouvèrent les maisons toutes vides, de sorte qu'étant contraints de loger chacun comme il pourrait, M. de Renty rencontra par bonheur, et par une providence singulière de Dieu sur lui, dans son logement une pauvre vieille femme qui était restée seule dans tout le village, et qui n'avait pu s'enfuir avec les autres, parce qu'elle mourait tant de

faim que de maladie. Il consola cette pauvre
femme et la secourut dans son extrémité spiri-
tuellement et corporellement. Elle en fut si touchée, qu'elle lui demanda s'il était des troupes
du Roi, ou de celles du Duc de Lorraine ; à quoi
lui par prudence ne répondit pas directement,
mais lui demanda pourquoi elle s'enquerait de
cela ; lors elle lui dit, que s'il était des troupes
du Roi, il eût à déloger bientôt, parce que les
Cravates devaient venir dans peu d'heures infailliblement, et qu'ils les tailleraient tous en pièces.
Ayant reçu cet avis, il le communiqua à ceux
qui commandaient avec lui ; et tous ensemble ils
jugèrent à propos de monter à cheval, de déloger à la sourdine, et de se retirer où était le corps
de leur armée. L'avis se trouva véritable, d'autant que trois heures après leur départ les ennemis arrivèrent à dessein de les charger ; ce
qu'ils eussent fait, sans qu'un seul eût pu se
sauver, à cause de leur grand nombre, et du
temps favorable, et qu'étant tout frais ils eussent
attaqué des hommes harassés et recrus du travail d'une grande journée. C'est ainsi que Dieu
veille sur ceux qui le craignent, et qu'il a soin
de leur conservation, et même, en leur faveur,
de celle de beaucoup d'autres. Ce logement pouvait échoir à quelqu'un qui n'eût pas mérité cette
grâce de Dieu, et qui peut-être n'en eût pas usé
si prudemment.

Pour l'exécution, il n'y manquait pas, parce
qu'il avait le corps fort et robuste, et l'esprit
actif, généreux et résolu, ne redoutant aucun
péril.

Ajoutez à cela, comme l'ame au corps et la
lumière à la beauté, la crainte de Dieu, la piété

et la justice, sans quoi la noblesse n'a qu'un faux éclat et une puissance nuisible, et la guerre fait des maux horribles et sans nombre. M. de Renty, tout le temps qu'il fut dans les armées, y faisait constamment ses prières et ses autres exercices de dévotion : quand il arrivait en son quartier, s'il y avait une Eglise, son premier soin était de la visiter et d'aller saluer Notre-Seigneur; s'il y avait quelque maison religieuse, il y prenait toujours son logement, et, afin de ne point incommoder, pour lui seul. Quand l'armée arrêtait quelque part, plusieurs bien moins réglés que lui passaient le temps à jouer, à boire, à dire des paroles sales, à jurer, et à d'autres déréglemens; lui, se contenant dans son ordinaire sagesse, fuyait toutes ces actions basses et vicieuses, et s'occupait en des exercices de vertu et d'honneur.

Partout où il avait autorité, il empêchait de toute sa puissance les désordres; il défendait absolument à ses gens de maltraiter leurs hôtes et de leur donner aucun sujet de plainte, et ne montait jamais à cheval qu'il n'eût fait venir sa troupe, pour savoir de leur bouche si on ne leur avait point fait tort en quelque chose; et s'il apprenait que quelqu'un de ceux sur qui s'étendait son pouvoir, se fût mal comporté, il y apportait aussitôt le remède et leur faisait justice. Un jour, comme il était déjà à cheval pour partir, ayant fait cette demande à son hôtesse, et elle se plaignant qu'un de ses domestiques lui avait dérobé une chemise, il les fit incontinent venir tous, afin qu'elle reconnût le larron : l'ayant reconnu, celui-ci avoua la vérité, et dit qu'il s'en était même revêtu, et qu'il la portait sur le dos : au même temps son maître la lui fit quitter devant tout le monde et rendre à cette femme, quoique plusieurs personnes de condition trouvassent cela bien rude et même s'y opposassent ; mais lui tint toujours ferme pour la justice , et dit qu'il ne voulait point souffrir de voleurs. Si tous ceux qui ont commandement agissaient de la sorte comme ils le devraient , on n'aurait pas peur de leurs soldats comme des plus cruels ennemis , et Dieu , qui est le Dieu des armées, donnerait plus de bénédiction et plus de succès à leurs armes.

Mais comme, pour la noblesse, les occasions les plus dangereuses de faire naufrage de son salut , sont les querelles et le duel ; Dieu a voulu que ce sien serviteur se soit trouvé dans cette périlleuse occasion, pour apprendre à tous les gentilshommes et à tous ceux qui portent l'épée , comme ils s'y doivent comporter. Etant dans l'armée , il eut un démêlé avec un gentilhomme pointilleux , ce qui étant venu à la connaissance des chefs , il leur fit voir que ce gentilhomme n'avait aucun sujet raisonnable de se plaindre de lui, ce qu'ils jugèrent être vrai ; mais son adversaire n'acquiesçant pas à ce jugement, en appela à celui que , selon la malheureuse maxime du monde , son épée lui pouvait rendre , et fit appeler en duel M. de Renty, qui répondit à celui qui lui apporta le cartel , que ce gentilhomme avait tort, qu'il lui avait donné toutes les satisfactions qu'il pouvait justement désirer. Mais cela ne suffit pas à cet esprit mal fait, qui persista dans son pernicieux dessein de lui faire tirer l'épée ; alors s'en voyant pressé, il lui fit une réponse , qui est d'autant plus considérable , qu'il était jeune , et qu'il n'a-

B

vait point encore de réputation, mais devait se la
faire et acquérir de l'estime par les armes ; cette
réponse fut, que résolument il ne se battrait point,
puisque Dieu et le Roi le lui défendaient ; mais
qu'au reste il voulait bien qu'il sût que toutes ses
satisfactions ne venaient point d'aucune crainte
qu'il eût de lui, mais de la crainte d'offenser
Dieu, et qu'il irait tous les jours, comme à
son ordinaire, où la nécessité de ses affaires
l'appellerait, et que s'il l'attaquait, il le met-
trait en état de s'en repentir. Ce querelleur voyant
qu'il ne le pouvait attirer à un duel ouvert,
trouve un jour moyen de le rencontrer, et lui
fait mettre l'épée à la main, dont par un juste
jugement de Dieu il lui prit bien mal, parce que
lui et son second y furent blessés et désarmés,
ne remportant de sa témérité que de la confusion
et de la douleur. Lors ce vrai gentilhomme chrétien, au lieu de leur faire plus de mal, comme
il le pouvait, les mène à sa tente, leur fait donner du vin, fait panser leurs plaies, et leur
rend leurs épées ; et ajoutant à la charité et à la
générosité l'humilité et la modestie comme ses
grands ornemens, il tint toujours depuis la
chose secrète, et n'en ouvrit la bouche à personne pour en tirer vanité ; et même, ce qui est
plus merveilleux, il n'en a jamais parlé à son
homme qui fut présent et qui lui servit de second
en cette rencontre, à qui encore auparavant,
comme il se vit forcé de se défendre, il avait
recommandé de ne point tuer.

Cette querelle n'a pas été l'unique ; il en a eu
encore d'autres avec des voisins, ou pour le moins
il a eu des sujets de se plaindre d'eux ; à quoi apportant tout ce que la prudence, la patience et la

charité pouvaient contribuer, il en est toujours heureusement sorti; et il avait coutume de dire à ses domestiques, dans ses différens et dans ceux qui leur étaient particuliers, qu'il y avait bien plus de courage et de générosité de supporter une injure pour l'amour de Dieu, que de la rendre; et de souffrir, que de se venger; parce que la chose était beaucoup plus difficile : que les taureaux avaient bien du cœur, mais que c'était un cœur brutal, au lieu que le nôtre doit être raisonnable et chrétien.

CHAPITRE III.

Son changement entier, et son appel à une haute perfection.

M. de Renty ayant ainsi vécu dans son mariage jusques à l'âge de 27 ans, il plut à Dieu de le toucher encore plus, de l'éclairer de plus vives lumières, et de l'appeler à cette haute perfection à laquelle, par la coopération fidèle qu'il a rendue à son appel, nous l'avons vu arriver, et, comme un grand flambeau, en répandre les rayons à Paris et en tous les lieux où il a été. Ce fut en une mission que firent les Pères de l'Oratoire, à six ou sept lieues de Paris, où il alla à pied, et où il fit sa confession générale avec tous les soins que prennent ceux qui la veulent faire très-bonne; il reçut tant de grâces en cette vocation nouvelle, qu'il marquait ce temps comme le commencement de sa conversion entière à Dieu et de sa parfaite consécration à son service.

Ensuite de ce changement, comme il savait que quelque bon désir que l'on ait de s'avancer

B 2

à la perfection , le chemin qui y mène est malaisé à tenir et plein de dangers , et qu'ainsi ,
pour ne point s'égarer et se perdre , il fallait nécessairement avoir un bon guide ; Dieu, par la
providence particulière qu'il avait pour sa sanctification , lui en procura un , dans ce besoin ,
tel qu'il lui fallait , et lui adressa le **R. P.** de Condren , général de l'Oratoire, personnage d'un
profond savoir, d'une grande piété, et d'une
haute capacité pour les choses intérieures , qui
le dirigea toujours jusques à sa mort, c'est-à-
dire , quelques deux ans , avec un très-grand
soin et avec une affection extraordinaire , comme
le mérifait un si excellent sujet , et lui fit faire
de si notables progrès , qu'il ne put s'empêcher
de dire à une personne , que **M.** de Renty serait
un jour un grand saint.

En effet , voici comment il en prit le chemin.
Sans parler de ses pénitences et de ses austérités,
qui sont les premiers combats d'une personne
bien convertie et appelée à de grandes choses ,
dant nous traiterons après ; il se retira tout-à-fait
de la cour ; il dit adieu à tous les emplois de vanité et d'ambition , pour ne plus s'occuper qu'à
ceux qui pouvaient glorifier Dieu et secourir le
prochain ; il renonça à toutes les visites inutiles,
de pure civilité ; il prit à cœur l'exercice de
l'oraison , et disait pour cela tous les jours le
grand office, se levant même la nuit pour réciter Matines, et après il faisait une heure de méditation : de sorte qu'il demeurait toutes les nuits
en prières deux ou trois heures, même dans la
plus grand rigueur de l'hiver ; tous les jours il
faisait deux examens de sa conscience avec une,
exacte recherche de ses plus petits défauts , un

le matin avant dîner, et l'autre le soir; il se confessait deux fois la semaine, et communiait trois ou quatre; il allait un jour de la semaine visiter et instruire les pauvres malades de l'Hôtel-Dieu; un autre, ceux de sa paroisse; il en donnait un autre aux prisonniers, et en d'autres il se trouvait à des assemblées de piété.

Mais, parce qu'il avait encore plus de soin et plus de zèle pour ses enfans et pour ses domestiques, comme aussi il y était obligé, ayant toujours bien su distinguer les commandemens des conseils, et les obligations des dévotions qui sont libres; il avait ordonné que tous les soirs on sonnât une cloche pour les assembler, afin de faire ensemble leur examen, dire les litanies de Notre-Dame et d'autres prières; tous les samedis il leur faisait en présence de madame son épouse un entretien sur l'Evangile du dimanche suivant, pour leur en imprimer les maximes et les instruire des choses de leur salut, d'où ils tiraient beaucoup d'édification et de profit.

Mais, ce qui est de grand exemple, c'est l'ordre qu'il tenait en ses voyages, le voici. On y était aussi réglé, que dans une Religion bien réformée : le matin, avant que de partir, on entendait la sainte messe; aussitôt qu'on était monté en carrosse et que l'on commençait à marcher, la première chose qui se faisait, était de dire l'itinéraire, qu'il n'omettait jamais, pour petit que fût le voyage, s'il se faisait hors de la ville; après on récitait les litanies de Notre-Seigneur; ensuite on faisait la méditation; puis il disait une partie de l'office divin, laquelle étant achevée il entretenait la compagnie de quelque bon discours, l'élévant doucement à Dieu : s'il regardait l'étendue des campagnes, il parlait de l'immensité de Dieu ; s'il se présentait quelque bel objet à leurs yeux, comme quelque maison de plaisance, quelque prairie émaillée de fleurs, ou quelque rivière serpentant agréablement dans les terres, il discourait de sa beauté, ou du paradis, formant même des actes de vertu tout haut, qui touchaient extrêmement les cœurs. Quand on approchait du lieu où l'on devait dîner, il faisait l'examen : et, en arrivant, comme le soir, au lieu où il fallait coucher, descendu qu'il était du carosse, avant que d'entrer en l'hôtellerie, il allait à l'église ; que si la porte était fermée et qu'il ne se trouvât personne pour l'ouvrir, il se mettait à genoux à la porte pour y rendre ses devoirs au Saint-Sacrement ; après, il s'informait s'il y avait un hôpital en ce lieu, afin d'y aller et y exercer la charité.

Étant à l'hôtellerie, avant toutes choses il se mettait à genoux dans la chambre, et adorait Dieu, et le priait avec grande affection pour toutes les personnes qui entreraient en ce lieu, et pour obtenir le pardon de tous les désordres qui s'y étaient commis. Quand il voyait quelque chose écrit sur les murailles ou sur la cheminée, qui blessait l'honnêteté, il l'effaçait, et à la place mettait quelques paroles qui portaient instruction de piété et de salut, et il tâchait toujours avant que de partir, de donner quelque bon avis aux serviteurs du logis, et aux pauvres du lieu qu'il pouvait rencontrer, afin de ne passer dans aucun lieu, à l'exemple de Notre-Seigneur, sans y faire du bien.

Après le dîner, lorsque l'on était remonté en carrosse, il se recueillait en lui-même et s'appli-

quait à son intérieur quelque peu de temps ; suivait ensuite celui de la récréation, qui était grave
et modeste : puis il chantait les vêpres avec sa
compagnie ; et les vêpres chantées, il l'excitait à
se relâcher un peu et à prendre quelque divertis-
sement innocent , dans lequel, pour le rendre
chrétien et le sanctifier, il mettait toujours quelque trait de piété ; souvent il faisait chanter avec
lui les articles de notre croyance en français,
qu'il avait à ce dessein fait mettre en musique ;
sur les quatre heures on chantait complies ; après
il faisait l'oraison ; et quand on était arrivé à l'hôtellerie , ses exercices étaient les mêmes que
ceux du matin : c'est ainsi qu'il se gouvernait en
ses voyages. Si ce que disaient entr'eux les Hébreux est vrai, que l'on connaît un homme dans
la maladie, à la table, au jeu, et en voyage, nous
pouvons juger, de ce que nous avons rapporté ,
quelle devait être la vertu de ce grand serviteur
de Dieu.

Comme la fin du mariage est d'avoir des enfans,
et la fin du mariage chrétien , de les rendre
vertueux, pour les faire arriver à leur salut et à
la béatitude que Dieu leur prépare ; il prenait un
très-grand soin et par lui-même et par d'autres de
faire que les siens fussent tels, et, pour cet effet,
de graver profondément en eux la crainte de
Dieu, de les désabuser de l'estime du monde,
de leur faire connaître que ses maximes sont fort
contraires à l'esprit de Jésus-Christ, et que la
vraie noblesse consiste dans la vertu. Voici les
pensées qu'il avait là-dessus, et qu'il écrivit à
une dame.

« Pour l'éducation des enfans, Dieu, ayant dis-
tingué les conditions, semble nous enseigner

B *

qu'il doit y avoir aussi de la diversité entre la
nourriture d'un roturier et celle d'un gentilhomme, qui, étant né pour porter l'épée, ne doit
pas sans doute être mis dans un cloître pour y
être dressé : mais la corruption est maintenant si
grande parmi nous, que toutes les principales
instructions que nous leur donnons et que leur
donnent ceux que nous mettons auprès d'eux,
ne servent qu'à allumer un feu infernal de vanité dans les cœurs, où il n'y en a déjà que trop,
poussant une jeunesse par des comparaisons
païennes à ne rien souffrir, à aspirer toujours
à ce qu'il y a de plus haut, et pour y arriver à
se servir des moyens les plus approuvés du monde, quoiqu'ils soient défendus de Dieu.

» Que si on n'en vient point jusques-là, au
moins n'enfonce-t-on pas dans le cœur d'un
jeune gentilhomme les maximes chrétiennes. Par
exemple, vous savez que les duels infectent
tous les jeunes gens : or, dites-moi, combien
y en a-t-il qui voudraient que leurs enfans, étant
grands et appelés, ne se battissent point, et encore moins s'ils étaient assurés qu'ils ne seraient
point blessés et qu'ils remporteraient l'avantage ? Mais qu'arrive-t-il ? que peut-être jamais
nous ne ferons un discours exprès pour condamner les duels ; ce que toutefois nous devrions faire d'autant plus souvent et à fond, et
en montrer les suites malheureuses, que l'inclination, que l'exemple, l'estime et l'honneur
du monde y engagent et y portent. Si par hasard
il sort de la bouche de cette jeunesse quelque
étincelle de ce brasier qui nous est naturel, on
leur dira peut-être en riant : O ! cela n'est pas
bien : Dieu le défend. Oui-dà : mais remarquez,

je vous prie, si c'est ainsi que vous empêchez que votre fils n'ait les jambes tortues et le corps contrefait ; si c'est ainsi qu'il apprend à danser et à faire des armes. » Voilà ses sentimens là-dessus.

Pour ses domestiques et ses officiers qu'il avait dans ses terres , il leur recommandait singulièrement la justice , la charité et la douceur , et voulait que l'on fît du bien à tous, et que l'on ne fît du mal à personne autant qu'il se pourrait. Un d'entr'eux s'étant mis en colère et ayant commis quelque excès dans un cimetière , il lui écrivit ceci à ce sujet.

« J'ai appris avec douleur ce que vous avez fait, et quoique je ne veuille pas croire toutes les circonstances que l'on m'a rapportées , il y en a toujours assez pour me faire connaître que votre passion a été la maîtresse. Si je ne vous gardais que pour moi et pour mes intérêts, je devrais souhaiter que vous exterminassiez tous ceux qui me veulent nuire ; mais il est question de vivre en bon chrétien et pour vous et pour moi , ou bien d'être damné. Si nous n'avons cette croyance et ce désir , soyons Turcs et Barbares à découvert. Si vous saviez combien ces actions déplaisent à Dieu , quel scandale et quel dommage elles apportent aux hommes, votre cœur serait bientôt changé. Je prie Dieu d'y mettre la main , et je lui offre et bien , et sang, et vie, pour vous obtenir cette grâce, d'où dépend votre salut ; mais je vous prie en frère , et vous commande en maître , de réparer le tort fait à Dieu, au lieu saint , et au prochain. J'aimerais mieux que ma maison fût perdue pour moi , que si vous en veniez une autre fois à cette extrémité. Je dois régler mes sentimens et le désir de conserver mes biens , par ma conscience et par l'amour de Dieu qui me les a donnés. J'avoue que la conduite dans le monde est difficile, attendu les malices d'aujourd'hui, et vu qu'on peut quelquefois par voies extraordinaires empêcher l'oppression des faibles et s'opposer aux injustices ; mais quand notre intérêt y est mêlé , il faut se réduire aux voies ordinaires , premièrement de la douceur, secondement de la justice ; et si cela ne réussit pas, prendre patience : c'est là que nous devons pratiquer la vertu. Je ne fais pas grand état de certaines dévotions façonnées , mais je respecte les maximes de l'Evangile qui nous apprennent ce chemin. »

CHAPITRE IV.

Des Vertus de M. de Renty en général.

Avant que de parler des vertus de cet homme de Dieu en particulier , je crois qu'il sera utile d'en dire quelque chose en général , et d'en faire comme le plan ; sur quoi j'ai à dire deux choses :

La première, qu'entre toutes les personnes de piété que j'ai bien connues, je n'en ai point vu de qui les vertus aient été, à mon avis, après avoir bien considéré toutes choses, plus solides, plus fortes et plus achevées que les siennes. J'en parle de la sorte, pour l'avoir connu intimement pendant plusieurs années et jusques à sa mort, tellement que quand je me le figure dans tout le détail de sa conduite et pour son intérieur et pour son extérieur, je ne puis que m'en former une très-haute idée, et ne pas me le repré-

senter comme un modèle d'une perfection consommée ; de quoi tous ceux qui ont eu quelque
liaison avec lui, dont le nombre est très-grand
à cause des services qu'il rendait au prochain,
tomberont aisément d'accord et témoigneront
assurément que je ne dis rien de trop.

La seconde est, que nous ne pouvons pas mieux
apprendre que de lui-même ce que nous désirons
de savoir ici : il nous l'enseigne dans un récit
qu'il donna à son second directeur, religieux de
la Compagnie de Jésus, qui succéda au R. P. de
Condren, et qui lui avait dit qu'il était nécessaire
qu'il sût ses dispositions et l'ordre qu'il tenait.
Voici ce que porte son original, duquel toutefois
j'ai retranché certaines choses, parce qu'elles
sont déjà rapportées au chapitre précédent.

« J'ai tardé quelques jours, après le commandement qui m'a été fait d'écrire l'emploi de ma
journée, pour tâcher d'y connaître quelque chose ;
mais je n'y remarque rien d'ordonné ni qui se
puisse écrire, parce que tout consiste en abandon et en une suite après l'ordre de Dieu : ce
qui cause presque toujours choses diverses, quoique sur un même fond.

» Pour l'extérieur et le matériel, je me lève
d'ordinaire à cinq heures. » (Il faut se souvenir
de ce qui est ci-devant, que c'était après avoir
passé une partie de la nuit en prières.) « A mon
réveil j'entre dans mon fond d'anéantissement
devant la majesté de Dieu, je m'unis à son Fils
et à son Esprit pour lui rendre mes hommages ;
étant levé je prends de l'eau bénite, je me prosterne et j'adore le bienfait de l'Incarnation, qui
nous donne accès et nous réconcilie à Dieu ; je
me livre au saint Enfant Jésus pour entrer dans

son esprit; je salue quelquefois mon bon Ange, saint Jean-Baptiste, sainte Thérèse, et quelques autres Saints, et puis je récite l'*Angelus*. »

Il dit, *quelquefois*, non qu'il y manquât par un oubli imparfait ou par inconstance, étant extrêmement exact et fidèle à continuer ses exercices de dévotion; mais par la force de l'application active, et souvent passive, qu'il avait à Dieu, et qui l'empêchait de s'occuper ailleurs.

« Je m'habille, ce qui dure fort peu, et puis je passe, pour aller à la chapelle, dans une petite salle, où sur la cheminée j'ai mis une image de la sainte Vierge tenant son Fils, comme la Dame de la maison : je baise la terre en sa présence, et je lui dis : *Monstra te esse Matrem*, etc. Je me dédie et me renouvelle entièrement à son service, et je lui offre toute la famille, femme, enfans, domestiques ; et je suis porté, il y a long-temps, à la lui offrir, afin que par son moyen elle soit toute consommée pour Dieu ; et en me relevant, je lui dis : *Mater incomparabilis, ora pro nobis*.

» Ensuite j'entre dans la chapelle, où je me prosterne et j'adore Dieu, je m'abaisse devant lui, me faisant le plus petit, le plus nu, et le plus vide de moi que je peux, et je me tiens là en foi, ayant recours à son Fils et à son divin Esprit pour faire tout ce qu'il lui plaira que je fasse, et je demeure ainsi; si j'ai quelque pénitence à faire, je la fais sur les six heures et demie, et puis je lis deux chapitres du Nouveau Testament, tête nue et à genoux.

» A sept heures, je monte dans un cabinet, où il y a trois stations, la première à la Vierge, la seconde à saint Joseph, et la troisième à sainte

Thérèse, auxquels je rends mes petits devoirs, et ensuite je vaque aux affaires : que si je n'ai rien de pressé, je me mets à genoux devant Dieu jusques à ce que j'aille à la messe, et je demeure à l'église jusques à onze heures et demie, excepté les jours que nous donnons à dîner aux pauvres ; alors je reviens à onze.

» Avant dîner, je fais l'examen du matin et quelques prières pour l'église et l'accroissement de la foi et pour les ames du purgatoire, puis je dis l'*Angelus* ; je dîne à midi, et durant le dîner je fais lire ; depuis midi et demi je parle l'espace d'une heure à ceux qui ont affaire à moi, et c'est le temps que je donne pour me trouver. Ensuite, je sors pour aller où l'ordre de Dieu m'envoie. Il y a certains jours reglés, les autres sont toujours retenus d'une semaine à l'autre. S'il arrive que je n'aie rien à faire, je prie dans une église ; mais quoi qu'il arrive, je tâche de ne point manquer à visiter toutes les après-dinées le Saint-Sacrement, et de faire sur le soir une heure d'oraison.

» Sur les sept heures, après que j'ai fait quelque prière vocale, on soupe : pendant le souper on lit le martyrologe et la vie du Saint du lendemain ; le souper achevé, je parle à mes enfans, et je leur dis quelque chose pour leur instruction ; à neuf heures, on sonne la prière à laquelle tous les domestiques assistent, après laquelle chacun se retire, et moi, je me tiens dans la chapelle en oraison jusques à dix que je m'en vais à ma chambre ; m'étant donné et recommandé à mon Dieu selon le fond que je porte, à la sainte Vierge, à mon bon Ange, et autres Saints, je prends de l'eau bénite et je me couche :

étant couché je dis le *De profundis* pour les
morts, et quelques autres petites prières, et puis
je tâche de reposer. Voilà à peu près l'ordre
du jour pour l'extérieur.

» Mais pour mon intérieur je n'en ai aucun,
pour ainsi dire, car depuis que j'ai quitté le
bréviaire, il y aura un an la semaine sainte,
toutes mes formes et toutes mes pratiques m'ont
abandonné, et maintenant, au lieu de me servir de moyens pour aller à Dieu, elles m'y seraient des empêchemens. Je porte pour l'ordinaire, (mais avec tant et de si grandes infidélités en tout ce que je dis ici, que je ne l'écris
qu'à regret, parce que je ne suis que vice et
que péché;) je porte, dis-je, pour l'ordinaire
en moi une vérité expérimentale et une plénitude de la présence de la très-sainte Trinité,
ou bien d'un mystère qui m'élève par une simple
vue à Dieu, et avec tout cela je fais tout ce
que la divine Providence m'enjoint, regardant, non pas les choses, ni pour leur grandeur, ni pour leur petitesse en elle-même, mais
seulement l'ordre de Dieu et la gloire qu'elles
lui peuvent rendre.

» Pour les examens et les choses de communauté, que j'ai marquées ci-dessus, je ne puis
souvent m'y arrêter; j'en fais bien l'extérieur
pour garder l'ordre, mais je suis toujours mon
intérieur sans y apporter de changement, parce
que quand on a Dieu, il n'est point besoin de le
chercher ailleurs, et lorsqu'il nous tient dans
une manière, ce n'est pas à nous d'en prendre une autre; et l'ame connait bien ce qui lui
fait son fond plus net et l'unit, ou ce qui la
multiplie.

» Pour l'intérieur, je suis donc l'attrait, et pour l'extérieur , je vois la volonté divine qui me le fait suivre, et qui me porte à m'y gouverner avec le discernement de son esprit en simplicité : ainsi je possède par sa grâce en toutes choses un grand silence intérieur, un profond respect et une paix solide.

» Je me confesse d'ordinaire les jeudis selon l'ordre qui m'en a été donné , et je communie presque tous les jours, sentant que j'y suis attiré , et que j'en ai grand besoin.

» En un mot, le fond qui m'est montré est de me rendre à Dieu par Jésus-Christ, avec un trait de pureté qui a pour but d'adorer Dieu en esprit et en vérité d'une manière toute nue, et de l'aimer de tout mon cœur, de toute mon ame et de toute ma puissance, et en toutes choses voir et adorer la conduite de Dieu et la suivre : cela seul demeurant dans mon esprit , tout le reste s'efface de moi.

» Je n'ai rien de sensible sinon parfois quelque trait passager ; mais, si je l'ose dire, quand je sonde ma volonté, je la trouve quelquefois si vive, qu'elle me dévorerait, si le même Seigneur qui l'anime, quoiqu'elle en soit indigne, ne la retenait. J'entre en feu , et jusques au bout des doigts je sens que tout parle pour son Dieu , et se répand au loin et au large dans son immensité, qu'il s'y dissout et s'y perd pour le glorifier. Je ne puis exprimer ceci comme il est ; je ne m'arrête point à tout ce qui se passe en moi, je retombe toujours dans mon néant, où je trouve mon acte de pureté vers Dieu comme dessus. » Il conclut après en ces termes :

» Je vous demande pardon, mon Révérend Père, si ceci est si mal ordonné ; je l'ai mis comme il m'est venu. Je serais bien heureux si vous pouviez connaître toutes mes misères, car vous en auriez grand'pitié. » Voilà l'écrit qu'il donna à son directeur.

Ceux qui le liront, jugeront sans doute, s'ils le comprennent bien et s'ils pénètrent jusques au fond le sens de ses paroles, que les vertus de cet excellent serviteur de Dieu ont été très-grandes, et sa perfection très-relevée : ce qu'ils devront faire d'autant plus, qu'ils peuvent s'assurer qu'il n'a point exagéré en rapportant les choses qui le touchent, mais plutôt qu'il les a diminuées, étant par grâce et même par nature extrêmement réservé, et très-circonspect en tout ce qu'il disait, et singulièrement à parler de soi.

SECTION UNIQUE.

La source d'où ses vertus sont découlées.

Si maintenant nous voulons examiner le principe de ces vertus et de cette perfection, et la source d'où elles sont découlées, nous trouverons que ç'a été de l'union intime qu'il a eue avec Notre-Seigneur Jésus-Christ, à laquelle il s'est toujours adonné par-dessus tout.

Son sage et illuminé directeur le R. P. de Condren, sachant que l'union avec Jésus-Christ est le fondement de notre prédestination, de notre justification, de notre sanctification, de toute la grâce et de toute la gloire que nous pouvons jamais avoir ; que Jésus-Christ étant le chemin, tout ce qui est hors de ce chemin ne peut être qu'égarement ; étant la vérité, ce qui n'est pas conforme à cette vérité n'est que mensonge ; et étant la vie, tout ce qui ne vit pas de cette vie et n'est point animé de l'esprit de Jésus-Christ n'est point vivant, mais est nécessairement mort ; le R. P. de Condren, disons-nous, fit ce que devraient faire toujours et avec grand soin tous les directeurs des ames ; c'est-à-dire, eut soin de lui faire connaître et bien comprendre l'importance et la nécessité de cette union, de l'appliquer fortement et constamment à Jésus-Christ pour le réglement de son interieur et de son extérieur ; de le mettre dans ce Chemin, de le lier à cette Vérité, et de l'unir à cette Vie.

M. de Renty suivit exactement cette conduite, et y fit de grands progrès, qu'il alla toujours perfectionnant avec de merveilleux accroissemens jusques à sa mort : de sorte que, comme les derniers traits que le peintre donne à son tableau pour l'achever sont bien différens de ceux qui ne l'ont qu'ébauché ; ou bien encore, comme le soleil a beaucoup plus de lumière et plus de chaleur à mesure qu'il s'avance dans sa carrière et qu'il approche du midi, que quand il se lève ; de même les applications, les liaisons et les unions que cet excellent homme avait sur ses dernières années avec Jésus-Christ, et les actions ou qu'il faisait pour lui, ou qu'il recevait de lui, étaient tout autres que celles de ses commencemens ; car il était pour lors tout consommé en Jésus-Christ, il avait comme passé en lui, et il le portait naïvement représenté en son corps, en son ame, en ses pensées, en ses affections, en ses appétits, en ses paroles et en ses œuvres.

D'où venait qu'il n'avait d'autre objet devant
les yeux que Jésus-Christ, qu'il ne pensait qu'à
lui, qu'il n'aimait que lui, qu'il ne parlait que
de lui, qu'il n'opérait que pour lui et toujours
sur son modèle, qu'il ne lisait que le Nouveau
Testament, lequel il portait toujours sur soi, et
qu'il s'efforçait par tous les moyens possibles de
graver et sa connaissance et son amour dans
tous les cœurs.

Ecrivant à son directeur, l'an 1646, sur le
sujet de ses dispositions, il lui manda ces paroles entr'autres : « Pour vous parler de mon intérieur, je me sens ne vouloir que Dieu, et en
union avec Notre-Seigneur Jésus-Christ vouloir
lui rendre tous mes hommages ; c'est là la plénitude de mon cœur, et je le sens quand je le
sonde. »

Il dit ceci au même en une autre lettre. « Je
suis en grande nécessité de Jésus-Christ ; mais
je vous dois dire par reconnaissance à la miséricorde de Dieu et par une certitude de vérité,
que je sens qu'il est plus dominant en moi que
moi-même : Je sais pourtant que je ne suis de
moi que péché ; mais avec cela j'éprouve Notre-
Seigneur en moi, qui est ma force, ma vie,
ma paix, et mon tout. Je le supplie qu'il soit
notre plénitude. »

Et en une autre encore : « Je ne sais, dit-il,
que vous mander, parce que toutes choses
s'effacent de moi à mesure qu'elles se passent :
je ne puis rien retenir que Dieu, et cela dans
une manière aveugle d'une foi nue, laquelle me
faisant connaître le mauvais fond qui est en
moi, me donne toutefois force et grande confiance par voie d'abandon à Notre-Seigneur Jé-

sus-Christ en Dieu. J'ai trouvé ce matin dans saint Paul un passage que je crois que Notre-Seigneur m'a mis en main pour m'exprimer, puisque c'est la vérité de ce que j'éprouve : *Fiduciam autem talem habemus per Christum , ad Deum ; non quòd sufficientes simus cogitare aliquid à nobis, quasi ex nobis ; sed sufficientia nostra ex Deo est.*

» Il y a environ quinze jours que ces paroles me furent mises en l'esprit sans aucune contribution de ma part, ni de choses qui m'en pussent rafraîchir les idées : *Quære venam aquarum viventium ;* et comme elles me furent exprimées, mon esprit, de même que si l'on remontait le long d'une rivière jusques à sa source , fut trouver Jésus-Christ depuis le commencement de sa vie voyagère jusques au point de sa gloire, qu'il fut assis dans son trône à la droite de son Père , d'où il envoie son Esprit pour animer son église et vivifier les siens. Je vis que c'est là la source d'où les veines d'eaux vives découlent sur nous , et que c'est là qu'il nous faut adresser. »

Je pourrais rapporter ici plusieurs semblables traits , dont ses lettres à son directeur sont semées ; mais je crois qu'en voilà assez à présent pour prouver sa disposition envers Notre-Seigneur , et son union avec lui.

Quand il écrivait à d'autres personnes , il insérait toujours quelque chose de Notre-Seigneur pour les exciter à s'attacher à lui , et se le proposer en tout pour le modèle de leurs actions. Tantôt il mandait : « Oublions tout pour penser à cette foi qui fait alliance de Dieu et de nous par Jésus-Christ , lequel nous est venu annoncer cette vérité, qu'il a scellée de son sang et qu'il consommera dans sa gloire, lorsque nous aurons été fidèles à suivre son esprit ; allons après et avec Jésus-Christ à Dieu, car il est notre voie. »

Tantôt : « C'est chose admirable qu'il ait plu à Dieu de nous envoyer son Fils, afin que nous ne le regardassions plus comme notre Créateur seulement, mais encore, par l'alliance que nous avons avec lui par ce cher Fils, nous l'appelassions notre Père. Il est donc notre Père dès à présent, et il est certain qu'il nous considère comme ses enfans en la personne de son Fils incarné : l'importance donc est de nous bien unir à ce Fils, en continuant sa vie sur la terre dans la nôtre par la direction de son esprit. »

Et il dit ceci dans une autre lettre : « Que Jésus-Christ soit notre lien, notre ame et notre vie à tous, comme il est notre patron ; regardons de près ce saint original, entrons dans ses maximes, prenons ses désirs, exécutons ses œuvres, et que l'on sache que nous sommes chrétiens. »

Ecrivant à une autre il lui parle de cette sorte : « J'adore et je bénis de tout mon cœur Notre-Seigneur Jésus-Christ de ce qu'il vous ouvre le sien pour posséder tout le vôtre ; il le fera mourir, et le réduira à une sainte pauvreté qui vous fera goûter la vraie vie et toute richesse, et avouer que c'est une grande miséricorde d'être à Jésus-Christ. Je le supplie de vous distribuer les plus sanctifiantes de ses grâces, et que nous puissions et bien mourir et bien vivre de son esprit. Entrons dans cet es-

prit, qui nous donnera les sentimens et l'énergie des enfans de Dieu. Toute autre présence
et application à la majesté divine, qui n'est
point en liaison de l'ame de Jésus-Christ, est de
créature vers le Créateur, qui porte bien respect, mais ne donne pas la vie et les mouvemens des enfans de Dieu vers leur Père ; où nous
liant aux opérations intérieures de Jésus-Christ,
nous trouvons les affections des enfans véritables, que nous ne pouvons avoir qu'étant unis
au véritable Fils. »

Finissons par ce qu'une personne, à qui il
s'ouvrait confidemment, rapporte de lui sur ce
sujet ; voici ce qu'elle dit : Cet homme rare paraissait touché d'un amour bien tendre et bien
ardent envers Notre-Seigneur Jésus-Christ ; j'ai
remarqué que ses conversations et ses discours
tendaient toujours à ce but, d'imprimer dans
les ames la connaissance et l'amour de Notre-
Seigneur avec une véritable solidité. Lorsque je
lui parlais, il m'a dit plusieurs fois : « J'avoue que
je ne puis rien goûter, où je ne trouve point
Jésus-Christ. Une ame qui n'en parle pas, ou
dans laquelle on ne sent point d'effet de la grâce
émanante de son esprit, qui est le principe des
opérations tant intérieures qu'extérieures soli-
demment chrétiennes, ne m'en parlez point :
je pourrais y voir des miracles, des prodiges,
pour ainsi dire, si je n'y vois Jésus-Christ, et
si l'on ne me parle de lui, j'estime tout amuse-
ment d'esprit, perte de temps, et un très-dan-
gereux précipice. Et plusieurs autres fois il me
disait : Aimons Jésus-Christ, unissons-nous à son
esprit et à sa grâce : moi misérable pécheur ne
l'aimant pas, je serais au moins bien aise de voir

mon manquement suppléé par d'autres qui l'ai-
massent ardemment. Mais je suis trop indigne
de procurer une chose si grande, et à laquelle j'ai
si peu de part. »

Ce serviteur fidèle et ce parfait imitateur de
Jésus-Christ ayant une application si forte et une
union si intime à ce divin Seigneur, comme il
est aisé de recueillir de ce qui a été dit, nous
devons ensuite rapporter à cette application et
à cette union toutes ses vertus, que nous allons
traiter en détail, et les regarder comme des effets de cette cause, des ruisseaux de cette fontaine, et des rejetons de cette tige.

SECONDE PARTIE.

CHAPITRE PREMIER.

Ses pénitences et ses austérités.

Comme notre chair et nos sens sont de leur nature , et encore plus par leur corruption , fort opposés à la vie spirituelle , et entre les ennemis de notre salut et de notre perfection ceux qui se rendent les plus importuns et les plus violens, Dieu a coutume d'inspirer à ceux qu'il veut élever au comble de la vertu et les faire saints , au commencement de leur conversion, un esprit de pénitence et de mortification de leur corps. M. de Renty que Dieu destinait à cette gloire , animé de cet esprit attaque le sien avec de rigoureuses austérités pour le ranger à son devoir , et l'empêcher de lui nuire dans ses exercices intérieurs.

Ainsi il commence à jeûner tous les jours et à ne faire qu'un répas ; ce qu'il a continué quelques années , jusques à ce qu'on lui ordonnât de faire autrement, et de se nourrir davantage , pour pouvoir soutenir les grands travaux qu'il prenait pour le prochain. Il portait quelques jours de la semaine une ceinture de fer, où se trouvait un double rang de pointes fort longues , et un bracelet de même ; en d'autres il se disciplinait rudement; parfois il prenait le cilice ; il tenait continuellement sur sa poitrine un Crucifix de bronze , dont la longueur lui allait jusques au bas de l'estomac, et les cloux qui étaient très-pointus lui entraient dans la chair.

Quand il allait à la campagne et qu'il était arrivé à l'hôtellerie, il entrait dans la cuisine pour manger, s'il pouvait, avec les valets et avec les autres personnes viles qui s'y arrêtent; et ce à deux fins : pour y mortifier son corps, et pour dire quelque chose de bon à ces pauvres gens; et quand le soir il était contraint de prendre une chambre, il se défaisait adroitement de ses gens et les envoyait se coucher autre part, et lui passait la nuit dans un fauteuil, ou se jetait sur un lit tout vêtu et tout botté, ce qu'il a continué de faire jusqu'à sa mort.

Etant venu à Amiens où j'étais, et une demoiselle des premières de la ville lui ayant préparé chez elle dans une belle chambre un lit magnifique, pour honorer sa vertu et sa qualité, il en fut bien fâché et n'en voulut point user; mais il se coucha sur un banc, et le lendemain me fit des reproches de cette demoiselle : de sorte que pour avoir la bénédiction de le loger chez elle, il fallut le changer de chambre et de lit, et lui en donner de faits et d'accommodés à sa façon, c'est-à-dire, où il ne fût pas si à son aise.

Il était très-mortifié en sa nourriture, mangeant peu et toujours du plus mauvais : aussi se souvenait-il que notre malheur n'est venu que pour avoir mangé d'un fruit délicieux. Dinant en compagnie un jour maigre, quelqu'un des conviés qui étudiait ses actions remarqua qu'il n'avait mangé que des pois, et encore avec une si grande modestie et un si grand recueillement, que l'on pouvait aisément voir qu'il était attaché à Dieu, et non au manger.

Comme un de ses amis, homme de piété, lui donna une fois à dîner à Caen avec un peu de cérémônie, comme à une personne de condition, il mangea fort peu et entra dans un sentiment d'humiliation et de confusion, ainsi qu'il le déclara après, de ce que les Chrétiens faisaient des festins, ajoutant que peu de chose suffit, et que c'est un grand tourment de se trouver à des repas où l'on sert tant de mets et où l'on se comporte d'une manière bien contraire à la pauvreté de Jésus-Christ, laquelle toutefois nous devrait servir de règle. Il disait a ses amis : Un peu de pain, un peu de lard et de beurre suffit.

Pour cette cause ses amis ayant reconnu sa grâce, ne pensaient plus à lui pour son manger, ils croyaient même le bien traiter, de lui faire mauvaise chère. La perfection de la vie Chrétienne et l'accomplissement de la volonté de Dieu étaient, à l'exemple de Notre-Seigneur, sa viande la plus exquise et son mets le plus délicieux, et quand on lui donnait occasion, ou qu'on le laissait dans la liberté de la pratiquer, il était ravi. Souvent à Paris quelque action de charité l'ayant mené bien loin, au point qu'il ne pouvait retourner à son logis pour dîner, il entrait tout seul et inconnu dans un petit cabaret, ou chez un boulanger, et là pour tout son dîner il mangeait un petit pain et buvait de l'eau, et ensuite allait tout gai reprendre le cours de ses affaires.

Ce qu'il faisait pour la mortification du goût, il le pratiquait constamment pour tous les autres sens, pour la vue, pour l'ouïe, pour l'odorat et pour le toucher. Etant allé à Pontoise un jour d'hiver qu'il faisait grand froid, il pria instamment la Tourrière des Mères Carmélites, chez qui il logeait, qu'on ne lui fît point de feu, et qu'on ne lui dressât point de lit : après avoir

C

parlé à quelques Religieuses, prenant congé de la dernière, il lui dit : Il faut aller faire nos petites visites ; c'était de visiter les prisonniers, les pauvres honteux, et de s'employer à d'autres œuvres de charité, qu'il n'oubliait jamais, quelque temps qu'il fît et pour peu de loisir qu'il eût. Il revint sur les neuf heures du soir, lorsque les Religieuses allaient dire Matines, et sans vouloir rien prendre pour manger, il entra dans l'Eglise et se mit en prières, et continua de prier jusques à onze heures, et puis se retira dans sa chambre, sans vouloir permettre qu'on lui fît du feu, quoique, d'après son propre aveu, le froid l'incommodât grandement.

Il avait toujours les yeux attentifs sur lui en tout temps, en tout lieu, en toutes occasions, et jusques aux plus petites choses, pour mortifier son corps, lui faire toujours quelque mal, ou au moins l'empêcher de sentir du plaisir ; il trouvait pour cela des inventions admirables, et se rendait très-ingénieux, portant ainsi toujours, comme dit saint Paul, la mortification de Jésus-Christ en son corps, pour y faire vivre et reluire sa vie; parce qu'il savait, ce que cet apôtre dit autre part, que ceux qui appartiennent à Jésus-Christ, qui sont ses vrais disciples et qui veulent être bien assurément à lui, ont crucifié leur chair avec ses vices et ses concupiscences.

A vrai dire, comme nous voyons que plus on s'emplit d'une chose, moins on peut tenir de celle qui lui est contraire; plus on s'enfonce dans les ténèbres, moins on est capable de lumière ; et que d'ailleurs il n'est rien, ainsi que nous avons dit ci-dessus, de si opposé à l'esprit que la chair, il faut nécessairement inférer que plus un homme flatte sa chair, plus il s'applique à son corps, et plus il en prend de soin, plus il s'éloigne de l'esprit, et moins il se dispose pour la vie spirituelle.

Cet homme illuminé regardait et traitait son corps comme son ennemi. Dans le dessein qu'il avait de mener une vie vraiment spirituelle, tout ce qui pouvait contenter et flatter ses sens lui était insupportable ; d'où vint qu'il lui échappa un jour de dire à un intime confident, que Dieu lui avait donné une grande haine de lui-même ; et cette haine alla si loin par sa ferveur et par le désir insatiable qu'il avait de se mortifier, qu'outre le tempérament que son directeur fut obligé d'y apporter, une personne célèbre de nos jours, religieuse Carmélite du couvent de Beaune, sœur Marguerite du Saint-Sacrement, qui a vécu et qui est morte en grande odeur de sainteté, avec qui il avait des liaisons intimes de grâce, éclairée même de Dieu là-dessus, lui en fit des reproches et lui en donna des avis, auxquels voulant déférer pour la croyance qu'il avait en elle, et avec sujet, il se relâcha en quelque petite chose, encore en s'en plaignant à une personne, lui écrivant : « Je ne sais pourquoi l'on tient la » bride si courte à une bête si lâche, qui aurait » bien plutôt besoin d'éperon que de retenue. »

Avec toute cette retenue, ne laissant pas de continuer à faire la guerre à son corps en tout ce qu'il pouvait, mais pourtant dans les ordres qu'il avait reçus, il en vint à ce point de mortification parfaite, que son corps était comme mort et insensible à toutes les choses, qui ne faisaient presque plus d'impression sur ses sens : il mangeait sans goût, et disait lui-même que toutes les viandes lui étaient égales ; il voyait sans voir, d'où il avouait qu'après avoir été, et long-temps, en des églises bien ornées, où il avait eu ces ornemens devant les yeux, comme on lui demandait s'ils n'étaient pas beaux, il répondait simplement, qu'il n'avait rien vu.

A force de s'être ainsi mortifié, il n'avait plus de peine à rien de ce qui fait frémir les personnes encore vivantes à elles-mêmes et attachées à leurs corps ; et non-seulement il n'y avait plus de peine, mais, ce qui est le plus haut point de la perfection d'une vertu, il y avait un très-grand plaisir, qui lui venait, non d'une abondance de grâce sensible, laquelle pourrait rendre à un homme même immortifié et sensuel les austérités agréables, mais du fond de la vertu entièrement acquise.

CHAPITRE II.

Sa Pauvreté d'esprit.

Une des plus grandes et des plus admirables vertus qui aient éclaté en M. de Renty, c'est d'avoir été, dans la possession des richesses, totalement dégagé de leur affection, et d'avoir possédé au plus haut degré la première des béatitudes, qui déclare bienheureux les pauvres d'esprit, parce que le royaume des cieux, le royaume de la grâce en ce monde, et le royaume de la gloire en l'autre, leur appartient.

Vérité qui lui a servi d'un puissant attrait pour tâcher d'acquérir ce riche trésor, au sujet duquel il écrivait ainsi à une personne de piété : « Je fus l'autre jour touché en lisant les huit béatitudes, et je connus, sur ce mot de béatitude, qu'en effet il n'y en a point d'autre que celles-là, et que s'il y en eût eu, Notre-Seigneur nous les eût enseignées, et qu'ainsi elles doivent être toute notre étude. Mais quoi? on les laisse là sans s'y établir et sans demander la grâce de s'y fonder, et on court après les béatitudes du monde et de notre convoitise, quittant ce qui est clair et ce qui nous est donné de notre chef, Jésus-Christ, pour être dans des états d'embarras et de confusion, et en suite de trouble, de malheur et de danger. »

Ce n'est pas à ces béatitudes qu'il a couru : mais bien à celles de l'évangile, et en particulier à la première, dont voici comme parle un témoin digne de foi et qui l'a connu intimement: « Je n'ai jamais vu personne dans une si parfaite pauvreté d'esprit, ni dans un si ardent désir d'en porter les effets. Il me disait, dans l'ardeur de son désir : Faites que par vos prières nous changions de forme de vie. Quand ferez-vous auprès de Dieu que cela soit? Cet habit et ce bien m'est très-pénible. »

J'ai parlé depuis sa mort à un Père, à qui il avait communiqué ses mouvemens pour tout laisser, qui me dit qu'un jour il lui demanda tout couvert de larmes et à genoux son avis là-dessus, et que jamais il ne fut plus surpris que de voir M. de Renty à ses pieds et dans ces sentimens de pauvreté. Il m'a dit que le trait de Dieu pour le séparer des créatures et lui faire quitter la manière de vivre convenable à sa naissance, fut si puissant sur son ame, que si un autre trait de la même main ne l'eût en même temps retenu, il

eût abandonné tout et s'en fut allé à l'exemple
de saint Alexis pour mener une vie pauvre comme
la sienne : mais que Dieu lui imprimant ce désir
de la pauvreté, en empêchait l'effet, pour le tenir
dans l'état où il l'avait mis, ce qui ne lui était
pas une petite croix, parce que le désir tour-
mente et afflige d'autant plus l'ame, qu'il est plus
véhément, quand elle ne peut parvenir à la possession de la chose désirée ; mais parce qu'il
était conforme absolument à la volonté de Dieu,
comme il le faut être aussi en tout, il portait
cette croix, quelque contraire qu'elle fût à son
inclination, avec une grande paix et avec une
parfaite soumission à ses ordres.

Un autre témoin de même autorité rend de lui
ce témoignage : « Il m'a dit souvent dans la confiance que nous avions ensemble, qu'il était honteux lorsqu'il entrait dans sa maison, de se voir
si bien logé en ce monde, et que c'était une de
ses grandes peines d'avoir tant de biens et d'être si
fort à son aise ; qu'il eût été ravi de se voir réduit
à n'avoir que du pain et de l'eau, et encore à
les gagner par son travail et à la sueur de son
visage. Lui ayant un jour demandé comment il
pouvait être si tranquille dans toutes les incom-
modités qu'il souffrait, et dans tous les événemens fâcheux qui lui arrivaient, j'obtins cette
réponse à condition que je lui garderais le secret :
que, par la miséricorde de Dieu, il se trouvait
en une disposition de paix et en une assiette d'é-
galité dans les afflictions comme dans la joie,
et qu'il n'avait plus aucun sentiment pour rien
craindre, ni pour rien désirer : et j'en ai vu l'expérience en des rencontres, où la meilleure
partie de son bien était aventurée, sans qu'il pa-

rût la moindre émotion en lui, et il me disait : Puisque Dieu m'a donné la conduite de ce bien, je ferai pour le conserver ce qu'il faudra ; mais après avoir fait ce qu'il exige de mes soins, tout m'est égal, quelque succès qui arrive.

Un autre rapporte encore ceci : Il avait la pauvreté évangélique en sa perfection, étant entièrement éloigné d'esprit et de pensée, de cœur et d'affection de tous les biens de la terre, et il m'a dit qu'il ne sentait point une plus grande croix que d'avoir du bien, et qu'il aurait une joie extrême d'être mendiant et inconnu, si c'eût été la volonté de Dieu. De là vient qu'il portait une sainte envie aux pauvres, qu'il les jugeait bienheureux, et que les regardant, il disait par fois en soupirant, mais d'un soupir qu'on voyait partir du fond de l'ame : Ah ! que ne suis-je comme eux ! qu'il les honorait, les aimait, les caressait, et se mettait à genoux devant eux, non-seulement par humilité, mais encore par estime de leur état, par la disposition qu'il donne à la perfection de la loi nouvelle, et pour la ressemblance qu'il a avec Jésus-Christ.

Etant un jour allé visiter les pauvres au grand hôpital dans la ville de Caen, on le vit à genoux et la tête nue sur le pavé de la grande salle, pilant dans un mortier quelques drogues pour l'usage des pauvres malades ; c'était le respect et l'honneur qu'il portait à ceux pour qui il travaillait, qui le mettaient en cet état.

Mais pour la fin écoutons-le lui-même raconter ses sentimens sur cette matière, et quoiqu'il parle de lui ne faisons point de difficulté d'ajouter foi à ce qu'il nous dira, parce qu'il est très-digne d'être cru. Voici donc ce qu'il écrit à

la sœur Marguerite du Saint-Sacrement, de qui
nous avons parlé au chapitre précédent.

« Ma très-chère sœur, j'ai dans le cœur que le
saint Enfant Jésus (l'Enfance de Jésus était un
des mystères auxquels il était plus particulièrement et plus utilement appliqué, comme nous
verrons en son lieu) veut quelque chose de moi,
qu'il a envie que je lui demande et que je me dispose à obtenir ; et je vous avoue que plus il me
vient de biens de ce monde, plus je connais clairement la malignité qui y est attachée, et qu'ils
ne produisent qu'embarras, et ne donnent guère
moyen de mieux faire. Mon cœur est très-fort
porté au dénuement effectif de tout cela pour le
suivre seul, puisqu'il est mon chemin, comme
le plus pauvre et le plus abaissé des siens. Que
si je ne savais que ce me serait présomption de
me croire capable de cet état, et une tentation
de m'y arrêter, à présent lié comme je suis, j'y
soupirerais beaucoup. Ce que j'en veux tirer est,
qu'ignorant les desseins de Dieu, je ne sais ce
qu'il me prépare pour l'avenir, et je m'offre à
tout ce qu'il lui plaira, sachant qu'avec lui je
peux tout, comme sans lui je ne peux rien, et
ne veux rien. Ma très-chère sœur, j'ai bien besoin
de faire pénitence et d'être humilié ; j'ai grande
honte de ma condition et de ce que je suis : j'ai
commodité et abondance de toutes les choses de
ce siècle, (mais ma famille et l'état des choses
ne permettent pas qu'il en soit autrement), et
je vois manquer de tout les églises et les pauvres,
où je voudrais tout verser, au moins ce qui se
peut en justice, ou bien être pauvre comme les
pauvres, afin de n'avoir pas la honte d'être mieux
qu'eux. » Voilà ses sentimens, que Dieu a permis

qu'il aitmis au jour, pour nous faire voir ce
que peut la grâce dans un cœur bien disposé,
et jusqu'où va la parfaite pauvreté d'esprit.

SECTION UNIQUE.

Sa Pauvreté extérieure.

Cette haute estime et cette affection sincère
que ce grand serviteur de Dieu avait pour la privation des biens de ce monde, et cette excellente
pauvreté d'esprit où il était arrivé, ne pouvant
se contenir au dedans ni demeurer enfermée
dans l'intérieur de son ame, ont paru au dehors
visiblement en mille effets, et l'ont porté à la pauvreté extérieure en toutes les manières qui lui
ont été possibles ; car, sans parler des grandes
aumônes qu'il faisait aux pauvres, usant de ses
biens exactement selon le dessein de Dieu, contre
l'ordinaire des hommes, parmi lesquels il y en a
plusieurs qui ont beaucoup de biens, mais très-
peu qui s'en servent comme Dieu veut, il s'est
dénué d'un très-grand nombre de choses et s'est
appauvri en tout ce qu'il a pu : car il se défit de
quelques livres, dont il se servait, parce qu'ils
étaient richement reliés ; il ne portait que des
habits fort simples et tout unis ; il n'usait point
de gants, quelque temps qu'il fît, ou au moins
c'était une chose très-rare de lui en voir ; effectivement, il avait les mains si occupées aux actions de charité, qu'il n'avait pas le loisir d'y
mettre des gants. Il n'avait de l'argent que pour
faire ses aumônes et l'employer en bonnes œuvres ; et il allait croissant en cette pauvreté extérieure et en ce retranchement effectif. Je l'ai vu

C*

au commencement aller en carrosse avec un
page et des laquais ; ensuite, en carrosse avec
un laquais, mais sans page ; puis sans carrosse à
pied avec un laquais ; et enfin seul sans laquais,
et ainsi sans lui-même.

Parlant un jour de la pauvreté évangélique
à un intime confident, il lui dit : que Dieu
lui avait donné des désirs si ardens de la posséder, que ne pouvant, à cause des liens qui
le tenaient, abandonner ses biens, comme
il eût souhaité pour pouvoir suivre, non plus
riche mais pauvre, Jésus-Christ son Fils, fait
pauvre pour nous, il tâchait de se contenter du
moins qu'il pouvait, et de retrancher pour sa
personne, non-seulement le superflu et les commodités, mais encore tout ce qui n'est pas précisément nécessaire : qu'allant seul par les
champs, sa consolation était d'être en liberté
de pouvoir vivre en cela comme il voulait ; mais
qu'après tout il n'avait pu trouver un meilleur
remède à l'ardeur de ses désirs, que de se dépouiller, autant qu'il avait pu, de la propriété
de tous ses biens, pour ne s'en plus regarder
que comme le dépositaire et le simple dispensa-
teur envers sa famille, ne se considérant dans
leur possession que comme un pauvre qui recevait de Dieu, par les mains de sa femme, ce
dont il avait besoin.

Cette personne parle d'une action héroïque que
cet excellent homme fit en cette matière, dont
voici l'explication plus au long dans un mémoire, que j'ai, écrit de sa main.

« Je fais résolution en la présence de mon Dieu,
d'avoir soin des réparations, des manufactures,
des marchés et des baux qui seront à faire dans

le bien dont il m'a donné l'administration , et ce
d'autant plus qu'il me fait la grâce de me disposer à lui en faire l'abandon total, et de tout
ce que je suis , à ce grand jour de sa Nativité
prochaine , et à me mettre en état qu'il en soit le
propriétaire , et moi le procureur et le serviteur
pour le distribuer , et tout prêt à le céder à la
moindre marque de sa volonté. Je reconnais
donc aujourd'hui par sa divine miséricorde, que
ma condition étant roturière dans le christianisme , je dois m'appliquer à ces soins autant
que le demanderont les besoins , et que les
occasions le permettront, même d'y travailler,
ainsi qu'aux choses les plus basses , comme à
remuer la terre , à moissonner , etc. , puisqu'il
m'a donné par sa grâce l'industrie de quelques
arts ; et je dois faire autant de cas de ces emplois
que de celui du secours des ames , regardant non
les choses en ce qu'elles sont , mais la volonté
de Dieu et ce qu'elle désire de moi. Je supplie ce
Seigneur de mon cœur de me pardonner les
manquemens que j'ai faits contre cela jusques
à présent. Je fais ce présent mémoire après
la vue qu'il m'en a donnée, ce 5 novembre 1643,
pour me servir de mémorial de mon obligation. »

Voilà sa résolution et sa promesse ; voyons
comme il l'exécuta. Il fit bâtir à Citry, qui est
l'une des terres qu'il avait en Brie : considérons avec quelle pureté de conscience , avec
quelle sublimité de pensées et quel dégagement
d'affection il s'y appliqua ; voici comme il m'en
écrivit de là, le 8 mai 1648.

« Notre grand Dieu soit béni à jamais par Notre-
Seigneur Jésus-Christ , et par tous les justes qui

sont remplis de son esprit. Je crois que l'ordre
de Dieu me veut dans le travail extérieur, parmi
beaucoup d'ouvriers, puisque la nécessité m'y
oblige ; j'y suis obligé comme père de famille
en une maison considérable à mes enfans, laquelle était en péril pour avoir été abandonnée
depuis long-temps. Je vous avoue que mon cœur
souhaite bien un autre édifice que celui qui se
fait des pierres de ce siècle ; mais je regarde
ceci comme une justice de Dieu, qui a destiné
le premier homme depuis son péché, et tous ses
enfans, au travail : c'est pourquoi je le révère,
et je me donne à lui de bon cœur, et avec courage, anéanti toutefois dans cette pénitence qui
n'a guères de rapport à la vie de l'esprit. Nous
avons vu de nos premiers papes, qui étaient de
grands saints, condamnés à servir les mulets ;
et moi qui suis un très-grand pécheur et qui
mériterais l'enfer, je suis traité si miséricor-
dieusement, que je ne suis envoyé qu'aux car-
rières, non dans le bannissement et la disette
de nos premiers Chrétiens, mais sur une terre
qui paraît mienne. Souvent pendant le jour je
pense que ce travail est ingrat, et je dis : De
quoi servent tant de maisons qu'il faut sitôt quitter, et qui seront encore détruites ? Je suis humilié de l'œuvre, mais non de l'application à
l'ouvrage. »

Dans celle du 19 juillet il me dit sur le même
sujet : « Ce m'est ici un temps qui m'est bien
cher, le regardant comme ordonné de Dieu pour
faire une petite partie de la pénitence due à mes
grands péchés : si la grâce ne me soutenait
avec cette vue, j'aurais grand' peine à un travail
si ingrat et si limité que celui de bâtir dans la

maison d'un séculier, et donner mon temps à cet ouvrage qui veut assiduité : mais je sens qu'il y a ordre de Dieu, et je quitte par son mouvement, ce me semble, l'état de Magdelène pour prendre celui de Marthe, acceptant cette humiliation avec anéantissement et en vue de la justice divine.

» Ce qui me fait plus connaître qu'il y a ordre de Dieu, c'est que de temps en temps, et les fêtes et les Dimanches, les miséricordes de ce Seigneur sont si grandes sur moi, que je ressens plus de rétribution en un instant, que la patience et l'humiliation d'un pécheur n'en mériterait en toute 'sa vie. Il s'ouvre tellement à moi, que ma dureté est amollie, et il me faut fondre en larmes ; elles me sont si fort sur le bord des yeux, que très-souvent elles voudraient paraître, pénétré que je suis d'amour, de respect et de reconnaissance des effets de sa bonté, qu'il renouvelle en moi par sa présence de lumières ; il me manifeste de telle sorte ses conduites inexplicables, que je ne peux le dire.

» Je connais par ceci comme il y a grâce de suivre l'ordre de Dieu, et non le nôtre, par un esprit propre et secret d'orgueil, sous le prétexte de la gloire de Dieu, pour se dispenser souvent, sans que l'on s'en aperçoive, du travail des choses pénibles et basses dans nos conditions ; que toutefois Notre-Seigneur ne bénit point selon les élections que nous en faisons, mais qu'il bénit selon qu'il en ordonne ; et notre fidélité ne tire pas sa valeur de faire ceci ou cela, mais de ce qu'elle est exacte à faire ce qu'il exige de nous, abandonnés à tout ce qu'il lui plaira. Je vois qu'il faut une grande mort à

soi-même et un grand fonds d'anéantissement,
pour suivre ainsi purement la grâce, et n'être
pas à nos volontés, mais à celles de Dieu. »

Dans celle du 12 août, voici ses termes. « Je
suis toujours dans mon tracas, qui me prend
bien du temps et presque tout ; mais je n'oserais
regarder ailleurs ; seulement je m'abaisse et me
soumets à l'ordonnance divine. C'était une chose
bien grossière à Jésus-Christ de converser avec
des hommes qui avaient plus de rudesse que
mes pierres, et plus d'opposition à sa pureté
que mon ouvrage n'en a pour mes ouvriers : il
souffrait pourtant tout, il portait tout, et n'en
a converti que très-peu. Je vous supplie de m'obtenir part à son obéissance et à sa patience aux
ordres de Dieu son Père. »

Et écrivant à un de ses amis, il lui parle de
cette sorte. « Je suis en ce pays au milieu de
quatre ou cinq ateliers d'ouvriers, pour rétablir
une demeure de la terre en ma famille, que la
caducité faisait dépérir. Que peut faire l'esprit
en ce travail, lequel suivant l'esprit de la foi
doit être, sur la terre, pélerin et étranger ? sans
doute il gémit beaucoup, non de l'ordre de Dieu,
mais après la patrie, au milieu de ses occupations, comme opposées à sa liberté. Il faut faire
pénitence en travaillant ; c'est l'arrêt de Dieu
après le premier péché. »

Voilà les sentimens avec lesquels cet excellent
homme faisait bâtir, et dont tous les Chrétiens,
qui sont faits pour s'établir non en la terre, mais
au ciel, et y avoir une demeure éternelle, devraient être animés quand ils bâtissent.

CHAPITRE III.

Son Humilité.

La pauvreté a suivi l'austérité et la mortification du corps, comme ayant beaucoup de liaison avec elle; et l'humilité suit la pauvreté, attendu même que, selon saint Augustin, la pauvreté d'esprit, dont parle Notre-Seigneur dans la première béatitude, n'est autre chose que l'humilité. En effet, il n'y a pas de gens au monde plus pauvres d'esprit que les vrais humbles, d'autant qu'ils s'estiment n'être rien, n'avoir rien, ne pouvoir rien et ne valoir rien, mais être les rebuts et les balayures de la terre, avoir besoin de tout, et qu'ils ne s'attribuent aucune louange de quoi que ce soit. M. de Renty en est venu là, et il a possédé cette vertu au plus haut degré.

A la vérité, si l'humilité, comme tous les saints le disent, est le fondement des vertus, Dieu ayant dessein d'élever en lui un magnifique palais à toutes les vertus, et de bâtir l'édifice d'une perfection très-sublime, il fallait nécessairement que le fondement en fût jeté très-bas, et que son humilité fût très-profonde. Il était établi dans cette vertu si solidement, que cela était admirable, et il en a fait un si grand nombre d'actions remarquables, que les personnes qui ont demeuré plusieurs années avec lui et qui l'ont connu très-particulièrement, assurent qu'il serait impossible de les rapporter toutes.

Il faisait un état nompareil de cette importante vertu; il l'aimait de tout son cœur; il la désirait avec une ardeur extrême; il priait instamment et conjurait ses amis de la demander à Dieu pour lui et de la lui obtenir ; et comme nous voyons la pierre descendre avec rapidité, et les eaux couler en bas impétueusement, il faisait la même chose vers l'humilité ; c'était là sa pente.

Il écrivait dans ce sentiment à un intime confident : « Ayez pitié de moi, je suis plus infidèle que créature du monde, je me mets à genoux devant vous pour vous prier de le croire. Si Notre-Seigneur ne me montrait ce que je suis, Lucifer ne serait pas peu riche en ma personne ; mais ce bon Seigneur me montre toujours par sa miséricorde mon néant, c'est là que la grâce me porte. » Il mande à un autre : « Toute ma resolution est en ces paroles de David : *Elegi abjectus esse in domo Dei mei.* Mon choix est d'être petit et abject dans la maison de mon Dieu. » A un autre encore : « Je suis porté à demander une vie humiliée, souffrante et inconnue aux hommes, j'y ai grand attrait. »

Et j'ai un papier écrit de sa propre main et tout de son sang, qui contient cet mots :

« Je vous donne ma liberté, ô mon Dieu, et vous demande le néant, où il faut que le Chrétien arrive pour s'élever purement vers vous.

» GASTON JEAN-BAPTISTE.

» *Dominus Jesus semetipsum exinanivit usque ad mortem crucis, propter quod et Deus exaltavit illum.* Ce 3 décembre 1644. Amen. »

Voilà son inclination et son attrait, et avec raison ; car comme d'une part Il s'était proposé Notre-Seigneur pour le patron de sa vie, et avait pris une résolution déterminée de l'imiter en tout ce qu'il pourrait ; et que de l'autre, l'humilité est la vertu propre de Jésus-Christ, ainsi que

l'appelle saint Bernard après saint Paul, il a
embrassé pour ce sujet l'humilité de toute son
affection, il s'y est adonné de toutes ses forces,
et l'a exercée dans toute son étendue, comme
nous le verrons par la suite.

Mais avant que nous le voyions dans les actions
de cette vertu, écoutons ce qu'il nous en apprend
et les lumières qu'il nous en donne. « L'humilité,
disait-il, est la base qui porte et qui soutient tout
l'œuvre de Dieu en nous ; elle fait la créature si
nue et si séparée d'elle-même, qu'elle ne lui
laisse point le pouvoir d'aucun regard sur soi,
mais la rend si occupée de la grandeur de Dieu
qui l'anéantit, qu'elle est toute perdue en respect
et en abaissement : c'est là la grâce des Chrétiens voyageurs, qui, nus et dépouillés de tout,
ne s'estiment qu'un néant et un souffle d'être,
lequel n'ayant que ce qu'il a reçu de Dieu, n'a
instinct que pour Dieu. C'est une belle humilité
de ne voir en soi que le néant ; et qui n'y voit
que le néant, n'y voit rien ; ainsi l'ame qui ne
voit rien en elle, ne trouve rien en elle qui l'arrête, et par ce moyen elle est toujours dirigée
vers Dieu : c'est comme une aiguille touchée de
l'aimant, qui ayant été enveloppée de toutes
sortes de nippes viendrait à en être dégagée ; car
aussitôt elle se tournerait vers son Nord, et y
demeurerait toujours fixe, quoique la tempête
de la mer et les vents bouleversassent le vaisseau. » Voilà sa disposition, et le regard d'une
ame vraiment humble, regard du néant en soi,
et regard de Dieu dans sa grandeur.

SECTION PREMIÈRE.

Son Humilité de cœur.

L'humilité peut être partagée en trois, en humilité du cœur, en humilité des paroles, et en celle des œuvres ; et comme l'humilité du cœur est la principale et la vraie, de laquelle seule aussi Notre-Seigneur s'est donné pour modèle, et dont les deux autres ne sont que les effets, si elles sont vraies ; ou autrement, ce sont seulement des ombres et des fantômes d'humilité ; c'est pourquoi nous commençons par l'humilité du cœur.

Et nous disons qu'elle consiste en l'humilité de l'entendement et des pensées, de la volonté et des affections, à se bien connaître et savoir au vrai ce que l'on est de soi, et que l'on n'est que néant et péché ; et ensuite de ces connaissances, à prendre des opinions de soi très-petites et très-basses, à se juger indigne de toute estime et de toute louange, à se mépriser, et à aimer son abaissement. C'est ce qu'a fait excellemment M. de Renty, ce parfait imitateur de Jésus-Christ.

Il avait une si faible opinion de lui-même, qu'il serait malaisé de l'expliquer ; et quoiqu'il eût des qualités naturelles et surnaturelles très-rares, il ne voyait pourtant rien en lui que ce que nous avons dit, le néant et le péché ; et par une persuasion véritable et sincère il se réputait le plus indigne de tous les hommes, prenant ce titre dans quelques-unes de ses lettres : mais le nom qu'il se donnait plus ordinairement était celui de pécheur et de grand pécheur, qu'il répétait très-souvent et avec un esprit vraiment humilié.

Ce que j'ai remarqué en lui pendant près de six ans que j'ai eu l'honneur de sa connaissance, dit une personne digne de foi, a été une humilité très-profonde qui le tenait dans un anéantissement perpétuel devant Dieu et devant les créatures, mais d'une manière que je n'ai jamais vue en qui que ce soit, quoique j'aie connu de très-saintes ames. La grandeur de Dieu l'humiliait jusques aux abîmes. « Et y a-t-il, me dit-il un jour, quelque chose de grand devant cette grandeur? je m'y vois si petit, si petit, et rien. » Et puis s'élevant à Dieu dans ce sentiment de petitesse, il disait : « Un atome au soleil est bien petit, mais je suis encore bien plus petit en présence de Dieu, car je ne suis rien. » Puis s'humiliant dans un autre sens, il disait : « Hélas ! je suis trop, je suis un pécheur, un infidèle, un anathème par mes crimes. » Et il manda encore à la même personne : « Il me semble que je m'écrase devant Dieu, comme un œuf à qui je donnerais un coup de pied de toute ma force contre terre; faut-il donc que je vous parle de moi, et que j'aie seulement un nom? c'est chose étrange. »

Cette opinion très-basse qu'il avait de lui-même, lui fit dire plus d'une fois, et tout près d'en pleurer, qu'il était étonné de la bonté que l'on avait pour lui de le souffrir, et qu'il ne pouvait assez admirer comme partout on ne lui jetait de la boue, et comme toutes les créatures ne se roidissaient contre lui. Cette même opinion lui avait persuadé que c'était beaucoup de hardiesse à lui de parler, et qu'on usait d'une grande miséricorde envers lui de supporter sa conversation, qu'il croyait être fort onéreuse.

Je l'ai vu très-souvent, rapporte une personne de piété qui l'a fort connu, s'humilier jusques au centre de la terre, lorsqu'il me parlait de Dieu, disant que ce n'était pas à un homme de sa condition d'en parler, mais qu'il devait plutôt se contenir dans le silence ; aussi n'en parlait-il pas sans mouvement particulier que Notre-Seigneur lui en donnait, ou pour l'utilité du prochain, ou pour quelque autre bien que Dieu en voulait tirer pour sa gloire, demeurant hors de là, par humilité, comme s'il n'eût su en dire deux mots. Dans une lettre qu'il écrivit à une autre personne, il lui dit : « Vivons de vérité. Quelle place pouvons-nous tenir devant Dieu et devant les Saints, que celle du néant ? Que l'on souffre avec étonnement ce néant de tout bien et ce composé de tant de maux ! »

Cette humilité de cœur était en lui générale, parce qu'il la pratiquait en tout, et il n'y avait point de chose qui ne lui servit à s'abaisser. Il s'abaissait beaucoup dans la connaissance de la faiblesse de notre nature. Sur quoi il m'écrivit un jour ce sentiment : « Il faut que je vous dise avant que de finir, une chose que me tient dans un merveilleux mépris de moi, et qui me fait ressentir combien il y a peu d'assurance dans l'homme ; c'est que quand saint Pierre et les autres apôtres rendent plus de témoignage de leur fidélité à Notre-Seigneur, Notre-Seigneur leur marque l'infidélité qu'ils doivent commettre ; ayant dit à saint Pierre qu'il ne pouvait le suivre pour lors, où il allait ; saint Pierre lui répondit : Pourquoi ne puis-je pas vous suivre maintenant ? je suis prêt à donner ma vie pour vous. Tu donneras ta vie pour moi ? réplique Notre-Seigneur ;

je te dis en vérité, que le coq ne chantera pas,
que tu ne me renies trois fois. Saint Pierre ne
comprenant pas ces paroles, continue dans la
protestation de sa fidélité, et dans l'occasion de
la prise de Notre-Seigneur il met la main à
l'épée, qu'il ne remet point dans le fourreau que
Notre-Seigneur ne le lui ordonne. Il le suit et ne
l'abandonne point lorsqu'on le prend, mais après
il le renie à la simple parole d'une servante.

» La vue de ces foiblesses, qui me viennent
non par recherche, ni par étude, mais par lumières divines et par l'impression qu'elles font
en moi, me tient tout anéanti et sans confiance
en moi-même, mais je la mets toute en Dieu et
en son Fils Notre-Seigneur. Cet état me tiendrait
dans une merveilleuse petitesse, si j'y étais fidèle ;
j'ai des instans qu'il me semble que même tout
mon corps est écrasé, broyé et anéanti, et l'intérieur encore bien plus.

Il mande à une personne : « C'est pitié que de
l'homme et de son infirmité ; il est par fois important qu'il ait expérience de ce qu'il est, afin
qu'il n'oublie pas ce qu'il est, ni la place qu'il
doit tenir : *Ut non glorietur omnis caro in conspectu
ejus ;* afin qu'étant avili, anéanti et rendu comme
une chose qui n'est point, Jésus-Christ soit en
lui vie de grâce et de sainteté, attendant le temps
de notre rédemption, c'est-à-dire, l'entrée dans
la gloire ; et, comme il est écrit, que celui qui
se glorifie, se glorifie dans le Seigneur. »

Et à une autre encore : « L'état de notre pauvreté et la vue de nos misères nous font connaître
le besoin que nous avons de la grâce, et fondent
l'ame dans le néant de soi-même, et de son impuissance à tout bien, et dans cette vérité, qu'elle

n'a jamais été et qu'elle ne peut être que retardement et que diminution aux opérations de Dieu en elle. »

La connaissance de ses fautes et de ses péchés l'humiliant étrangement, comme ce sont aussi les plus grands et les plus justes sujets d'humiliation que nous puissions avoir, il m'écrivit un jour : « Je vous assure que j'ai bien de quoi m'humilier et travailler à bon escient à me corriger, quoiqu'en patience, car j'éprouve et je vois clairement, que, quoique nous travaillions, et que nous souhaitions de sortir de nos imperfections, Notre-Seigneur nous y laisse quelquefois longtemps, pour nous faire connaître notre faiblesse, et nous humilier. »

Il désirait d'être averti et repris de ses fautes, et voici ce qu'il y observa au commencement de son appel à la haute perfection. Il fit qu'une personne, qui était beaucoup au-dessus de lui, eut ordre de son directeur de l'avertir, si elle voyait quelque chose en lui qui fût contraire à la perfection ; lorsque cette personne l'avertissait de quelque manquement, quoique très-léger, et même de l'ombre d'un défaut, il l'écoutait avec respect et remercîment, et s'en humiliait comme s'il eût commis un crime : lui-même s'accusait quand il pensait avoir failli, se mettant à genoux, et disant qu'il était un pécheur misérable, et qu'il avait fait une telle faute, qu'à peine pouvait-on souvent discerner. Cet exercice, comme très-salutaire et fort efficace, lui servit beaucoup pour faire un grand progrès ; car notre nature a besoin, dans sa faiblesse, de semblables appuis pour marcher droit et ne pas tomber.

Si ses imperfections et ses péchés l'humiliaient,

ses qualités excellentes et les grâces qu'il recevait de Dieu l'humiliaient aussi ; et les mêmes choses, d'où la plupart des hommes tirent de la vanité, lui servaient de motifs pour s'avilir. L'esprit de Jésus-Christ, dont il était animé, extrêmement éloigné des grandeurs de la terre, les lui faisait non-seulement mépriser, mais encore en avoir honte ; ainsi il prenait des sujets d'abaissement de sa condition relevée selon le monde, et des avantages qu'elle lui donnait : ce qui le portait souvent à gémir devant la majesté de Dieu, et à dire qu'il était dans une condition bien humiliante et bien roturière selon l'esprit de Jésus-Christ, et qu'il avait grande confusion devant lui de se voir en cet état.

De là vint qu'étant né gentilhomme de si bon lieu, comme nous avons dit, il renonça à sa noblesse et s'en démit entre les mains de Notre-Seigneur, qui aussi, comme il le fit conuaître à une sainte ame, lui donna la sienne, c'est-à-dire, son amour, qui par sa propre force transformant l'homme en Dieu l'anéantit à lui-même, et ne laisse en lui que Dieu seul vivant, et régnant, et par ce moyen l'élève ainsi déifié au plus haut dégré de noblesse où il puisse monter : pour cela il souffrait à peine qu'on l'appelât Monsieur, et disait parfois de bonne grâce parmi ses familiers : « Je suis un beau Monsieur, c'est bien à moi. » Et dans ses lettres il leur fait des plaintes de ce qu'ils le traitaient de cette qualité ; mais dans l'une, donnant un autre tour à son humilité, il dit : « Croyez, je vous supplie, que c'est grande pitié que de moi. Je reprends le Monsieur, que j'avais rejeté, mon orgueil doit avoir tous ces apanages plutôt que de tromper votre candeur, qui vous ferait peut-être prendre en moi un morceau de verre pour un diamant. »

Par humilité il ne voulait point porter le titre de Marquis qui lui était dû, comme propre de sa maison, attendu que Charles-Quint empereur avait érigé Renty en marquisat ; et il souffrit celui de Baron de Renty, que le public lui donna.

Pour les grâces et les dons de Dieu, comme ils étaient reçus dans une ame disposée, ils produisaient aussi excellemment en elle leur vrai effet, qui est d'abaisser et d'élever l'ame tout ensemble, de l'élever à Dieu et de l'abaisser à elle-même. Premièrement, son humilité lui faisait cacher autant qu'il pouvait les dons de Dieu, et elle nous a dérobé la connaissance de mille belles actions qui eussent bien servi à cette histoire.

Secondement, quand il recevait quelque grâce de Dieu, ou qu'on lui rendait quelque honneur, la clarté avec laquelle il voyait le néant de la créature, et le discernement dont il était doué pour distinguer le précieux du vil, et ce que Dieu met de son côté en toutes les choses bonnes, et ce que l'homme y apporte du sien, faisait qu'il n'y prenait aucune part, mais qu'il référait le tout à Dieu comme à sa vraie source ; et ainsi dans le maniement de ces grands biens dont Dieu l'enrichissait, il avait toujours les mains nettes sans faire tort à Dieu ni toucher à ce qui lui appartient ; et pour lui il se mettait à couvert de la vanité, qui se glisse très-subtilement et très facilement dans un esprit abondant en richesses du Ciel, aussi-bien qu'en celles de la terre, s'il n'y prend garde de près.

Il ne voulait pas pour cela, qu'on le considérât en tout ce qu'il faisait et disait, mais qu'on y

regardât Dieu tout seul. Il écrivit à une personne
qui désirait fort qu'il lui rendît une visite : « Je
ne puis supporter qu'avec peine le cas que vous
faites de mes visites et de mon entretien ; voyons
beaucoup Dieu, lions-nous sans cesse à Jésus-
Christ, afin d'apprendre de lui l'anéantissement
profond de nous-mêmes. O mon Dieu, quand
est-ce que nous n'aurons plus de vue sur nous,
que nous ne parlerons plus de nous, et que toute
vanité sera détruite ? » Et il manda à un autre :
« Je vous supplie de ne regarder en moi que mes
infirmités, et un fond de malice et d'orgueil
épouvantable qui y est. Voilà de quoi j'aurais besoin que tout le monde me parlât, et me punît. »

En troisième lieu il s'estimait très-indigne des
grâces de Dieu, et croyait qu'il n'y en avait pas
une, quelque petite qu'elle fût, qui ne fût bien
au-dessus de ses mérites ; et pour les grandes
dont il était si rempli, elles le mettaient à non
plus. Il écrivit à un intime confident : « Les
dons de Dieu sont quelquefois si grands, qu'ils
nous mettent au-delà de nous-mêmes, pour ainsi
dire, et si nous pouvons trouver à nous reculer
plus loin que par-delà le néant, nous y irons. Vous
voyez parmi les hommes, quand on donne quelque chose de proportionné à quelqu'un, qu'il en
rend grâces et en dit grand merci ; mais si un
Prince donnait à un pauvre selon la grandeur de
son pouvoir, ou une somme d'argent, ou une
charge, vous verriez ce pauvre reculer et dire :
Hélas, mon Seigneur, je pense que vous ne me
connaissez pas ; il ne m'en faut pas tant, je suis
indigne de cela. Il y a de même des biens qui
vont au-delà de notre attente, et qui nous font
voir ce que nous sommes, sans que nous osions

D

lever les yeux, tant leur éclat éblouit, tant leur grandeur épouvante. »

Enfin il s'humiliait toujours des grâces de Dieu, parce qu'il pensait, ou que par sa lâcheté il n'y correspondait pas selon toute leur étendue, ou que par la seule misère de la nature il en usait mal et leur faisait perdre une partie de leur force. Comme il arrive aux plantes du Levant, qui portées en un pays étranger n'y conservent pas toute leur vertu mais y dégénèrent et se sentent du terroir : si les choses spiritueuses de la nature se falsifient en nous, passant par les sens, et s'y rendent grossières, à combien plus forte raison celles de la grâce et les divines viendront-elles à s'y affaiblir et à s'y altérer ? Ces vues le rendaient très-humble dans les plus grands dons de Dieu et dans les choses les plus sublimes.

SECTION SECONDE.

Suite de son Humilité de cœur, et de son Humilité dans les paroles.

Comme les affections que nous portons aux choses sont toujours fondées sur l'estime que nous en faisons, M. de Renty s'estimant si peu et rien, et ayant une opinion si basse de lui-même, il s'est donc extrêmement rabaissé et avili dans son cœur. Il se méprisait en tout, et une de ses plus fortes pentes selon la grâce, qui est une grande marque de l'esprit de Dieu dans une ame, était de se condamner toujours.

Il écrivit à son directeur : « J'ai tout à la fois deux vues bien contraires, l'une de vous avouer avec un sentiment de reconnaissance et de grati-

tude, que Dieu me remplit des effets de sa bonté
et des impressions de son royaume; et l'autre que
je suis plus porté à me condamner qu'à me regarder, car avec tout c'est grand'pitié que de mon
fait. » Et une autre fois, après lui avoir parlé de
beaucoup de grandes lumières et d'excellens
sentimens que Dieu lui avait communiqués, il lui
dit : » Je ne m'arrête point à tout cela, je vous
dis seulement ce qui s'est passé, pour vous en
rendre compte, ne me servant de mon jugement
que pour me condamner dans mes vices, le sus-
pendant pour tout le reste, et le renvoyant à Dieu. »
Il manda à une autre personne de confiance :
« Je ne sais ce qui arrivera de notre affaire:
il ne faut dire mot en douceur et en patience,
mais je perdrai mon crédit quelque part; si ce
pouvait être partout, ce serait grande justice. Hélas ! si personne ne me souffrait, et que tout le
monde me condamnât, peut-être mon orgueil
s'humilierait. »

Animé de cet esprit, il avait un désir ardent,
quoique toujours dans sa paix ordinaire et dans
son abandon aux ordres de Dieu, de recevoir du
mépris. « Si j'avais, disait-il, à souhaiter quelque chose, ce serait d'être beaucoup humilié et
aneanti, et d'être traité comme les balayures
des autres; ce serait là ma joie; mais je crois
que je ne mériterai pas une si grande grâce. »
Ce désir le portait jusques à ce point, que s'il ne
se fût retenu par la considération de plus grands
biens, il eût fait des choses étranges pour être
méprisé et pour recevoir de la confusion. Il dit
dans ce sentiment et de l'abondance de son cœur
à une personne : « J'aurais grand plaisir, s'il
m'était permis de m'en aller tout nu en chemise

courir par les rues de Paris pour me faire mépriser et regarder comme un fou. »

D'où nous devons apprendre deux choses : La première, que Dieu donne par fois aux saintes ames des pensées, des affections et des désirs si élevés au-dessus du commun et de la raison humaine, qu'ils paraissent extravagans, comme celui-ci qu'il avait donné à M. de Renty, et qu'avait eu avant lui notre fondateur saint Ignace ; la seconde, qu'il ne faut point exécuter ces désirs qu'ils n'aient été auparavant bien examinés et pesés justement dans la balance de la charité et de l'édification du prochain.

Ce brûlant désir que M. de Renty avait du mépris, le lui faisait rechercher, et lui faisait aimer sa propre abjection, et quand elle arrivait, la lui faisait prendre non-seulement avec patience, mais encore avec joie, ce qui est le plus haut degré où puisse monter l'humilité. Il en donna un évident et illustre témoignage, au premier voyage qu'il fit à Dijon, où un procès qu'il eut avec madame sa mère l'avait obligé d'aller, et qui lui fut, par une conduite très-particulière de Dieu, un des plus grands exercices de patience et d'humiliation qu'il porta en toute sa vie, et dont nous parlerons plus au long au chapitre suivant, car voici ce qu'il en écrivit à son directeur, le 24 Juillet 1643.

« Je suis donc à Dijon, puisqu'il a plu à Dieu, et j'y ai connu, par les opinions anticipées qu'on avait prises de moi, ce que Dieu voulait tirer de mon voyage, qui est que je menasse une vie cachée et inconnue aux hommes dans un esprit de pénitence. Le bruit que l'on avait semé de moi, que j'étais un bigot, qui n'avait que des artifices et des apparences de dévotion pour colorer ses malices, a fait que j'ai été fort retiré dans le cabinet, de peur de donner, en me produisant, plutôt du scandale que quelque exemple de vertu. J'ai trouvé une communauté qui sollicitait contre moi, qui toutefois est celle de laquelle j'avais plus de sujet, ce me semble, pour plusieurs justes raisons, d'espérer de l'appui, que d'aucune autre, et j'ai éprouvé tout le contraire : mais aussi Dieu par-là m'a fait beaucoup de grâces. Je les ai été voir, où j'ai reçu humiliation avec grande joie : je me suis bien gardé de m'ouvrir de ce qui m'eût pu rendre recommandable auprès d'eux ; j'ai seulement fait pour mon affaire ce que je devais à la vérité, et après j'ai pris tout le reste à ma confusion et à ma condamnation, ainsi que je le dois : je crois être ici comme l'excommunié et le bouc de la loi ancienne, chassé au désert pour mes péchés énormes, dont il m'a semblé que Dieu voulait que je fisse pénitence, non par des peines toutes pures, mais par des peines qui portassent encore confusion. Je vous le dis pour vous en rendre compte, et ne m'y arrêtant pas après davantage, ma seule vue étant d'aimer Dieu et de me condamner. »

L'humilité de cœur dans laquelle **M. de Renty** était profondément établi, produisait en lui celle des paroles, qui l'empêchait d'en dire jamais aucune qui sentît tant soit peu la jactance, et qui portât la moindre teinture d'arrogance et d'estime de soi-même, ou qui fût proférée d'une façon altière, et d'un tón impérieux ou suffisant ; mais au contraire, elles étaient toutes trempées dans l'humilité et dans la modestie. Comme il

s'estimait véritablement pécheur, lâche, ingrat,
perfide, ignorant, aussi se donnait-il ces noms
et se qualifiait-il de ces titres. Nous en avons
déjà vu quelque chose ci-dessus, à quoi nous
ajouterons encore ceci, qu'il manda à une
personne :

» Je ne suis, à dire le vrai, qu'un idiot, un
pauvre laïque et un pécheur. » Ecrivant à un
Prêtre, il lui dit : « Que fais-je, immonde et
roturier en grâce et en condition dans l'église
de Dieu, qui porte un état que Jésus-Christ a
réprouvé pour lui? Je parle à un Prêtre et à
l'Oint du Seigneur. Mon Dieu, si je faisais retour
sur moi, que serais-je devant mes yeux? Mais
que suis-je devant les vôtres et devant ceux de
vos serviteurs? » Il écrit à une personne : « Je
vous remercie des devoirs de dévotion que vous
avez rendus ce 24 et 25 dernier pour une chose
aussi basse que moi, qui ne mérite point de
nom qu'entre les enfans d'Adam qui trompent
tout le monde, et qui devraient sentir la colère
de tous les enfans de Dieu, si la prière de son
Fils en croix n'implorait grâce pour ses persé-
cuteurs. » Et à une autre encore : « Puisque
l'on me souffre si volontiers, et que vous persévérez à désirer cela de moi, je supplie mon
Seigneur, en la main et en la disposition duquel
je veux être tout entier, qu'il se serve, s'il lui
plaît, de ce misérable fétu pour vous donner
quelque consolation en la vie de ses enfans, et
dans les voies qui vous mènent à l'héritage. »

Il a écrit un très-grand nombre de lettres ;
c'est une chose merveilleuse qu'il n'y en a pas
une dans laquelle il ne s'avilisse, et qui ne
porte quelque trait d'humilité ; ce qu'il faisait

de même dans sa conversation : car quoiqu'il
eût dessein, pour s'anéantir davantage, et faire
ce qu'universellement parlant on croit être le
meilleur, (si ce n'est en quelques rencontres
où la vertu oblige à pratiquer le contraire,) de
ne parler de lui, ni en bien, ni en mal, néanmoins il lui était comme impossible de s'en empêcher, à cause de cette opinion très-basse qu'il
avait de lui et du mépris qu'il en faisait. Sur
quoi un intime confident, lui disant un jour
que cela n'était pas bien de tant parler mal de
soi, il frappait aussitôt sa poitrine, avouant
qu'il faisait mal.

Il est vrai que l'on peut parler mal de soi par
orgueil à dessein de recueillir par cette fausse
humilité un peu de gloire, et d'acquérir quelque réputation d'une personne humble : mais
après tout, nous ne voyons pas que les orgueil-
leux soient beaucoup sujets à ce défaut ; et à
moins d'un grand fonds d'humilité, il est très-
difficile de parler de soi comme faisait cet homme
de Dieu.

A la vérité, il parlait de lui-même très-mal et
en termes de grande confusion, et très-souvent ;
mais néanmoins sans importuner et sans ennuyer
personne, et d'une telle manière que l'on voyait
évidemment qu'il parlait du fond du cœur et
selon sa pensée ; et ce qui est encore plus merveilleux, il avait une telle grâce de parler de
lui et de se confondre, que plusieurs ont remarqué et éprouvé que les paroles d'humilité
et de confusion qu'il disait de lui, imprimaient
sa même disposition en ceux qui l'entendaient
parler, et leur portaient dans l'ame des effets
de petitesse et donnaient des sentimens d'humilité.

Quand, par un mouvement particulier du Saint-Esprit, il parlait des grâces et des miséricordes que Dieu lui faisait, c'était toujours avec un esprit humilié et anéanti. Il écrivit à une personne : « Je ne suis qu'un pécheur, ayez pitié de moi, adorant pour moi la bonté de Dieu et de Notre-Seigneur, qui, pour parler selon les termes de l'Evangile, se divertit quelquefois chez les pécheurs. J'en peux dire des nouvelles avec Zachée ; mais je me confonds de ne pas produire en toute ma vie ce que son amour et sa reconnaissance lui firent faire en un moment. » Et à une autre. « Je supplie Notre-Seigneur de me tenir très-petit devant lui et devant vous : car je dois porter la confusion de mes crimes en tous lieux, puisque partout je suis misérable, sans toutefois cesser de m'unir avec vous pour dire : *Misericordias Domini in æternum cantabo.* »

Quand il parlait des personnes pieuses unies à ses exercices de charité, il usait souvent de ces termes : « Si j'ose, je vous prie de les saluer de ma part. Je m'estime bien heureux d'être le dernier de cette Compagnie, j'en suis tout à fait incapable et indigne (quoique pourtant il en fût l'auteur) ; je serai condamné par vous tous, si vous n'avez pitié de moi, et ne me rachetez de mes misères. »

SECTION TROISIÈME.

Son Humilité dans les actions.

Après l'humilité du cœur et des paroles vient celle des actions, que M. de Renty a pratiquée excellemment. Nous l'avons déjà vu en plusieurs

rencontres, nous le verrons encore en beaucoup
d'autres, et particulièrement quand nous parlerons de sa patience et de sa charité envers les
pauvres et les malades ; mais outre cela, nous
disons qu'il était continuellement attentif à toutes
les occasions d'humilité, et qu'il n'en laissait
échapper aucune sans en profiter.

Depuis sa vocation spéciale au service de
Dieu, il ne voulut plus qu'on lui portât de car-
reau à l'Eglise, et afin d'y être caché et méprisé
il se mêlait parmi les gens de métier et les personnes du commun, où il était souvent poussé
et incommodé, parce qu'il n'était pas connu ;
ce qu'il supportait avec grand plaisir. Il se mettait toujours, autant qu'il pouvait, au bas de
l'Eglise avec l'humble Publicain : et à Dijon,
dans celle des Ursulines, les tourrières le virent
prier tout en bas, et les bras étendus en croix,
lorsque le peuple fut retiré ; et même souvent
il faisait sa prière devant la porte fermée, pour
ne pas, disait-il, donner la peine d'ouvrir à un
pauvre pécheur. Entendant la grand'messe à
sa paroisse, il allait toujours à l'offrande avec
un pauvre homme, et il s'est trouvé quelquefois avec le même homme accompagner le Saint-
Sacrement par les rues, sans qu'il y eût personne de marque que lui seul.

Pendant la guerre de Paris, il allait acheter
lui-même le pain pour les pauvres, et le portait par les rues, et autant que ses forces le lui
pouvaient permettre. Comme en ce temps il rendit
à un monastère de religieuses le service de
garder en dépôt l'argenterie de leur église, il
insista beaucoup afin qu'on lui donnât à porter
en son logis distant d'une grande demi-lieue de

D *

là, et tout à pied qu'il était, une pièce fort
grande et fort pesante; mais s'il eut l'humilité de
la demander, on eut la discrétion de la lui refuser. Quand on le priait au même monastère,
que lorsqu'il voudrait leur faire la grâce de les
visiter, il prît son carrosse, à cause de la distance et de l'incommodité qu'il en recevait, il
répondait agréablement, qu'il n'aimait pas à se
servir de carrosse, parce que cela sent le
Monsieur, et qu'il faut tâcher de se faire en
tout très-petit. Il y allait donc à pied, et retournant aux jours les plus courts de cinq à six heures
du soir tout seul, et quelquefois par un temps
de dégel, comme on lui témoignait de la peine
de celle qu'il recevait, qui ne pouvait être petite;
il disait que Notre-Seigneur s'était bien autrement humilié, qu'il avait bien pris d'autres fatigues pour les ames, et qu'il était son patron.

Devant un jour aller voir une personne de très-
grande condition, pour une affaire qui regardait
la gloire de Dieu, il ne voulut point y aller en
carrosse, quoiqu'il fallût traverser presque tout
Paris, et qu'il plût à verse : on lui proposa de
se faire au moins porter un manteau par un laquais, afin de le prendre quand il serait arrivé
là, et ne pas se présenter devant une personne
avec un manteau tout trempé ni lui parler avec
cette messéance; il ne le fit pas davantage, mais
pour accommoder son humilité avec la bienséance, il mit ce manteau par-dessus le sien,
et alla par les rues, et si loin, en cet équi-
page humiliant; et puis dans l'hôtel il mit bas
ce manteau mouillé, et parut avec le sien ordinaire.

Mais, voici une autre effet de son humilité; il

en écrivit ainsi à son directeur le 20 décembre 1646 :
« Il faut maintenant, dit-il, que je vous rende
compte d'une affaire qui se passa avant-hier.
Madame la Chancelière m'envoya un paquet dans
lequel je trouvai des lettres du roi, scellées en
toutes leurs formes, qui me faisaient Conseiller
d'état. Je ne m'attendais point à cela. Je lui
mandai que j'aurais l'honneur de la voir pour la
remercier de ce que M. le Chancelier daignait
penser à moi, que j'honorais trop ce qui avait la
marque du roi et qui venait de leur part pour ne
pas le recevoir avec respect, mais que je la sup-
pliais très-humblement d'une chose ; que, vivant
d'une manière simple et commune comme je faisais, elle trouvât bon qu'en me tenant très-étroi-
tement leur obligé, je ne le fusse point d'accepter ces lettres, et que la chose s'assoupît sans
bruit. On me représenta qu'en de certaines rencontres un *Committimus* me pouvait être nécessaire, et que deux mille livres de pension par an
me donneraient moyen de faire encore plus d'aumônes. Je répondis au premier point, que par
la grâce de Dieu je n'avais point d'affaires pour
ainsi dire, et que souvent les *Committimus* sont
de grandes vexations à ceux contre qui on en use :
que c'est à nous de porter nos petites croix dans
les voies communes, sans en donner d'extraordinaires à d'autres ; et pour le second, que Dieu
m'ayant donné des biens plus que je n'en ai
besoin, je ne croyais pas les devoir augmenter,
mais demeurer dans ma petite manière. Voilà
où nous en sommes.

» Sur quoi je vous dirai que ceci ne peut avoir
effet que je ne prenne la qualité de Conseiller
d'état et que je ne sois couché sur l'état comme

pensionnaire du roi. J'ai, comme vous avez vu par le papier que je vous envoyai il y a quelque temps, donné ma noblesse terrestre à Dieu, et ceci y dérogerait ; et de plus ce serait un pas pour m'engager je ne sais où, que je ne vois point, et que je ne veux point voir, ayant d'autres choses à envisager. Ma disposition sur les affaires de telle nature est de n'y avoir aucune part. Si elles se font par force et sans moi, ce me sera une croix véritable, que Notre-Seigneur me donnera grâce pour lors de porter. Enfin : *Elegi abjectus esse in domo Dei mei ; et absit mihi gloriari, nisi in cruce Domini nostri Jesu Christi.* Voilà ce que je ressens en moi. » C'est ce qu'il lui manda et qu'il conclut par ces paroles, qui portent un autre trait d'humilité, et beaucoup de sagesse : « J'ai voulu tenir l'affaire secrète pour éviter l'ostentation, qui se trouve souvent dans les refus des choses qui ont de l'éclat et qui font parler. »

C'est ainsi qu'il se comporta dans cette conjoncture ; néanmoins quelque temps après il fut contraint par bon conseil, pour un sujet où il y allait beaucoup de la gloire de Dieu et du soulagement des pauvres, d'accepter ces lettres et cette qualité, et de s'en servir.

Je trouve dans un papier qu'il écrivit au même, ce qui suit, qui convient bien à notre propos. « Marchant un des jours de ce carême par les rues de Paris, fort crotté, et bien bas d'extérieur, je portais en moi ce sentiment de l'Apôtre, quand il dit qu'il était comme l'ordure et la balayure du monde ; et comme il me semblait que j'étais dans ce rebut, je donnais bénédiction pour malédiction, et le reste du passage, qui me fut mis en puissance passive, et en acte, recevant lumière pour l'entendre et force pour l'exécuter. Je connus combien la propreté, et les choses neuves, jusques aux bottes, jusques à un regard et à une contenance, blessent, si l'on n'y prend bien garde, la simplicité et la dignité de cet avilissement chrétien ; et je voyais que c'était une grande tentation de penser conserver son état de grandeur et de marque, pour donner plus d'exemple et avoir plus de poids pour servir Dieu. C'est un prétexte dont se sert notre infirmité au commencement ; mais la perfection nous attire enfin à Jésus-Christ humilié et rendu le dernier des hommes dans la Croix. Quel honneur de tenir compagnie à Jésus-Christ si seul et si peu suivi en son ignominie et en son humiliation ! C'est une de mes terreurs, que je n'ai pas encore bien commencé. »

Les grandes connaissances et les sentimens merveilleux qu'il avait de ces vérités et de la petitesse d'esprit où doivent tendre et parvenir les vrais enfans de Dieu et les parfaits imitateurs de Jésus - Christ, lui faisaient souvent dire : « Soyons petits et très-petits. ! O que la sainte petitesse est une chose grande ! »

Il aimait dans cet esprit les choses basses, et fuyait tout ce qui extérieurement a de l'éclat en quoi que ce soit ; car il savait que la nature par un retour secret sur soi va toujours, même dans les choses les plus spirituelles et les plus saintes ; comme au contraire la grâce, pour être grâce de Jésus-Christ, porte continuellement aux choses viles, que Jésus-Christ a embrassées.

Il évitait dans la même pensée tout ce qui tient de l'extraordinaire, et disait que dans les exercices où il paraît même plus de perfection, comme à faire plus que les autres, des jeûnes et d'autres pénitences, il n'y en a pas quelquefois autant que dans les exercices communs, dont le moins est recompensé par la mort de la nature, qui bien souvent se recherche elle-même dans l'extraordinaire et le particulier, étant bien aise d'avoir quelque chose par-dessus les autres pour se faire considérer et donner sujet de parler de soi avec estime.

Il faisait de même attention sur son parler, pour ne point se servir, dans les discours sur les choses spirituelles et sur les mystères les plus relevés, de termes magnifiques et pompeux, de mots nouveaux et hors d'usage ; et s'il lui arrivait d'en dire quelqu'un, il témoignait que c'était à regret, et parce qu'il ne pouvait s'expliquer autrement ; de sorte que ni dans ses actions, ni dans ses paroles, il ne voulait rien qui portât apparence de grandeur et de singularité.

C'était encore en lui une action d'humilité et de sagesse, de faire cas et de parler avantageusement de la conduite des autres pour l'intérieur, quoiqu'elle fût bien au-dessous de la sienne ; disant qu'il faut soigneusement prendre garde de ne pas dire comme le Pharisien : Je ne suis pas comme les autres ; et il m'écrivit un jour sur ce sujet : « A Dieu ne plaise que je croie qu'il y ait quelque chose de singulier ou d'extraordinaire en moi, quoique je lui doive des reconnaissances extrêmes de ses miséricordes infinies. »

Mais parmi tous les effets et tous les témoignages de son humilité, la façon avec laquelle il se comportait envers son directeur doit sans doute ténir un des premiers rangs. Il ne faisait rien qui fût tant soit peu de conséquence de ce qui le touchait, sans sa conduite. Il lui proposait la chose ou de bouche s'il était présent, ou s'il était absent par écrit, clairement et nettement, lui demandant son avis, sa volonté et la bénédiction de sa résolution, c'étaient ses termes, avec tant d'humilité, tant de respect, tant de dépendance et de démission de son sens, que cela était admirable ; et puis sans retour et sans discussion il suivait exactement et aveuglément son ordre, autant que pourrait faire dans une Religion bien réformée un novice très-obéissant et très-simple.

Son directeur lui ayant écrit quelque chose qui regardait sa perfection, il lui répondit en ces termes : « Je vous supplie de croire que quoique je sois très-imparfait et grand pécheur, si toutefois vous me faites l'honneur et la grâce de me demander un mot sur ce que vous connaissez m'être nécessaire, j'espère qu'avec l'aide de Dieu j'en profiterai. Je ne respire que de trouver Dieu et Jésus-Christ avec autant de simplicité que de vérité ; je ne prétends rien en ce monde que cela, et hors de cela je ne désire rien. » Voilà sa soumission, quoiqu'il eût, ce qui fait la merveille, un esprit excellent et très-éclairé, qu'il fût doué d'une rare prudence, et d'une si grande capacité de tout, que de bouche, et par lettres de divers lieux, il était consulté d'un très-grand nombre de personnes de tout âge, de tout sexe et de toutes conditions, séculières et religieuses.

Pour pratiquer si hautement cette soumission, il envisageait Notre-Seigneur, qui était en tout son modèle et sa lumière, dans celle qu'il a rendue à saint Joseph ; dont il fut extraordinairement touché, étant un jour aux Carmélites de Pontoise priant dans leur église, et au sujet de laquelle s'ouvrant à une personne à qui il pouvait le faire avec prudence et charité, il lui dit :

« Il est vrai que j'ai reçu ce matin une grande grâce, pensant à l'assujettissement et à la dépendance où le Fils de Dieu a voulu être de saint Joseph, à qui il s'était assujetti et soumis comme un enfant à son père. Quelle grandeur et quelle grâce de ce saint ! mais quelle vertu et quel anéantissement à Jésus-Christ ! Le Fils de Dieu égal à son Père, assujetti à une créature et soumis à un pauvre charpentier, comme s'il n'eût pas bien su comme il fallait se conduire ! On m'a fait connaître comme par cet exemple du Fils de Dieu nous sommes hautement instruits et d'une manière digne d'un tel Maître, sur la dépendance où les créatures doivent être de Dieu, et sur l'obligation étroite qui nous engage à nous soumettre au souverain pouvoir qu'il a sur nous, et à la direction des hommes ; de sorte que notre cœur n'ait de repos que dans cet assujettissement uni à celui que rend Jésus-Christ à une créature. O que ce mystère est profond et qu'il me touche ! »

Il fut ensuite un peu de temps sans parler, comme s'il eût été tout occupé de la grandeur de cette grâce, et la personne à qui il parlait lui ayant dit qu'elle sentait quelque communication de cette grâce, il se mit à genoux et cette personne aussi, et ils prièrent tous deux, adorant Jésus-Christ en cet état de dépendance et de soumission à une créature, et se donnant à lui pour l'imiter.

SECTION QUATRIÈME.

Son amour pour la vie cachée.

Nous mettons encore comme un effet de son humilité, l'amour qu'il avait pour la vie cachée et inconnue, parce qu'il ne l'aimait pas seulement pour pouvoir vaquer davantage à Dieu et communiquer plus à loisir avec Notre-Seigneur, qui était le cher objet de son cœur, mais de plus pour avoir le moyen de fuir l'estime, l'honneur et les louanges des hommes, et être effacé de leurs esprits et dans un oubli de tout le monde.

Pressé de cet amour, il disait, que si Dieu ne l'eût attaché à l'état où il était, il s'en serait allé en quelque pays étranger et lointain pour y vivre caché le reste de ses jours ; qu'il souhaitait de n'être connu de personne sur la terre ; qu'il n'était pas expédient qu'on sût seulement qu'il y fût, et que ce lui eût été un singulier plaisir d'être banni du cœur de tous les hommes et ignoré de toutes les créatures ; à quoi il contribuait de tout son pouvoir, ne faisant rien dans la vue de s'attirer leur reconnaissance ou d'acquérir leurs affections : et on a remarqué que plus il allait s'avançant en lumières et en grâces, plus la pente pour cette vie cachée se rendait forte, et plus il avait de désirs d'être inconnu, comme il le témoigna à une personne cinq à six mois avant sa mort.

Il regardait en cela Notre-Seigneur et l'exemple qu'il nous a donné de cette vie, n'ayant point paru, l'espace de trente ans, qu'une seule fois au temple ; quoiqu'il n'y eût point de péril pour lui de fréquenter les hommes, et qu'il semble qu'il y eût eu beaucoup de bien pour eux, parce qu'il les eût dressés, polis et sanctifiés par sa conversation et par ses paroles, étant même venu sur la terre exprès pour les instruire. Il jetait encore les yeux sur Dieu, que le prophète appelle un Dieu caché, et qui effectivement s'est tenu caché une éternité tout entière au-dedans de lui-même, et qui par toutes les découvertes qu'il a faites de lui au commencement et à la suite des temps, et par toutes les preuves qu'il nous en a données, n'est pas à beaucoup près hors de lui ce qu'il est dedans. Ce serviteur de Dieu et cet esprit illuminé se formait sur ces modèles.

Dans un mémoire, écrit le 15 mars 1645, qu'il donna à son directeur pour lui rendre compte de ce qui se passait dans son intérieur, il dit : « Il y a quelque temps que me trouvant dans une rue où il passait et repassait des carrosses, ne sachant si je devais regarder les passans ou non, parce que c'était en quartier de connaissance, et si cela ne donnerait point sujet de parler, de voir que je ne détournasse point les yeux, mais que j'allasse tout droit mon chemin ; ces paroles me furent mises en un instant dans l'esprit, mais d'une manière que je ne saurais douter que ce ne soit Dieu : *Ne te soucie point d'être connu, et ne t'arrête point à connaître.* Ces deux mots me donnèrent une si grande lumière et une si grande force, que je fus plus de huit jours qu'en cela je voyais consister les plus grands aides de la vie spirituelle, et j'en porte toujours le fond.

» Il est certain que, puisque la plupart de nos maux et de nos imperfections viennent de vouloir être vu, et de vouloir voir, c'est un amu-

sement qui porte un grand venin pour l'avancement d'une ame, quoique souvent elle n'en
aperçoive pas le dommage et n'en sente pas la
blessure. Ce qui met l'impureté dans nos actions
de piété, c'est que l'amour propre est bien aise
qu'on les sache, et qu'on nous remarque ; on
montre toujours le plus beau, on cache les défauts et l'envers ; et tout l'extérieur est si composé, que notre intérieur y est souvent plus occupé qu'à Dieu, et il y a peu de personnes qui
n'aient grande part au regard vain, passif et actif des créatures.

» Que ces paroles firent en moi une grande séparation de ce siècle ! Quelle purgation et quelle
pureté, d'être sur la terre pour n'y voir que Dieu !
O certainement, qui vivrait comme s'il n'était
point connu, sans avoir égard à ce que le monde
dit ou pense de nous, sans vouloir y prendre ni
recevoir de part, sans vouloir connaître ni être
connu de personne, sans nom, ni livrée, ni
visage, que selon que Notre-Seigneur le sait ; que
l'on marcherait nu, pur et libre d'esprit ! J'étais
au milieu des rues et du bruit, poussé et choqué,
aussi pacifique, aussi lié à Dieu et aussi occupé
de lui que si j'eusse été dans un désert ; et depuis ce temps-là je vais ainsi par les rues, avec
liberté toutefois des yeux pour voir ce qu'il faut
voir, mais sans m'attacher, et ces paroles me
sont remises dans l'esprit aux occurences nécessaires, et elles me protégent et me conservent
en Dieu. Je suis pourtant bien infidèle à cette
grâce, mais la vérité et le fond ne s'effacent point
de moi ; ce qui me rend bien plus coupable. »
Voilà ce que porte son mémoire.

Finissons par ce qu'il écrivit à une dame, l'an

1643, sur le sujet de cette vie secrète et retirée de la communication des créatures ; il lui dit : « Animons-nous à mener cette vie inconnue et toute cachée aux hommes, mais connue et très-intime à Dieu, nous denuant de tout et chassant de notre esprit tant de choses superflues et tant d'amusemens, qui néanmoins nous causent un si grand dommage, qu'elles l'occupent au lieu de Dieu ; de sorte que quand je considère ce qui traverse et ce qui coupe en tant de morceaux cette sainte, cette douce et aimable union que nous devrions avoir continuellement avec Dieu, il se trouve que c'est un monsieur, une madame, un discours, enfin une sottise pour nous, qui néanmoins nous ravit un temps si précieux et une société si sainte et si désirable. Quittons cela, je vous prie, et apprenons à bien faire la cour à notre Maître : entendons bien notre monde, qui n'est pas celui-ci auquel nous renonçons, mais celui où les enfans de Dieu rendent leurs devoirs à leur Père.

CHAPITRE IV.

Le Mépris qu'il faisait du monde.

Cette grande affection que M. de Renty avait pour la vie cachée, était une marque évidente du mépris qu'il faisait du monde, parce que, s'il l'eût estimé, il n'eût pas voulu le quitter. De dire maintenant jusques à quel point il le méprisait, ce serait bien difficile. Ce nous est assez, pour connaître qu'il l'a eu en un mépris extrême, de savoir, par ce que nous avons rapporté ci-dessus, comme il a renoncé, autant qu'il a été en son pouvoir, à tout ce que le monde peut promettre et donner, et avec quoi il asservit et captive les hommes: comme il s'est dégradé lui-même de sa noblesse : comme il a fait cession de ses biens et s'est dépouillé de leur propriété pour n'en plus user qu'en qualité de pauvre : comme il s'est sevré des plaisirs, a rejeté les honneurs et les dignités auxquelles sa naissance et ses perfections excellentes lui donnaient de très-grandes ouvertures, s'est moqué de tous ses attraits et a foulé aux pieds toute sa gloire. Il regardait pour cela son Patron Notre-Seigneur, qui dès son entrée au monde et dès sa naissance a fait une profession ouverte de le mépriser absolument; aussi disait-il, qu'il n'était pas de ce monde.

Je trouve, au sujet de ce mépris, dans un mémoire écrit de sa main, qu'il donna à son directeur, cette belle et solide lumière que Notre-Seigneur lui communiqua : « Etant au mois de novembre l'an 1644 dans une chapelle richement lambrissée et ornée de sculpture et de bas reliefs fort bien faits, comme je regardais avec attention ces ouvrages, parce que j'ai eu quelque connaissance en ces choses, et que je voyais des liasses de glaïeuls et de fleurs en forme de festons fort nettement travaillés, il me fut mis tout d'un coup dans l'esprit : *L'original de ce que tu vois ne t'arrêterait pas la vue;* et je connus qu'en effet tous ces glaïeuls et ces fleurs ne m'eussent pas occupé, et que tous les ornemens que l'architecture et l'art inventent, sont choses très-basses, qui tirent presque tout de feuilles, de fruits, de branches, de masques, de rouleaux, de harpies et de chimères, qui en partie sont

de leur nature choses communes et viles, en
partie imaginaires ; que cependant l'homme
qui s'accroche à tout, se rend amoureux et esclave, pour ainsi dire, de la manière d'un bon
ouvrier, qui copie et contrefait des fadaises. Je
reconnus à cette vue, comme l'homme est facile
à tromper, à amuser et à détourner de son souverain bien : et depuis ce temps je ne peux plus
m'arrêter à considérer aucune de ces choses,
et si je le faisais, j'en aurais reproche. Quand j'en
vois dans les églises et ailleurs, il est aussitôt
mis en mon esprit : *L'original n'est rien, la copie,
l'image est encore moins ; tout est vain, hors de
s'occuper de Dieu seul.*

A la vérité le chrétien nourri et élevé pour
des choses si grandes, comme la possession de
Dieu et la gloire éternelle, doit mépriser tout ce
qu'il y a ici-bas, même de plus éclatant, avec
autant et plus de sujet, qu'un grand Roi mépri-
sera une botte de foin, à laquelle le Prophète
aussi compare toute la gloire de ce monde, au
prix de sa couronne et de son royaume. C'est la
raison qu'employa ce serviteur de Dieu pour animer une dame au mépris du monde. Voici ce
qu'il lui écrivit :

« Je vous dirai, que comme nous ne sommes
chrétiens que par la liaison, la dépendance et la
vie que nous avons de Jésus-Christ, je m'étonne
et je ne peux comprendre qu'une chose aussi petite que l'homme, tiré du néant dans sa première
origine, infecté du péché de son premier père
et des siens, élevé à un si haut degré d'honneur, que lui donne l'alliance du christianisme,
de n'être qu'un seul Christ avec le Fils de Dieu,
d'être son frère et son cohéritier dans le siècle

futur ; je m'étonne, dis-je, comme après des
prérogatives si admirables l'homme estime le
monde et fait état de ses vanités. Y faudrait-il
avoir le cœur, et être de cette vie, après ces
considérations ? Les choses de la terre, dont la
mort aussi-bien nous dépouillera, et pour jamais, seront-elles la plénitude de notre cœur
dans le peu de temps que nous avons à y être
pour faire notre salut, pour acquérir les trésors
qui nous sont préparés, et pour rendre grâces
à Dieu de ses miséricordes ? Ne devrions-nous
pas montrer à Dieu et aux hommes une foi toute
vivante, quittant librement ce qui n'est que de
ce siècle, ses honneurs faux, ou pour le moins
inutiles, ses établissemens périssables, ses opinions extravagantes, et tout ce qui passera
comme un songe ? ainsi que nous voyons que
sont passés nos bisaïeuls dont il n'est plus de
mémoire. Leurs cadences et leurs décaden-
ces, leurs contentemens et leurs déplaisirs, qui
leur tenaient si fort au cœur, et qu'ils avaient
tant de peine d'accommoder à la loi de Jésus-
Christ et aux esprits de leur temps, tout cela s'est
évanoui : n'est-il pas vrai qu'on a sujet de les
estimer avoir manqué de sens, s'ils ont considéré
autre chose que Dieu dans leurs actions ? Il en
sera de même de nous, tout passera, et Dieu
seul demeurera. O qu'il est bon de s'attacher à
lui seul ! »

Il encourage la même personne en une autre
lettre qu'il lui envoya, en lui disant : « Ça, tout
de bon, il faut mourir au monde, et rechercher
les obstacles qu'il apporte à notre perfection
pour les condamner, et vivre dans le siècle suivant le sens de l'Apôtre, comme n'y vivant point,

y possédant comme n'y possédant pas. Chassons hardiment de nos esprits la complaisance et l'attache de nos belles maisons, ruinons les délices de nos jardins, brûlons nos bocages, exterminons ces vaines idées que nous avons sur nos enfans, qui cachent en eux notre amour propre, lequel semble mort en nous, et nous fait désirer, estimer, et approuver en leurs personnes ce que nous condamnons en nous, c'est-à-dire, le lustre et l'éclat du monde.

» Je sais qu'il y a de la différence dans les conditions, mais toutes doivent rejeter les apanages que l'on dit être de la grande naissance et de la noblesse de sang, j'entends ces maximes d'aspirer au plus haut et de ne souffrir rien; ce sont des maximes que nos enfans apportent de la naissance que nous leur donnons, mais il faut que la seconde, que nous leur procurons de Jésus-Christ, répare ces désordres. Offrons-leur la vanité de l'esprit, et toutes ces conduites politiques, et les exemples de ces grands des histoires, dont les supplices sont aussi éminens dans les enfers que leur présomption a éclaté sur la terre; car il se trouverait que nous les conduirions à une pareille fin. »

Dans une autre lettre, il lui explique ce qu'il lui avait mandé de ses maisons et de ses jardins, et qui, sans cette explication, semblerait trop cru : « Mon dessein, dit-il, n'a pas été que vous fissiez démolir vos murailles et que vous laissassiez en friche vos jardins pour être davantage à Dieu; j'entends parler des détachemens et des ruines qui se doivent faire dans nos esprits, et non pas être exécutés sur des matières insensibles qui n'ont de prix que dans leur forme : quand j'ai dit qu'il faut mettre le feu partout, j'ai pensé suivre cet esprit admirable de l'Apôtre qui veut que nous ayons la pauvreté dans les richesses, et le dénuement au milieu des possessions : il veut que nos esprits soient véritablement purifiés et séparés des créatures dont nous jouissons réellement, parce que le Chrétien qui tend à la perfection, se fait grand tort de s'arrêter à ses amusemens, et de mettre dans son cœur d'autres inclinations que celles de Jésus-Christ, qui voyait tout le monde sans le détruire, mais aussi sans s'y attacher ; le soin de son Père et celui de sa gloire étaient sa vie ; les détours des fleuves et les ornemens des campagnes lui étaient de faibles considérations, et non des occupations. Voilà où j'en voudrais venir, et je n'en demande pas davantage. »

C'est en effet ainsi que nous devons mépriser le monde ; Dieu nous y porte, et pour nous y porter plus efficacement il permet parfois, et souvent, que nous y recevions des disgrâces et que nous y rencontrions des peines ; c'est ainsi qu'on sème des épines dans un chemin afin que nous en prenions un autre. Ce que M. de Renty connaissant bien ; voici ce qu'il en manda à une personne : « Dieu a son dessein par toutes ces contrariétés : ce dessein est, que ceux qui sont à lui, soient encore plus à lui en recours, en confiance, en appui, en vie et en tout. Le bruit du monde et ses revers sont avantageux pour faire connaître son esprit, sa confusion et sa vanité, à ceux qui n'en sont pas, et qui étant en esprit de mort n'y attendent plus que la mort, produisant cependant les effets de la vie éternelle, qui est par avance en eux dès cette vie mortelle. »

E

CHAPITRE V.

Sa Patience.

L'homme humble est patient, parce qu'il s'estime digne des maux qu'il souffre, et de bien plus grands encore ; et si nous voulions rechercher la vraie cause de nos impatiences et monter jusques à leur source, nous trouverions que c'est notre orgueil et l'estime de nous-mêmes. M. de Renty ayant été très-humble, ainsi que nous l'avons vu, a été ensuite très-patient, comme ce chapitre le va montrer.

Et d'abord, quand je me le représente, je me souviens de la description que Tertullien fait de la patience, à laquelle il donne un visage doux et tranquille, un front serein qui ne porte jamais aucune ride ni de tristesse, ni de colère, un maintien toujours égal, peu de paroles, et la contenance telle qu'on la voit aux personnes innocentes et assurées. Ceux qui l'ont connu, diront que le voilà dépeint de ses naïves couleurs, et qu'il était ainsi l'image animée de la patience, parce qu'il avait toutes ces qualités dans un degré éminent. Il en avait encore beaucoup d'autres intérieures, nécessaires à cette vertu ; car celles-là ne regardent que le dehors.

Les personnes qui ont demeuré avec lui fort long-temps, et qui ont étudié avec soin ses actions, ne l'ont jamais vu se plaindre pour quoi que ce fût, ni pour maladie, ni pour perte, ni en aucune autre occasion qu'il ait eu de souffrir ; mais elles ont remarqué toujours en lui

une constance inébranlable et une patience invincible, qui passaient même souvent jusques à
la joie, avec une égalité si grande et si merveilleuse, qu'il ne disait pas une parole plus haute
que l'autre, et ne faisait pas même un geste qui
témoignât un esprit plus prompt et plus ému.

A son second voyage de Dijon, qu'il fit avec
madame son épouse et feu madame la comtesse
de la Châtre, au second ou troisième jour il fut
attaqué d'un rhumatisme violent qui le rendit
perclus de tout son corps ; lorsqu'il fut arrivé à
l'hôtellerie, il fallut le mettre sur un lit ; il allait
tout courbé, appuyé sur un bâton, et soutenu
par quelqu'un. Il souffrit, en ce voyage, des douleurs extrêmes, sans dire mot ni faire la moindre
plainte. Ces dames s'en apercevaient, le voyant
devenir pâle et défait, et puis en un moment tout
enflammé ; et quoiqu'elles lui dissent qu'il souffrait sans doute beaucoup, il ne répondait rien
et ne cherchait point de soulagement à parler
de son mal, ce qui est si naturel à un malade,
mais il les entretenait des excessives et inexplicables douleurs de Jésus-Christ, et de la grâce
que Dieu fait à une ame de souffrir pour lui ;
et cela dans des termes si pleins d'onction et
avec tant d'amour et de ferveur, que la compagnie, en l'entendant, était touchée d'une grande
dévotion.

Ces deux dames, ne pouvant apprendre de lui
ce qu'il souffrait, et désirant fort le savoir,
prièrent la Mère prieure des Carmélites de Dijon,
qu'elles croyaient pouvoir mieux en venir à
bout, de le lui demander, ce qu'elle fit. Il lui
dit simplement : « Mes douleurs sont grandes
au point de me faire jeter des cris et perdre le

E 2

sentiment ; mais quoique je les ressente dans toute leur rigueur, par la grâce de Dieu ce n'est pas à la douleur que je suis appliqué, mais à lui. »

Il lui dit de plus que s'étant fait mener à sa chapelle de Citry, et s'étant assis sur un banc à cause de son mal, le banc se rompit sous lui, sans qu'il y eût eu apparence que cet accident pût arriver : il dit qu'il croyait que le malin esprit avait rompu ce banc pour l'exciter à l'impatience en le faisant tomber rudement : « Mais par la miséricorde de Dieu, je n'en fus pas plus ému, dit-il, que vous me voyez, quoique les douleurs qui me surprirent fussent très-aiguës. » Il faut se bien posséder et être bien patient, pour, dans de semblables occasions, ne point s'émouvoir et se conserver dans la même assiette d'esprit, comme si rien n'était arrivé. »

« J'eus la grâce, poursuit cette bonne Mère, d'être avec lui environ deux heures pendant qu'il était travaillé de ses grandes douleurs ; il les supportait avec tranquillité et modestie, sans se remuer, et parlait tout de même que si, au sortir du parloir, il n'eût pas été tout courbé, marchant avec grand'peine, un bâton à la main, et qu'il eût joui d'une parfaite santé.

» Toute notre communauté fut fort touchée de le savoir en cet état, et quelques-unes des Sœurs furent portées à faire un vœu pour sa santé à Notre-Dame de Grâce, dont on honore ici l'image, croyant que la Mère de Dieu ne la leur refuserait pas, tant pour le culte que ce serviteur de Dieu rendait à cette Image, que pour les grandes obligations que notre Maison lui avait. Toute la communauté fit le vœu le jour de sa Nativité, après la messe, que M. de Renty avait entendue, mais sans avoir pu en aucune façon plier les genoux. Le vœu fut agréé, car dès le soir il vint sans bâton au parloir, peu de jours après il se mit à genoux, et il fut guéri dans la neuvaine. L'on garde son bâton au couvent par dévotion et pour mémoire de cette grâce ; et lui, en reconnaissance du bienfait qu'il avait reçu, envoya un cœur de cristal enchassé dans de l'or, pour mettre au cou de la Vierge.

Ayant perdu un fils qu'il aimait beaucoup, il souffrit cette affliction sans dire mot, sinon pour témoigner sa parfaite soumission aux ordres de Dieu, et supporta cette perte sensible avec toute la patience nécessaire pour rendre cette action héroïque.

Souvent il a fait un grand exercice de patience, dans ceux de charité qu'il rendait au prochain, en endurant non-seulement la faim, la soif, le chaud, le froid, la pluie, la lassitude du corps et les autres peines extérieures qui accompagnent nécessairement ces emplois quand ils sont faits de la manière qu'il l'entendait, mais encore les mépris et les opprobres.

Comme il faisait, à certains jours réglés, dans un hôpital, le catéchisme à de pauvres passans, un certain établi là-dedans s'offensa de cette action d'humilité et de charité signalée chez une personne de cette condition ; et croyant que c'était entreprendre sur sa charge et s'ingérer dans son office, il vint le trouver comme il était au milieu des pauvres les instruisant, et lui dit devant eux plusieurs paroles injurieuses et offensantes, afin de lui faire perdre l'envie d'y retourner. M. de Renty, voyant cet homme s'emporter

ainsi contre lui, l'écoute sans s'émouvoir et
souffre avec patience ses mépris et ses outra-
ges, et lui répond avec beaucoup d'humilité et
de respect, que s'il désirait enseigner lui-même
ces pauvres gens, qu'il voyait en avoir tant de
besoin, il ne reviendrait pas aux jours qu'il pren-
drait, mais s'il ne voulait pas s'en donner la
peine, qu'il le priait de ne point empêcher ce
bien : cet homme ne voulant point y acquies-
cer, vint quatre jours de suite dans l'hôpital
chasser M. de Renty aussitôt qu'il commençait
le catéchisme, le faisant au lieu de lui; ce que
ce seigneur très-vertueux endura toujours avec
une patience admirable.

Il pratiquait cette vertu avec un grand soin et
une grande conduite dans toutes les choses de
cette vie, parce qu'il n'y en a point où il n'y ait
à souffrir : ainsi dans toutes les choses générales
et particulières qui arrivaient, dans toutes celles
qui choquaient sa nature, son corps, son esprit,
son jugement, sa volonté, ses inclinations, ses
désirs, ses desseins même les meilleurs, et tout
ce qui le regardait en quelque façon que ce fût,
il tâchait d'en faire usage de grâce et de perfection, et de posséder la tranquillité de son cœur
et la paix de son esprit par sa patience, recevant et souffrant tout sans en être ému, et sans
s'élever ni s'abaisser.

« Comme je priais Dieu devant le Saint-Sacrement, dit-il dans un de ses mémoires écrit de sa
main, un pauvre me vint demander l'aumône;
je m'appliquais pour lors à me recueillir; et on a
accoutumé de recevoir ces petites rencontres
avec quelque contrariété, comme le mot même
le fait entendre, car on dit l'*importunité des pau-*

vres : il me fut en ce moment donné à entendre que si nous étions bien éclairés, nous ne nous tiendrions jamais importunés de personne ni empêchés de rien, parce que nous regarderions l'ordre de Dieu conduisant tout à notre avantage ; que comme il nous faut bien souffrir avec patience les distractions intérieures, nous devons endurer de même les extérieures ; et que le tourment, l'inquiétude et l'impatience que nous causent ces petits accidens, viennent de notre ignorance et de notre immortification.

» Ce n'est pas toutefois que l'on ne doive ôter les choses qui nous peuvent donner du trouble ; mais quand elles viennent, il faut les regarder comme ordonnées de Dieu, les recevoir avec un esprit de douceur, et les porter avec humilité et respect ; et ainsi, quoi que ce soit qui nous arrive et qui vienne nous interrompre, l'ordre de Dieu n'est pas interrompu en nous, mais nous le suivons ; ce qui est le trésor et le grand secret de la vie spirituelle, et pour ainsi dire, le paradis sur la terre. »

Certes, rien ne nous trouble jamais que par notre faute, et toutes les fâcheries que nous ressentons au-dedans de nous, et toutes les impatiences que nous faisons éclater au dehors, quand on nous traverse, qu'on nous empêche absolument de faire quelque chose ou qu'on nous en détourne, n'ont point d'autre source que le déréglement de nos esprits trop attachés. Nous devrions remarquer, pour étouffer ces émotions et conserver nos cœurs dans la paix, que si on nous ôte le moyen de faire une bonne œuvre, on nous le donne d'en pratiquer une autre. On vous retire de l'oraison ou de la lecture, on vous empêche d'exécuter un bon dessein que vous aviez pour le prochain, il est vrai ; mais on vous met aussi en état d'exercer la patience, qui, dans cette conjoncture, sera meilleure, plus agréable à Dieu, et plus efficace pour vous perfectionner, que ces autres actions ; parce qu'en celles-là votre volonté s'y trouvait, et qu'en celle-ci se rencontre son anéantissement, dans lequel consiste votre perfection ; car la plénitude de Dieu n'est que dans le vide de la créature.

SECTION PREMIÈRE.

Suite du même sujet.

Cette grande patience qu'avait M. de Renty, découlait de la haute estime qu'il faisait des souffrances, sachant qu'étant bien prises, ce sont des sources de vie éternelle, des mines d'or et de richesses célestes, et des participations à la croix de Notre-Seigneur, que Dieu a rendue la cause de notre salut et de tous les biens que nous posséderons jamais ; à laquelle par conséquent doivent s'unir tous ceux qui veulent être sauvés.

Il manda un jour à une personne qui souffrait : « Dieu vous façonne pour lui, vous unissant ici-bas à Jésus-Christ souffrant. Ah ! que c'est une grande grâce, et plus grande que l'on ne pense ! » Et à une autre : « Quelle bénédiction, que Dieu vous fasse souffrir pendant que le monde rit ! si ceux du parti contraire avaient les yeux ouverts comme vous, on verrait une merveille ravissante : car on vous verrait rire en souffrant, et on les verrait pleurer de ne pas souffrir. Vous avez une grâce qu'ils méprisent, parce qu'ils ne la connaissent pas, et les misérables se tiennent heureux de leur malheur. »

Cette grande opinion qu'il avait conçue des souffrances, faisait qu'il les désirait, qu'il en était altéré, et qu'il disait, dans l'ardeur de son souhait, avec cette Sainte, pour qui il avait tant de dévotion: *Ou mourir ou souffrir*. Il écrivait à une personne : « Il n'est qu'une chose utile en cette vie, c'est de souffrir : toute consolation, toute douceur, toute joie est une anticipation de la récompense, qui n'est point due aux criminels, lesquels ne séjournent sur cette terre que pour s'y purifier et y faire pénitence ; à quoi les consolations, les douceurs et les joies apportent de la modification, et empêchent sans doute que la pénitence qu'il faut faire ne soit si pleine, ou qu'on n'arrive pas à un si haut degré de perfection. Ce n'est pas que ces choses ne soient parfois nécessaires à notre infirmité, qui a besoin, pour se soutenir, d'être étayée de toutes parts. »

Et il écrivit ce qui suit à son Directeur, le 30 avril 1647 : « J'ai toujours la vue de ma faiblesse et du peu que je rends à Dieu pour ses grâces ; ce qui me tient en anéantissement, avec une confiance toutefois, qui me porte à l'amour, à la docilité et à l'obéissance ; mais amour et obéissance qui m'enflamment beaucoup à souffrir avec Notre-Seigneur. C'est ma plus grande langueur et mon plus grand attrait ; parce qu'en toute autre chose l'on reçoit, mais en celle-ci, quoique l'on reçoive toujours la grâce de souffrir, la souffrance pourtant est ce que nous pouvons proprement donner à Dieu, et comme le plus grand gage et la preuve la plus assurée de notre amour.

E *

» Ce n'est pas toutefois que, par ce raisonnement, je choisisse de souffrir, mais je m'y sens porté intérieurement, et je suis conduit et arrêté là. Il y a environ quinze jours que j'eus une telle reconnaissance et un tel amour pour Notre-Seigneur Jésus-Christ souffrant, s'immolant à Dieu son Père, et nous alliant à lui pour n'être qu'un même amour et un même sacrifice, que je me sentis en un instant, et durant un instant, collé à sa croix comme par une alliance d'amour, alliance inexplicable, dont l'effet me dure encore présentement. »

Dans un mémoire qu'il lui donna l'an 1648, pendant le carême, touchant ses dispositions, il lui dit : « Il m'est venu dans l'esprit, que le moyen de me faire passer le carême très-rudement, serait de me mettre à une bonne table et de m'obliger à faire grand'chère, de me jeter dans les belles compagnies du monde pour causer et pour rire, et me mener à la promenade et au cours ; car ce me serait un petit enfer, sans même parler du péché qni y pourrait être, et la seule pensée me fait frémir d'horreur : car il est vrai que la solitude, les jeûnes, les autres choses, que l'on appelle pénitence, sont mon attrait. » Et puis par une conduite de sagesse il ajoute : « Quoique je sente cela, je ne laisse pas de connaître ce que je suis, et dans tout mon attrait et dans tous mes desirs je me garde bien de demander la moindre chose à souffrir : quand je l'ai fait par moi-même, je l'ai révoqué après comme ayant agi en fou. J'ai trop d'expérience de ma faiblesse, je me donne seulement à mon Dieu pour tout ce qu'il désire de moi depuis le plus haut du ciel jusques au plus profond des enfers : par son ordre, je veux tout ;

avec lui, je peux tout ; et ce qu'il ordonne est toujours accompagné de sa grâce. »

Ce grand serviteur de Dieu, éclairé de ces lumières et touché de ces sentimens, excitait à la patience ceux avec qui il traitait, et leur persuadait de se lier et de s'unir intimement à Notre-Seigneur souffrant et crucifié. Il écrivit à un homme affligé : « Je supplie Notre-Seigneur de vous fortifier de plus en plus de ses grâces, et d'autant plus qu'il imprime en vous les caractères de sa passion, qu'il vous fasse croître aussi dans le saint usage de vos souffrances pour accomplir parfaitement en votre personne ce que dit saint Paul : *Mihi absit gloriari nisi in cruce Domini nostri Jesus Christi.* Je vous assure que c'est une grande honte à un chrétien de passer ses jours en ce monde plus à son aise que Jésus-Christ n'y a passé les siens. Ah ! si nous avions un peu de foi, quel repos pourrions-nous prendre hors la croix ?

» Mais si tous n'ont pas cette grâce, combien ceux à qui elle est donnée la doivent-ils chérir, puisque c'est une marque du grand degré de gloire qu'ils doivent un jour posséder ? Car qui doute qu'à proportion que nous serons configurés à la mort du Fils de Dieu et à sa peine, nous ne le soyons au même degré dans sa gloire, et n'en recevions la récompense dans la béatitude ? » Et puis il lui enseigne la façon de bien endurer, et lui donne cet avis, qui contient tout le secret : « Mais la beauté de la souffrance est à l'intérieur, dans les dispositions saintes de Jésus-Christ, qui est, ce que nous devons beaucoup remarquer et toujours étudier, le modèle, aussi bien que le chef, de tous les souffrans. »

Et à un autre il dit dans la même pensée :
«C'est une grande grâce de souffrir; tout le monde
se trompe en croyant cette grâce fort commune ;
elle est très-rare. Il est vrai que nous pouvons
dire que plusieurs souffrent, mais il y en a très-
peu qui souffrent dans les dispositions de Jésus-
Christ ; très-peu qui souffrent avec un consentement parfait à ce que Dieu ordonne d'eux ; très-
peu sans quelque inquiétude et quelque attachement d'esprit à leur mal ; très-peu qui confient
tous les événemens à la conduite de Dieu sans y
faire réflexion, pour s'occuper entièrement à sa
louange et lui donner lieu par leurs acquiescemens
et leurs soumissions d'exercer à leur égard tous
les droits qu'il a sur eux. » Voici comme il fortifie
et encourage à souffrir une dame peinée. « Peu
entendent le secret du christianisme : plusieurs
se disent chrétiens, et peu en ont l'esprit : plusieurs dans les prières et les affaires ordinaires
regardent le ciel, mais dans les actions importantes ils sont enfans de la nature pour ne voir
que la terre ; ou s'ils lèvent les yeux au ciel,
c'est pour se plaindre et le prier de condescen-
dre à leurs désirs, et non pour accepter les siens.
Ils donnent de petites choses à Dieu, mais ils
veulent retenir celles où leur amour les attache,
et s'il les en sépare, c'est une violence et un dé-
membrement qu'il faut faire et auquel ils ne peuvent consentir, comme si la vie des chrétiens
n'était pas une vie de sacrifice et une imitation
de Jésus-Christ crucifié.

» Dieu, qui connaît notre misère, nous ôte
pour notre plus grand bien la cause de notre
mal, un parent, un enfant, un mari, pour,
par un autre mal, qui est l'affliction, nous at-

tirer à lui, et nous faire voir que tous les atta-
chemens à quoi que ce soit, qui nous séparent
de lui, sont des obstacles de telle importance,
qu'un jour à la face de toutes les créatures nous
confesserons que la plus grande miséricorde qu'il
nous ait jamais faite, c'est de nous en avoir affran-
chis : c'est une absinthe qui n'est amère qu'au
goût et à la bouche, mais salutaire au cœur. Il
tue Adam pour faire vivre Jésus-Christ. C'est
comme un grand hiver qui est l'asssurance de
la beauté des autres saisons : mais il faut bien
veiller, que ce qui nous est donné par grâce,
nous ne le prenions comme une chose fortuite,
ou comme un malheur : car ce serait convertir
le remède en poison, et recevoir la grâce pour
la chasser. -

» Entrons dans la sainte et adorable disposition
dans laquelle Jésus-Christ a toujours été, de
souffrir volontairement pour l'honneur de son
Père et pour notre salut. N'est-ce pas chose
étrange, que les hommes voient bien que le chemin qu'a tenu Jésus-Christ pour arriver à la
gloire, est l'ignominie, la douleur et la croix,
et qu'eux, qui se disent ses disciples et ses imitateurs, en attendent et en demandent pour eux
un autre ? Le disciple est-il plus que le maître ?
et si le chef a bien voulu passer par-là, qu'elle
conséquence pour les membres ? Ne faut-il pas
qu'ils le suivent ? Allons donc après lui et souf-
frons à son exemple. Bénite soit la maladie, bénite soit la perte de l'honneur, des biens, et des
plus proches parens, et la séparation des créatures, qui nous tenaient courbés vers la terre : ces
maux nous redressent et nous font lever les yeux
au ciel, et rentrer dans les desseins que Dieu a

sur nous. Bénites soient la peste, la guerre et la famine, et généralement soient bénis tous les fléaux de Dieu, qui produisent ces effets de grâce et de salut en nous. »

Je termine par ces paroles, qu'il envoya à une autre personne : « Nous sommes en cette vie dans le temps de la patience, où la foi et l'espérance nous seraient inutiles, si tout nous était clair et si rien ne nous faisait souffrir ; c'est dans l'obscurité de ce délaissement et dans toutes les sortes d'épreuves, tant du dedans que du dehors, que ces vertus s'établissent en nos ames, et qu'elles nous font bien espérer pour notre salut. »

SECTION SECONDE.

Ses traverses domestiques.

Le plus grand exercice de patience qu'a supporté M. de Renty dans toute sa vie, a été celui que lui a donné madame sa mère ; qui, soit qu'elle se fâchât que son fils fût si avant dans la dévotion, toujours dans les prisons, toujours dans les hôpitaux, et toujours occupé à des actions basses et abjectes aux yeux du monde, indignes à son avis de sa naissance, et qu'elle eût été bien aise de le voir dans les emplois éclatans et glorieux où ses ancêtres avaient paru ; soit qu'elle ait été poussée par de mauvais conseils, ou autrement, elle lui a donné sujet de souffrir, et long-temps ; et on peut dire que, si elle a contribué beaucoup à le faire homme, elle a fort servi pour le rendre chrétien parfait. Voici la chose.

Cette dame prétendant de grands droits sur

les biens que feu son mari avait laissés à son fils, les lui fait demander. Il lui donne avec grande soumission et grand respect ce qu'il croyait être de son droit, et au-delà, mais elle, ne se contentant pas de cela, demande davantage ; ce que son fils trouvant par bon conseil ne pouvoir lui accorder sans faire tort à ses enfans, remit la chose à des arbitres, et agréa, pour la satisfaction de madame sa mère, qu'elle les choisît tous comme il lui plairait, personnes de capacité et de probité de sa connaissance, et que lui ne connût pas, pour juger ce qu'il pouvait lui donner sans blesser sa conscience. Lorsqu'ils sont choisis, il les va trouver et les prie de contenter madame sa mère en tout ce qui se pourrait sans avoir égard à lui ; ce fut une prière à des juges tout extraordinaire de la part d'une partie, et qui fait bien voir l'affection et l'honneur que M. de Renty portait à madame sa mère, et combien il était éloigné de rechercher ses propres intérêts.

Le jour auquel ces messieurs devaient porter leur jugement étant venu, pendant qu'ils étaient occupés à le concerter, ladite dame était dans une chambre de la maison, et son fils avec madame son épouse et une demoiselle étaient dans une autre, où l'occupation de ce fils très-vertueux fut de prier pour que le succès de l'affaire tournât à la gloire de Dieu et au bien de la paix, et à ce dessein il leur fit réciter avec lui quelques hymnes jusques à ce qu'on lui vînt apporter la sentence pour la signer. On lui en fit la lecture, qu'il ouït avec une grande tranquillité d'esprit, et quoiqu'elle ne lui fût pas avantageuse, et qu'il y eût une somme notable à payer par celui des deux qui se dédirait et en appellerait, il la signa sans hésiter.

Croyant là-dessus que madame sa mère serait pleinement satisfaite de ce qui avait été arrêté, lorsqu'il fut revenu chez lui, il fit chanter le *Te Deum*, l'entonnant le premier, et de bon cœur, en action de grâces de cette résolution, qu'il croyait devoir être le lien de la paix entre madame sa mère et lui, et un moyen de vivre bien avec elle le reste de ses jours. Mais Dieu, pour le purifier et l'affiner encore plus, et lui mettre sur les épaules une croix qu'il a portée plusieurs années dans des dispositions très-saintes, permit que la chose ne réussît pas selon son désir, parce que sa mère ne se tenant pas satisfaite de l'avantage que ces arbitres lui avaient donné, trouva moyen d'appeler de leur sentence, sans toutefois être obligée de payer la somme du dédit, et d'aller poursuivre ses droits prétendus au Parlement de Dijon. Son fils fit tout son possible pour lui faire changer le dessein qu'elle avait de plaider ; et pour adoucir son cœur envers lui, et afin d'en venir à bout, il eut recours aux remèdes surnaturels, il fit de longues prières, et joignant la pénitence à l'oraison, il jeûna dans une rigueur extraordinaire et macéra son corps avec de grandes austérités, espérant que Dieu aurait égard à ses actions et à la sincérité de ses intentions.

Après s'être ainsi préparé durant quelque temps, il s'en va trouver madame sa mère, et se met à genoux devant elle avec un respect, une humilité et une soumission capables d'amollir les cœurs les plus endurcis ; ce qu'il n'a pas fait une seule fois, mais plusieurs, et avec abondance de larmes ; et lui demanda, avec les paroles les plus efficaces dont il pût se servir, qu'il

lui plût de le loger chez elle, lui et toute sa famille, et de l'entretenir comme elle le jugerait
convenable, et qu'ensuite elle disposât de tout
le bien que son père lui avait laissé.

Elle ne voulut pas consentir à cette humble et
touchante prière, mais elle persista dans la résolution qu'elle avait prise d'aller à Dijon pour
plaider contre lui ; ce que voyant son fils, quoiqu'il pût par un expédient qui se présenta, rompre ce coup et ne point sortir de Paris, il ne
voulut point en user par respect, et pour ne
pas lui refuser ce contentement, mais il se détermina à y aller, et il y alla en effet.

Ce fut dans la disposition de souffrir confusion et humiliation, qu'il embrassa ce voyage,
ce qui aussi effectivement ne lui manqua point,
parce qu'il trouva les esprits prévenus contre
lui, et dans la persuasion qu'un homme qui faisait profession d'une si haute piété avait grand
tort d'agir ainsi avec sa mère ; ce qu'il endura,
afin de prendre part aux opprobres du Fils
de Dieu et d'honorer son anéantissement, par
lequel il est venu pour nous en ce monde avec la
ressemblance de la chair du péché, et y a paru
comme criminel, étant toutefois l'innocence
même. Il passait ainsi pour coupable en cette affaire, quoiqu'il ne fût point du tout en faute,
mais au contraire qu'il y exerçât des actions de
vertus héroïques. En voici quelques-unes.

Une personne de piété, Supérieure d'une maison religieuse, lui ayant rapporté tous les étranges et mauvais bruits qu'on avait semés de lui à
Dijon, et en un lieu où il n'y avait personne
pour le justifier parce qu'il n'y était pas connu ;
il écouta tout cela sans en témoigner aucune émo-

tion, mais avec une tranquillité admirable il
s'éleva à Dieu de cœur et de parole, et s'humilia, ce dont elle fut très-édifiée. Elle lui demanda ensuite, si, comme on le publiait, on
avait fait quelques écritures injurieures contre
madame sa mère; il répondit que non; que parfois les procureurs et les avocats en disent plus
qu'on ne voudrait, mais qu'il avait vu toutes les
pièces du procès, et qu'elles étaient toutes dans le
respect avec lequel un fils doit parler de sa mère.

Elle lui demanda de plus, s'il n'était pas fâché
du procédé qu'elle tenait contre lui, procédé qui
semblait bien rude et bien extraordinaire; il dit:
« Non, parce que j'adore tellement l'ordre de Dieu
sur moi, que je ne peux être fâché de ce qui
m'arrive par sa permission. Je suis un grand pécheur, c'est pourquoi non-seulement ma mère,
mais tout le monde se devrait roidir contre moi. »
En effet, on ne l'a jamais entendu faire aucune
plainte des mauvais traitemens de sa mère, mais
il en rejetait toujours la cause sur ses péchés.

Cette même personne ajoute dans son mémoire,
que plusieurs cherchant des voies d'accord, ont
eu toutes les peines du monde d'y faire consentir
cette dame, qui trouvait toujours de nouvelles
difficultés, lors même qu'on croyait lui avoir
donné tout ce qu'elle désirait; et que dans ces
délais de jour à autre, elle dit à M. de Renty:
Monsieur, je dirai volontiers le *Te Deum*, quand
j'apprendrai que votre affaire sera terminée.
Un jour que l'on croyait signer les articles sans
remise, et que pourtant tout fut rompu, il
vint avec un visage fort gai la prier de dire le *Te
Deum*: « C'est maintenant qu'il est temps de dire
le *Te Deum*, lui dit-il, puisque vous avez eu la

bonté de me le promettre ; mais oserais-je vous demander de le dire avec vous ? O que nous avons un Dieu grand et sage, qui sait bien faire toutes choses comme il faut, et au temps qu'il faut, non pas dans nos précipitations, mais dans son ordre qui est notre sanctification. » Il dit là-dessus le *Te Deum*, dans un esprit si élevé à Dieu, qu'il faisait bien connaître qu'il était tout rempli de Dieu même. »

Et puis il lui dit : « Hé bien ! il n'y a rien de fait, mais il était bien juste de dire le *Te Deum*, pour rendre grâces à Dieu de ce qu'il a fait sa volonté, et non pas celle d'un pécheur indigne d'en être écouté et regardé. » Cette action me remplit d'admiration, écrit cette personne, et d'autant plus qu'on croyait l'affaire rompue sans ressource.

Mais je n'ai pas moins admiré son silence sur une affaire qui le touchait de si près, parce qu'il ne m'en dit jamais mot, ni de madame sa mère, que pour recommander l'une et l'autre à Dieu ; et dès que j'eus l'honneur de lui parler, comme je lui fis savoir les recommandations que plusieurs personnes nous avaient faites pour le servir, il m'en remercia avec grande reconnaissance envers ces personnes de la bonne volonté que je lui témoignais, et sans en dire davantage il se mit à discourir de Dieu, et puis il ne m'en a jamais ouvert la bouche : ce qui marque un merveilleux détachement et une grande mort à tout, puisqu'il l'avait dans des intérêts si sensibles.

Il s'est passé encore dans ces démêlés beaucoup d'autres choses à Dijon, et depuis à Paris, jusques à la mort et même après la mort de madame sa mère, où il a eu besoin d'une extrême patience, qu'il a pratiquée dans une perfection héroïque, dont tous ceux qui en ont eu connaissance ont été surpris.

Mais c'est assez, nous en avons parlé suffisamment, et je ne doute point que M. de Renty, qui est maintenant, comme ses vertus éminentes nous donnent tout sujet de le croire, au lieu de la parfaite charité, n'approuve mon dessein de n'en pas dire davantage, et d'user de retenue envers une personne à laquelle il a porté toute sa vie tant d'amour et tant de respect.

CHAPITRE VI.

Sa Mortification.

Ce que nous avons dit jusques ici, dans cette seconde Partie, des austérités, de la pauvreté, de l'humilité et de la patience de M. de Renty, fait voir évidemment jusques à quel point il était mortifié, et qu'il a été un vrai grain de ce froment mystérieux dont parle Notre-Seigneur, grain qui meurt, et qui par sa mort porte beaucoup de fruits. Mais outre cela nous parlerons encore ici de quelques autres effets de sa mortification.

Tout le secret de la vie chrétienne consiste à détruire ce que notre nature a de vicieux, afin de donner en nous place à la grâce, et d'y faire mourir le vieil homme pour faire vivre Jésus-Christ ; lequel nous a enseigné que cela ne s'acquiert que par la mortification continuelle, et qui pour ce sujet nous a dit : « Si quelqu'un ne porte sa croix, et tous les jours, il ne peut être mon disciple. »

Cet excellent disciple de ce grand Maître, ayant

bien compris sa doctrine, a dès le commencement de sa conversion apporté tous ses soins
pour se mortifier en tout, pour dompter ses passions, pour régler ses mouvemens intérieurs et
extérieurs, pour anéantir ses désirs et mourir à
toutes les inclinations de la nature corrompue,
avec tant de félicité et tant de constance, que
dès qu'il s'apercevait qu'elle se portait à quelque
chose avec imperfection, et que sa volonté naturelle inclinait d'un côté, il faisait tout le
contraire; et il a dit à un intime confident,
qu'il avait pris à tâche de résister à sa nature en
tout, et qu'avec la grâce de Dieu il s'était toujours surmonté : de façon qu'il procédait en toutes choses avec un esprit de mort et de sacrifice
continuel, ne faisant plus aucun usage de ses
passions, de ses sens, ni de tout ce qui était en
lui, qu'avec un œil toujours ouvert pour empêcher l'opération de la nature maligne, et ce
qu'elle y pouvait mettre du sien, suivant la conduite de Notre-Seigneur, disant qu'il faut se
désappliquer de soi et de tout objet créé, afin
que Dieu seul soit notre objet.

Ce qu'il exécutait parfaitement; car, quand il
était malade et qu'il endurait des douleurs fort
cuisantes, il était tellement occupé de Dieu et
désoccupé de ses maux, qu'il n'y pensait pas.
Il n'était pas possible de trouver un homme
plus réservé que lui à parler de ses incommodi-
tés; car comme il savait que la nature se recherche et se soulage en s'entretenant de ce qui la
blesse, il lui ôtait cette satisfaction et ce soulagement, élevant cependant son cœur à Dieu et
lui offrant sa peine sans s'y arrêter autrement,
étant bien aise que son œuvre s'accomplît, que

cette chair de péché fût détruite, et que son sacrifice s'avançât.

« Celui qui est baptisé, disait-il, doit être mort en Jésus-Christ pour mener sa vie de souffrance, et dans la souffrance, d'application à Dieu. Allons toujours à notre fin, qui est sacrifice en tout dans la manière que Dieu le veut, sur le fond d'obéissance à ses ordres et d'anéantissement de nous-mêmes, à l'imitation et par l'esprit de Jésus-Christ. Soyons des victimes dans les dispositions intérieures et dans les sentimens qu'il a eus depuis sa conception jusques à sa mort et jusques au dernier période de son immolation. »

Il avait pour cela fort souvent à la bouche ces mots, *mort*, *sacrifice*, *union*, voulant dire, que nous devons nous étudier et nous efforcer de mourir en tout à nous-mêmes, et pour en venir là, sacrifier à Dieu notre esprit, notre jugement, notre volonté, nos pensées, nos affections, nos désirs, nos passions, et tout en l'union et à la façon de Jésus-Christ.

Il écrivit dans ce sentiment à une personne, qu'il avait grande dévotion à ces paroles que les vingt-quatre vieillards chantent dans l'Apocalypse à l'Agneau, qui est Notre-Seigneur, prosternés devant son trône : *Vous nous avez faits le royaume de Dieu, et prêtres, et nous régnerons sur la terre.* Parce que ce divin Agneau fait que Dieu établit son royaume en nous, en ce qu'il règne en nos ames et en nos corps par sa grâce : que nous sommes Prêtres pour nous offrir à lui en sacrifice ; et que par ce moyen nous régnerons à jamais avec lui dans la terre des vivans. De sorte que cet homme excellent en toutes les occasions où il faut refuser quelque chose à sa nature et mourir à soi-même, jetait les yeux sur cet état de sacrifice et de victime pour se sacrifier et s'immoler à la gloire de Dieu à l'exemple de son Fils Notre-Seigneur.

Ce grand soin et cette attention continuelle qu'il avait à se mortifier en tout, firent qu'il avait tellement dompté ses passions, tellement réglé les mouvemens de son ame et de son corps, tellement changé ses inclinations et détruit sa nature, qu'à la longue il vint à un tel point de mortification passive et de mort, qu'il ne sentait plus en l'esprit aucune opposition à rien de pénible et n'était mortifié de quoi que ce fût : de là vint qu'écrivant à son directeur de ses dispositions il lui manda, qu'il ne comprenait pas ce que l'on appelle mortification, parce qu'où il n'y a plus de contradiction ni de résistance dans l'esprit, il n'y a plus de mortification ; et quand il lui arrivait quelque chose de fort mortifiant et qui était pour le toucher beaucoup, s'il eût été encore vivant à lui-même, si quelque personne familière lui en témoignait de la peine, il disait en riant, que cela allait fort bien, et qu'il fallait gagner sur nous que rien ne nous mortifiât plus, et que nous fussions comme insensibles à tout.

Il en était venu là, non par la bonté de sa nature, ni par une indifférence stupide qui se trouve parfois en de certains esprits endormis, mais par son travail et sa vertu qui avaient fait cette heureuse opération en lui et changé son naturel : car ceux qui l'ont connu en sa jeunesse, rapportent que naturellement il était bouillant, prompt, altier et moqueur, ce qu'il avait tellement corrigé, ou pour mieux dire anéanti, que cela était vraiment admirable, d'autant plus qu'il

s'était rendu modéré, patient, humble et respectueux dans un degré de perfection consommée ; de sorte qu'à le bien considérer, on eût dit
qu'il était d'un naturel tout contraire et diamé-
tralement opposé à celui qu'il avait apporté en
naissant, nous apprenant par une expérience
si assurée et si illustre, qu'on peut beaucoup
gagner sur soi, si on le veut bien ; et que, quelque vice que l'on ait, on en vient enfin à bout,
si on se contraint et si on accomplit cette parole de Notre-Seigneur : Le royaume des cieux
veut être forcé, et les gens courageux qui se
font violence sont ceux qui le gagnent.

Aussi, recommandait-il singulièrement ce courage et cette sainte générosité pour se faire violence, comme celle qui est la mesure du progrès
qu'on fait en la vraie vertu, et le moyen absolument nécessaire pour acquérir la perfection. Il
écrivit à une personne qui pratiquait la dévotion :
« O ! qu'il est à craindre que nous n'abusions du
nom et des apparences de dévotion, nous confiant
en nos exercices de piété peut-être lâchement
exécutés, ne les faisant qu'en spéculation, et n'en
venant point à la pratique et à la victoire de nous-
mêmes ! Nous adorons Jésus-Christ le matin
comme notre Maître et notre Directeur, et notre
vie pendant le jour n'en est pas mieux dirigée ;
nous le regardons comme notre Patron, sans
l'imiter ; nous le prenons pour la règle et la
conduite de nos sens, et pourtant nous ne lui
sacrifions point nos appétits ; nous le faisons le
modèle de nos conversations, et toutefois elles
n'en sont pas plus saintes ; nous lui promettons
de travailler et de nous surmonter, mais ce n'est
qu'en idée. Certainement si nous ne connaissons

notre dévotion plutôt par la violence que nous
nous faisons et par l'amendement de nos mœurs,
que par la multiplication et par le simple usage
de nos pratiques spirituelles, il est à craindre
qu'elles ne soient pratiques de condamnation et
non de sanctification : car, après tout, à quoi
bon tout cela, si l'œuvre ne suit? si nous ne
nous changeons et ne détruisons ce qui est vicieux en notre nature? Autrement c'est comme
si un architecte avait amassé quantité de maté-
riaux pour faire un bel édifice, et qu'il ne le com-
mençât jamais. L'œuvre de Jésus-Christ en est
presque réduite là, dans les personnes spirituelles
de ce temps. »

Il a dit à une autre, que l'amour qu'une âme
chrétienne est obligée de porter aux vertus que
Jésus-Christ nous a enseignées, ne doit pas se
borner à de simples sentimens d'estime et de
respect, par lesquels les ames du commun se
persuadent facilement qu'elles satisfont à leur
devoir; en quoi elles se trompent, parce que
Notre-Seigneur veut sans doute qu'elles entrent
de plus dans la solidité de ses divines pratiques,
spécialement dans la mortification, dans la patience, la pauvreté et le renoncement de soi-
même; et parce que la cause pour laquelle il y a
si peu d'ames vraiment chrétiennes et solidement
spirituelles, même parfois dans les Religions,
c'est que l'on se contente d'en demeurer à ce
premier pas.

Je finirai ce chapitre et cette seconde Partie,
par une lettre qu'il écrivit à son directeur, qui
avait trouvé à propos qu'il visitât une personne,
laquelle avait grand besoin de secours et d'éclaircissement pour quelque disposition spirituelle;

F

ce qu'il fit avec beaucoup de succès et de bénédiction. Cette lettre, datée du 14 mai 1647,
nous fera bien voir le grand dégagement qu'il avait
de lui-même, et sa mortification parfaite suivie
de dons inestimables, et la grande lumière avec
laquelle il démèle et explique des choses fort
subtiles. Voici ce qu'elle contient :

« Pour ce qui est de la personne que vous
savez et de la visite que je lui ai rendue, c'est
Dieu et votre direction qui a tout fait; je crains
tant d'y mêler du mien, qu'allant au lieu où elle
est, je sens que je ne la redemanderai pas sans un
nouvel ordre de vous, ou qu'elle ne le désire. Je
ne lui ai pas fait seulement de recommandations
depuis, sentant en moi qu'il faut faire une grande
réserve de l'homme et le tenir en grande sobriété;
j'ai cru que je devais mettre tout cela en vous
comme ma conduite. Ah, mon Père ! la grande
imperfection des ames est de ne pas assez attendre Dieu ; le naturel agissant et qui n'est pas
assujetti vient sous de beaux prétextes et pense
faire des merveilles ; et cependant c'est ce qui
ternit la netteté de l'ame, ce qui trouble son silence et détourne son regard de foi, de confiance
et d'amour : d'où il arrive que le Père des lumières n'exprime point en nous sa parole éternelle et n'y produit point son Esprit d'amour.

» L'Incarnation a tout mérité, non-seulement
pour l'abolition de nos fautes, mais encore pour
toutes les dispositions de grâce auxquelles Jésus-Christ nous veut associer, dont la principale est, comme elle était en lui en tant qu'homme, de ne faire rien de nous-mêmes, de parler
et d'agir comme nous recevons, sachant que
nous ne sommes pas seuls à faire l'ouvrage,

mais que le Saint-Esprit, qui est l'Esprit de Jésus-Christ et qui l'a gouverné en toutes ses voies, est au milieu de nous, qui ferait en nous ses impressions et nous donnerait la vie, vie réelle et expérimentale de notre foi, si sous le poids de la patience nous attendions son opération. Voilà en quoi je sens mon infirmité, et où toutefois est mon attrait.

» Je vois ce que je ne peux dire, car je possède ce que je ne peux exprimer; et la cause, mon Père, que je suis si bref, vient de mon ignorance, et aussi d'une trop grande largesse de la bonté divine, qui fait en moi ce que je ne saurais dire. L'effet de cela est une plénitude et un rassasiement de vérité et de clarté de la magnificence de Dieu, de la grandeur de Jésus-Christ et des richesses que nous avons en lui, de la très-sainte Vierge et des Saints; on voit toute louange et adoration, et on y est plongé.

» Je vous dis là bien des choses, ce semble, et néanmoins tout cela est d'un trait si simple et si fort dans la partie supérieure de l'esprit, que je n'en suis détourné en rien de mes opérations extérieures : je vois tout, j'entends tout, et je fais, quoique mal, tout ce que j'ai à faire. C'est ce que je vous expose, pour en recevoir instruction et correction. »

Voilà les biens admirables qu'apporte la mortification parfaite, et les fruits délicieux que produit ce gain mystérieux de froment, quand il est mort.

TROISIÈME PARTIE.

LES VERTUS QUI L'ONT BIEN DISPOSÉ ENVERS LE PROCHAIN.

CHAPITRE PREMIER.

Son application à Notre-Seigneur Jésus-Christ au regard du Prochain.

Nous avons remarqué dans la première Partie de cette histoire, que le grand exercice de M. de Renty était de s'appliquer et de s'unir à Notre-Seigneur Jésus-Christ, et de l'union qu'il avait avec lui et de ses exemples faire découler toutes ses vertus et toutes ses bonnes œuvres. C'était là sa manière générale d'agir en tout : il se formait sur lui pour composer son intérieur et son extérieur, et ne levait jamais les yeux de dessus ce divin original, tâchant d'en imiter exactement les traits, de prendre ses vrais linéamens, et de se rendre sa naïve et parfaite copie.

C'était là le but de tous ses desseins et de tous ses soins, et particulièrement en ce qui touche la charité du prochain, de laquelle il prenait Notre-Seigneur pour son grand modèle ; c'est pourquoi il regardait ce qu'il a fait, et ce qu'il a enduré pour les hommes ; il considérait les affections et les tendresses qu'il avait pour eux ; comme il les cherchait, comme il conversait avec eux, comme il les instruisait, comme il les consolait et les encourageait, comme il les reprenait, comme il les souffrait dans leurs défauts, et comme il les tenait tous chèrement embrassés dans son esprit et serrés avec amour dans son cœur.

Il pesait ce que Notre-Seigneur a dit de la charité du prochain : que c'est elle qu'il a établie comme le fondement et la perfection de la loi nouvelle ; qu'il en a fait un commandement très-exprès, qu'il appelle sien par privilége spécial, et dont il a recommandé l'exécution par-dessus tous les autres. Il faisait grande attention sur ce qu'il veut que nous aimions notre prochain à son exemple, dans la mesure et de la manière qu'il nous a aimés ; et enfin qu'il a mis en cette vertu et non en aucune autre chose la marque qui doit distinguer ceux qui posséderaient son véritable esprit, d'avec ceux qui n'en auraient que l'apparence.

M. de Renty, considérant ces actions et cette doctrine de Notre-Seigneur, comme il avait absolument résolu de travailler autant qu'il pourrait pour se rendre excellent chrétien et imitateur parfait de Notre-Seigneur, se détermina ensuite d'embrasser cette doctrine, d'imiter ces actions, et d'aimer son prochain dans l'étendue et dans l'esprit de ce divin Maître.

Ecrivant à la Sœur Marguerite du Saint-Sacrement, Carmélite de Beaune, il lui dit : « Je soupire après Notre-Seigneur Jésus-Christ, désirant de l'imiter et de le suivre où il lui plaira. Je vous supplie de m'obtenir son esprit pour être ma vie et toute ma vie. Respirez et gémissez pour moi après mon Dieu, afin que je sois tout à lui en son Fils, et que je le suive et ne vive que de son Esprit. »

Et il manda à une autre personne : « J'ai une si grande vue de la bonté, de l'amour et de toutes sortes d'effets d'amour de l'ame très-sainte de Notre-Seigneur, que cet intérieur tout de clémence, de bonté et de charité me fait concevoir bien autrement que jamais, comme nous devons vivre de ce divin amour envers Dieu et envers les hommes, et comme en effet c'est en lui que toute la loi s'accomplit en perfection. »

Et à la même encore : « Depuis que Dieu s'est manifesté à nous par son Fils, et qu'il nous a mis en son Fils pour entrer dans sa grâce et dans ses devoirs tant envers Dieu qu'envers les hommes, comment peut-on quitter ce cher Fils ? Qui a Jésus-Christ, a une clef, qui ouvre bien des portes : elle enrichit de grands trésors, et rompt, pour ainsi dire, la captivité du cœur humain, parce qu'il est trop petit pour ses immensités. » Et derechef à la même : « Ah ! que le désert est bon, quand après le Baptême on y est conduit avec Notre-Seigneur par l'esprit de Dieu ? C'est de là que Notre-Seigneur sortit pour aller converser avec les hommes, pour les enseigner, et pour opérer leur salut. Puisque nous ne faisons avec lui qu'un Jésus-Christ, ayant l'honneur d'être ses membres, nous devons vivre de sa vie, prendre son esprit et marcher sur ses traces. »

C'est à quoi ce parfait disciple s'est appliqué de toute sa puissance, en cette admirable charité qu'il a eue pour les hommes, et que nous allons voir amplement. Il tâchait de s'unir intimement à Notre-Seigneur dans tout le commerce qu'il avait avec eux ; et de se mettre comme un excellent instrument dans sa main pour les aider ; il le suppliait de l'animer de cet esprit de charité du prochain, qu'il nous a apprise de parole, et encore plus d'effet, et de l'embraser de ce feu divin qu'il a allumé au milieu de son église pour nous entrebrûler tous ; il le consultait dans les doutes qu'il avait là-dessus, le priant de lui inspirer ce qu'il devait dire et ce qu'il devait faire pour leur bien, et quand, et comment, et qu'en lui et par lui il parlât, il fît et achevât son œuvre.

Il les regardait tous, non selon les qualités qu'ils avaient reçues de la nature, la beauté, la noblesse, les richesses, les dignités, et les honneurs du monde, mais selon des conditions beaucoup plus relevées et communes à tous, à savoir comme des créatures divines, et les images vivantes de Dieu, faites pour le louer et pour l'aimer à jamais, comme toutes teintes et empourprées du sang de Jésus-Christ, comme ses frères et ses cohéritiers, comme ses acquisitions, et son bien, qu'il a acheté au prix de sa vie et de mille douleurs, et qui par conséquent lui est extrêmement cher, et qu'il ne peut pas s'empêcher de vivement aimer.

C'est sous ces rapports qu'il regardait les hommes, qu'il les aimait, et qu'il s'appliquait à leurs besoins ; d'où il arrivait, par la pureté de cette conduite, que d'un côté il leur était extrêmement utile, et qu'il y recevait de merveilleuses bénédictions de Dieu ; et que de l'autre, le commerce qu'il avait avec eux ne le dissipait point, et ne lui faisait aucun mal, mais beaucoup de bien. On a quelquefois donné à ceux qui traitent avec le prochain pour son salut, particulièrement quand ce sont des personnes dont la conversation est dangereuse à cause de leurs attraits, de les regarder ou comme des corps sans ames, ou comme des ames sans corps et de purs esprits ; le conseil est bon, et quelques-uns s'en servent utilement ; mais la vue de M. de Renty était de regarder Dieu et Jésus-Christ en chaque homme, et de considérer ce qu'ils demanderaient de lui pour en être secourus, et ensuite dans cette vue, de lui parler et de faire tout ce qui était nécessaire pour le bien de son corps et de son ame, croyant que c'était véritablement à eux qu'il rendait ces assistances et ces services.

Il en faut user ainsi, pour faire du bien et pour ne point recevoir de mal. Celui qui ne le fait pas, se met en danger et de recevoir beaucoup de mal, et de faire fort peu de bien. Si on y procède par mouvement et par motif de nature, les effets se ressentiront de leur cause et ne seront que naturels, ou vicieux, ou tout au plus indifférens, pertes de temps, discours légers, amusemens, attaches d'esprits, affections qui tiennent beaucoup des sens pour dégénérer après en chose pire ; de sorte que voulant purifier une personne, on la souille ; et pensant la sauver, souvent on se damne. Celui qui veut conduire les ames à Jésus-Christ et à Dieu, doit nécessairement les conduire par les voies qui y mènent.

CHAPITRE II.

La Charité qu'il avait pour le prochain, prise en général.

Ayant dessein de parler de la charité que cet homme de Dieu a eue pour son prochain, nous la considérerons premièrement en général, et nous dirons qu'elle a été si grande et si étendue, qu'il semble qu'elle n'ait point eu de bornes, parce qu'il n'aimait pas seulement tous les chrétiens et tous les fidèles, mais encore tous les hommes sans en excepter un seul; d'autant plus que, comme en tous il voyait les motifs d'une véritable charité et d'un amour sincère, les regardant comme les créatures de Dieu et les chefs-d'œuvre de ses mains, pour qui Notre-Seigneur s'est fait homme et a donné sa vie, qu'il aimait et qu'il veut sauver, lui aussi les aimait tous et désirait de leur faire du bien. Votre commandement, dit David, est extrêmement large : il était dans cette latitude, et dans la longitude et les autres dimensions de la charité, parce qu'il aimait les présens et les absens, les domestiques et les étrangers, les bons et les méchans ; il les estimait tous selon leur degré, il les honorait tous, il parlait bien de tous, il faisait du bien à tous, et ne faisait de mal à personne.

Il n'y avait aucune bonne œuvre publique d'importance dans Paris, ni bien loin, à laquelle il n'eût part et grande part. Il n'y avait point d'entreprise qui regardât l'honneur de Dieu et le bien du prochain, dont il ne fût ou l'auteur, ou le

F *

promoteur, ou l'exécuteur, et bien souvent tout cela ensemble. Il était de toutes les assemblées de piété ; et dans plusieurs il en était l'ame et le premier mobile. Il avait des correspondances par tout le royaume pour toutes les œuvres de charité qui y étaient à faire. Il recevait de tous côtés des dépêches pour donner son avis sur les difficultés qui se présentaient dans l'établissement ou dans l'avancement des hôpitaux, des Séminaires, des lieux de dévotion, des compagnies de personnes vertueuses qui voulaient se réunir pour vaquer avec plus de soin à leur salut et à celui du prochain, et pour la conduite de toutes sortes de bonnes œuvres.

Un témoin digne de foi écrit à ce sujet de la ville de Caen : « M. de Renty était notre appui et notre unique refuge pour l'exécution des desseins qui regardaient le service de Dieu, le salut des ames, et le soulagement des pauvres et de toutes sortes de malheureux : c'est de quoi nous lui écrivions continuellement, tant pour l'établissement de nos hôpitaux et pour la maison des filles pénitentes, que pour réprimer l'insolence de quelques hérétiques qui méprisaient le Saint-Sacrement trop manifestement. Enfin nous tirions de lui secours et conseil dans toutes les occasions, et il témoignait constamment un grand zèle pour maintenir la gloire de Dieu et extirper le vice. Après sa mort, nous n'avons pu trouver personne à qui nous eussions recours de cette sorte pour les affaires de Dieu. »

Un autre mande de Dijon : « Il faut avouer que M. de Renty a fait un très-grand bien dans cette province partout où il a été, et qu'il a extrêmement avancé toutes les œuvres de piété. On peut

dire que ses jours étaient remplis de la plénitude
de Dieu , et nous ne croyons pas qu'il perdît un
seul moment , ni qu'il fît aucune action , ou dît
aucune parole , qui ne servît. »

Il s'appliquait aux besoins des Anglais , des
Irlandais , des captifs en Barbarie , des Missions
du Levant. Il a grandement travaillé au bien de
l'hôpital des forçats qui est à Marseille , et il a
extrêmement contribué à l'avancement des affaires de la Nouvelle France. Son dessein était de
bannir les abus qui se sont glissés dans les pro-
fessions des arts et métiers , et de les rendre toutes régulières et saintes , de manière que ceux
qui les exercent y vécussent dans le vrai esprit
du christianisme ; ce qu'il avait , avec quelques
autres personnes , heureusement commencé , et
même exécuté , comme nous le dirons autre part.

De plus , comme un des grands effets de la charité est la concorde et l'union , il avait un soin
merveilleux de la conserver , de l'accroître , et
de la perfectionner en lui et en tous ; pour cette
cause , il vivait en parfaite intelligence avec tout
le monde , avec les séculiers , avec les ecclésiastiques et avec les religieux ; il faisait état de tous ,
il les respectait tous , et parlait de tous avec honneur ; et quand quelque division et quelque démêlé s'élevaient parmi eux , il s'en affligeait amè-
rement et tâchait par tous moyens de pacifier
leurs cœurs , de réunir leurs esprits , et d'accorder leurs différens : parce qu'il savait que le
Dieu que nous adorons est un Dieu de paix ,
qui veut que nous vivions en paix , et que jamais
la discorde ne vient de lui , mais du diable se-
meur de zizanie ; qu'il n'y a rien de plus contraire
à l'esprit du christianisme , qui est un esprit d'u-

nion et d'amour du prochain, que la division et
ces schismes de charité, qui font que l'on ne vit
pas en frères, mais en étrangers et comme ennemis, et qu'au lieu de faire des progrès dans la
vertu, on multiplie ses péchés et on augmente
ses vices.

L'esprit de la loi nouvelle est un esprit d'une
charité si parfaite et d'une union si intime, que,
comme dit saint Paul, il n'y a plus de distinction,
pour le cœur, de Juif ni de Gentil, de Barbare
ni de Scythe, d'esclave ni de libre, mais Jésus-
Christ est tout à tous pour les lier, les serrer et
les unir tous en lui : d'après cela ce vrai chrétien
disait dans une de ses lettres : « Les paroles qui
nous doivent demeurer le plus empreintes dans
le cœur, sont celles de l'amour réciproque que
Notre-Seigneur nous a laissées à la fin de son
Testament ; cet amour doit animer tous les chrétiens, les consommer en un, et les faire vivre
et converser entr'eux en frères, et en enfans,
et même comme un seul enfant de Dieu. »

Et parce que la meilleure et la plus nécessaire
disposition que doivent avoir ceux qui s'emploient
au bien du prochain, est l'union avec Jésus-
Christ notre Sauveur, à qui les hommes appartiennent, pour prendre de lui la lumière et la
force de les aider selon son dessein, et pour recevoir l'esprit de salut qu'il faut leur inspirer,
et qu'ils soient bien fondés dans les vertus, spécialement dans celles qui rendent une personne
plus capable de traiter utilement avec eux, il
a pour cela fait tous ses efforts, comme nous
l'avons vu, pour s'unir intimement à Jésus-Christ,
et opérer en tout par son esprit, et pour acquérir
ses vertus et s'y rendre parfait.

. Ces vertus ont été marquées par saint Paul en
la première Epître aux Corinthiens ; au sujet de
ces vertus il faisait souvent des réflexions et de
longues méditations ; il les écrivit même de sa
main sur un papier, et quoiqu'il portât toujours
le Nouveau Testament dans la poche , il voulut
porter de plus sur lui, ce papier séparément, pour
pouvoir le lire et le considérer souvent. Voici ce
qu'il contenait :

Charitas patiens est ; benigna est ;
Charitas non æmulatur ; non agit perperam ;
Non inflatur ; non est ambitiosa ;
Non quærit quæ sua sunt ; non irritatur ;
Non cogitat malum ; non gaudet super iniquitate ;
Congaudet autem veritati ; omnia suffert ;
Omnia credit ; omnia sperat , omnia sustinet.

La charité est patiente ; elle est pleine de douceur ;
elle n'est point envieuse, elle n'est ni malicieuse,
ni malfaisante ; elle n'est ni vaine , ni ambitieuse ;
elle ne cherche pas ses intérêts ; rien ne l'aigrit et
ne la met en colère ; elle ne pense point en mal,
mais elle interprète tout en bonne part ; elle ne se
réjouit point des fautes des autres , mais au con-
traire elle a un grand plaisir lorsqu'elle les voit bien
faire ; elle supporte de grandes fatigues ; elle croit
tout, non par faiblesse d'esprit , mais par bonté et
par une sainte simplicité ; si son prochain ne se cor-
rige pas, elle espère toujours qu'il se corrigera ; et
cependant il n'est rien qu'elle n'endure de lui.

C'est à ces vertus que doit particulièrement
s'exercer et se rompre celui qui veut agir utilement avec le prochain ; autrement c'est en vain
qu'il en forme le dessein , et son expérience lui
fera voir, s'il veut ouvrir les yeux, qu'après y

avoir employé et bien du temps et bien de la peine, il y avancera peu. Plus une personne est pleine de Dieu et animée de l'esprit de Jésus-Christ, plus elle est sainte pour elle, et utile aux autres dans tous ses emplois, même avec un petit nombre de paroles bien communes ; parce que les emplois ne reçoivent pas tant de force de la main qui les fait, et les paroles ne tirent pas tant leur énergie de la bouche qui les prononce, que de la disposition du cœur et de l'esprit qui l'anime.

Mais comme pour être très-utile au prochain, il ne suffit pas d'avoir de la vertu, et qu'il faut encore de la capacité, cet homme parfaitement charitable, outre la capacité, que Dieu lui avait abondamment départie, tant de l'esprit qu'il avait grand, subtil, solide, porté au bien, résolu, laborieux et constant, que du corps qu'il avait bien fait et fort agréable, et outre les sciences et les belles connaissances qu'il avait apprises en sa jeunesse, il voulut par son propre travail, et tout homme fait qu'il était, en acquérir d'autres, non-seulement pour en user lui-même, mais encore pour les enseigner à ceux qui le voudraient, afin qu'ils s'en pussent aider dans leurs besoins, ou en faire autrement leur profit : comme de saigner, de faire des médicamens pour guérir les plaies, de composer des remèdes pour toutes sortes de maladies et de maux dont il avait des livres écrits de sa main et qu'il communiquait, descendant jusques aux connaissances les plus triviales, pour pouvoir être utile à tous.

Ainsi il mena un jour à Paris un de ses amis chez un pauvre homme qui gagnait sa vie à faire des hottes et des paniers d'osier dans une cave, où il descendit, et en présence de cet ami, il acheva une hotte qu'il avait commencée quelques jours auparavant, dans le dessein, lorsqu'il connaîtrait le métier, de l'apprendre aux pauvres de la campagne et de leur donner ce moyen de gagner leur vie ; et il laissa à ce bon homme sa hotte, qui méritait d'être mise dans un cabinet parmi les plus rares pièces, ou mieux encore dans un lieu de piété, comme un glorieux trophée d'une charité héroïque, et lui donna de l'argent pour lui avoir montré à la faire.

Ayant su, comme il était à Dijon, que les Religieuses Ursulines qu'il aimait beaucoup, donnaient par charité des drogues et des médicamens aux pauvres, il en eut une grande joie, et pour leur en donner encore plus de moyen, il enseigna aux Sœurs infirmières à faire des compositions excellentes, qui ont une grande vertu pour soulager les malades infailliblement et en peu de temps ; et il les préparait lui-même, les accommodait, les mettait sur le feu et les faisait cuire, s'abaissant, comme un valet, à tout ce qu'il y a de plus humiliant et de plus pénible. Il se tenait long-temps à la fumée, le visage sur des vaisseaux qui exhalaient une très-mauvaise odeur, près d'un grand feu, d'où il ne se retirait que tout en eau, sans dire une seule parole, ni donner aucun signe de ce qu'il souffrait. Les Religieuses s'efforçaient bien de lui faire trouver bon que les Filles du tour, qui sont au dehors, lui rendissent quelque service et le soulageassent en quelque chose ; mais il employait tant de persuasion et d'adresse, qu'elles étaient forcées de le laisser faire, et de donner pas-

sage au feu de sa charité qui le mettait intérieurement tout en flammes, et qui lui adoucissait,
ou même consumait toutes les peines que le feu
matériel lui pouvait causer. Il les contraignait
même par une grande prudence à lui dire les
Heures de leur Office et de leur communauté,
afin qu'elles n'en fussent pas détournées ; et il se
rendait si exactement au temps assigné, qu'il n'y
manquait pas d'un moment, quoique ce ne fût
pas sans difficulté, à cause des autres occupations qu'il avait ailleurs.

Il agissait de même dans les autres choses ;
tellement qu'il prenait toutes sortes de formes ;
qu'il empruntait toutes sortes de figures et se
mettait en tout sens, pour pouvoir secourir le
prochain, étant même, par la force de ce feu divin
qui l'embrasait, comme dissous et tout fondu en
charité. Ses pensées, ses sentimens, ses paroles, ses œuvres, tout en lui était charité : ce qui
lui fit dire un jour dans une lettre qu'il écrivit
à un intime confident : « Il me semble que mon
ame est toute charité, et je ne vous peux dire
avec quelle cordialité et avec quelle ouverture
je sens mon cœur se renouveler en la vie divine
de Notre-Seigneur nouveau-né, brûlant d'amour
pour les hommes. »

SECTION PREMIÈRE.

Sa Charité envers les Pauvres.

Premièrement j'ai à dire, touchant l'affection
que M. de Renty portait aux pauvres et la charité qu'il exerçait envers eux, que Jésus-Christ
était non-seulement la source de cette charité, et

lui en donnait la grâce, mais qu'il en était encore le motif et l'objet. Il regardait Jésus-Christ en eux, et c'est lui qu'il pensait assister ou servir en leurs personnes ; de sorte qu'il ne s'arrêtait pas à leurs habits déchirés et rapiécés, ni à tout leur extérieur vil et méprisable, qui naturellement déplaît aux yeux et offense l'odorat et les autres sens ; mais passant outre, il voyait là-dedans et là-dessous, avec les yeux de la foi, Notre-Seigneur Jésus-Christ présent et résidant en eux, et il les considérait comme ses naïves images, qu'il aime et qu'il estime. Et comme il brûlait d'un ardent amour pour Notre-Seigneur, il aimait aussi tendrement les pauvres, il les secourait de tout son pouvoir, et il n'est rien qu'il ne fît pour eux. C'est avec ses yeux, et non point avec ceux de la nature, que doit regarder les pauvres celui qui les veut bien aimer, avoir de la compassion envers eux, et acquérir pour eux une charité vraie, forte et constante.

En second lieu, ayant à traiter ici de cette charité en détail, nous commencerons par celle qu'il exerçait dans sa maison, où dès l'an 1641 il donna à dîner à des pauvres, à des hommes, au nombre de deux, et au commencement deux fois la semaine, le mardi et le vendredi ; mais cinq à six ans après, se trouvant accablé d'affaires pour le service de Dieu et du prochain, il réduisit ces deux jours à un, ordinairement le jeudi, et au lieu de deux pauvres, il en prenait trois ; mais voici l'ordre qu'il y tenait :

Voulant joindre l'aumône spirituelle à la corporelle, ce qui est un secret important que doivent apprendre et pratiquer les personnes charitables, chacune selon sa capacité, il cherchait les pauvres qui lui semblaient avoir plus de besoin d'instruction ; et pour ce sujet, lorsqu'il était à Paris, après avoir entendu la messe, il allait à la porte Saint-Antoine prendre ceux qui ne faisaient que d'arriver, et les ayant amicalement salués, il les menait avec lui dans son logis, et si c'était en hiver, il les faisait aussitôt chauffer, et en tout temps asseoir ; puis, avec une affection cordiale, qui brillait dans son visage et dans tout son maintien, et avec une grâce merveilleuse, il leur enseignait ce qu'il faut savoir des mystères de la très-sainte Trinité, de l'Incarnation de Notre-Seigneur et du Saint-Sacrement.

Il les instruisait ensuite brièvement à se bien confesser, à bien communier, en un mot, à bien vivre, et après l'instruction, il leur donnait pour se laver et les faisait mettre à table, où il les servait lui-même, tête nue, et dans un respect qui ne se peut dire ; et il mettait sur la table les plats qu'il se faisait apporter par ses domestiques et par ses enfans ; madame son épouse s'employait aussi beaucoup à cette charité. Il imposait silence pendant qu'ils dînaient, et voulait qu'on les laissât manger à leur aise ; après le dîner, il leur donnait encore l'aumône, et les reconduisait jusques à la porte de son logis avec des révérences profondes en leur donnant de salutaires avis.

Il faut être bien chrétien pour agir de la sorte, et un seigneur de son âge et de sa condition devait tenir les yeux fortement attachés sur Jésus-Christ pour rendre ces services à de telles gens : sans cette idée, une telle action lui eût été difficile, et même comme impossible, tandis qu'elle lui était aisée. En effet, un gentilhomme ne fera point de difficulté, mais plutôt tiendra à honneur et sera joyeux de servir le roi, quoiqu'il le voie tout crasseux et couvert d'un méchant haillon ; pourvu qu'il sache et qu'il soit bien persuadé que c'est le roi. Quelques personnes de qualité de Paris et d'ailleurs se trouvant présentes à cette action si chrétienne et si sainte, en étaient extrêmement touchées, édifiées, et de plus animées à l'imiter, au moins en partie.

Il a continué cette louable pratique jusques à sa mort, et quand ses occupations ne lui permettaient pas de l'exercer par lui-même, madame son épouse ne laissait pas de la continuer, mais envers des femmes seulement. Il avait en outre coutume tous les ans, le jour de la Nativité de Notre-Seigneur, de donner à dîner à un pauvre âgé de dix à douze ans ; le jour des Rois, à une pauvre femme ayant un petit enfant à la mamelle, pour honorer le mystère ; au jour de Saint Jean-Baptiste, son patron, à douze pauvres ; et il en servait autant et de la même façon, le Jeudi-Saint, après leur avoir lavé les pieds.

Outre ces actes de charité et beaucoup d'autres, soit en aumônes, soit en d'autres assistances de toutes sortes que M. de Renty faisait dans sa maison, il travaillait au secours de tous les pauvres de Paris et d'ailleurs, au loin, en toutes les manières qui lui étaient possibles : il s'informait de leurs besoins, pensait aux moyens d'y apporter remède, et y donnait ensuite ses soins ; et ne pouvant tout faire, il y employait d'autres personnes, parlait pour eux, demandait pour eux, achetait lui-même ce dont ils avaient besoin, et ensuite le leur portait. Il cherchait des établissemens et des conditions à des hommes, à des enfans et à des filles qui en manquaient, et ne pouvant quelquefois en rencontrer tout de suite, il en a tenu et nourri quelques-uns dans sa maison durant long-temps, et jusques à ce qu'il les eût bien placés.

Il a été le premier qui ait eu la pensée et se soit occupé d'assister les pauvres Anglais réfugiés pour la foi en France, et d'unir dans ce dessein des personnes de piété, qui fournissent des fonds pour leur subsistance. Il en vint à bout, et pour la distribution il se chargeait d'une partie, qu'il allait porter tous les mois, à pied, ordinairement seul, et dans les quartiers les plus éloignés qu'il avait lui-même choisis. En entrant dans leur chambre il les saluait avec tendresse et compassion, et puis leur donnait avec beaucoup de civilité et de respect leur petite somme dans un rouleau. Comme une fois il se trouva accompagné d'un de ses amis, il lui dit, au retour, ce mot remarquable : « Voilà de bons Chrétiens, parce qu'ils ont tout quitté pour Dieu ; mais nous autres, nous avons abondance de biens et rien ne nous manque ; ils se contentent de deux écus par mois, après avoir quitté les quinze et les vingt mille livres de rente, et souffrent ces grandes pertes avec patience, tandis que nous sommes riches. Ah ! Monsieur, le christianisme ne consiste pas en paroles ni en apparence, mais en effets. »

Bien plus, cet homme sage et charitable pratiquait, dans le soin qu'il prenait des pauvres, une chose fort considérable et pleine de grande prudence : quand il les visitait, après avoir vu en gros leurs besoins, il les examinait dans le détail, tant sous le rapport spirituel que sous le corporel. Il tâchait d'abord de remarquer leurs inclinations, leurs passions, leurs mauvaises habitudes, les vices qui prédominaient en eux, leur défaut principal, pour, selon la qualité des maux et la disposition des personnes, apporter les remèdes et donner les instructions convenables, les exhortant toujours à vivre chrétiennement et à faire bon usage de leur pauvreté.

Pour les besoins temporels, il considérait la capacité, l'industrie, le métier et l'emploi de chacun : s'ils étaient artisans, il voyait ce qui leur manquait pour leur travail et pour pouvoir gagner leur vie ; et s'il leur manquait des outils, ou de la matière et des étoffes, ou de l'ouvrage, il y pourvoyait, en leur donnant moyen d'avoir de nouveaux outils, ou en dégageant les leurs ; il leur fournissait de la matière ou leur achetait des étoffes, leur donnant cependant du pain pour deux ou trois jours ; il leur procurait de la besogne, et non-seulement à eux mais encore à leurs femmes et à leurs enfans, afin qu'ils pussent tous vivre : ensuite il achetait de leurs ouvrages dont il faisait d'autres aumônes, il leur en facilitait le débit, et les encourageait à travailler et à fuir l'oisiveté, et revenait de temps en temps les visiter pour voir si tout allait bien chez eux.

Ajoutons à cela sa charité envers les pauvres prisonniers, qu'il visitait, qu'il consolait, à qui il donnait des aumônes, et dont il procurait l'élargissement, avec discernement toutefois, s'il était expédient pour leur salut : car il dit, un jour qu'on le priait pour faire délivrer celui de qui nous allons parler, que souvent on met hors de prison des personnes, qui ensuite ne se servent de leur liberté que pour offenser Dieu et se damner, et que pour leur bien il vaut mieux les y laisser. A cela près, il s'employait pour eux avec une grande affection ; en voici un exemple signalé : .

Il y avait dans la basse Normandie un prisonnier de plusieurs années, innocent et réduit à de grands besoins : beaucoup de personnes avaient travaillé pour son élargissement, mais sans effet, parce qu'il avait affaire à forte partie ; on en donna connaissance à **M. de Renty**, qui bien informé du fait, entreprend de secourir ce pauvre prisonnier, et lui fait donner pour rapporteur au conseil, où son procès était pendant, un maître des requêtes fort homme de bien ; il recommande la chose à son avocat, il va le voir et le solliciter plusieurs fois, et promet de fournir à tous les frais nécessaires.

Mais comme ces poursuites traînaient en longueur, et que le prisonnier trempait toujours dans sa misère, **M. de Renty**, changeant de résolution, écrit pour lui à sa partie et le prie de lui remettre cette affaire, ajoutant qu'il ira bientôt en Normandie, et que là il trouvera moyen d'accommoder la chose à son contentement. Il y alla, et à son arrivée, il fit commencer la mission dans sa paroisse du Bény, et à quelques jours de là prenant avec lui un des Pères missionnaires, il se transporte à la ville où était le prisonnier et sa partie.

Quand on sut dans la ville que **M. de Renty** venait, toutes les rues se remplirent de peuple. On bénissait Dieu de sa venue, et comme on en savait le sujet, on disait qu'il n'y avait que lui qui

pût achever cette affaire et mettre fin à la misère
de ce pauvre homme , et tous louaient Dieu de
ce qu'il avait choisi pour cela un si saint personnage, et faisaient mille prières pour lui. Il alla
ensuite à la prison , où le Père fit une exhortation aux prisonniers pour les consoler et les
fortifier , et M. de Renty soulagea leurs besoins
de ses aumônes , et ensuite parla à son prisonnier
et lui dit qu'il irait voir sa partie pour l'engager
par raisons, et la gagner même par prières , de
consentir à son élargissement ; que cependant il
priât Dieu de bénir son entreprise, et que toujours
il se tint pour assuré qu'en quelque façon que ce
fût , avec la grâce de Dieu il le tirerait de prison.

De là il va trouver cette partie adverse , entre
en conférence avec elle, la prie, la conjure,
et sur quelques difficultés qu'elle lui fait , il
retourne seul à la prison pour en être éclairci;
comme les prisonniers faisaient ensemble leurs
prières accoutumées, il attendit, quoiqu'il fût
sept heures du soir et qu'il lui fallût faire deux
lieues pour retourner chez lui, où il n'arriva
qu'à dix heures. Son prisonnier l'ayant instruit,
il va retrouver sa partie , avec laquelle il tomba
enfin d'accord, tellement que cet homme , après
neuf ans de prison et beaucoup de maux , en
sortit par les sollicitations et par la charité de M.
de Renty, qui l'obligea à venir se confesser et
à communier à la mission pour rendre grâce à
Dieu de sa délivrance ; et afin de lui en donner
plus de moyen, ajoutant continuellement charité
sur charité, il le retint et le nourrit huit jours
dans sa maison, lui parlant tous les soirs et
l'exhortant à bien vivre : au sortir de chez lui
il voulut qu'il allât voir son adversaire, qu'il

trouva aussi doux et aussi traitable, qu'il avait été auparavant animé contre lui. Cet homme depuis s'étant fait prêtre, alla dans l'église du Bény célébrer la sainte messe à l'intention de son libérateur.

SECTION SECONDE.

Sa charité envers les pauvres malades.

Si M. de Renty a eu beaucoup de charité pour les pauvres, il en a eu encore davantage pour les pauvres malades, parce qu'il voyait en eux deux objets de cette excellente vertu, la pauvreté et la maladie ; de sorte qu'elle était plus grande de moitié en lui, et son feu redoublait d'ardeur dans son cœur miséricordieux envers eux.

On ne lit presque rien, sur ce sujet, dans les vies des plus grands Saints, qu'il n'ait pratiqué. Sa charité était si étendue, et les soins qu'il prenait d'eux allaient si loin, que ne se contentant pas d'assister les pauvres malades d'une ou deux manières, il leur offrait en lui seul, et souvent dans une seule visite, un bienfaiteur, un médecin, un apothicaire, un chirurgien, un pasteur, un père, un frère, un ami et un serviteur, les soulageant de plusieurs manières, dont la plupart jusqu'alors n'avaient été ni connues, ni exercées, spécialement par des personnes de cette condition.

Dès l'an 1641, il apprit à saigner et à faire d'autres opérations de chirurgie : il voulut savoir faire des médicamens et toutes sortes de remèdes, et conférant avec un médecin il se fit instruire des choses principales de la médecine ; et comme son but n'était pas la simple connais-sance, mais la pratique, il portait sur lui tou-jours, soit qu'il allât par la ville ou à la campa-gne, des poudres médicinales pour les maux ordinaires, et un étui où étaient ses instrumens de chirurgie pour saigner et faire des incisions, qu'il faisait avec une adresse et une assurance admirables, sans toutefois aller, comme il était fort prudent, au-delà de sa science.

Visitant les pauvres malades en quelque lieu que ce fût, il n'omettait rien de tous les services qu'il voyait leur être nécessaires et qu'il pouvait leur rendre, comme de faire lui-même leurs lits, les y mettre et les y placer commodément, leur faire du feu, nettoyer leur vaisselle, arran-ger leurs petits meubles, dresser tout, voulant par-là s'insinuer dans les cœurs de ces pauvres gens, pour ensuite les consoler, les exhorter à la patience et les porter à Dieu avec plus de force.

A Dijon, ville qui a été un grand et éclatant théâtre de ses vertus durant plusieurs mois qu'il y a demeuré, on le vit un jour sans manteau, avec une pierre dans la main, demandant du feu à une porte pour chauffer un pauvre malade qui était délaissé. Après avoir dans cette même ville visité une ou deux fois de pauvres malades, accompagné de quelques personnes qui lui en-seignaient leurs demeures, il retournait les voir souvent seul, et exerçait envers eux des actions de charité plus grandes et plus viles qu'il n'en avait pratiqué en compagnie, et les secourait de jour et de nuit.

Allant voir, l'an 1640, quelques pauvres ma-

G

lades de la paroisse Saint-Paul, à Paris, il trouva
la Sœur, qui en avait le soin, sortant d'une maison ; il lui demanda ce qu'elle cherchait dans ce
logis-là ; elle lui répondit qu'elle y cherchait Jésus-Christ, et qu'elle venait d'une chambre où
il y avait une grande charité à faire ; cette réponse le toucha, et il en témoigna beaucoup de
joie, en disant qu'il le cherchait aussi ; et là-
dessus ils allèrent tous deux dans cette chambre
où se trouvaient plusieurs malades, qu'il avait
déjà le jour même visités, et auxquels il avait fait
du bouillon, donné à déjeuner et fait le lit.

De là cette bonne fille le mena en plusieurs
autres lieux, où il instruisit les malades et
donna l'aumône, et depuis il a toujours continué
ce saint exercice avec elle, prenant pour cela
un jour de la semaine, ordinairement le vendredi ; ce jour-là, il les allait visiter, les saigner, s'essuyant ensuite les mains non à une
serviette blanche mais à quelque torchon s'il
en trouvait, et leur donner les remèdes propres
à leurs maux, les assister et les servir dans leurs
besoins : de plus, pour le spirituel, il allait les
consoler, les encourager, les préparer à faire
une bonne confession et à bien recevoir les Sacremens, et il s'informait toujours dans toutes
les maisons où il entrait, si Dieu y était bien
servi, et s'il n'y avait point de division ni de querelle, qu'il tâchait avec grand soin d'accommoder, et singulièrement parmi les pauvres, ne
s'en présentant jamais d'occasion, même lorsqu'il allait par les rues, qu'il ne leur dît quelque
chose pour leur faire connaître leur faute là-
dessus et pour les mettre d'accord.

Enfin, il ne sortait jamais de ces lieux, qu'il

n'eût pourvu à tous les besoins, avec une charité, avec une douceur et un respect incroyables, se donnant le temps, quoiqu'il eût tant d'autres affaires, de les entendre, avec une patience invincible, pour tout ce qu'ils voulaient lui dire.

Dans les voyages, lorsqu'il avait mis pied à terre, il s'en allait à l'Eglise adorer le Saint-Sacrement, comme nous l'avons dit ailleurs, et puis il s'informait s'il y avait un hôpital, où, si le temps le lui permettait, il ne manquait pas d'aller et de voir les malades, demandant s'ils étaient secourus, et apportant à leurs besoins tous les remèdes qu'il pouvait ; de la main, par des saignées et par des médicamens ; en paroles, adoucissant leurs peines avec de bonnes raisons, et leur donnant courage avec ses aumônes.

Le mémoire qu'on a donné du grand Hôtel-Dieu de Paris porte ce qui suit : « Nous avons vu M. de Renty venir ici avec une grande assiduité l'espace de douze ans et davantage. Entrant et sortant il s'en allait droit à l'église devant le Saint Sacrement, et demeurait long-temps en sa présence, ce qui donnait de la dévotion à tous ceux qui le voyaient : à son entrée, c'était pour offrir son action à Notre-Seigneur et lui demander les grâces qui lui étaient nécessaires ; et à sa sortie, pour le supplier de la bénir et de la rendre efficace. Ensuite il venait dans les salles, où il exerçait sa charité envers les pauvres malades depuis deux heures du soir jusques à cinq, en les instruisant et en les soulageant dans tous leurs besoins.

» Nous l'avons vu panser, médicamenter et essuyer les plaies et les ulcères. Nous l'avons vu plusieurs fois baiser les pieds des malades et aider à ensevelir les morts. De plus, il a eu la charité de montrer aux religieuses à faire un onguent qui leur était inconnu, et de le faire lui-même devant elles. Quelquefois et le plus souvent il venait seul, et quelquefois aussi il était accompagné de quelques seigneurs d'un haut rang, lesquels, animés par un tel exemple, voulaient absolument l'imiter et avoir part à des œuvres si saintes.

Il ne visitait pas seulement les pauvres malades pour leur faire la charité ; mais, quand il était en quelque lieu, ils allaient eux-mêmes le trouver, s'ils pouvaient marcher, pour le recevoir. Lorsqu'il était à Dijon, ils le cherchaient en troupes, et pour toutes sortes d'infirmités et de maladies. Comme en 1642 il alla à ses terres de Normandie, il s'employa sans cesse, l'espace d'environ quatre mois qu'il y demeura, à ces actions de miséricorde, et à servir de médecin et de chirurgien à tous les pauvres malades du pays ; de sorte que de tous côtés ils venaient à lui pour trouver les remèdes de leur maux ; et il y en avait presque toujours un si grand nombre autour de lui, qu'on ne le pouvait approcher.

Je me souviens à ce sujet de ce qu'on lit de Notre-Seigneur, que de toutes parts les malades de toutes sortes de maladies et les affligés accouraient à lui pour être soulagés et guéris ; et il me semble voir avec quelque proportion le même Jésus-Christ en son serviteur fidèle et vrai disciple, lorsque les infirmes, les languissans, les impotens ou autres malades viennent à lui de tous les environs, et qu'on le voit entouré d'une multitude de malheureux, voulant être saignés, ou avoir de l'onguent, des poudres dicinales ou d'autres médicamens, un conseil, une consolation, l'aumône, ou un autre adoucissement à leur mal : et que lui, avec cette grande et large charité chrétienne, avec ces entrailles de miséricorde, à l'exemple de Dieu, avec cet esprit d'amour avec lequel le Fils de Dieu a eu pitié de nous, et avec une singulière bonté et une patience infatigable, est au milieu d'eux, tâchant de les secourir tous et d'apporter du soulagement à leurs maux.

SECTION TROISIÈME.

Suite de la même Charité, avec le succès.

Les actes de sa charité, que nous allons voir, sont d'une espèce encore plus relevée que les précédens, parce qu'elle s'emploie au soin et à la cure des maladies les plus fâcheuses, dont la nature a le plus d'horreur, et où il faut qu'elle se surmonte davantage.

Cet homme de Dieu étant en son château de Bény, y recevoit les pauvres teigneux et les logeait dans une chambre bien accommodée et bien parée, où il allait les voir et leur ôter lui-même leur teigne, avec ses remèdes, les gardant et les nourrissant jusques à ce qu'ils fussent guéris. A Paris, il les visitait de même au faubourg Saint-Germain, où ils ont leur demeure, et il leur portait des distributions ; et joignant l'humilité à la charité, il était vu au milieu de ces teigneux, tout debout et tête nue, entendant une exhortation qu'il leur avait procurée.

« Comme j'entrai un jour dans la salle du Bény, dit un témoin oculaire digne de foi, je le trouvai maniant un chancre, qu'on ne pouvait regarder même de loin sans aversion et sans horreur. Lui, étouffant tous ces sentimens de la nature, le pansait avec joie et avec respect. »

Pendant son séjour à Dijon il s'y rencontra une pauvre fille qui avait été prise par des soldats, des mains desquels elle s'était échappée, après avoir été quelque temps leur proie et avoir pris une maladie hideuse. Quelques personnes charitables en donnèrent avis aux Religieuses Ursulines, afin qu'elles eussent la bonté de la secourir en ce qu'elles pourraient. Ces Religieuses la firent mettre chez de pauvres gens dans le voisinage ; son corps était dans un état si pitoyable que ce n'était que pourriture, et il rendait une infection si puante, que personne n'en voulait approcher ; son hôte même ne la pouvait souffrir, tellement qu'elle était en danger d'être abandonnée de tous. La Supérieure, qui existait alors et qui maintenant ne vit plus, religieuse de grande vertu, et avec qui M. de Renty avait beaucoup de liaison, eut la pensée de lui en parler ; elle le fit et conféra avec lui des moyens d'assister cette pauvre créature.

La charité de ce saint homme toujours agissante ne lui donna pas un moment de repos, et le porta aussitôt à la visiter et à la pourvoir de tout ce dont elle avait besoin. Il paya une femme pour la servir, et décida son hôte à la garder ; il lui faisait faire le traitement et lui donnait les médicamens nécessaires à cette maladie ; il lui portait les consommés et les autres choses qui regardaient sa nourriture, demeurant longtemps auprès d'elle ; quand il la voyait tout en eau, il lui essuyait le visage avec son mouchoir ;

et ensuite par une action plus admirable qu'imitable, il s'en servait ainsi tout trempé sans vouloir qu'on le lui changeât : et comme il avait bien plus de soin de son ame que de son corps, il l'instruisait, la consolait et prenait la peine tous les jours de lui faire quelque lecture dans un livre de dévotion, souffrant au reste avec force et gaîté toutes les impressions de peine que cette horrible maladie faisait sur ses sens, recevant la mauvaise odeur qui sortait de ce corps pourri et qui faisait bondir le cœur, comme si c'eût été quelque parfum délicieux. C'était sans doute la bonne odeur de Jésus-Christ, qu'il regardait dans les pauvres comme nous avons dit, qui lui parfumait les infections, et qui lui faisait trouver des suavités dans les grandes puanteurs.

Enfin par ses soins il retira cette pauvre fille de la misère et de la mort, et l'établit dans les devoirs d'une vraie chrétienne; si bien que depuis elle s'exerce en beaucoup de bonnes œuvres, et quand elle va aux Ursulines, elle ne peut se tenir de parler et avec un grand sentiment des excellentes vertus et surtout de l'incomparable charité de M. de Renty, et des obligations extrêmes qu'elle lui a, lesquelles elle publie par tout, et dont elle témoigne une grande reconnaissance.

Cette action de charité généreuse n'a pas été seule dans Dijon, il en a fait beaucoup d'autres semblables dans les hôpitaux et dans les autres lieux où il allait, à ce qu'on nous rapporte, et nous avons sujet de le croire. J'ajoute à cela l'ardent désir qu'il avait qu'on fît un hôpital pour ceux qui avaient les écrouelles, vu qu'il n'y avait point d'établissement de ce genre ni à Paris, ni dans toute la France.

C'est ainsi que ce grand serviteur de Dieu s'employait au soin des malades, et des malades les plus dégoûtans. Voyons maintenant quel succès et quelle bénédiction Dieu donnait à ses soins et à ses remèdes, et comment parfois il rendait par ses mains, et comme miraculeusement, la guérison aux malades. Lorsqu'il était dans la basse Normandie fort occupé autour de ses malades, on s'étonnait qu'il donnât des remèdes pour toutes les maladies, même extraordinaires et incurables, et qu'avec ces remèdes, qui n'étaient quelquefois presque rien, les malades fussent guéris promptement : ce qui fit croire à ceux qui éclairaient ses actions, qu'il guérissait souvent non pas tant par la vertu naturelle de ses médicamens, que par grâce et par miracle.

On a fait la même remarque à Dijon dans des guérisons opérées de la même manière, et on y a pris la même croyance qu'il rendait la santé par voie surnaturelle. Sur quoi je ne dois pas omettre un entretien qu'il eut avec la Mère Prieure des Carmélites de cette ville, qu'il voyait souvent et avec beaucoup de confiance, à laquelle il raconta qu'il y avait peu de jours qu'une femme étant malade à la mort pour une mauvaise couche et abandonnée des médecins, on le vint chercher pour voir si dans cette extrémité il pourrait avec ses remèdes lui donner quelque soulagement ; il y alla.

« Et je lui en fis un, dit-il, que je savais bien n'avoir pas la force de guérir une telle maladie : mais comme je n'avais rien de meilleur, je priai Dieu d'y donner sa bénédiction, si c'était sa gloire et le bien de la patiente. Ma prière fut exaucée, car je viens de la voir en bonne santé. La Mère lui demanda s'il faisait souvent ainsi, il lui répondit qu'oui, quand on l'en priait; « Car ce sont, ajouta-t-il, de pauvres gens qui n'ont rien pour se soulager, ni moi non plus : Notre-Seigneur n'est pas attaché aux remèdes, il faut avoir de la foi où nous ne pouvons rien ; Dieu par sa bonté me l'a donnée. Elle lui répliqua : *Mais c'est donc miracle?* « Et quoi, repart-il, n'en fait-il pas tous les jours pour nous ? » Vous en faites donc pour les pauvres ? lui dit-elle. Il répondit à cela avec humilité et de fort bonne grâce. « Ma Mère appelle miracle ce que Notre-Seigneur fait ; pour moi je n'y ai point de part, si ce n'est de donner aux pauvres ce que j'ai ; prenez-le comme vous voudrez, je n'y fais point de réflexion que pour remercier Notre-Seigneur, quand ils sont guéris. »

Si les saintes lettres recommandent de rendre de l'honneur au médecin à cause du besoin qu'on a de lui, on doit sans doute honorer et estimer davantage les médecins qui traitent et guérissent leurs malades non pas tant par la méthode de Galien ou de Paracelse, que par celle de Dieu.

SECTION QUATRIÈME.

Son zèle pour le salut du prochain.

Cette charité a été encore beaucoup plus grande et beaucoup plus ardente en M. de Renty, que celle dont nous avons parlé, parce qu'aussi, comme dit saint Thomas, elle est bien plus relevée et bien plus noble.

Premièrement, à raison du sujet, qui est

G*

l'ame, que cette charité regarde, laquelle est incomparablement plus excellente que le corps, aux soins duquel seulement celle-là s'applique. Secondement, à cause de l'objet et des choses qui se donnent, qui sont d'une valeur très-inégale, parce que, tandis que la charité corporelle ne donne que du pain, de l'argent et la santé, la spirituelle s'emploie à rendre l'ame capable de la grâce, de la gloire et de la possession éternelle de Dieu, biens infiniment plus grands que ceux-là. C'est pourquoi cet homme sage et éclairé, sachant bien faire ce discernement important, avait, pour aider les ames, des affections encore tout autres que pour secourir les corps.

Bien plus, comme il était embrasé de l'amour de Dieu et de celui de Jésus-Christ son Fils, il cherchait continuellement tous les moyens et faisait tous ses efforts pour les faire connaître et aimer en cette vie et en l'autre, et empêcher qu'ils n'y fussent offensés ni haïs. Joint que connaissant qu'ils ont des bontés et des tendresses inexplicables pour les ames, qui leur ont été si chères et qui leur ont tant coûté, il entrait dans leurs affections, il les aimait à leur exemple, et désirait avec zèle leur salut.

Or ce zèle a été admirable, et il a eu toutes les qualités nécessaires pour être très-parfait. Premièrement, il a été universel, s'étendant sur tous les hommes en général et sur chacun en particulier; en France, à l'étranger, et partout: de sorte qu'il dit à une personne familière, qu'il était prêt à servir tous les hommes sans en excepter un seul, et à donner sa vie pour chacun d'eux, s'il en était besoin.

Il eût voulu convertir, éclairer de la connaissance de Dieu, brûler de son amour, sanctifier et sauver, s'il eût pu, tout le monde; et comme Paris en est un abrégé, il allait cherchant par tous les quartiers et par toutes les rues de cette grande et puissante ville tout ce qu'il y avait à ôter ou à mettre pour la gloire de Dieu et le salut des ames. L'esprit de Dieu le conduisant en cette recherche bénissait son travail et lui donnait grâce pour régler les choses déréglées, pour affermir celles qui chancelaient, et maintenir celles qui étaient en bon ordre; pour détruire le mal et établir le bien : ce qu'il a fait en tant de manières, qu'il serait impossible de le dire. Mais que ne peut un homme zélé, désintéressé et rempli de Dieu?

Il faisait par lui-même tout ce qu'il pouvait, sans s'épargner en rien et sans perdre un seul moment; mais comme il ne pouvait pas tout faire, et que ses forces tant de l'esprit que du corps n'étaient pas à beaucoup près égales à ses désirs, il le faisait par d'autres : de là sont venues tant de missions qu'il a fait faire à ses frais, premièrement en ses terres de Normandie et de Brie, et puis qu'il a procurées en contribuant encore à la dépense, en beaucoup d'autres Provinces où il n'avait rien, en Bourgogne, en Picardie, au pays Chartrain et en plusieurs autres lieux.

Mais il sera bon de l'entendre parler lui-même là-dessus; il m'écrivit touchant la mission de Citry en Brie : « Le jour de la Pentecôte, on a commencé ici la Mission. Elle a une bénédiction tout extraordinaire; les cœurs sont tellement touchés des sentimens de pénitence, que les larmes coulent en abondance; il se fait quantité de restitu-

tions et de réconciliations ; les prières communes et les publiques se font dans les familles ; les
juremens et les blasphèmes ne s'entendent plus,
et tout le monde accourt de trois à quatre lieues.
Il y est venu, entr'autres, une fille de mauvaise vie, qui s'en est retournée avec un changement véritable, déclarant hautement sa conversion, et rompant tout son commerce. Je connais
bien maintenant que c'est là le sujet pour lequel
Notre-Seigneur m'a fait venir ici et m'a obligé
d'y séjourner. »

Toutes ces opérations de la grâce le comblaient
d'une joie inexprimable et le faisaient fondre en
larmes, pour la grande part qu'il prenait à la
gloire qui en revenait à Dieu et au bien que les
ames en recevaient. Nous l'avons vu les larmes
aux yeux, dit un témoin oculaire, et comme
je lui en demandais la cause, il m'avoua qu'elles
venaient de la joie excessive qu'il avait de voir
tant de personnes touchées donner des marques
certaines de leur conversion, en restituant le bien
d'autrui, en se réconciliant avec leurs ennemis,
en brûlant les mauvais livres, en quittant les occasions du péché et en commençant une vie toute
nouvelle. Nous l'avons vu, transporté de zèle et
de ferveur, balayer l'église de Citry, ôter les
ordures avec les mains, et sonner les cloches
pour faire venir le peuple.

Il se servait ordinairement, pour les missions,
des Prêtres séculiers de sa connaissance, vivant
en communauté et établis à Caen pour ces emplois, dont ils se sont toujours acquittés avec
une grande bénédiction et un fruit fort notable ;
au Supérieur desquels il a écrit plusieurs lettres
sur ce sujet, le priant et le conjurant d'entre-

prendre ces missions d'un grand cœur, lui donnant avis de celles qui étaient assurées, et de
celles dont on pouvait espérer quelque bien ; lui
disant ce qu'il avait fait, à qui il avait parlé, et
de quels moyens il fallait se servir pour les faire
réussir.

Dans une de ses lettres écrite l'année de sa
mort, après lui avoir parlé d'une mission qu'il
projetait dans la ville de Dreux, diocèse de Char-
tres, il lui mande : « J'ai vu quelques personnes pour les engager à s'unir afin de procurer
tous les ans une mission ; et nous-mêmes, autant
que nous pourrons, nous irons, pour vous y servir
et pour les visites des malades et les charités des
pauvres, et pour assembler dans ce même dessein des compagnies de personnes que la parole
de Dieu aura gagnées. Nous nous sommes déjà
touchés tous dans la main depuis que Notre-Seigneur nous a touchés au cœur : et ma femme
et deux autres avec elle seront de la partie, pour
imiter sainte Magdelène, sainte Jeanne et sainte
Susanne, dont il est dit en saint Luc qu'elles suivaient Notre-Seigneur et ses disciples et qu'elles
contribuaient de leurs facultés à la prédication
du royaume de Dieu : nous tâcherons de faire
cela sans éclat et sans que l'on nous connaisse,
prenant un petit logis à part.

« Voyez, mon très-cher Père, si vous voulez
être notre Père, et si cette année dans l'automne
vous pouvez donner le pain de la vie éternelle à
ceux qui vous le demandent avec grand respect.
Je vous supplie les larmes aux yeux de nous écouter et exaucer, touché du besoin de nos pauvres
frères, et de la charité de Jésus-Christ, qui nous
veut tous unir en un cœur, qui est le sien, pour

que nous y vivions devant Dieu. Mon très-cher
Père, je mets ce dépôt entre vos mains; c'est
à l'esprit de Dieu de le rendre fécond en vous
et en mes très-chers Pères vos frères. J'espère
que nous serons exaucés et que nous verrons
une abondance de miséricordes. J'attends votre
sentiment là-dessus et pour la chose, et pour
le temps; tenez cependant, s'il vous plaît, l'affaire secrète parmi vous.

SECTION CINQUIÈME.

Suite du même zèle.

Voici encore d'autres effets de son zèle universel, qui lui faisait désirer le salut de tous, et
en chercher les moyens.

Nous avons remarqué ci-dessus comment il
avait des correspondances par toute la France
et ailleurs pour les grandes entreprises et les affaires importantes qui regardaient la gloire de
Dieu et le bien du prochain.

Il réunissait partout où il pouvait, des personnes pour s'entr'aider à leur salut et à celui des
autres, et faisait des assemblées de piété pour
divers sujets. « Me voici de retour de Bourgogne,
puisqu'il plaît à Notre-Seigneur, m'écrivit-il le
vingt septembre de l'an 1648; notre voyage a
été assez plein d'emplois pour aider à former diverses compagnies d'hommes et aussi de femmes, qui ont grand désir de bien servir Dieu. »

Le mémoire venu de Caen porte ces mots: « M.
de Renty a établi ici plusieurs assemblées de personnes, auxquelles il conseillait de traiter ensemble toutes les semaines des moyens de secou-

rir les pauvres et d'empêcher que Dieu ne fût offensé : ce qui réussissait à merveilles. Il conseillait aussi à des gentilshommes de la campagne de s'assembler de temps en temps pour s'animer les uns les autres à être parfaits Chrétiens, et à faire profession de ne se battre jamais en duel. »

Il manda au Supérieur d'une mission : « Je me suis bien uni à vous dimanche dernier, que je crois avoir été l'ouverture de votre mission. Je vous supplie très-humblement de croire, que si vous m'y jugiez utile sur la fin pour y former quelque petit corps de gentilshommes, et des sociétés dans la ville, comme nous le faisons aux petites villes et aux gros bourgs, je ferais mon possible pour m'y trouver, mais j'y ferais plus de mal que de bien. »

Etant venu à Amiens où j'étais, il y a répandu une si bonne odeur de sa vertu et de sa sainteté, qu'elle a embaumé toute la ville. En moins de quinze jours il y a fait tant de choses, et de si grandes, dans la visite des hôpitaux, des prisons et des pauvres honteux, et en toute autre sorte d'actions de piété, que l'on en est émerveillé. En deux voyages qu'il y a faits, il a dressé et établi en ces exercices de charité, tant par son exemple que par sa conversation et par ses avis, quantité de notables bourgeois qui les ont embrassés avec courage, et les ont depuis continués inviolablement avec beaucoup de fruit.

Il avait le dessein et un grand désir de porter l'esprit du christianisme dans toutes les familles, et de faire que tous, dans leur condition, servissent Dieu comme il faut, et s'appliquassent sérieusement au soin de leur conscience ; il eut

voulu pouvoir instruire de leur devoir les pères,
les mères et les enfans, les maîtres et les maî-
tresses, les serviteurs et les servantes, visant
même en cela à leur bien mutuel, parce qu'on
a toujours sujet de se défier d'une personne, soit
homme, soit femme, quand elle ne craint point
Dieu ; d'autant que, venant à offenser son Seigneur souverain et lui fausser la foi, elle donne
lieu de croire, qu'où elle verra son intérêt, un
attrait d'honneur, de plaisir ou de profit, elle
pourra bien en faire autant à celui qui n'est que
son valet ; ainsi et pour la gloire de Dieu, et
pour le salut de chacun, et pour le bien commun il souhaitait que tous fussent vertueux, et
le procurait par tous les moyens possibles.

Il dressa quelques réglemens pour les gentilshommes et les personnes de qualité, comme
aussi pour les dames et les demoiselles, sachant
que comme ces personnes sont relevées par-dessus les autres, on les voit aussi de plus loin, et
que leur exemple fait plus d'impression pour le
bien ou pour le mal, que celui des personnes
du commun. J'ai ces mémoires écrits de sa main
et composés de son style : ils méritent d'être
ici rapportés, pour servir à l'utilité publique.
Les voici :

Quelques articles pour faire ressouvenir une personne
de qualité des obligations dont elle doit s'acquitter
dans sa famille, dans ses terres, et envers ses
sujets.

La première et la plus importante obligation
pour la conduite de sa famille est le bon exemple, sans lequel la bénédiction de Dieu ne saurait y être. Que toute la maison et la famille, de-

puis les plus grands jusques aux moindres domestiques, donnent donc l'exemple de la modestie, soit dans l'église, soit dans les offices et les devoirs particuliers de chacun, soit dans les commissions et les conversations du dehors; de sorte que l'on connaisse par l'harmonie du dehors que Dieu est le premier mobile du mouvement du dedans, et que l'on n'y souffre rien de répréhensible.

Pour les Officiers.

1. Il faut s'informer, en détail, si les officiers comme les Juges, les procureurs fiscaux, les greffiers, les sergens et autres, se conduisent bien dans leurs charges; et prendre une personne capable et de confiance pour s'en assurer, et pour proposer les moyens de remédier aux abus;

2. Il faut examiner avec prudence et sans éclat, si les peuples ne se plaignent point avec raison de quelques injustices et de quelques concussions;

3. Si la police est observée suivant les ordonnances;

4. Si les tavernes sont fréquentées durant l'office divin les jours de fêtes et les dimanches;

5. Si on ne transgresse point les fêtes, en travaillant et charriant sans une véritable nécessité;

6. Si on punit les crimes publics; si on réprime les blasphémateurs, les usuriers; si on tient la main contre les ivrognes, les fornicateurs, et les chicaneurs qui oppriment les pauvres; et si on bannit les filles qui servent de pierres d'achoppement et font commettre tant de péchés;

7. S'il n'y a point de ces libertins qui se moquent de la religion et des prêtres, et qui font gras en tout temps.

8. Il est bon , s'il se rencontre quelque notable vicieux , de commencer, si l'on peut, par lui,
à montrer que l'on ne fait point de quartier au
vice ; ce qui apprendra à tout le monde avec
quelle fermeté on agit, et retiendra les libertins.
Il faut du zèle et de la fermeté , et quelquefois
aussi de la clémence pour ceux qui promettent
changement avec apparence de repentir.

9. Un haut justicier peut , de son autorité , et
sans aucune autre formalité, sévir contre un
blasphémateur ou contre quiconque se trouvera
souillé d'un vice notable, en l'envoyant sur-le-
champ pour vingt-quatre heures en prison, avec
un morceau de pain et de l'eau, et l'avertir que
s'il continue , on lui fera son procès.

10. Certaines personnes craignent plus la perte
du bien que la peine du corps ; pour le châtiment
de leurs fautes, il est bon de les condamner à des
amendes, sans rémission.

11. De même, lorsque de notables vicieux se
rencontrent enveloppés avec les autres dans quelque affaire, il convient de ne les point protéger,
et de dire nettement et hautement que c'est à
cause de leur mauvaise vie qu'on les poursuit, et
qu'on leur sera toujours opposé. Mais au contraire , il faut prouver que l'on fait cas des gens
de bien et des ames simples qui craignent Dieu ,
leur faire en cette considération quelque faveur
publique, et se rendre leur protecteur.

12. Les Offices se doivent donner *gratis* , afin
que l'on puisse choisir des personnes propres
à exercer la justice, et avoir droit de les y
obliger.

13. Il faut donner l'exemple, ne recevant point
de présens de ses sujets pour l'exemption des

gens de guerre, ni de ceux qui ont des affaires
devant vous, ni des pauvres; mais montrer que
l'on est désintéressé, généreux et incorruptible;
ce qui vous donnera plus d'autorité et plus de
pouvoir pour vous faire porter du respect, et
tenir en bride tant les officiers que la noblesse
qui relève de vous.

Pour les Eglises.

1. Il sera bon d'aller visiter MM. les curés pour
faire connaître au peuple le cas qu'on fait d'eux,
et lui apprendre par-là celui qu'il en doit faire,
et s'informer d'eux s'il n'y a point d'abus où
l'autorité temporelle doive intervenir; de plus,
quelle révérence ou irrévérence on apporte dans
l'Eglise; si le peuple entend le Prône; s'il est
soigneux d'envoyer la jeunesse au catéchisme,
et s'il y vient lui-même; à quoi vous aussi et
vos domestiques assisterez;

2. S'il y a du revenu au trésor ou à l'œuvre de
la paroisse; si les Marguilliers rendent bien leurs
comptes et vident tous les ans leurs mains au
profit de l'Eglise; si l'on n'emploie point le bien
de l'Eglise pour la taille, ou pour les affaires publiques; et si cela est, il en faut non-seulement arrêter le cours, mais en avertir l'évêque;
car les trésoriers, qui sont responsables de cet
argent, n'ont pu consentir à cette distraction.

3. Il faut faire revoir les comptes du passé, et
des économies faire acheter ce qui est le plus
nécessaire à l'Eglise; voir si les vases sacrés sont
d'argent, s'il y a un tabernacle honnête et décent,
et les ornemens requis.

4. Il faut s'informer de M. le Curé quels sont

les plus pauvres de la paroisse, en prendre les noms, et les faire assister de préférence aux autres.

5. Je ne voudrais jamais marcher devant les Prêtres, particulièrement en présence du peuple.

Voilà, à mon avis, le plus gros de ce à quoi l'on est obligé. Au surplus, une Mission est excellente pour donner l'esprit chrétien au peuple; chacun y apprendra son devoir et les moyens de s'en bien acquitter.

Les gentilshommes se peuvent concerter pour se voir une fois le mois, conférer de leurs obligations, et s'animer à en faire les œuvres : on peut dans les villes former aussi de petites sociétés de personnes de piété, pour veiller aux abus, ôter les occasions de péché, et consoler les pauvres honteux.

Il y aura encore moyen d'établir parmi les femmes des confréries de charité pour l'instruction, pour la consolation et le secours temporel des pauvres malades ; et par-dessus tout une compagnie de quelques bons ecclésiastiques, qui pourront s'assembler une fois le mois pour aviser aux moyens de bien faire les fonctions de leur état, d'où dépend tout le bien des peuples.

Voilà le mémoire qui contient les instructions pour les hommes. Voici celui des femmes :

Quelques Réglemens pour les Dames et les Demoiselles.

1. La conduite ordinaire de Dieu est de faire surabonder la grâce où le péché a abondé. La première femme a introduit la mort en ce monde, et la sainte Vierge fait chanter à l'Eglise, que

c'est une heureuse faute, puisqu'elle nous a donné l'alliance de son Fils, et son Fils celle de la divinité. Mais ce n'est pas tout ; si la première femme est la cause de tous les maux qui sont au monde, il semble aussi que Dieu veuille se servir des femmes pour en faire la réparation, ayant disposé par sa sagesse que ce sont elles qui ont l'éducation des enfans, et pour l'ordinaire le soin de leurs familles. Les hommes, comme plus robustes, s'appliquant aux affaires du dehors, les femmes sont sédentaires pour celles du dedans, tellement qu'elles voient tout, qu'elles connaissent tout, et qu'elles conduisent tout.

Ainsi, comme dans tous les ordres, soit de l'Eglise, soit de la noblesse, soit des magistrats et des peuples, s'élèvent des familles qui en sont les pépinières ; on peut dire que Dieu a confié aux femmes le soin de la plus grande importance, c'est-à-dire, de lui élever et nourrir des ames dans l'esprit de leur baptême, les disposant comme des miroirs sans tache à recevoir les impressions de sa volonté et la vocation de l'état où il les appelle pour sa gloire et pour leur salut. Il est donc très-important qu'elles fassent réflexion que le plus grand bien et le plus grand mal parmi les hommes, dépendent en partie d'elles, et que Dieu leur en demandera compte.

2. Pour cela, qu'elles prennent un grand soin de l'instruction des enfans dès leur plus tendre jeunesse, réprimant par vertu et par douceur ce que la nature montre en eux de répréhensible, et se souvenant que la plupart des vices viennent de ce que l'on estime petit et même plaisant tout

ce qu'on voit faire aux enfans, qui, se trouvant ensuite dans un âge plus avancé et dans l'ardeur de leur sang immortifiés et indomptés, sont alors incapables de correction.

3. Qu'elles veillent aussi sur l'instruction de leurs domestiques, et qu'elles ferment la porte de la maison aux blasphèmes et à l'impureté, aux jeux insolens et aux autres vices.

4. Qu'elles empêchent que les valets ne fréquentent les tavernes, et n'excèdent le peuple.

5. Qu'elles aient soin qu'ils soient charitablement traités dans leurs maladies, et qu'elles-mêmes les visitent comme étant nos frères et avec nous serviteurs de Dieu notre Père et notre Seigneur commun, et qu'en tout temps on les pourvoie de ce qui est nécessaire, pour leur ôter toute occasion de larcin et de murmure.

6. Qu'elles tâchent d'introduire chez elles et en leur voisinage partout où elles pourront, même parmi le peuple, la coutume de faire le soir les prières en commun; et si les maîtres ne peuvent s'y trouver, qu'elles fassent assembler les domestiques et prient avec eux.

7. Qu'elles soient continuellement occupées pendant le jour, afin de rendre leur vie utile, et d'empêcher que l'oisiveté ne s'empare d'elles et de leurs domestiques; pensant à cette parole de l'Apôtre, que celui qui ne travaille point ne mange point. Cette pratique prise avec discrétion remédie à plusieurs inconvéniens, et écarte beaucoup de maux.

8. Qu'elles visitent parfois les pauvres familles pour les consoler et les encourager à bien vivre.

9. Qu'elles aient soin de faire raccommoder les ornemens et le linge de leurs églises : faute d'un

peu de zèle à ce sujet, notre foi envers les saints mystères est déshonorée, et il en coûte ensuite beaucoup plus à l'église.

10. Qu'elles fassent grand cas des Prêtres, ne regardant plus en eux leur naissance temporelle, mais la dignité où Jésus-Christ les a élevés, et qu'elles se comportent avec eux dans cette vue; elles y sont obligées, tant pour que les prêtres n'oublient pas ce qu'ils sont, que pour apprendre aux peuples par leur exemple ce qu'ils doivent aux Ministres du Seigneur.

11. Qu'elles reçoivent les visites en esprit d'hospitalité, avec bèaucoup de charité, et avec toute l'honnêteté chrétienne, et qu'elles se gardent d'en perdre le fruit en les recevant par coutume, ou dans les sentimens du monde, et surtout qu'elles évitent les superfluités païennes.

12. Qu'elles ne souffrent point dans leurs maisons des tableaux qui montrent des nudités déshonnêtes, et beaucoup moins qu'elles n'en fassent point paraître dans leurs personnes : qu'elles détruisent le plus adroitement qu'elles pourront les afféteries et les curiosités vaines, qui marquent l'impénitence du cœur, et ne peuvent produire d'autre effet que de nourrir les ames dans leur corruption, et les détourner de Dieu. »

Voilà les avis salutaires qu'il donnait aux dames, pour la bonne conduite de leurs familles.

Il roula long-temps dans son esprit la pensée de réformer tous les métiers, d'en ôter les abus qui à la longue s'y sont glissés, et de les sanctifier ; et il souhaitait qu'en tous il y eût des gens qui vécussent comme les premiers chrétiens, en sorte que tout le gain de leur travail fût commun, et qu'après avoir pris pour eux le nécessaire, le reste appartînt aux pauvres.

Dieu accomplit son souhait : il trouva même quelques artisans qui en avaient l'inspiration et qui étaient dans les mêmes desseins ; tellement qu'il y a maintenant à Paris deux communautés de ces métiers, l'une de tailleurs, et l'autre de cordonniers ; et de ceux-ci en deux quartiers de la ville, et encore à Toulouse, où ils vivent et font tout en commun : ils se lèvent, ils se couchent, ils mangent, ils travaillent ensemble ; le matin et le soir ils font conjointement leurs prières, et au commencement de chaque heure ils pratiquent quelque exercice de piété, tantôt de chanter des hymnes, tantôt de réciter le Chapelet, puis de lire quelque livre de dévotion, ensuite de s'entretenir des matières du catéchisme. Ils s'appellent Frères, et vivent avec beaucoup d'union et de concorde.

M. de Renty a plus qu'aucun autre contribué à leur établissement temporel, et pour le spirituel il a dressé de concert avec d'autres personnes de piété les réglemens qu'ils observent, et il a été leur premier Supérieur. Dans cette fonction il avait un très-grand soin d'eux et les visitait souvent, et s'il les trouvait à genoux à quelqu'un de leurs exercices spirituels, il se mettait à genoux avec eux, ne voulant pas permettre qu'ils se levassent pour le saluer, ou qu'ils interrompissent tant soit peu leur action pour lui, se tenant avec eux comme un d'entr'eux.

Outre ces artisans vivant en communauté, il y en avait un grand nombre d'autres et de toutes sortes de métiers, qui le venaient trouver chez lui pour avoir conseil, instruction, et assistance

en tout ; il les recevait avec une grande charité,
leur parlait avec une affection cordiale, répondant
à leurs demandes, les éclairant dans leurs doutes,
et leur enseignant ce qu'ils devaient et faire et
éviter dans leur profession pour s'y sauver.

SECTION SIXIÈME.

Continuation du même sujet.

Le zèle de M. de Renty le portait vers toutes
sortes de personnes. Il avait une inclination particulière pour retenir les pauvres filles qui étaient
sur le point de tomber dans le mal, ou pour les
relever si elles y étaient tombées. Il serait impossible de dire toutes les actions de cette nature qu'il a faites, et le nombre de ces filles que
par ses soins, et même en y contribuant de son
propre bien, il a placées les unes aux Filles Pénitentes, les autres à la Magdelène, et d'autres
chez des personnes vertueuses, lesquelles s'emploient à cette œuvre de charité, d'autant plus
grande et importante, qu'elle ne sauve pas seulement une pauvre fille en danger de faire naufrage de son honneur et de son salut, ou qui
effectivement l'a déjà fait et se damne ; mais qui
empêche encore la damnation de plusieurs hommes, et prévient un grand nombre de péchés et
mille désordres.

J'ai dit, dans la section deuxième, ce que son
zèle lui faisait faire au grand Hôtel-Dieu pour l'instruction des pauvres : voici l'exercice qu'il lui
donna dans l'hôpital Saint-Gervais. Comme il
passait un jour de l'année 1641 devant cet hôpital, il demanda à quoi il servait, et quelles œu-

H

vres de charité on y pratiquait. On lui répondit
qu'on y donnait asile pendant la nuit aux pauvres
passans. Réfléchissant sur cette institution, il
l'approuva beaucoup ; mais voyant que les pauvres qui s'y rangeaient tous les soirs en grand nombre, manquaient d'instruction, il se sentit poussé
de Dieu de la leur donner, et pour cela peu de
jours après il vint demander avec une grande
humilité et beaucoup de soumission à la Supérieure du lieu, la permission de leur venir faire
le catéchisme le soir quand ils seraient tous as-
semblés ; ce qu'elle lui accorda fort volontiers
sans le connaître d'ailleurs, car il n'avait pas dit
son nom, et il le cacha même l'espace de six mois.

Avec cette autorisation il entreprit cet emploi,
dont il faisait beaucoup de cas, parce qu'il y a
tous les soirs de nouveaux passans ; et il vint catéchiser et instruire ces pauvres gens. Il y venait
souvent tout seul, et à pied, en été et en hiver,
par la pluie et par la neige, sans flambeau, quoique le temps fût fort obscur. A la fin du catéchisme il les faisait mettre à genoux avec lui
pour faire l'examen de leur conscience, ensuite
les Prières ; puis il chantait avec eux les Commandemens de Dieu, et leur donnait l'aumône. Il
a continué ainsi plusieurs années, jusques à ce
que quelques bons Ecclésiastiques, émus de son
exemple aient pris ce soin, qui se continue avec
beaucoup de fruit.

M. de Renty avait, pour ces pauvres qu'il n'a-
vait jamais vus, des charités et des tendresses
accompagnées d'humilité, dont il ne serait pas
aisé de rendre compte. S'il en rencontrait quelqu'un à la porte de l'hôpital, il le saluait respec-
tueusement et le faisait passer le premier ; il leur

parlait avec une grande révérence et tête nue ;
s'ils se mettaient à genoux devant lui, il s'y mettait devant eux, et s'y tenait jusques à ce que
les pauvres se fussent levés. Un d'entr'eux l'ayant
attentivement considéré et l'ayant reconnu pour
le Seigneur du lieu d'où il était, fut extrêmement
touché de le voir dans cet emploi et s'alla aussitôt jeter à ses pieds ; M. de Renty fit de même,
et ils furent long-temps tous deux en cette
posture, parce qu'il ne voulait point se relever
avant le pauvre. Il leur témoignait une ouverture de cœur et les embrassait souvent avec
un grand amour.

Toutes ces actions, dans une personne de cette
naissance et produites avec un esprit de Dieu si
pur, opérèrent de très-grands effets. Premièrement ces pauvres passans, étonnés d'une si ardente charité et d'une humilité si profonde, en
étaient merveilleusement émus et attendris ; on
leur voyait couler des yeux de grosses larmes
de dévotion, et ils se jetaient à ses pieds avec
beaucoup de repentir de leurs péchés et avec le
dessein de changer de vie. Ils lui demandaient
là-dessus, conseil et assistance, et plusieurs
commençaient par se confesser tout de suite,
et communiaient le lendemain.

Secondement, les religieuses qui ont soin de
cet hôpital, prirent feu à la flamme d'une exemple si illustre et si touchant, et résolurent d'aller
elles-mêmes et tous les jours servir les pauvres, leur faire dire les Prières et réciter les
Commandemens de Dieu : ce qu'elles n'avaient
jamais fait, non plus que beaucoup d'autres choses qui regardaient leur propre perfection et le
réglement intérieur de leur maison, et qu'il leur

a inspirées, qu'elles pratiquent à présent avec beaucoup de vertu, leur ayant même dit, et plus d'une fois, qu'il espérait qu'avec le temps Dieu y serait grandement servi et glorifié, comme en effet il l'est à présent. De sorte qu'on peut assurer qu'il a grandement contribué à tout le bien qui s'y fait tant au dedans qu'au dehors, si bien que je ne doute pas qu'il n'en reçoive maintenant au ciel une grande récompense.

Voyons d'autres effets de son zèle. Etant allé avec un de ses amis visiter le saint lieu de Montmartre, auquel il avait une grande dévotion, au sortir de l'Eglise sur le midi, il se retira au lieu le plus écarté de la montagne, près d'une petite fontaine qu'on dit avoir servi autrefois à saint Denys, où il se mit en oraison, à genoux, et passa quelque temps; puis il prit un morceau de pain et but de l'eau de la fontaine, ce qui fut tout son dîner, et après avoir rendu grâces à Dieu, il se remit à genoux et ouvrit son Nouveau Testament qu'il portait toujours sur lui, et qu'il ne lisait que tête nue et avec un respect extraordinaire.

Dans cette conjoncture, voici qu'un pauvre homme tenant son chapelet à la main et le récitant, arrive et s'approche de lui; M. de Renty se lève pour le saluer, et ensuite lui parle de Dieu, mais avec tant de force, que cet homme frappant sa poitrine se jette par terre pour adorer Dieu, faisant paraître de si grands sentimens de l'impression qu'il avait reçue, et produisant ses affections avec tant d'ardeur, qu'en se retirant il laissa M. de Renty et son ami fort étonnés.

Incontinent après vint une pauvre fille pour puiser de l'eau à la fontaine. Il lui demanda de quelle condition elle était, et sur sa réponse, qu'elle était servante : Mais savez-vous bien, lui répliqua-t-il, que vous êtes chrétienne, et pourquoi Dieu vous a créée ? Et puis il l'instruisit et lui dit si à propos ce qui lui était nécessaire, que cette fille, après lui avoir avoué son ignorance, lui déclara ingénument que jusques alors elle n'avait point pensé à son salut, mais qu'elle allait y penser sérieusement et en prendre un grand soin, et elle lui promit de se confesser.

Mais voici des actions d'un zèle fort soigneux. Comme il revenait de Dijon lors du premier voyage qu'il y fit, deux personnes de condition et de piété voulurent l'accompagner jusques à la distance de quatre à cinq lieues. Pendant le chemin il s'arrêta trois ou quatre fois pour catéchiser de pauvres passans, et une fois il s'éloigna du chemin pour en faire autant à des laboureurs et leur apprendre le moyen de sanctifier leur travail.

Une fille à Paris ayant été très-maltraitée et outragée avec des excès horribles par un de ses oncles, tomba dans un tel désordre d'esprit et dans un si grand désespoir, que toute furieuse elle s'en prenait à Notre-Seigneur, comme s'il eût été la cause de son malheur, et qu'il l'eût abandonnée sans secours à la rage de son oppresseur ; dans cette haine de Notre-Seigneur et avec cette conscience criminelle, elle communiait plusieurs fois le jour, et en diverses Eglises, pour n'être pas reconnue, à dessein d'offenser Notre-Seigneur, de lui faire dépit, de l'irriter et d'attirer sa colère sur elle, afin qu'il achevât de la perdre, comme il avait commencé, la laissant tomber dans l'abîme des misères où elle se voyait, et la précipitant dans les enfers pour jamais.

M. de Renty, qui en fut averti, considérant et l'offense de Notre-Seigneur et le mal de cette pauvre créature, transporté par son zèle ne perdit point de temps, mais se mit aussitôt à sa recherche; il la chercha si bien, qu'après huit jours de perquisitions et de poursuites en diverses Eglises, il la trouva qui communiait; il prit des témoins et la fit mettre aux petites-maisons, où il en a eu soin et pour l'ame et pour le corps, en sorte qu'elle s'est reconnue et s'est très-bien convertie, avec de grandes marques de repentir de ses crimes.

Mais son zèle ne s'appliquait pas seulement à ceux qui étaient près de lui, il se portait encore vers les personnes absentes, et même bien éloignées, avec lesquelles il n'avait d'autre liaison que celle que lui donnait l'alliance en Jésus-Christ et son ardente charité. Ainsi au bruit qui courut il y a quelques années, que le grand Turc avait résolu de faire la guerre aux Chevaliers de Saint-Jean de Jérusalem, appelés maintenant les Chevaliers de Malte, et qu'il allait fondre sur leur île, avec sa puissante armée; s'intéressant à leur danger, il en écrivit deux fois à la bonne Sœur Marguerite du Saint-Sacrement, Carmélite de Beaune, pour les recommander à ses prières, qu'il croyait avoir beaucoup de pouvoir auprès de Dieu. Voici ce qu'il lui manda dans la première lettre : «Je vous recommande, et à la sainte famille, l'Ordre des Chevaliers de Saint-Jean de Jérusalem ; car l'Ordre est en grand besoin présentement et toute la chrétienté, et je ne sais ce que veulent faire les ennemis de la Foi , qui sont bien puissans. Le petit Jésus , qui est tout amour et force , saura bien en tirer sa gloire : vous le lui recommanderez , s'il vous plaît. » Dans la seconde , il lui dit : « Je supplie la puissance du saint Enfant Jésus , de protéger les siens dans les croix , et de les purifier , en leur faisant faire son œuvre ; c'est ce que je demande pour nos Frères de l'Ordre de Saint-Jean de Jérusalem. »

SECTION SEPTIÈME.

Quelques autres qualités de son zèle.

Comme il y a dans le dessein de procurer le salut du prochain beaucoup de choses à faire et à souffrir , il faut nécessairement que le zèle de celui qui s'y emploie , soit courageux et patient. Celui de **M.** de Renty a eu ces deux qualités au suprême degré : car premièrement il était plein de courage , résolu et laborieux , faisant des affaires comme s'il eût eu trois corps , et plus en une demi-heure que d'autres en plusieurs jours , parce qu'il était fort et robuste pour supporter toutes les fatigues nécessaires , et de plus il était expéditif et décisif.

Une dame de grande qualité l'ayant constitué exécuteur de son testament par lequel elle faisait plusieurs legs pieux , on lui donna avis que les parens , personnes puissantes , n'en étaient pas trop contens ; mais il répondit avec une générosité vraiment chrétienne : » Je n'ai ni porté , ni sollicité cette dame à faire aucun legs pieux , mais puisqu'elle a eu cette dévotion , je n'y épargnerai point mes peines ; j'aurai soin que son

testament soit exécuté, et de plus je ne crains
rien ; s'il faut solliciter les juges, je les sollicite-
rai, afin que les pauvres et ceux au profit desquels elle a fait des legs, soient secourus, et
qu'elle même soit soulagée dans son état de souffrance, si elle y est encore retenue.

Son zèle était entreprenant et hardi, et ne re-
doutait rien lorsqu'il s'agissait de la gloire de
Dieu et du salut du prochain. Rencontrant un
jour des hommes qui se querellaient et qui ayant
mis l'épée à la main, se battaient à s'entre-tuer,
il se jeta au milieu d'eux et saisit les plus irrités ;
ceux-ci se mirent en état de le maltraiter, mais
voyant le courage qu'il montrait à les séparer,
et à faire et à souffrir tout plutôt que de les voir
se couper la gorge, ils s'apaisèrent et écoutè-
rent ce qu'il leur dit, et il les raccommoda sur
le lieu même.

Ayant trouvé un homme que les hérétiques
avaient suborné et gagné pour aller à Charenton,
et qui y était si déterminé, qu'il voulait même
y mener sa femme par force, quelque résistance
qu'elle fît, il lui parla pour le désabuser et pour
empêcher la violence dont il usait envers sa
femme. Cet homme s'irritant contre lui, ne voulut point l'écouter, et lui dit de grosses injures.
Mais M. de Renty, après l'avoir laissé décharger
sa colère, le ramena avec sa douceur ordinaire
à un état plus tranquille, lui fit connaître son
aveuglement et l'erreur où il se précipitait ;
et en plusieurs fois qu'il le visita, il le rétablit et
l'affermit entièrement dans la religion catholi-
que. Il alla ensuite trouver l'hérétique qui l'avait
séduit, et le menaça de la justice, s'il continuait
ses menées à l'égard de plusieurs autres qu'il

avait aussi tâché de pervertir. Ainsi avec son
zèle courageux il rompit tous les mauvais desseins
de ce sectaire, et assura le salut de cette famille
qui s'allait perdre.

En second lieu, son zèle était accompagné
d'une grande patience, vertu nécessaire à qui
veut se rendre capable d'agir utilement avec les
hommes et de les aider dans l'affaire de leur salut ;
parce qu'il faut, pour leur gagner le cœur, (ce qui
est la première chose qu'on doit acquérir afin
d'avoir entrée dans leurs esprits,) qu'il s'ac-
commode et se prête à leurs inclinations et à
leurs humeurs, souvent difficiles, fâcheuses et
choquantes, et ainsi qu'il ne suive pas les siennes, mais qu'il dompte ses passions, qu'il re-
nonce à ses volontés, qu'il entre en quelque sorte
dans leurs dispositions et se change et se méta-
morphose en eux, comme saint Paul dit de lui-
même. De plus, il doit souvent patienter beaucoup et long-temps pour ce qui regarde leur
conversion et leur avancement dans la vertu, et
quoiqu'il voie qu'avec tous ses travaux il gagne
peu, il doit attendre, sans se laisser abattre ni
se décourager, les temps et les momens où ils
seront touchés et s'amenderont ; ce qui ne peut
avoir lieu sans beaucoup d'efforts, de souffrances
et de mortifications. C'est donc à elle que Notre-
Seigneur adresse proprement ces paroles : Si le
grain de froment qui tombe dans la terre ne
meurt, il demeure seul sans rien produire ; mais
étant mort, il porte beaucoup de fruit.

Il faut donc pour fructifier beaucoup parmi les
hommes, mourir à soi-même et avoir un zèle
très-patient, comme était sans doute celui de M.
de Renty, qui supportait avec une patience et

H *

une douceur admirables tous les travaux de l'esprit et du corps attachés à ces emplois de charité ; qui endurait sans se fâcher, et même sans s'émouvoir, les importunités, les plaintes, la colère, les rebuts, les mépris des pauvres gens, et même les injures qui souvent les accompagnent.

Il alla un jour voir un homme, qui par jalousie et par un mauvais soupçon qu'il avait conçu de sa femme, l'avait cruellement maltraitée, jusqu'à lui donner un coup de couteau, il en fut très-mal reçu, et comme il lui remontrait sa faute, celui-ci leva la main pour le frapper, vomissant quantité d'injures contre lui, et le voulant faire sortir avec violence. M. de Renty souffre tout cela sans dire mot, et ensuite s'approche et l'embrasse, et lui parle avec des termes si tendres et si touchans, qu'il l'apaise, et, après l'avoir vu plusieurs fois, le dispose à se confesser, ce qu'il n'avait fait depuis douze ans, et le remet bien avec sa femme ; et depuis il a vécu et il est mort en bon Chrétien.

Visitant une autre fois un pauvre vieillard malade, il voulut l'entretenir à son ordinaire des choses de son salut, mais cet homme, que la maladie, avec la vieillesse et la pauvreté, rendait chagrin, au lieu de l'écouter se mit en colère contre lui, et dit qu'il en savait plus que lui, et que s'il voulait l'entendre il l'instruirait lui-même. M. de Renty répond que très-volontiers, et en effet, il l'écouta attentivement, et comme il avait eu la patience de l'entendre, il se prévalut adroitement de ses paroles, quoiqu'elles fussent impertinentes et remplies d'ignorance, pour l'instruire, pour le convaincre et le porter au bien ; ce qui réussit si heureusement, que cet homme résolut de se confesser, et le reste de sa vie a toujours eu un grand soin de son salut.

Il faut rapporter à ceci la conduite qu'il tenait dans les fautes du prochain, où il exerçait et la patience et la force : la patience pour les souffrir, la force pour les corriger.

Une personne Ecclésiastique et zélée, lui demandant par lettres ses avis et des moyens pour empêcher qu'il ne se commît de certains péchés infames qui demeuraient impunis, il lui répondit, qu'il fallait avoir recours à Dieu et user de la prière pour obtenir de sa bonté que ces pécheurs eussent la lumière et la force de se corriger, et puis il ajoute : « Il est très-difficile d'empêcher ces maux ; Notre-Seigneur n'a pas ôté tout le mal de dessus la terre lorsqu'il y vivait ; nous serons aussi contraints d'y en laisser beaucoup, et Dieu le permet quelquefois, autant pour exercer et purifier les bons, que pour punir les méchans. »

La même personne l'avertissant de deux choses ; la première, de quelques défauts qui lui semblaient de conséquence en un Prêtre qui se mêlait d'aider les ames ; l'autre de ce qu'un Chanoine avait donné un soufflet à un Prêtre missionnaire qui l'avait justement repris ; il lui écrivit ceci : « Je vous remercie très-humblement de la peine que vous prenez de m'informer de ce qui s'est passé d'important touchant les missionnaires. Vous êtes tous serviteurs de Dieu, qui savez révérer les grâces les uns des autres, et qui connaissez que saint Pierre, quoiqu'Apôtre et plein de grâces, s'est trouvé répréhensible, comme nous l'apprend saint Paul. Il faut excuser les défauts du prochain et mettre tout sous le pied : l'œuvre de Dieu , qui s'opère dans les cœurs , prend son témoignage de l'anéantissement véritable , que l'on connaît par la patience et par la charité des Saints , laquelle paraît aux effets extérieurs ; demandez-en l'accroissement pour ceux qui en ont besoin. C'est un grand scandale de voir un Prêtre battre un Prêtre ; mais les Prêtres ont fait mourir Jésus-Christ , et il y en a beaucoup encore aujourd'hui qui tiennent plus de la loi ancienne que de la nouvelle , qui n'est qu'alliance et union de charité en Jésus-Christ.

Il avait ainsi patience pour souffrir les fautes du prochain , il les amoindrissait avec quelque parole d'adoucissement , il les excusait , et sa charité les lui faisait couvrir autant qu'il lui était possible. Quelqu'un lui ayant dit avoir usé de fraude contre lui , en chose toutefois petite , au sujet de son procès de Dijon , il cacha adroitement ce défaut , et par un détour d'humilité il dit : « Ah ! c'est moi qui suis un fourbe , c'est moi qui trompe mon Dieu ; » puis il changea de discours. Il suivait en cela l'exemple de Dieu et de son Fils Notre-Seigneur , qui haïssant infiniment le péché, et Notre-Seigneur étant même mort pour le détruire , en souffrent néanmoins tous les jours une multitude innombrable et de très-énormes et les dissimulent avec tant de patience.

Mais si M. de Renty avait de la patience pour les fautes , c'était pourtant toujours dans le dessein de les corriger autant qu'il pouvait ; à quoi il s'employait avec force et avec une grande prudence.

Quand il voulait reprendre quelqu'un , il s'accusait ordinairement le premier , pour disposer l'esprit de cette personne par une telle humilité et par cette ressemblance de faiblesse, à bien recevoir ce qu'il avait à lui dire : ou bien ensuite il le priait de lui rendre la pareille ; ce qu'il faisait avec tant de grâce, qu'il y en a quelques-uns à qui cela fait encore du bien, et qui en conservent un perpétuel souvenir.

Une fois ayant dessein de donner quelques avis à une personne qui en avait besoin, il se mit à discourir de l'union des esprits et de la franchise qu'il faut avoir les uns envers les autres pour se dire la vérité ; ajoutant qu'à moins de cela on ne la connaît pas, et qu'ainsi on vieillit dans les vices et on les porte au tombeau ; que pour ce sujet on l'obligeait extrêmement de lui faire cette charité. Cette personne sentant son esprit s'ouvrir par ces paroles, le supplia de lui dire s'il voyait quelque chose en elle qu'elle dût savoir ; ce qu'il fit.

Il parlait à un pécheur avec fermeté et d'une manière capable de le terrasser, lorsqu'il en voyait la nécessité ; et il savait bien distinguer quand il fallait souffrir, et quand il fallait résister. Il dit un jour à un de ses amis, en lui parlant d'un certain homme : « Gardez-vous bien de vous humilier devant cet homme-là, l'abaissement lui nuirait ainsi qu'à la cause de Dieu ; parlez-lui fortement. » Il mettait une grande différence entre la patience que doit avoir un chrétien pour son particulier, et la force dont il doit user pour les affaires de Dieu et le bien du prochain, et pour soutenir dignement son autorité.

SECTION HUITIÈME.

Deux autres qualités de son zèle.

Ces deux qualités sont la franchise et la prudence. Il est vrai que son humilité, comme nous l'avons déjà remarqué ailleurs, nous a dérobé la connaissance de beaucoup de choses très-utiles qu'il a exécutées, et lui a fait cacher quantité de ses sentimens intérieurs et de ses actions extérieures. Son zèle pourtant lui en a arraché plusieurs, et les lui a fait déclarer avec une charité sincère et une sainte simplicité, lorsqu'il a vu que c'était nécessaire pour la gloire de Dieu et le salut du prochain, comme le témoignent les mémoires que nous avons.

Dans une telle nécessité et dans cet esprit, il parlait parfois directement de lui, parfois à la troisième personne, comme saint Paul de ses révélations ; et voici les belles et bonnes choses qu'il écrivit à ce propos, l'an 1640, à une dame d'une grande vertu : « Vous me permettrez, madame, de vous déclarer une pensée que j'ai sur la liberté que nous devons avoir de communiquer librement les dons que Dieu nous fait, aux personnes à qui cela peut apporter quelque fruit, sans tenir ce qui vient d'en haut renfermé en nous-mêmes, parce qu'autrement ce serait étouffer le second effet que Dieu demande de ses grâces, c'est-à-dire, qu'après nous avoir fait du bien, elles en fassent encore aux autres, voulant que nous les communiquions charitablement et discrètement pour les rendre profitables au prochain, et qu'elles soient comme une semence

jetée dans une bonne terre , qui produit beaucoup de fruits.

» Je voudrais que nous nous considérassions
dans le monde comme un cristal , qui placé
au milieu de cet univers donnerait passage à
toutes les lumières qui lui viendraient d'en-haut,
et que, par le bon exemple , par l'estime de la
vertu , le blâme du vice , les consolations , les
conversations et les autres actions de piété, nous
fissions part des talens que nous recevons du
Ciel, à toutes les créatures , sans affectation, mais
leur donnant obéissance et passage , comme
le cristal à la lumière.

» Je voudrais encore que tous les honneurs et
toutes les louanges que nous recevons d'en bas,
passassent de nous à Dieu , sans être arrêtées en
nous-mêmes , comme le cristal donnerait passage aux lumières de plusieurs flambeaux qui seraient sous lui ; pour, en les purifiant, les envoyer plus brillantes vers le ciel. Car c'est ainsi
que nous devons rendre à Dieu les honneurs et
les louanges qu'on nous donne ; lui seul mérite
honneur et louange : il a mis en nous ce dont
on nous loue, non afin que la louange demeure
en nous , mais afin que de nous elle passe à lui,
et qu'il soit loué et béni.

» De plus il faut remarquer qui si l'on n'oppose
rien au cristal pour recevoir la lumière qui passe
par lui, elle ne paraît point : le soleil a beau
briller d'un côté , et les flambeaux de l'autre,
ne mettez rien qui puisse faire rejaillir cet éclat,
il ne sera que dans le cristal : de même, nous
pouvons bien recevoir la lumière céleste et une
abondance de grâces , mais si nous ne nous ap-
prochons de Dieu et du prochain , pour donner

à l'un ce qui est de droit , et à l'autre ce qui est
de charité , nous aurons , il est vrai, la lumière ,
mais seulement en nous-mêmes et comme cachée sous le boisseau, où ayant des bornes trop
étroites elle ne pourra produire son effet, qui est
de se communiquer ; et où , avec le temps , elle
se trouvera peut-être en danger d'être étouffée
et éteinte.

» Considérez encore que quand le soleil éclaire
un beau cristal , il n'y a point de corps qui en
fasse si bien voir la lumière ni qui donne tant
d'éclat à ses rayons : de plus qu'entre le soleil et
lui on ne voit aucune lumière ; mais que quand
le soleil l'a pénétré , c'est une éclat si net et si
vif, qu'il éblouit et qu'il brûle même selon la manière dont il est disposé : pour nous apprendre
que ce qui se passe entre Dieu et nous , est un
ouvrage de cabinet, qui ne doit paraître qu'après
avoir passé par nous.

» Ainsi laissons-nous pénétrer aux grâces de
Dieu , pour ensuite, de l'éclat qui en sort , éclairer , échauffer et brûler tout ce qui se trouvera
à notre portée. Imitons ce beau cristal , qui est
de matière solide, et qui donne seulement passage à la lumière ; soyons comme lui impénétra-
bles à tout, excepté à ce qui vient de Dieu et
à ce qui retourne à Dieu ; et évitons, ce qui n'est
que trop ordinaire, de nous laisser aller à nos
sens et de convoiter immodérément les choses
de la terre ; ce serait comme si nous jetions
de la boue sur ce cristal, qui, quoique beau de
lui-même, à cause néanmoins de la saleté qui
l'environne, n'est plus capable de lumière , et
la lumière ne l'éclaire plus autrement que la
boue même ; tellement que pour le remettre

en sa capacité de pénétration et dans sa première splendeur, il le faut bien laver : ce que nous
devons faire à nos ames souillées , les lavant
souvent avec les belles eaux de la pénitence.

« Ainsi offrons-nous à Notre-Seigneur , afin que
nous ne manquions en rien dans l'usage des
grâces qu'il nous donne , ni pour nous ni pour les
autres, et que nous n'ensevelissions point ses
talens. Enfin imitons ce cristal qui se laisse seulement pénétrer à la lumière , et puis la distri-
bue. Levons le masque devant tous les hommes,
leur disant hautement par la bouche de nos actions, comme l'Epouse dans le Cantique : **Mon
bien-aimé est à moi , et moi je suis à lui** ; et par
nos exemples et nos soins, augmentons le nombre
des ames aimantes , leur ouvrant et facilitant la
voie d'amour. O béni soit le Dieu d'amour, en
qui je suis , etc. »

Cette lettre nous fait voir que quelque dessein
qu'eût son humilité de cacher ses bons sentimens
et les grâces qu'il recevait , son zèle toutefois les
lui faisait mettre au jour, quand il jugeait qu'il y
allait de la gloire de Dieu et du bien du prochain :
mais pourtant c'était toujours avec une grande
prudence , car son zèle, pour être franc, n'était
pas inconsidéré pour dire les choses à la moindre apparence de bien ; il était très-circonspect,
pesant toutes les circonstances du temps , du
lieu, des personnes et de la nécessité : c'est
pourquoi, dans la même lettre, il donne à cette
dame ce sage avis touchant l'ordre et la mesure
qu'il est nécessaire de garder dans cette communication : « Il faut avoir le cœur ouvert aux uns,
et leur donner l'exquis ; aux autres, le tempéré,
en s'y prenant de loin et froidement ; et se

tenir serré pour les autres et leur cacher son secret, lorsqu'on ne voit point de dispositions en eux d'en faire bon usage. »

Une des qualités plus nécessaires au zèle , afin de le rendre utile et de l'empêcher de faire beaucoup de fautes, c'est qu'il soit assaisonné de sagesse et accompagné de prudence pour bien considérer les choses, et pour les exécuter en leur meilleure manière, pour prévoir les maux et les prévenir ; pour les guérir s'ils sont arrivés , et y apporter des remèdes efficaces, mais aussi les plus doux et les moins douloureux ; et s'il y a de ces maux incurables , ou dont la guérison soit pire que le mal même, pour les souffrir et les dissimuler ; se souvenant que comme nous voyons dans les corps des défauts qui ne peuvent être guéris, comme d'être borgne , bossu , boiteux ; les ames de même ont parfois de ces défectuosités qui sont comme incorrigibles , et que Dieu permet souvent pour visiter et perfectionner par cette humiliation ceux qui en sont atteints , et ceux qui traitent avec eux par leur patience et par leur charité.

Comme M. de Renty , par grâce et même par nature , était fort prudent et fort avisé, son zèle avait toutes ces perfections et se conduisait en tout avec ces lumières. Quelqu'un lui ayant écrit pour le porter à obtenir des lettres d'abolition d'un homicide commis par un jeune homme , sur ce que sa mère promettait, moyennant cette grâce , huit mille livres pour employer en œuvres de piété et en aumônes ; dans la première réponse qu'il fit, il demanda si le criminel était vraiment repentant de sa faute ; mais voici ce qu'il écrivit de nouveau dans la seconde : «Je n'ai

pas cru devoir penser à obtenir ces lettres, parce
qu'il semblerait que sous ombre d'argent on
chercherait l'impunité, et on souillerait ses
mains du prix du sang versé. En un mot, quoique d'autres l'entreprennent sans hésiter, et
que je voie qu'il en proviendrait des aumônes
considérables, néanmoins je ne peux m'y appliquer. La providence divine n'oubliera jamais
ses saints pauvres.

Un des grands traits de prudence dans un
homme zélé, c'est de ne point abattre son corps
par des travaux excessifs, ni surcharger son
esprit d'affaires qui par leur multitude ou par
leur pesanteur étouffent la dévotion ; et, pour
avoir soin du salut d'autrui, de ne pas négliger le
sien, mais proportionner tout à ses forces et apporter un juste tempérament à l'un et à l'autre.
Pour le premier article, M. de Renty écrivit à
un ecclésiastique au sujet de quelque incommodité qui lui survint à la suite d'une Mission :
« Permettez que je vous dise tout simplement
qu'une de mes plus grandes appréhensions à votre
égard est que vous n'entrepreniez trop sur vous-
même, et que n'étant point assez retenu, vous
ne vous rendiez inutile. L'ennemi trouve quelquefois, et pour l'ordinaire, ses avantages de
cette sorte dans les sujets les mieux disposés.
Vous n'êtes plus à vous, mais un homme à tout
le monde, et redevable avec saint Paul à tous
les hommes. Conservez-vous donc, non en vous
conservant, mais en ne vous accablant pas de
travaux et de fatigues. L'on me mande combien
Dieu vous bénit ; souffrez que pour l'intérêt que
j'y prends, je vous aie dit ceci en tout respect
et en toute humilité. »

Pour le second article, qui touche son propre salut, il y prenait garde de très-près, et à cette cause, quelque affaire qu'il eût pour le prochain, il préférait toujours, selon la règle de la charité bien ordonnée, ce qu'il se devait à lui-même. Il s'acquittait inviolablement de ses exercices de dévotion ; il employait beaucoup de temps, et de jour et de nuit, à converser avec Dieu et à le prier ; et même lorsque pendant le jour il allait et venait par les rues, il entrait souvent dans les Eglises et demeurait les heures entières en oraison devant le Saint-Sacrement, autant que ses occupations le lui pouvaient permettre.

Joignez à cela, qu'il était continuellement appliqué à Dieu, principalement dans ses dernières années, où ses occupations étaient plus multipliées ; et ni les affaires, ni les objets extérieurs ne l'en détournaient plus. Sur quoi un intime confident lui ayant demandé, si dans une telle multitude d'occupations il faisait toujours régulièrement ses deux heures d'oraison, il lui répondit : « Quand je peux j'en fais trois, j'en fais quatre et cinq, mais lorsqu'il se présente quelque occasion de servir le prochain, je la quitte facilement ; car Dieu, par sa miséricorde, me fait la grâce d'être à lui, et de n'en être point séparé, quoi que je fasse.

SECTION NEUVIÈME.

Les succès que Dieu donnait à son zèle.

Dieu avait mis dans ce serviteur une vertu si puissante pour aider le prochain, que non-seulement ses œuvres et ses paroles, mais encore sa seule présence faisait impression de salut; et une personne, qui le connaissait très-bien, a dit avec raison, qu'il l'avait doué de la grâce apostolique, parce que, comme les Apôtres avaient grâce pour porter le flambeau de la Foi et le feu de la charité et établir le royaume de Dieu dans tous les pays et dans tous les lieux où la divine majesté les envoyait; lui de même, en une manière qui passait bien au-delà des bornes de sa condition, était rempli d'une grâce et revêtu d'une force divine, pour éclairer les hommes de la connaissance de Dieu et de celle de son Fils Notre-Seigneur, les échauffer de leur amour et les faire vivre selon leur loi, en toutes occasions, dans les bourgs, dans les villages et dans les maisons particulières, séculières et même religieuses, où la divine providence l'a conduit; en cela Dieu lui donnait un grand succès et une bénédiction toute particulière, comme nous allons voir.

Etant à Paris un des premiers jours du Carême, dans la maison d'un pauvre pour exercer envers lui ses actes ordinaires de charité, il entendit un grand bruit de gens qui chantaient et dansaient dans le logis voisin : laissant son pauvre, il y va et regarde ces gens, qui furent si surpris et si étonnés de sa seule présence, qu'ils quittèrent aussitôt et leurs chansons et leurs danses, et M. de Renty leur parla ensuite avec tant de ferveur contre les désordres et les dissolutions qui se commettaient spécialement ces jours-là, qu'il les fit tous pleurer ; et plusieurs en furent si touchés, qu'ils se confessèrent dès le lendemain.

Comme il allait une autre fois visiter une pauvre fille, qu'un jeune homme avait débauchée et laissée grosse dans une extrême nécessité, il la trouva plongée dans une si profonde mélancolie, qu'elle était résolue de se tuer. Il parla, et par la grâce et la force que Dieu mit dans ses paroles, il tira cette fille du désespoir, et l'encouragea si bien, qu'il la fit confesser ; puis il alla trouver le jeune homme, qui d'abord fit le méchant et méprisa ce qu'il lui dit ; mais après plusieurs remontrances sur la perte de son ame, et plusieurs menaces de la justice de Dieu, il l'émut si fort, qu'il lui fit verser des larmes, et l'amena au point de s'engager à faire tout ce qu'il lui dirait ; de sorte que par les bons avis de M. de Renty, ce jeune homme repentant se mit dans son devoir, épousa la fille, et tous deux depuis vécurent ensemble.

Lorsqu'il alla à Amiens, il s'y trouva une pauvre femme ruinée pour avoir été surprise dans le commerce défendu de vendre du sel ; elle en tomba en un tel excès de tristesse et d'ennui, qu'elle était au désespoir, et avec une telle haine contre ceux qui l'avaient réduite à cette misère, que, quoi qu'on lui dît, et quoiqu'elle fût fort malade, on ne pouvait la disposer à leur pardonner, ni ensuite à recevoir les Sacremens.

On lui mène M. de Renty accompagné de trois

autres personnes ; il lui parla assez long-temps, mais sans rien gagner sur son esprit, de sorte que voyant que toutes ses paroles étaient sans effet, il se mit à genoux au milieu de la chambre, et invita ceux qui étaient avec lui à faire la même chose, et après avoir prié quelque peu de temps il s'adressa à cette femme et lui dit : «Ne voulez-vous pas bien vous joindre avec nous pour demander miséricorde à Dieu ? » A quoi elle se laissant aller, il lui fit répéter mot à mot certains actes, par lesquels elle se trouva tellement changée, qu'elle parut tout autre, protestant devant tous qu'elle leur pardonnait de bon cœur, et recevant avec calme d'esprit toutes les instructions qu'il lui donna, d'où ensuite elle se prépara à la digne participation des Sacremens.

Comme il était un jour à l'**Hôtel-Dieu de Paris,** instruisant les malades pour les disposer à faire des confessions générales, une religieuse le vint prier de vouloir parler à l'homme que l'on venait de leur amener, qui avait reçu et sans sujet, un coup d'épée au travers du corps, dont il était tellement outré contre celui qui le lui avait donné, qu'il ne pouvait souffrir qu'on lui parlât de lui pardonner : mais aussitôt que M. de Renty lui eut remontré ce qu'un chrétien est obligé de faire en ces occasions, il s'apaisa et dit qu'il lui pardonnait de bon cœur, ajoutant qu'il était tout prêt à le voir et à l'embrasser, et faisant paraître beaucoup de bons sentimens de Dieu.

Quelques Abbés et quelques Ecclesiatiques de condition et de vertu faisant une Mission à Pontoise, M. de Renty, qui avait des liaisons fort particulières avec la plupart **d'entre** eux, fut les

visiter, et allant à la prison selon sa coutume
et sans en rien dire à personne, il y rencontra
un prisonnier, pécheur obstiné et depuis long-
temps, qui n'avait point voulu se disposer à la
confession, ni par prières, ni par menaces, ni
par douceur, ni par rigueur, ni par aucun des autres moyens que ces Messieurs avaient employés.

Comme ils envoyèrent chercher M. de Renty
pour venir dîner, on s'avisa, après l'avoir cher-
ché inutilement en divers lieux, d'aller à la prison, où on le trouva assis à table avec les prisonniers, à qui il donnait à dîner, les entretenant amicalement, les consolant et les exci-
tant à bien vivre, et particulièrement celui-ci sur
sur lequel il avait de plus grandes vues, et à qui
il parla avec tant de force, et qu'il sut si bien,
si adroitement ou plutôt si divinement gouverner
et manier, qu'il le fit rentrer dans le devoir et
lui fit prendre la résolution de changer effectivement de vie et de faire une bonne confession
de tous ses péchés ; ce qui obligea l'un de ces
Messieurs à dire que M. de Renty avait fait en
trois jours ce que d'autres auraient eu bien de
la peine à faire en trois ans.

Je laisse beaucoup d'autres succès semblables,
pour finir par celui-ci, que je trouve fort remarquable : Il fut prié de visiter une personne
de piété qui souffrait des peines intérieures et
extérieures horribles, et qui avait grand besoin
de lumière et de force. Elle reçut tant de secours
de ce qu'il lui dit, que quelques jours après elle
écrivit ce qui suit : « L'opération que j'ai ressentie de l'entretien que j'ai eu avec ce serviteur
de Dieu a été telle, que dès que je commençai à
me surmonter pour lui parler et pour lui faire

connaître mon intérieur, Notre-Seigneur se communiqua à moi si puissamment, que j'étais toute pénétrée des effets de sa présence. Je ressentis une assistance très-particulière de la Sainte Vierge, que ce saint homme avait eu inspiration d'invoquer dès le commencement de notre conversation, et je puis assurer avec vérité que dès l'instant je reçus un grand secours dans mes besoins, de sorte que toutes ses paroles faisaient impression sur mon esprit et opéraient un grand effet, qui depuis m'a toujours été continué et qui me l'est encore au moment que j'écris ceci.

» Et bien que mes peines ne soient pas changées, je le suis néanmoins tellement dans ma disposition, qu'il me semble n'être plus moi-même, et que tout ce qu'il y a en moi ne respire plus que l'exécution de la volonté de Dieu et l'accomplissement de ses desseins, à quelque prix que ce soit, et quoi qu'il en coûte à la nature, à laquelle il faut apprendre de céder à la grâce et à la servir, et non à lui résister. Mes peines ne sont pas changées, il faut pourtant que j'avoue que je ne souffre plus rien depuis que je suis contente de souffrir; il est vrai que le faible souffre, que le sensible souffre, ainsi que tout ce qu'il y a d'inférieur, mais la partie supérieure ne peut être et n'est pas même, ce semble, capable de souffrir, à cause de la conformité qu'elle a à la volonté de Dieu; mon seul désir est, dans ce contentement que j'ai de souffrir, de faire un bon usage de mes souffrances, de travailler à la vertu solide, et de m'abandonner absolument à la disposition de Dieu. »

Voilà la bénédiction avec laquelle M. de Renty s'employait pour le prochain ; et cette bénédic-

I

tion et cette grâce de faire impression sur les
cœurs pour les porter à Dieu l'accompagnaient
comme partout : Il ne faut pas s'en étonner,
parce que c'était un instrument d'accord et en
union avec le Seigneur des cœurs et le Sauveur
des ames ; qui cherchait très-purement la gloire
de Dieu et le salut du prochain, et ne s'épar-
gnait en rien pour atteindre à ce but.

Il avait pour cela coutume, avant de traiter
avec quelqu'un, de se donner à Notre-Seigneur
(c'étaient ses termes) pour parler en son
esprit et en sa puissance ; et ce Seigneur qui
désire infiniment le salut des hommes, le trouvant ainsi bien disposé, s'en servait pour faire
de grandes choses et lui fournissait de puissantes grâces pour opérer des merveilles. Grand
sujet d'instruction et de confusion pour ceux
dont la profession et le devoir sont de procurer
le salut des hommes, et qui néanmoins, par
leur faute, y réussissent si peu.

Je trouve de plus que Notre-Seigneur lui donnait parfois des connaissances et des pressenti-
mens des affaires qu'il voulait lui mettre entre
les mains, pour le préparer par ce moyen à les
entreprendre sans crainte et à bien s'en acquitter.
Lorsqu'il était à son château de Citry, sur la fin
de l'an 1642, il lui fit voir qu'à son retour à Paris
on lui donnerait un nouvel emploi pour les pauvres, et qu'il y aurait bien à travailler pour lui :
ce qui ne manqua point ; car deux jours après
son retour, on vint lui donner avis qu'il y avait
un fonds pour assister les pauvres honteux de
cette grande ville, et le prier d'en vouloir prendre le soin ; ce qu'il fit. Il se chargea pour sa part
de visiter la quatrième partie de ces pauvres,

et de leur distribuer des aumônes selon leurs besoins. C'était un travail pour l'occuper tout entier, quand il n'en aurait point eu d'autres ; et
pourtant il en avait un très-grand nombre ; de
sorte qu'on peut dire, qu'humainement parlant et sans un secours très-particulier de Dieu,
il n'eût pu faire ce qu'il faisait, ni suffire à tant
de choses : mais Dieu, qui nous a donné les
forces du corps et de l'esprit dans les bornes naturelles, peut aisément les étendre quand il lui
plaît.

Il dit un jour à un intime confident, avec beaucoup d'humilité et de dévotion : « J'ai été cette
nuit tout baigné de larmes, pour la vue que Notre-Seigneur m'a donnée. » Puis ayant demeuré
quelque temps sans rien dire, tout pénétré et tout
transporté de la grâce qu'il avait reçue, il ajouta,
que faisant son oraison il avait connu qu'il aurait
un grand emploi pour la Nouvelle France ; ce
que l'on sait lui être arrivé, principalement dans
la fondation de l'église dans l'île de Montréal, à
laquelle, se joignant à d'autres personnes de
piété que Dieu avait encore choisies pour ce
noble dessein, il a extrêmement servi par ses
soins, par ses conseils, par son crédit, par
ses libéralités et par celles qu'il a recueillies.

Quelquefois sa lumière n'allait pas si avant,
mais il avait seulement connaissance et mouvement de faire quelque chose, sans découvrir
rien de plus : comme lorsqu'il fut vivement
pressé d'aller à Pontoise, quoiqu'il ne sût pas
pourquoi, et qu'il eût beaucoup d'affaires à Paris
qui l'y devaient arrêter ; obéissant néanmoins en
aveugle à l'inspiration, il s'y rend en diligence,
et trouve là un Seigneur de grande qualité, et

d'une province bien éloignée, qui y était venu et que Notre-Seigneur y avait amené, pour demander à M. de Renty et apprendre de sa bouche le moyen de se sauver et de servir Dieu parfaitement, ce qu'il n'avait guère bien su et encore moins bien pratiqué jusqu'alors. M. de Renty la lui apprit, et dit, à son retour à Paris, qu'il ne savait comment ce seigneur avait ensuite disparu.

SECTION DIXIÈME.

Sa grâce pour aider en particulier quelques ames choisies.

Quoique ce digne serviteur de Dieu ait eu une grande grâce pour aider à sa manière tous les hommes universellement, il l'a eue encore plus abondante pour quelques-uns en particulier, et Notre-Seigneur l'a appliqué à de certaines ames d'élite, pour les tirer de leurs défauts, et les faire marcher à grands pas dans le chemin de la vertu, et même dans le sentier étroit de la perfection. Plusieurs d'entre elles vivent encore parmi nous, et je n'en dois rien dire; d'autres ne sont plus, et j'en dirai quelque peu de chose; je me bornerai même à ne parler que d'une seule, ce qui servira de témoignage pour les autres.

C'est de madame la comtesse de la Châtre, laquelle était engagée dans les affections du monde selon l'ordinaire des jeunes dames de sa condition. Dieu, par un amour particulier qu'il lui portait, ayant dessein de l'en dégager, et de la conduire par des chemins fort épineux

à une excellente vertu et à cette haute perfection
où elle est morte quelques années après, voulut se servir de son fidèle serviteur pour un si
grand ouvrage, et en inspira pour cela le désir
à l'un et à l'autre, à elle de lui demander ses
conseils, et à lui de les lui donner ; ce qu'il fit
et avec tant de succès, qu'en moins d'un an
elle avança si notablement, que lui même en
était étonné, et qu'elle parvint à un si grand détachement de toutes les petites commodités auxquelles se plaisent les dames, et qu'elles se
persuadent facilement leur être nécessaires,
qu'une personne lui en ayant offert une qu'elle
avait auparavant accoutumé de prendre, elle
lui fit cette réponse, qui peut servir d'instruction, attendu principalement que cette dame
était d'une complexion très-délicate, et avec
cela fort maladive : Oh ! que de besoins on se
croit indispensables ! j'ai quitté tout cela pour
l'amour de Dieu, et encore bien d'autres choses,
et je n'en ai pourtant eu aucune incommodité.
Il est vrai que la nature se soigne en tout ce
qu'elle peut, et s'abuse aisément au sujet de
ses besoins qu'elle croit bien plus grands qu'ils
ne sont effectivement, et qui ne sont même bien
souvent qu'imaginaires.

Il avoit beaucoup de grâce et beaucoup de lumière pour elle, pour connaître sa voie et la
lui faire suivre, pour l'avancer en la vertu solide,
et la faire mourir peu à peu à elle-même, pour
la soutenir dans ses grandes peines intérieures,
et pour lui dire avec énergie ce qui lui était propre : ce sont les qualités que doit avoir un directeur pour bien conduire une personne. Et elle
de son côté avait une parfaite docilité à croire

ce qu'il lui disait, et se faisait violence pour l'exécuter ; ce qui est aussi nécessaire à la personne dirigée, pour faire du progrès.

Elle recevait ses avis avec toute la déférence possible, et pensait que Notre-Seigneur lui parlait par sa bouche ; ce n'était pas sans sujet, car elle a rendu un témoignage fidèle à la merveille qui suit, que, lui parlant un jour pour avoir secours dans une pressante et excessive peine dont son esprit était travaillé, et ne sentant point de secours pour tout ce qu'il lui disait, elle fut portée à se mettre à genoux pour livrer sa volonté à Notre-Seigneur et entrer dans tous les desseins qu'il avait sur elle. Elle le fit, et puis se relevant, elle ne vit plus M. de Renty, mais en lui Notre-Seigneur Jésus-Christ éclatant de lumière, qui lui dit ; Fais ce que mon serviteur te dira. Ces paroles opérèrent au même moment dans son esprit cet effet salutaire et divin, que toute sa peine en fut effacée, et qu'elle demeura remplie de Dieu et d'une douce paix accompagnée d'une vive douleur de ses péchés, et du véritable mépris du monde et d'elle-même.

Quelque bénédiction que Dieu donnât à cette conduite, et quelque liaison qu'il eût faite de ces deux esprits, M. de Renty traitait toujours avec cette dame dans une grande sagesse, une grande prudence et une grande retenue, ne la voyant qu'autant qu'il le fallait pour avancer l'œuvre de Dieu en elle, et ne lui disant précisément que le nécessaire ; ce que cette dame trouvant un peu rude et en faisant part à une personne qu'elle croyait avoir quelque pouvoir auprès de ce saint homme, elle lui dit : « M. de

Rénty me mortifie extrêmement avec ses civilités et ses retenues ; néanmoins, j'ai besoin de le voir souvent, et cependant je ne puis l'obtenir, et même quand nous sommes ensemble, il ne veut point s'asseoir, si je ne suis malade, ou que je ne puisse plus me tenir debout, et il a toujours le chapeau à la main ; je vous prie de lui dire ce que je n'ose faire moi-même par respect, que j'en éprouve une grande peine, et que je suis troublée de le voir en ce état, moi qui devrais être sous ses pieds. »

Cette personne le lui rapporta, et ce fidèle serviteur de Dieu lui répondit : « Je me tiens en cet état, parce que c'est mon devoir, selon Dieu, et que je le dois à madame de la Châtre : de plus, puisque Notre-Seigneur m'oblige de lui parler, je ne le dois faire que pour son besoin, et pour le nécessaire absolument, et puis me retirer : cette posture et ce maintien nous le rappellent. Si j'étais assis, il se pourrait dire plus que le nécessaire, et peut-être passerait-on aux choses inutiles : c'est de quoi nous devons nous garder, et elle et moi. Je suis homme laïque, et pécheur, je ne lui parle qu'avec grande confusion, quoique Dieu veuille que je lui parle, et que des personnes de savoir et de piété m'aient dit que je suis tenu de le faire. »

Tous ceux qui se mêlent d'aider et de conduire les ames, doivent considérer cette sage réponse, et s'assurer que la bonne conduite d'une ame ne consiste pas à lui parler beaucoup, mais à la bien disposer pour parler beaucoup à Dieu, et plus encore à la rendre digne que Dieu lui parle et produise en son fond sa parole substantielle et son Fils, et après lui avoir donné les avis qui lui sont propres selon sa disposition , la mettre en état de les exécuter avec courage ; car on doit savoir que la vertu ne consiste point en paroles, mais en actions.

Voilà l'ordre qu'il a ténu dans la direction de cette dame, qui, en y correspondant fidèlement, s'est rendue très-vertueuse , a fait un excellent usage de toutes ses souffrances corporelles et spirituelles qui ont été très-grandes , et est venue à un tel mépris du monde , qu'elle est décédée dans le dessein , malgré toutes ses infirmités , de se faire Carmélite au couvent de Beaune.

Voici ce qui touche la conduite de quelques autres personnes de grande vertu ; ce sont des règles d'une haute perfection qu'il leur donna, et que sans doute il prit de ce qu'il pratiquait lui-même.

J'ai protesté devant le Saint-Sacrement de vouloir vivre selon les Maximes et les Conseils de Jésus-Christ ; et pour cet effet :

1. De ne rien désirer ni rechercher directement ou indirectement pour augmenter ma fortune, soit pour les richesses soit pour les honneurs , ni même consentir aux avantages que mes amis me voudraient procurer, sinon par obéissance et par l'avis du Père spirituel et du directeur de ma conscience ;

2. De m'étudier au mépris et à la haine des richesses du monde et des honneurs, et de n'en plus parler selon l'esprit de la chair, mais selon l'esprit du christianisme ; et afin d'établir ses maximes dans mon esprit, de fuir autant que je le pourrai la conversation des personnes qui suivent les maximes contraires ;

3. De n'avoir jamais de procès soit en demandant, soit en défendant, qu'après avoir tenté
toutes les voies possibles d'accommodement,
sans respect humain, en quoi je me conduirai
par avis ;

4. De retrancher toutes choses superflues tant
pour ma personne que pour ma maison, afin
d'en assister les pauvres, pour l'exécution de
quoi j'en ferai tous les mois un examen exact
après la sainte Communion, comme si j'étais sur
le point de rendre compte à Dieu ;

5. De ne contester jamais, mais de céder tant
que je pourrai à tout le monde, soit pour l'honneur et la préférence, soit pour les opinions,
soit pour les volontés d'autrui, que je dois préférer
aux miennes ;

6. De fuir toutes les choses délicieuses, même
de ne rien faire ni rien désirer par le motif du
plaisir, n'en admettant aucun s'il n'est réuni
justement à la nécessité ou à la condescendance
au prochain, ou à la santé du corps, ou au
délassement de l'esprit ;

7. De souffrir avec patience les mépris, les
injures, les contradictions, les pertes, les op-
pressions et les affronts ;

8. De faire ce que je pourrai avec un zèle dis-
cret pour empêcher que Dieu ne soit offensé,
son saint nom blasphémé, et que le prochain
ne soit déchiré par la médisance ou par la ca-
lomnie ;

9. De fuir et de rejeter toutes sortes de délica-
tesses pour le soulagement du corps, même de
diminuer tant que je pourrai mes commodités,
sans m'occuper de ma santé.

10. De recevoir avec charité et facilité les priè-

I*

res de mon prochain, et de pourvoir à ses besoins, autant qu'il me sera possible, soit par moi, soit par les autres;

11. De faire la correction fraternelle avec charité et humilité, le plus prudemment possible, et de la recevoir volontiers;

12. Tous les mois pour le moins une fois, je ferai l'examen des manquemens que j'aurai commis contre les présentes résolutions, et tous les ans l'on pourra s'assembler pour renouveler la présente protestation, et aviser aux moyens de l'accomplir.

SECTION ONZIÈME.

La grande connaissance qu'il avait des choses intérieures.

Il faut avouer que la connaissance des choses intérieures est très-difficile, et que la science de l'esprit est sans contredit la plus obscure de toutes les sciences, et qu'à moins d'avoir de grandes grâces de Dieu et d'être bien éclairé du Soleil de Justice, il est impossible d'y entendre beaucoup et d'y devenir habile. Si la science de traiter et de guérir le corps est difficile et seulement conjecturale, parce qu'elle ne se conduit en ses cures que par des signes extérieurs, qui encore souvent sont ambigus et équivoques; ce qui fait que les plus savans médecins s'y trompent parfois et ordonnent des remèdes tout contraires; à combien plus forte raison le sera la science de gouverner les esprits dans les choses du salut, choses spirituelles, éloignées de nos sens, et de plus surnaturelles, et ensuite remplies pour nous de grandes difficultés et enveloppées de profondes ténèbres.

M. de Renty y était toutefois très-intelligent, et avait reçu de Dieu des lumières admirables pour en entendre tous les secrets et en connaître les voies les plus cachées, à quoi encore sa propre expérience lui servait beaucoup. Ses plus grandes lumières consistaient à discerner le vrai du faux, le sûr du périlleux, et les mouvemens du bon esprit d'avec ceux du mauvais, à calmer les ames, à les fortifier toujours et à leur donner du courage, à les détacher de tout pour les unir à Notre-Seigneur Jésus-Christ, et par lui à la divinité, et à les faire agir en tout par son esprit et sur son exemple. Voici quelques-unes de ses connaissances et quelques rayons de ses lumières sur ces matières; je les trouve dans les papiers écrits de sa main; ils nous aideront beaucoup à voir un grand nombre de mystère s de la vie spirituelle.

« Il y a trois sortes d'élévations et de gémissemens de l'ame à Dieu, dans lesquelles elle doit être continuellement pour pouvoir accomplir ce que Notre-Seigneur nous ordonne, c'est-à-dire, de prier toujours et de ne se relâcher jamais dans ce saint exercice, afin de ne point tomber dans l'oubli de Dieu, ensuite, dans quelque péché. Le premier est l'élévation et le gémissement des pénitens, qui commencent à se purifier; le second, des fidèles qui font des progrès et sont dans la vie illuminative; et le troisième, des parfaits, qui sont dans la vie unitive.

» Les premiers, renonçant au péché et aux vanités du monde, déplorent leur vie passée et cherchent Dieu, poussant leurs gémissemens et leurs soupirs vers lui d'un fonds de crainte et de révérence ; et voilà le commencement de la vie éternelle.

» Les fidèles cherchent à connaître ses volontés par sa parole qui est son Fils, et désirent de les exécuter sur son exemple, puisqu'elle est notre voie et notre vérité ; c'est ici le progrès de cette vie.

» Les parfaits gémissent devant Dieu pour obtenir l'union avec lui, à la manière de Notre-Seigneur, et la pratiquent avec les actes de charité et avec l'accomplissement du premier et du plus grand de tous les commandemens, où consiste la perfection et la vie en ce monde.

» Il y a, dans le premier état, des ames qui renonçant au péché et quittant les vanités reçoivent de grandes consolations sensibles de Dieu, et goûtent des suavités qui les ravissent : si elles ne s'étudient de vouloir passer au second pour apprendre les volontés de Dieu par son Fils et les exécuter sur son exemple, le diable les trompera sous cet appas, et les arrêtera dans la recherche et dans la complaisance de ces plaisirs, de sorte que ne marchant point en Jésus-Christ qui est leur voie, elles s'égareront, et iront tomber daus des précipices : leur état sera un certain abandon vague de vouloir être à Dieu, de faire sa volonté et de l'aimer, avec un calme intérieur trompeur, où elles se croiront assurées, et d'où néanmoins elles tomberont dans une disposition fort dangereuse, parce qu'elles ne s'établissent point en Jésus-Christ, que Dieu nous donne pour être notre unique conduite.

» Que si après s'être purifiées des affections plus grossières du monde, elles ne se purifient

encore d'elles-mêmes, se donnant à Jésus-Christ,
se déterminant à l'imiter et à entrer dans son sacrifice d'anéantissement; au lieu de recevoir
l'esprit de Dieu, elles se confirmeront dans le
leur propre, et se formant de fausses illuminations elles ne suivront que leurs sens, et ce que
la nature corrompue leur suggérera d'éclatant et
de mou, avec grand danger de tomber dans l'erreur des illuminés, qui se persuadent que tout
ce qui leur vient dans l'imagination, leur vient
de Dieu, parce qu'il leur semble qu'ils ne veulent, qu'ils ne cherchent et qu'ils n'aiment que
Dieu, et ne sentent plus ou que fort peu de reproches de leur conscience.

» Si vous prenez garde à tous ceux qui commencent leur vie éternelle de cette manière, vous
trouverez qu'ils ont peu de foi et peu de liaison
à Jésus-Christ; et si on leur demande ce qu'ils
désirent et ce qu'ils prétendent, ils vous diront
en général, tout ce que Dieu veut. Il faudra les
redresser, si la chose est encore possible; et, si
la complaisance à leurs douceurs et l'attachement
à leurs sens n'ont pas trop fait de progrès, les
porter à vouloir bien ce que Dieu veut, mais à
le vouloir à l'exemple de Notre-Seigneur et selon
les maximes de son Evangile, qu'il nous a laissé
comme une bonne nouvelle et comme son Testament pour être notre lumière et la mesure de
nos lumières.

» Plusieurs s'arrêtent à ce premier pas, et
sont toutefois estimés et admirés des gens mêmes
qui passent pour spirituels, et parfois de leurs
directeurs; et l'on appelle cela une vie mystique,
où pourtant l'esprit trompeur de la nature et du
démon se joue dans ces illuminations ténébreu-

ses, dans ces fausses paix, dans ces beaux termes et ces paroles sublimes, dans ce nombre d'écrits de dévotion, dont tout le fruit pour l'ordinaire n'est que dans le papier : d'où vient qu'on remarque si souvent que ceux qui ont commencé avec pureté, tombent à la fin dans de lourdes fautes, quand la propriété s'est glissée dans l'ame au lieu de Jésus-Christ.

» Il y en a d'autres qui ne s'attachent qu'à la prédication de saint Jean, pour les austérités et les pénitences, mettant en cela leur appui, sans s'appliquer davantage à Jésus-Christ, ni prendre son esprit, mais bien une satisfaction intérieure et une certaine confiance en leurs mortifications ; et ils demeurent là.

» D'autres s'arrêtent à Jésus-Christ seul, comme s'il n'avait point de Père, et ont des dévotions de tendresse à son humanité ; ils ne sont touchés que du sensible, et ne vont pas plus avant ; ils connaissent Jésus-Christ Homme, mais non Jésus-Christ, Homme-Dieu, qui est notre voie, notre vérité et notre vie.

D'autres établissent toute leur espérance en la Sainte Vierge, aux Saints, et en des dévotions particulières qui sont fort bonnes quand elles sont fondées sur le repentir des péchés et sur la vraie conversion du cœur : mais ils s'abusent grandement en espérant du secours de la Sainte Vierge et des Saints, et d'avoir part à la communion de leurs mérites, s'ils ne veulent quitter leurs vices.

» Ces trois états ainsi distingués donnent une grande lumière sur la conduite des ames pour voir leur commencement, leur progrès et leur perfection, avec les égaremens où elles peuvent

tomber. Or chaque état a son œuvre, sa souffrance et son oraison.

» **L'œuvre** du premier état, ou des Commençans
et des Pénitens, est de rechercher tout ce qui
porte au péché, nuit au salut, et éloigne de
Dieu. Leur souffrance est de pleurer leurs péchés, de mortifier leurs passions et de mater leur
corps en ce qui porte rebellion à la raison et
dommage à l'esprit, comme aussi pour le punir
des mouvemens déréglés de ses concupiscences
et de ses écarts. Leur oraison est de demander
grâce et force pour cela.

» **L'œuvre** du second état, ou des Fidèles, est
d'étudier Jésus-Christ, sa vie et sa doctrine. Leur
souffrance est de supporter les peines qu'il y a
de l'imiter, et de souffrir les mépris et les persécutions qui accompagnent tous ceux qui mar-
chent après lui. Leur oraison est de demander
sa vie, son esprit et ses dispositions pour
agir intérieurement et extérieurement sur son
modèle.

» **L'œuvre** du troisième état, ou des Parfaits,
est de faire tout par mouvement de l'esprit de
Jésus-Christ dans l'union avec Dieu. Leur souffrance est d'endurer comme il faut la corruption, la grosiéreté et les ténèbres de ce siècle,
et les persécutions pour la Justice, qui ne leur
manqueront jamais. Leur oraison est de demander une participation toujours plus abondante
de l'esprit de Jésus - Christ, une union plus
intime avec Dieu, une plus grande mort de
soi, un usage plus fidèle de la grâce et des talens
reçus, et la persévérance finale.

» J'ajoute qu'il nous faut travailler dans le
premier état, pour résister au péché, pour vain-

cre nos passions et renoncer à la vanité, ce que
ne peuvent les commençans, sans se servir de
plusieurs pratiques et se faire beaucoup de violence : mais ceux à qui Dieu a donné entrée
aux deux états suivans, le font ordinairement
avec un simple détour d'esprit, qui ne diminuant pas l'humiliation, empêche l'empressement et le trouble.

» Il faut, dans le second, une forte correspon-
dance de notre côté pour suivre Jésus-Christ,
pour n'agir plus selon nous, mais selon lui,
pour nous simplifier et nous faire porter avec
patience et longanimité la production de notre
pureté en Jésus-Christ. Il faut souffrir les tempêtes secrètes et les tumultes intérieurs qui nous
viennent de nos habitudes anciennes et d'un
esprit qui agissant par le mouvement de sa nature, quoique raisonnablement, est tout plein
d'images et de formes. Il faut perdre son ame
avec beaucoup de patience, pour la trouver re-
vêtue de Jésus-Christ.

» Dans le troisième, c'est une action de passion, c'est une oraison, où la libéralité de Dieu
fait presque tout, et où l'ame goûte une certaine
satiété expérimentale de la présence et de la
vérité de Dieu, et de sa charité en Jésus-Christ,
en qui elle demeure. Elle se trouve parfois
noyée dans la joie des grandeurs de Dieu, de sa
puissance, de sa bonté et de ses infinies perfections, de l'alliance avec son Fils, de son
amour, de ses manières d'agir, et des effets admirables que produit la participation de son esprit, et elle jouit dans la possession de ces biens
d'une paix, d'une alégresse et d'une force, qui
surpassent les sens et toute expression.

» La fidélité des deux premiers états dispose l'ame pour le troisième ; mais il faut nous souvenir, que, comme nous sommes dans le temps et par notre infirmité toujours muables, nous avons toujours besoin de travail pour pouvoir faire des progrès en ces états, et de renouvellement pour nous y rétablir et pour y réparer nos pertes. Voilà ces connaissances des choses spirituelles, qui montrent assez jusques où allaient les lumières de cet esprit éclairé.

Dieu l'éclairait non-seulement d'une manière commune, mais encore souvent d'une manière extraordinaire, lui déclarant le dessein qu'il avait sur les ames, le faisant lire dans le fond des consciences et lui faisant découvrir ce qui y était le plus caché, et le faisant parler avec des paroles non pas étudiées ni préméditées, mais qu'il lui inspirait sur l'heure et lui mettait dans la bouche, lesquelles étaient aussi des paroles puissantes, en proportion des siennes, pour produire leur effet.

L'an 1644, une demoiselle, pour laquelle Dieu lui avait donné beaucoup de charité, voulant se faire Carmélite, lui communiqua son dessein, pour avoir son avis. Il lui dit qu'il trouvait la chose difficile, et que pour quelques raisons elle ne devait pas y penser ; néanmoins Dieu lui fit connaître avec une très-grande certitude, dans une de ses oraisons, qu'il voulait que passant par-dessus toutes les difficultés, elle embrassât cet état, et il lui marqua même le lieu où cela devait s'effectuer : M. de Renty le lui déclara, et elle le reçut avec le respect qu'elle devait à sa grâce, et comme si Jésus-Christ même lui eût commandé d'entrer dans ce Monastère, où elle est encore aujourd'hui.

L'an 1647, ayant visité une personne qui souffrait de grandes peines et qui avait besoin d'une personne comme lui, voici ce qu'il en manda à son Directeur : « J'ai parlé à la personne que vous savez, et lui ai dit ce que j'ai cru à propos sur son besoin. Notre-Seigneur m'a donné lumière pour lui découvrir sa conduite sur elle, et lui faire connaître que cet abîme de ténèbres et de misères où elle se trouvait, ne lui est pas envoyé pour s'y arrêter ni s'en troubler, mais pour en faire usage de perfection, et s'en servir pour aller sans distraction à Notre-Seigneur Jésus-Christ qui est notre sanctification.

» Je lui montrai comment nous devons être bien persuadés et nous faire comme un fonds de certitude que nous ne sommes que la faiblesse et la misère même ; de sorte que lorsqu'on nous en dira quelque chose on ne nous apprenne rien de nouveau ; et que Dieu de ce fonds veut en tirer un autre très-excellent d'humilité et de défiance de nous-mêmes fondé sur notre impuissance à tout bien, et nous obliger d'aller à son Fils Notre-Seigneur, pour trouver en lui de la force et le remède de tous nos maux. Je m'étendis beaucoup sur tout ce qu'elle me communiqua, et Dieu lui donna une si grande plénitude de lumière et de grâce, qu'elle me dit des merveilles sur l'opération de la Sainte Trinité, et quantité de choses qui faisaient bien paraître une assistance divine très-particulière. Je la laissai en cet état. »

Et puis il ajoute, en parlant de lui-même : « Pour ce qui me regarde, je n'ai pas grand'chose à dire ; je porte par la miséricorde de Dieu un fonds de paix devant lui, en l'esprit de Jésus-

Christ, dans une expérience si intime de la vie
éternelle, que je ne la puis exprimer : et voilà
où je suis le plus attiré. Mais je suis si nu et si
stérile, que j'admire la manière où je suis, et en
laquelle je parle. Je m'étonnais comme parlant
à la personne susdite, je commençais un discours sans savoir comme je le devais poursuivre,
et disant la seconde parole, je n'avais point de
vue de la troisième, et ainsi des suivantes. Ce
n'est pas que je n'aie la connaissance entière
des choses en la manière dont j'en suis capable,
mais pour produire quelque chose au dehors cela
m'est donné ; comme on me le donne, je le donne
à un autre, et ensuite il ne me reste rien que le
fonds susdit. »

Ces grandes lumières et cette haute capacité
qu'avait M. de Renty pour les choses intérieures,
jointes souvent à des grâces extraordinaires, faisaient qu'on le consultait de tous côtés sur ces
matières. Plusieurs religieux, et même des Su-
périeurs de religions et de communautés bien
réglées tenaient à grand bonheur de pouvoir
communiquer avec lui, et suivaient ses conseils
en des choses très-importantes, parce qu'ils
connaissaient par des marques dont on ne pouvait douter, qu'il était rempli de l'esprit de Dieu.
Un grand nombre de personnes ecclésiastiques
et séculières de tout sexe, et de toute qualité,
même des plus relevées, le voyaient pour recevoir instruction et secours de lui touchant leur
conduite.

Ce fut l'an 1641, qu'il commença proprement
à s'appliquer à cet emploi ; mais de tous les emplois dont Notre-Seigneur l'a chargé pour son
service, il n'y en a pas où il ait eu plus de peine

ni plus de contrariété d'esprit, que dans celui-ci, s'en estimant très-indigne et très-incapable, et ne voulant point passer outre, quelque mouvement qu'il en eût, sans prendre conseil.

Ce conseil fut, après que la chose eut été bien examinée, qu'il devait l'entreprendre, et que c'était la volonté de Dieu; il se soumit avec une extrême confusion de lui-même, que son maintien, ses paroles et toute sa manière d'agir témoignaient évidemment après dans la communication de ceux qui lui demandaient ses avis, obéissant à leurs désirs avec une grande humilité et une grande révérence, comme le savent tous ceux qui l'ont connu; et eux aussi de leur côté connaissant que Dieu résidait, parlait et agissait en lui et par lui, se tenaient en sa présence avec beaucoup de respect, et prenaient une très-grande confiance en sa conduite.

Et Dieu a bien montré par la bénédiction et le succès admirable qu'il a donnés à ses soins, que c'était en effet sa volonté qu'il s'employât dans ce ministère; nous apprenant par-là qu'il n'a que faire de nous pour l'exécution de ses desseins, et qu'il se sert de celui qu'il lui plaît, et souvent de celui qui lui plaît et qu'il trouve bien disposé, laissant ceux que leurs vices en rendent incapables. La meilleure préparation pour être employé de Dieu à faire de grandes choses, c'est d'être abandonné absolument à ses ordres, et fort perdu à son propre jugement, comme a été ce saint homme.

CHAPITRE III.

Sa Composition extérieure et sa Conversation.

Comme la composition extérieure de l'homme et toute l'économie de sa conversation sont d'une très-grande conséquence pour servir beaucoup ou pour beaucoup nuire au dessein de procurer le salut du prochain, parce qu'on ne voit en l'homme que son extérieur, qui fait ensuite la première et la plus forte impression sur les esprits, et les gagne ou les aliène, selon qu'il est bien ou mal réglé : de là vient que M. de Renty, qui avait un désir ardent d'aider le prochain, et d'acquérir pour cela, quoi qu'il lui en coutât, tout ce qui y serait nécessaire, a fait aussi tout son possible pour bien dresser son extérieur, son maintien, ses gestes, ses mouvemens, ses regards, ses paroles, son silence, et toutes les parties de sa conversation, et les mettre dans l'harmonie et en l'état qu'il croyait devoir être les plus utiles au prochain, et les plus propres à le porter à Dieu. Ce qu'il a exécuté avec tant d'avantage, que l'on peut dire avec vérité et avec l'approbation de tous ceux qui l'ont vu, qu'il a été admirable en ce point, et qu'il a eu l'extérieur aussi bien composé, qu'aucun homme qui ait paru il y a long-temps.

Il était très-modeste, toujours tranquille et inviolablement égal. Parmi toutes les choses que j'ai remarquées en feu M. de Renty, dit de lui un bon témoin qui l'a connu très-particulièrement, sa rare modestie et la grande égalité de son port et de son maintien m'ont donné les premières et les plus hautes idées de sa sainteté : il avait quelque chose de si respectueux en sa contenance, qu'on jugeait aisément qu'il était toujours dans une actuelle présence de Dieu.

En quelque lieu, en quelque état, et en quelque occupation qu'il fût, il était toujours le même en son visage, le même en ses gestes, en ses mouvemens et en toutes ses actions, soit qu'il fût en son particulier ou en compagnie, avec ses amis ou avec des inconnus, avec des riches ou avec des pauvres, devant ses enfans, devant ses domestiques et devant un laquais, aux champs, à la ville, à table, au sortir de table et partout.

Avouons franchement qu'il faut être bien maître de soi pour posséder une telle immutabilité, et qu'à moins d'être continuellement appliqué à la présence de Dieu, et d'avoir assujetti absolument toutes ses passions et tous ses mouvemens intérieurs, on ne pourrait en venir là. Il est trop aisé, en tant de rencontres différentes qui se présentent tous les jours, que notre esprit s'émeuve, qu'il perde son assiette, s'emporte, et ensuite que son émotion, son emportement paraisse au-dehors, ou à la couleur, ou à la parole, ou au geste, ou par quelque autre signe.

C'est pourquoi cette constante modestie et cet état immuable en tout temps et en toutes occasions, ne peut être sans une vertu très-grande; principalement quand on y arrive, comme M. de Renty, avec une complexion, non point flegmatique, mais bilieuse, et avec un esprit ardent et actif : mais le soin exact qu'il prenait, l'effort qu'il faisait et la vigilance qu'il exerçait sur lui

sans se perdre jamais de vue, le tenaient en
cet état et formaient son extérieur de cette belle
et divine manière, si capable de profiter au
prochain.

Un autre témoin très-digne de foi dit de lui
en son mémoire : Ce qui me plaisait extrêmement en lui, c'était son grand recueillement et son
intime union avec Dieu, accompagnée d'une paix
profonde et d'une tranquillité d'esprit merveilleuse qui éclatait sur son visage, lequel ne pouvait être regardé sans dévotion. Cette union était
continuelle, ce me semble, et il ne paraissait
jamais distrait ; aussi ne faisait-il rien de léger,
et ne disait-il aucune parole qui ne fût nécessaire.
La complaisance au milieu des compagnies ne
l'obligeait point à se répandre au dehors, il va-
quait à Dieu dans son intérieur et lui demeurait
uni sans que rien pût l'en détourner, et sans
respect humain ; non qu'il ne fût très-civil, mais
l'on voyait bien qu'il s'appliquait plus au dedans
qu'à tout le reste.

Cette continuelle présence de Dieu, poursuit
le premier témoin, le tenait si fort occupé en
son intérieur, qu'il ne s'épanchait jamais au
dehors pour quelque accident qui arrivât, ni
pour quelque objet, quoiqu'extraordinaire et
rare, qui se présentât à lui. Je ne lui ai jamais
rien vu admirer de ce que le monde estime et
trouve ravissant, ni arrêter tant soit peu ses yeux
par curiosité sur quoi que ce fût : il allait par les
rues recueilli, modeste, marchant d'un pas égal
et mesuré, regardant devant lui sans tourner la
tête çà et là ; aussi Jésus-Christ était si absolument son occupation et son tout en toutes choses,
que hors de lui et ce qui concernait sa gloire,
rien ne le touchait et n'attirait son attention.

Comme un jour une personne poussée de quelque curiosité l'invita avec beaucoup d'instance à aller voir un grand personnage, que l'on tenait pour saint et que l'on croyait avoir le don des miracles, M. de Renty répondit avec sa douceur ordinaire : « Notre-Seigneur est en toutes les églises dans le Saint-Sacrement; nous pouvons le visiter. »

Mais puisque la parole et le silence sont une des parties les plus notables de la bonne ou de la mauvaise conversation, il faut maintenant voir comment cet homme de Dieu, zélé pour le salut du prochain, se conduisait en l'une et en l'autre. Il parlait peu, et par mouvement de grâce et même par inclination de nature : aussi n'eut-il pu être si sage et parler beaucoup, puisque les saintes lettres nous apprennent que le propre caractère de la sagesse est de peu parler, et qu'il est difficile, et comme impossible, de ne point faillir dans une multitude de paroles.

Quand il visitait ou qu'il était visité, et lorsqu'il se trouvait en quelque assemblée de dévotion où il fallait parler, il parlait à son tour avec un esprit toujours présent à soi et un maintien recueilli, en termes concis, mais très-expressifs. On ne l'a jamais vu empressé ni pour parler, ni en parlant, ni parler d'un ton de voix plus élevé, quelque hâte qu'il eût : s'il rapportait quelque chose, ou s'il racontait quelque fait, c'était brièvement, sans y mettre une parole qui ne fût nécessaire et qui ne portât : de sorte que quelqu'un a dit de lui, qu'il serait malaisé de trouver un homme qui parlât mieux et moins que lui.

Dans la conversation il ne parlait jamais de

choses vaines, inutiles, ni des nouvelles du temps, mais toujours de choses bonnes et du royaume de Dieu, à l'exemple de Notre-Seigneur; et dès qu'il voyait qu'on changeait de discours et qu'on se jetait sur les affaires du monde ou sur des bagatelles, il prenait congé de la compagnie, ou disparaissait sans rien dire.

Encoré parlait-il des choses bonnes avec modération, disant qu'il faut même sobriété à parler de Dieu et des meilleures choses, et que c'était un des amusemens qu'il supportait avec le plus de peine parmi les personnes spirituelles, lesquelles passent souvent de bonnes heures à s'entretenir de la vertu dans le vague et sans fruit, sortant de leurs entretiens avec des esprits vides, secs et dissipés. Le secret de la morale chrétienne n'est pas à dire, mais à faire, et la parole substantielle de Dieu le Père est seulement une, et infiniment efficace pour produire le Saint-Esprit, et dans son unité opérer de très-grandes choses.

De plus, cet homme de Dieu était dans sa conversation véritablement et grandement humble, respectueux, affable, gracieux, officieux, bienfaisant et cordial. Il était patient pour souffrir les ignorances, les balourdises, les importunités, la mauvaise humeur et les autres défauts du prochain; il était prudent pour s'accommoder aux esprits, et glisser par-dessus beaucoup de petites choses, sans faire semblant de les voir ni de les entendre.

Toutes ces qualités excellentes rendaient sa conversation très-profitable au prochain, et faisaient que partout elle produisait de grands biens. Il répandait, avec sa modestie, avec ses regards,

K

avec ses paroles, avec son silence, avec tout son
extérieur si bien composé et si bien d'accord avec
son intérieur, dans tous les lieux où il allait, un
certain air de vertu et un baume de dévotion, et
il imprimait la piété dans les esprits. Sa seule
présence donnait du recueillement, et il ne fallait que le voir pour se retenir; au point que la
croyance qu'il était dans une Eglise tenait les
personnes de sa connaissance plus attentives à
leurs prières, et quelques-unes ont ressenti de
sa compagnie, encore huit jours après, des effets
de grâce par un attrait et une occupation extraordinaire en Dieu.

Aussi, partout où il se rencontrait, on l'en-
vironnait de toutes parts par un mouvement d'estime et par le désir de la consolation qu'on goûtait
en sa présence : mais quand il s'apercevait
qu'on faisait cas de lui, et qu'on parlait avec
approbation de ce qu'il avait fait ou de ce qu'il
avait dit, il s'humiliait profondément dans son
esprit; et le témoignage de son mécontentement
paraissait sur son corps, qui parfois en était tout
courbé; et tandis qu'on parlait de lui, il demeurait les yeux baissés, dans un profond silence, avec un maintien grave et posé qui marquait sa peine et qui donnait du respect et
édifiait extrêmement.

Pour finir, il faut rapporter ici une chose
très-remarquable qui montre évidemment combien il était parfait et accompli dans sa conversation et dans tous ses procédés envers le
prochain : c'est que sa façon de converser, sa
manière d'agir avec le prochain, et sa dévotion ne choquaient personne, et n'ont été blâ-
més ni condamnés de qui que ce soit, mais ap-

prouvés, prisés et loués de tous ; de sorte que généralement tous avaient de l'estime, du respect et de l'amour pour lui, et disaient par proportion, comme de son Maître, qu'il faisait bien tout. Certainement il faut avoir une conduite très-prudente et très-avisée pour en venir là et mériter cette approbation universelle ; ce qui est fort rare, particulièment dans une telle multitude d'affaires, si différentes et si mal aisées.

De plus son humilité, son honnêteté, la déférence qu'il avait pour tous jusques aux plus petits, son affabilité, sa charité, sa patience et ses autres vertus, lui gagnaient le cœur de tout le monde ; mais comme il y a beaucoup de péril à être tant estimé, tant loué et tant approuvé de tous, Dieu, pour assurer par un sage et divin contre-poids la vertu de M. de Renty, et empêcher que sa sainteté ne fît quelque faux pas dans un lieu si glissant, permit que d'où devaient lui venir principalement l'estime, l'approbation et la satisfaction, savoir, de madame sa Mère, le blâme, la condamnation et le mépris lui vinssent d'une façon fort inopinée et très-affligeante, comme nous l'avons vu.

CHAPITRE IV.

Sa Conduite dans les affaires.

Il faut dire d'abord sur ce sujet, que M. de Renty était sans contredit un des hommes de Paris et du royaume les plus occupés pour ce qui regarde le service de Dieu, et que les choses qu'il faisait en ce genre étaient, pour ainsi dire, sans nombre.

Dieu lui avait donné pour cela une grande force de corps et d'esprit, et une haute capacité pour y pouvoir suffire ; de sorte que sans s'empresser, sans se fatiguer, avec un esprit rassis et une application toujours tranquille, sans perdre un moment, il faisait une chose, et puis une autre, et quelquefois plusieurs à la fois. On l'a vu en faire trois, sans se troubler ni se tromper ; on l'a vu, quoique pressé de plusieurs affaires qui lui survenaient tout à coup, et qu'il fallait expédier sur l'heure, lire des lettres, donner audience, et répondre à différentes personnes en même temps et sur divers sujets clairement et nettement.

Il dit dans une de ses lettres : « Il est vrai que de tous côtés les affaires accourent et me viennent trouver : il faut lire, il faut écrire, il faut agir ; un petit second en aurait encore bien sa charge, quoique j'en fasse part à plusieurs ; mais ne vous mettez pas en souci pour cela, j'en fais sur-le-champ ce que j'en peux faire, et le reste en son temps, sans m'en inquiéter. Notre-Seigneur me fait la grâce de me donner sa paix dans tout cela, et de n'en être point embarrassé. » Mais voici l'ordre qu'il tenait dans les affaires :

Il pesait et considérait beaucoup une chose avant de la décider, sans être pourtant ensuite si fort attaché à son sens, qu'il ne l'abandonnât facilement lorsqu'il voyait que les raisons d'un autre étaient meilleures que les siennes ; ce qui est nécessaire à tous ceux qui délibèrent d'une affaire, mais ce qui est assez rare, parce que chacun, s'il n'y prend garde, étant idolâtre de son esprit et amoureux de ses lumières, est bien aise de l'emporter et de voir ses opinions couronnées. Ayant fait, pour une compagnie de piété, quelques réglemens qu'il avait médités avec soin, et ayant supplié quelques personnes de vertu de les examiner, il en souffrit la correction avec une grande humilité, et en fit lui-même la rature, priant qu'on y employât d'autres termes plus propres que les siens.

Une affaire était-elle décidée, il se montrait prompt, ferme et constant à l'exécuter, et ne la quittait pas qu'il ne l'eût mise au point où il la fallait. Il y en a plusieurs qui commencent beaucoup d'affaires, et qui ne les achevent jamais ; ils sont ardens et forts au commencement, mais dans la poursuite cette ardeur vient à se refroidir, et cette force à s'abattre.

La nature sage et parfaite ouvrière ne demeure pas ainsi au milieu de sa besogne dans la production de ses ouvrages ; elle leur donne leur accomplissement et leur perfection : l'enfant ne sort point du ventre de sa mère qu'il ne soit entièrement organisé, et qu'il n'ait tous ses membres. M. de Renty concertait une affaire prudemment, il la poursuivait vigoureusement, et ne l'abandonnnait point, autant qu'il dépendait de lui, qu'il ne l'eût achevée.

Il arrivait pourtant quelquefois, par une autre conduite, que voyant une affaire bien établie et bien liée, ou déjà en bon train et dans son courant, il la laissait à un de ses amis capable de la finir ; ce n'était pas par inconstance, mais pour en commencer une autre et pour en faire davantage ; et aussi, par une adresse d'humilité, il voulait éviter la louange, qui

se donne bien plus à celui qui termine heureusement une affaire, qu'à celui qui la commence.

Ce saint homme avait dans les affaires qui
regardaient le service de Dieu, une fermeté
d'esprit inébranlable, qui ne se relâchait et
ne se rendait jamais, et outre la force dont ses
paroles étaient animées, il faisait prendre à son
visage une assurance tout extraordinaire, quoiqu'il fût toujours dans un maintien doux et tranquille : et c'était particulièrement dans les assemblées, que paraissait cette fermeté et que
Dieu le relevait d'une telle force, que ceux qui
le regardaient, se sentaient pénétrés de vénération et demeuraient devant lui dans la retenue
et dans le respect. Quand il y parlait et opinait,
il avait tant de lumière dans ses pensées, tant
de solidité dans ses jugemens, tant de force dans
ses raisonnemens ; il traitait les affaires d'une
si belle manière, et savait si justement en trouver le nœud, que tous étaient contraints d'ac-
quiescer et de se rendre.

Que si quelqu'un n'approuvait pas tout-à-fait
son avis et voulait combattre ses raisons, il savait les soutenir avec tant de force, particulièrement lorsqu'il avait quelque autorité dans l'assemblée, qu'il faisait revenir cette personne à
son avis ; si elle insistait au contraire, il ne disait plus mot, mais son silence et la fermeté de
son visage et de son maintien ne permettaient
plus à cette personne de persister dans son opposition ; et après l'assemblée, elle allait lui demander pardon avec beaucoup d'humilité. M. de
Renty lui faisait alors connaître doucement que
ce qu'il prétendait, n'était pas le soutien de son
opinion, mais la cause de Dieu, à laquelle seule

il s'arrêtait par le devoir de sa charge, et qu'au reste il sé sentait disposé et était prêt à céder de bon cœur à tous.

Il y a des esprits qui n'ont ni tenue, ni fermeté dans les affaires ; qui sont toujours chancelans et douteux, indécis et indéterminés, et après la détermination muables et changeans, de sorte qu'on ne peut compter sur eux. M. de Renty était clairvoyant pour pénétrer dans une affaire, décisif pour la résoudre, et constant pour ne point varier dans une résolution bien prise ; on était assuré que, pour lui, il n'y aurait point de changement dans la chose : on pouvait s'appuyer sur ce qu'il disait, et il gardait inviolablement sa parole.

Quand on le priait de se trouver à quelque délibération pour y donner son avis, il s'y rendait à point nommé, sans faire attendre ; il y prenait sa place, et la dernière s'il pouvait, et y paraissait avec cette rare modestie et cet extérieur si bien composé qu'il édifiait tout le monde; nous en avons déjà parlé. Il écoutait avec autant d'attention, et avec un esprit aussi présent que s'il n'eût point eu d'autres affaires, et puis il disait son opinion en peu de paroles fort énergiques. La chose dont il s'agissait étant décidée et ne demandant plus sa présence, il se retirait aussitôt, sans qu'on eût pu le retenir une minute de plus, parce qu'il était extrêmement ménager du temps, et qu'une autre affaire pour le service de Dieu l'appelait ailleurs.

Si M. de Renty traitait dignement et avec les plus belles manières les affaires pour l'extérieur, il s'y prenait pour l'intérieur encore mieux et avec des dispositions de grâce très-parfaites.

Quelque multitude d'affaires qu'il eût, et quelque importantes qu'elles pussent être, il ne quittait jamais ses exercices de piété, et ne négligeait point le soin de sa perfection, mais le préférait toujours à toute autre fonction ; il savait que comme les viandes, même les meilleures, prises avec excès nuisent, et au lieu de fortifier l'estomac, l'affaiblissent et en étouffent la chaleur ; de même les occupations extérieures les plus saintes, si un homme s'en surcharge, lui apportent de grands préjudices et éteignent l'ardeur de sa dévotion : pour cette cause, quoiqu'il en eût un très-grand nombre, il n'en prenait toutefois qu'autant qu'il en pouvait porter, et veillait singulièrement à ce qu'elles ne le dissipassent point, qu'elles n'amortissent pas ses bons sentimens et ne sécularisassent pas son esprit, mais plutôt, qu'elles lui servissent à l'élever et à l'unir encore plus à Dieu.

En effet, il était dans toutes sortes d'affaires et dans toutes ses occupations extérieures toujours recueilli, et autant solitaire dans les plus grandes assemblées que le sont les Ermites dans le fond de leurs déserts : sa contenance faisait évidemment juger qu'il était appliqué à son intérieur et uni à Dieu, de qui il tirait lumière et force pour agir davantage et bien. « Je n'agis pas moins quel que soit mon recueillement, écrivit-il un jour à son Directeur, j'agis encore plus ; car j'aurais un désir de tout faire, et j'agis d'une manière claire où je n'ai point de part, car c'est Notre-Seigneur qui fait tout. »

Et une autre fois il lui manda : « L'usage à l'égard du monde est à l'ordinaire en moi ; quand il faut écrire ou parler à ceux qui demandent

avis , il semble que l'on possède toutes connaissances , et l'on se sent être dans tout ce que l'on
dit , et ensuite cela s'efface de l'esprit ; toutes
les portes sont fermées , il n'en reste plus rien. »

Et encore dans une autre lettre : « Me trouvant
un jour fort chargé de diverses affaires à écrire
et à agir , je fus porté à en séparer entièrement
mon esprit , et au même instant je le sentis dé-
chargé , et depuis rien ne m'a coûté , et cependant j'en fais ainsi davantage sans y penser : cette
grâce m'a été renouvelée souvent , quoique de
diverses manières , et je reconnais bien qu'elle
est grande , et que j'en dois être bien reconnais-
sant , parce qu'elle me sert pour me conserver
en simplicité au milieu de la multiplicité. »

Bien plus , quoiqu'il n'oubliât rien de ce qui
concernait l'extérieur d'une affaire , et qu'il y
apportât toute la prudence et tout le soin qui pouvaient la faire réussir , néanmoins il attendait
bien plus le succès de la bénédiction de Dieu ,
que de son industrie et de tous les moyens hu-
mains ; c'est pourquoi il avait grand recours à la
prière , recommandant instamment à Dieu toutes les choses qu'il entreprenait ; et dans les emplois des personnes qu'il y occupait , il faisait
bien plus d'attention à la grâce , qu'à la nature
et à toutes les qualités extérieures , puisqu'aussi
l'effet qu'il prétendait , regardant la gloire de
Dieu et le salut du prochain , devait principalement provenir de la grâce.

Et comme il savait que les affaires de Dieu ne
se font pas sans peine , et que souvent elles sont
combattues de grandes oppositions , jusqu'à en
être renversées , il était patient dans leur négo-
tiation , et souffrait tout sans perdre jamais cou-

K *

rage ni se laisser abattre par aucune difficulté, espérant toujours d'en venir à bout ; que s'il y avait empêchement, il demeurait en paix après y avoir fait ce qu'il avait pu.

Il écrivit à une personne : « C'est pitié que de notre nature quand elle est applaudie, même dans la grâce : c'est pourquoi je regarde comme une grande miséricorde d'exécuter une entreprise bien fondée, bien approuvée et reconnue être de l'esprit de Dieu par ceux qu'il a mis en son église pour en juger, mais que l'exécution s'en fasse dans les contradictions et les croix. »

Et à une autre : « Nous pouvons bien avoir de bons et saints desseins, et Dieu nous les inspire ; toutefois quand il permet qu'ils échouent, il faut adorer ses secrets, qui nous font plus de miséricorde en rompant nos projets, que s'ils réussissaient à notre grande consolation ; nous devons toujours craindre que notre propre esprit ne s'arrête à quelque chose. »

Et à une autre encore : « Le bon Jésus a ses desseins, qu'il conduit par des moyens que nous ne choisirions jamais : et sa raison est qu'il se plaît à rompre nos volontés, et empêcher que nous ne prenions nos appuis sur la terre ; c'est pourquoi il traverse même les choses les plus justes, étant plus jaloux du sacrifice de nos cœurs, que de toutes les autres choses, quelque spécieuses qu'elles puissent être. »

Mais la principale règle que ce saint homme observait dans les affaires, était de ne les point regarder en elles-mêmes, mais dans la volonté et le dessein de Dieu, et de s'y porter dans cette vue et dans cet esprit ; d'où il arrivait qu'il ne s'appliquait pas aux affaires parce qu'elles étaient

éclatantes , agréables , ou utiles , mais parce
que Dieu voulait qu'il s'y appliquât et y donnât
ses soins ; que les choses petites et les occupations basses lui étaient également considérables,.
et même souvent préférables ; qu'il allait aux
œuvres délaissées , aux emplois de charité inconnus , et aux pauvres abandonnés , parce
qu'il croyait qu'il y avait moins de la nature et
plus de la volonté de Dieu ; qu'il ne s'avançait
en rien, et ne s'ingérait de faire aucune chose ,
si Dieu ne le voulait ; et s'il le voulait , qu'il ne
la pressait et ne la précipitait point , mais la
laissait venir doucement aux pas de sa providence et selon le cours de sa volonté.

C'est le témoignage que rendent de lui les mémoires qu'on a envoyés de divers lieux. Il n'agissait point, disent-ils , pour entreprendre aucune
chose ni pour l'achever par son propre esprit
ni par le mouvement de sa volonté , mais par
celui de l'esprit de Dieu, à mesure qu'il en connaissait la volonté, de sorte que si après l'avoir
commencée, il sentait ce mouvement intérieur
s'arrêter , il s'arrêtait aussi sans la poursuivre :
il ne faisait jamais aucun projet particulier, quoiqu'il vît les choses qu'il avait à faire , mais il
attendait les ordres exprès de Dieu qui lui étaient
déclarés , ou par lumière dans l'entendement, ou
par impression dans la volonté , ou par quelque
autre moyen qui lui en donnait la certitnde que
l'on en peut avoir dans ces occasions.

D'où vient qu'une personne lui demandant un
jour, s'il ferait une certaine chose en tel temps,
il lui répondit : «Ne savez-vous pas que je n'ai pas
de demain ? » Et une autre fois Il lui dit : « Je vois
cinq ou six choses à faire nécessairement , mais

je ne saurais dire laquelle je voudrais la première, ni quand, ni comment ; car par la miséricorde de Dieu je suis tout à fait indifférent pour tout. »

Il écrivit à son Directeur : « J'espère d'être à Paris à la fin de septembre ; je recevrai là vos ordres pour aller où vous êtes, lorsque je vous incommoderai le moins ; quand j'y serai, j'y ferai ce qu'il plaira à Notre-Seigneur par vous. Je ne préméditerai rien, sinon de lui aller obéir et de suivre sa conduite par vous, et en tout le mieux qu'il me sera possible. J'ai éprouvé que lorsque je pensais faire le plus dans quelques lieux, je n'y faisais rien. Cela m'a appris à aller nu, et quand j'y pense le moins, m'abandonnant à Dieu, c'est alors qu'il s'en fait davantage ; c'est pourquoi je le laisserai faire, et vous en lui. »

Un de ses amis l'accompagnant un jour à Paris pour aller prendre à l'épargne une grande somme d'argent, que la Reine avait donnée avec une bonté et une libéralité vraiment royale pour aider l'église naissante du Canada, M. de Renty, ayant passé devant une église où l'on chantait le service divin, dit à son ami : « Faisons ce que Dieu veut, et n'ayons de l'attache qu'à sa sainte volonté ; c'est une grande consolation d'être dans l'église à ouïr les louanges de Dieu, mais demeurons maintenant ici, puisque c'est son bon plaisir. » Cet ami rapportant ceci, ajoute dans son mémoire, que plusieurs personnes admiraient ce grand recueillement et cette union intime avec Dieu dans un homme qui avait tant d'affaires ; mais qu'il était au-dessus des affaires attaché uniquement à Dieu et à l'exécution de sa volonté.

Il a dit à une autre personne qui avait de grands desseins pour le service de Dieu, mais qui n'étaient pas encore de saison : « Ne nous appliquons qu'au jour le jour ; les pensées que vous avez sont saintes, mais il faut s'abandonner à Dieu pour l'avenir, et employer le temps qu'il nous donne, à l'aimer et à suivre ce qu'il nous fait connaître être de sa volonté, et se tenir toujours devant lui en esprit de sacrifice avec Notre-Seigneur Jésus-Christ. »

Mais, en finissant, il faut que je rapporte une lettre qui prouve bien la vérité de ces trois points, et qui est pleine de beaucoup de lumière ; il l'écrivit à son Directeur, l'an 1646 : « Je vous dirai quelque chose, lui mande-t-il, de ce qui se passa hier en moi ; il vous fera connaître mon état présent : comme j'entendais l'évangile de l'Assomption de la sainte Vierge, où il est parlé de Marthe et de Marie, la plupart des sentimens que cet Evangile m'avait autrefois donnés me revinrent à l'esprit, savoir, que l'oraison et la pure occupation en Dieu sont bien préférables à tous les exercices intérieurs, quoique saints, puisque Marthe faisant le plus saint et le meilleur, était reprise de trouble, et Marie louée pour son repos.

Ce mot, *turbaris ergà plurima*, m'a servi longtemps pour me séparer des choses extérieures, et même des intérieures, quoique bonnes, qui n'étaient pas absolument nécessaires, comme d'aller visiter et instruire les pauvres, de lire ou d'écrire quelque chose de dévotion, et autres semblables. Je connaissais qu'il était expédient pour lors de les quitter, afin de se former et de s'affermir dans l'inaction de notre propre, et d'arriver au dénuement de notre volonté et de notre vivacité, pour attendre l'ordre divin, le suivre en sage simplicité par l'esprit de Jésus-Christ qui vivifie et qui vit en ceux qui l'écoutent avec respect.

» Mais il faut noter' que depuis trois ou quatre mois que je suis dans la basse Normandie, je suis quasi continuellement occupé de choses extérieures, à parler à tout le monde, à traiter les malades qui me viennent trouver, à voyager, à accorder des différens, à bâtir, et à construire une grande église, qu'il est nécessaire de démolir et d'agrandir, et pour laquelle il faut beaucoup de dessins, et même faire des modèles, parce qu'il n'y a dans ce pays personne qui entende l'architecture, dont j'ai eu autrefois connaissance : il m'a donc fallu rappeler mes anciennes idées et m'y remettre tout de bon.

» Hier après y avoir travaillé tout le matin, comme j'écoutais l'Evangile susdit, et particulièrement ces paroles, *turbaris ergà plurima*, il me vint une lumière intérieure, et il me fut dit : *Non turbaris ergà plurima*. Je connus alors, mais d'une manière évidente, que les choses que l'on fait par l'ordre de Dieu, quelles qu'elles soient, ne troublent point ; et je vis nettement, au moins ce me semble, que sainte Marthe est reprise non de faire une bonne œuvre, mais de la faire avec empressement ; et Notre-Seigneur, par ces mots *turbaris ergà plurima*, lui montre qu'elle faisait son action en trouble et dans une agitation d'esprit désordonnée, quoique ayant pour prétexte une fin très-louable : que la chose principalement nécessaire est d'écouter la parole éternelle ; de sorte que, comme son humanité, soit

pour agir, soit pour prêcher, ou pour faire toute
autre chose, recevait les mouvemens de la divinité : *A meipso facio nihil : sicut audio, hæc lo-
quor*, disait-il ; de même nous devrions prendre
notre direction de Jésus-Christ, qui est cette parole de vie éternelle : c'est pourquoi il ne faut
rien faire en trouble, mais faire tout en paix
dans cet esprit.

» Je reçus donc alors un grand secours pour
tous les petits offices extérieurs auxquels mon
devoir m'attachait, et je n'ai point fait difficulté
de m'abandonner à cet ordre saintement désor-
donné, dans lequel je sens que Dieu me veut,
pour faire ce qui sans moi ne pourrait être fait :
depuis trois mois je n'ai pas peut-être fait trois
ou quatre heures d'oraison à genoux de suite hors
de l'église, et s'il ne s'en faisait que de cette
manière, j'aurais bien mal fait mon devoir.

» Il est certain que je l'ai bien mal fait ; mais
je ne laisse pas de savoir que Dieu, dans les emplois qu'il donne, fait bien sentir sa présence et
sa force pour lier l'ame à lui par des manières
bien intimes, et que l'ouvrage extérieur se peut
faire du bout des doigts, pendant que le cœur
jouit d'une alliance réelle des enfans avec leur
Père par l'esprit du Fils, qui nous met en sa
communion et en celle de la sainte Vierge, des
Anges, et des Saints, et de tout un Ciel, si vous
voulez : tant ce Seigneur donne d'ouverture
à l'ame, quand il lui plaît, et comme il lui
plaît.

» J'avais pour lors une impression si sensible de Dieu, et néanmoins si au-dessus des sens,
parce que cela se passe dans la partie la plus
noble de l'ame qui est l'esprit, que l'on m'eût

roulé comme une boule , sans que je perdisse mon Dieu de vue. Tout pourtant est ici passager , car Notre-Seigneur roule la boule d'une étrange façon quand il veut ; et ces diverses façons sont faites pour aider l'ame , et la façonner à tout, et faire qu'elle n'ait rien vers elle ni selon elle , mais tout pour son Dieu et selon son Dieu.

» De plus je voyais évidemment qu'une personne que Dieu emploie à des choses basses, qui s'y applique avec autant de fidélité que si elles étaient bien relevées , et qui se tient à son ordre par obéissance et par anéantissement d'elle-même , ne lui est pas moins agréable que celle qui est occupée à des fonctions éclatantes. Il n'est pas question des œuvres , mais de la fidélité à s'abandonner à Dieu , et à faire ce qu'il veut. Qui n'aimerait à convertir mille mondes , et à porter toutes les ames à Dieu ? toutefois tu ne porteras que des pierres , ou même tu ne feras rien. Il y a beaucoup à sacrifier dans la patience, et beaucoup de consolation dans l'autre parti ; et je crois qu'il est sans comparaison plus rare de trouver une ame fidèle à la patience , et à ne vouloir pas faire plus que Dieu ne veut d'elle , que des fidèles dans les actions qui paraissent.

» Je sais bien qu'en tout Dieu fait le tout, mais le sacrifice de patience et de cessation est plus grand à un cœur qui a l'amour et le zèle de son honneur, et qui ensuite est porté à l'opération, et a besoin de plus de force pour se retenir que pour agir.

» Le rien ne peut servir de nourriture ; et la faim , qui dévorerait les quatre coins du monde, est contrainte à circuler en je ne sais combien de manières d'offrandes dans son feu de rever-

bèré , jusques à ce qu'elle ait trouvé issue en
songeant que Dieu se suffit à lui-même , qu'il
n'a nullement besoin de nous pour sa gloire , et
que c'est d'autant plus nous faire honneur de
nous employer, que ce n'est pas le bien de son
service, parce que nous ne sommes jamais si purs
que nous ne ternissions toujours quelque chose et
ne lui fassions perdre une partie de son éclat ;
de sorte que nous ne sommes pas seulement des
serviteurs inutiles , mais encore nuisibles.

 » Je vous dirai de plus ce mot pour vous faire
connaître ce que vous devez savoir , afin de me
redresser : Que j'ai une honte véritable et sensible de ne rien faire pour Dieu ; j'en éprouve parfois une douleur si forte , considérant sa dignité,
son amour , ses dons et ses communications par
l'alliance de Jésus-Christ et de son Esprit , qu'elle
serait extrême et insupportable , ne voyant en
moi qu'impuissance à tout bien , que misères
et péchés , si je ne me calmais par ce que je viens
de dire , que Dieu se suffit à lui-même , et qu'il
fait de nous ce qu'il lui plaît , en nous tenant dans
l'obéissance et l'anéantissement. » Voilà sa lettre , dans laquelle il y a bien à apprendre.

CHAPITRE V.

L'usage qu'il faisait de tout , et l'application qu'il
avait pour cela à l'Enfance de Notre-Seigneur.

Il faut nécessairement que M. de Renty ait fait
un excellent usage de ce qui lui arrivait, et
généralement de toutes les créatures , pour être
monté à un si haut degré de perfection ; cet usage

de tout, pour ce que l'homme y met du sien, est sans doute le moyen principal auquel tous les autres sont subordonnés, et duquel ils dépendent avec tant de sujétion, que sans lui ils y sont inutiles et deviennent même des empêchemens.

Il est vrai que Dieu a mis dans le sein de chaque chose, dans les richesses et dans la pauvreté, dans les honneurs et dans les opprobres, dans la santé et dans les maladies, dans les biens et dans les maux, une force secrète et une capacité morale pour nous aider à faire notre salut, pour nous être des instrumens de perfection, et des liens pour nous attacher et nous unir à lui; mais pourtant c'est selon l'usage qu'on en fait : car si vous vous en servez bien, elles produiront ce bon effet en vous ; sinon elles en feront un fort mauvais, et au lieu de vous unir à Dieu, elles vous en éloigneront davantage, elles vous rendront plus imparfait et plus vicieux, et pouvant vous sauver étant bien prises, prises de travers elles seront cause de votre ruine. Cet homme illuminé, qui savait ce secret très-important de la vie spirituelle, a employé tous ses soins pour le mettre parfaitement en pratique : mais pour mieux entendre ceci, il faut remonter jusques à la source.

Ce saint homme a eu toujours extrêmement à cœur et a pris pour le capital de sa conduite et de toutes ses dévotions, comme nous l'avons déjà remarqué et qu'il est aisé de le voir en toute cette histoire, de s'unir à Notre-Seigneur Jésus-Christ ; et avec très-grande raison, parce qu'il n'y a point de salut, comme dit saint Pierre hors de Jésus-Christ, et Dieu n'a choisi que lui seul pour être le médiateur de rédemption entre lui et nous, et le reparateur de nos misères ; parce que Dieu le Père dans tout l'univers n'aime que lui seul d'un amour de vraie amitié ; c'est pourquoi saint Paul l'appelle le Fils de son amour et de ses complaisances ; de sorte que, comme dit le même apôtre, il nous rend agréables à ses yeux en lui et par lui ; il nous trouve beaux et tout éclatans de gloire quand nous sommes liés à lui, cette liaison nous communiquant cette beauté et cette gloire ; tandis que s'il nous voit seuls et sans lui, nous lui paraissons difformes, hideux et abominables, (parce qu'en effet, sans lui, nous le sommes, n'étant remplis que de péchés,) et qu'il ne voit alors en nous que ses ennemis ; tellement qu'une personne lui est d'autant plus chère et plus aimable, qu'elle est plus unie à son Fils ; comme il paraît dans Notre-Dame et dans les apôtres ; et nos actions ne lui plaisent point et ne sont point bonnes, si elles ne lui sont unies ; comme la partie de notre corps n'est point vivante, si notre ame ne l'anime.

M. de Renty ayant parfaitement compris cette vérité fondamentale du christianisme, s'est étudié toujours et en tout de s'attacher et de s'unir à Notre-Seigneur Jésus-Christ ; il s'est formé sur lui pour régler son intérieur et son extérieur ; il le regardait sans cesse comme sa Loi et sa Règle, et l'adorait tous les jours sous ce titre ; il s'appliquait avec une grande réflexion à ses paroles, à ses actions, à ses desseins, à ses mystères, et il en recevait de grandes lumières. Voici ce qu'il m'écrivit un jour sur le Mystère de l'Incarnation.

« J'ai eu la grâce plusieurs fois d'avoir des

connaissances très-intimes du mystère ineffable
caché en Dieu depuis tous les siècles , et manifesté maintenant à ses Saints , comme parle
saint Paul ; je veux dire , l'alliance qu'il a con-
tractée avec nous en Jésus-Christ. Ces connaissances causent autant d'étonnement que d'a-
mour , et selon moi , l'homme éclairé et pénétré
de ces vérités ne demeure plus homme , mais il
est anéanti , et tout son désir est de se perdre
et de se fondre afin de changer de nature , et
d'entrer dans l'esprit de Jésus-Christ , pour, en
lui , n'agir plus que par lui.

» J'ai conçu de si grandes choses de l'humanité de Jésus-Christ unie à la divinité , qu'il est
certain que les paroles ne peuvent les exprimer.
Combien cette alliance divine a-t-elle approfondi
cette sainte humanité dans l'anéantissement de
soi-même et dans le sacrifice d'amour , sur la
vue de la grandeur de Dieu ! Quel honneur à la
nature humaine d'avoir un tel prédestiné , et à
nous quelle gloire d'être appelés et choisis pour
entrer dans la faveur et monter à Dieu et à sa
jouissance par lui ! Il me faudrait tout aujour-
d'hui , si j'avais à écrire la vue que j'ai eue de
la sagesse et de la bonté de Dieu touchant le
mystère d'amour qu'il nous a ouvert en son Fils. »
Voilà une partie de ce qu'il m'écrivit sur ce sujet.

Or quoiqu'il eût application et ouverture à
tous les Mystères de Notre-Seigneur , la plus
grande pourtant a été à celui de son Enfance,
à laquelle Notre-Seigneur l'a lié d'une manière
toute particulière. Voici comme la chose arriva.

Etant contraint de faire un voyage à Dijon, pour
le procès que nous avons rapporté , il y entendit
parler de la Sœur Marguerite du Saint-Sacre-

ment, religieuse Carmélite au couvent de Beaune, à qui Notre-Seigneur faisait des faveurs très-
particulières, et qui menait une vie fort extraordinaire fondée sur une véritable et solide vertu.
Comme Notre-Seigneur a diverses voies pour
sanctifier les ames et accomplir ses desseins, il
occupait absolument cette ame choisie dans le
mystère de son Enfance, et par ce canal faisait
couler en son cœur un torrent de grâces et une
abondance de grands dons, non-seulement pour
elle, mais encore pour d'autres, comme on
pourra voir dans sa vie, à laquelle travaille une
personne très-digne de faire un tel ouvrage.

M. de Renty eut l'idée d'aller à Beaune, qui
n'est éloignée de Dijon que de sept lieues, pour
se recommander aux prières de cette sainte fille.
Il y alla, et quoiqu'il ne la vît pas et ne lui parlât
point, parce que depuis treize ans, par une
conduite particulière de Notre-Seigneur, elle n'a-
vait parlé à aucune personne séculière, il retira néanmoins un grand fruit de ce voyage,
comme il le manda, étant de retour à Dijon, à
la Mère Prieure du lieu, à qui il écrivit : « Je n'ai
point de paroles pour vous exprimer les miséricordes que j'ai reçues du voyage que j'ai fait à
Beaune ; ma Sœur Marguerite me marque dans
le saint Enfant Jésus un dénuement si parfait de
ce siècle, qu'il me semble que c'est mon rendez-
vous pour me vider de tout. » L'année d'après,
il fit un second voyage, et Notre Seigneur disposant autrement et les langues et les esprits, il
eut la consolation de parler à cette bonne Religieuse avec laquelle il contracta une alliance de
grâce très-étroite et reçut, par son moyen, de
grands dons. Le principal de ces dons, et

comme la source des autres, fut que Notre-Seigneur l'attacha, comme elle, d'une manière très-spéciale au Mystère de son Enfance, lui en imprima les traits et lui en communiqua l'esprit et la grâce.

Ce saint homme dont le jugement doit avoir beaucoup de poids, pour avoir été si prudent et si sage, et pour avoir possédé un si profond discernement des choses spirituelles, a toujours eu une haute estime de cette sainte fille, approuvé sa conduite, et témoigné qu'il regardait comme une grande bénédiction la connaissance que Notre-Seigneur lui en avait donnée, et qu'elle l'avait beaucoup aidé, même après sa mort.

Il m'écrivit à ce propos le 18 juin de l'an 1648, jour de la mort de cette grande Servante de Dieu : « Le saint Enfant Jésus a appelé à lui notre bonne sœur Marguerite du Saint-Sacrement, dans des dispositions toutes conformes à sa vie et à sa grâce miraculeuse. J'ai reçu grande présence, liaison et secours d'elle depuis sa mort; sa grâce m'a été toute renouvelée pour y entrer, selon que le permet mon état et mon infirmité; j'en ai connu la solidité. »

Et un mois après il me manda : « Hier par une bonté singulière de Dieu, j'eus la vue de la Divine Majesté, de saint Jean-Baptiste et de ma sœur Marguerite, qui me furent représentés si vivement à l'esprit, que je ne peux douter de cette vérité. O quels effets produisent ces présences, et quel amour allument ces regards ! Je suis tout renouvelé de respect vers ce grand Saint mon patron, et vers cette digne Servante de Dieu qui l'honorait beaucoup étant sur la terre, et qui

sans doute l'aura prié de me protéger. Il est vrai
que l'œuvre de Dieu en elle est un continuel pro-
dige de grâce et un chef-d'œuvre de sa main. »

Maintenant pour revenir à son application à
l'Enfance de Notre-Seigneur, faite principalement à son second voyage à Beaune, voici ce
qu'il en écrivit à un Père de l'Oratoire, confesseur des Carmélites de cette ville : « Il faut que
je vous dise que dès le premier voyage que je
fis il y a plus d'un an auprès de vous, j'en
rapportai bien l'estime et le respect de la dévotion à l'Enfance de Notre-Seigneur, mais mon
établissement ni mon fond ne se trouvaient pas
là; je m'y mettais de temps en temps, mais ce
n'était pas ma principale nourriture, tandis que
maintenant le saint Enfant Jésus m'a fait la très-
grande grâce de se donner à connaître à moi
et de s'ouvrir, et je trouve en lui tout, et j'y
suis renvoyé pour tout. »

Et il manda à la Mère Prieure : « Je vous
dirai que le saint Enfant Jésus me veut faire la
miséricorde de m'appliquer particulièrement à
l'honorer, et à me donner à lui pour entrer
dans ses dispositions saintes, pour faire usage
de ma vie et de mon sacrifice par la conduite
de son Esprit. »

Ensuite il se consacra à Notre-Seigneur Enfant, en ces termes, dont il fit deux copies de sa
propre main. Il en envoya une à Sœur Marguerite, tout écrite de son sang, et que l'on garde
au couvent par dévotion, et l'autre, un peu plus
étendue à son Directeur, mais où il a seulement signé son nom de son sang; en voici la
teneur :

« En l'honneur de mon Roi, le saint Enfant
Jésus, je me suis consacré, ce jour de Noël de
l'an 1643, au saint Enfant Jésus, lui référant
tout mon être, mon ame, mon corps, mon
franc arbitre, ma femme, mes enfans, ma famille, les biens qu'il m'a donnés, enfin tout ce
qui me peut concerner, l'ayant supplié d'entrer
en possession et en propriété totale de tout ce
que je suis pour que je ne vive plus désormais
qu'en lui et, pour lui en qualité de sa victime,
séparée de tout ce qui est de ce siècle, n'y
prenant plus de part que selon les applications
qu'il m'en donnera et me permettra.

» Tellement que dorénavant je me dois regarder comme un instrument dans la main du
saint Enfant Jésus pour faire tout ce qu'il lui
plaira, dans une grande innocence, pureté et
simplicité, sans réflexion, ni retour sur quoi
que ce soit, sans prendre part à aucune œuvre,
sans avoir joie ni tristesse de ce qui arrive, ne
regardant point les choses en elles-mêmes, mais
dans sa volonté et dans sa conduite, laquelle nous
tâcherons de suivre par la présence que nous
rendrons à sa crèche et aux états divins de son
Enfance. Je perds donc aujourd'hui mon être
propre pour devenir totalement l'esclave subsis-
tant sur le saint Enfant Jésus à la gloire du Père
et du Saint-Esprit.

» Je signe entre les mains de la très-sainte
Vierge ma Mère, ma Patrone et ma Protectrice,
et en la présence de saint Joseph.

                » GASTON JEAN-BAPTISTE. »

Comme M. de Renty se consacra de tout son
cœur au saint Enfant Jésus; aussi cet aimable

Enfant se donna libéralement à lui, faisant connaître à la sœur Marguerite du Saint-Sacrement qu'il serait conduit et animé de l'esprit de son Enfance, et qu'il se donnait à lui pour être son maître, sa lumière et son intelligence; et lui montrant un jour son cœur, il lui dit : « Voilà la demeure de mon serviteur. »

La sœur Marguerite lui écrivait comme Notre-Seigneur Enfant se donnait à lui pour lui tenir lieu d'air spirituel et divin; et que, comme il respirait sans cesse l'air matériel pour la vie de son corps, il voulait de même qu'il le respirât en tout et partout pour la vie de son ame, et que son innocence, sa pureté et sa simplicité subsistassent en lui au lieu de lui-même, détruisant tout ce que sa nature avait de corrompu et de gâté.

En quoi il fit un si grand progrès, qu'elle le voyait souvent dans un rayon de lumière si pénétré et si rempli de la grâce de cette sainte Enfance, que cela est inexplicable, et pour, en quelque façon, l'expliquer, elle disait : Il est dans la grâce de l'Enfance de Jésus comme une éponge dans la mer; il est encore, sans comparaison, plus perdu dans cette mer inépuisable des richesses infinies de cette divine Enfance. Et lui-même écrivit à une personne : « Le divin Roi de la Crèche, le saint Enfant Jésus, me fait tant de faveur, que je vous supplie de l'en remercier; elles sont inexplicables. »

Depuis ce temps, la veille du 25 de chaque mois, il entrait dans sa chapelle sur les dix heures du soir, et demeurait en oraison jusques à minuit, heure à laquelle il adorait le moment précieux de la naissance de Notre-Seigneur et

L

son entrée dans le monde, faisant quelques actes extérieurs de dévotion devant l'image du saint Enfant Jésus.

Il l'honorait encore en un pauvre enfant qu'il faisait dîner à sa table, et auquel il rendait des respects qui ne se peuvent dire. Pendant tout le temps qu'il célébrait le voyage de l'Enfant Jésus en Egypte et son retour à Nazareth, il donnait tous les jours à dîner à trois pauvres, en l'honneur de Jésus, de Marie et de Joseph, et n'allait point en carrosse, quoique ses affaires l'obligeassent à aller bien loin avec beaucoup de peine, et qu'il n'eût pas encore quitté tout-à-fait son carrosse, comme il fit depuis.

SECTION UNIQUE.

Suite du même sujet.

Appliqué donc ainsi au mystère de l'Enfance de Notre-Seigneur, rempli de sa grâce et animé de son esprit, à mesure qu'il y faisait des progrès, il y recevait plus de lumière et des impressions plus parfaites. Son Directeur ayant désiré qu'il mît par écrit ce qu'il pensait de ce mystère, et en quoi consistait sa grâce, voici ce qu'il lui répondit dans une lettre qu'il lui envoya le 5 novembre 1645 :

« Vous m'avez commandé d'écrire en quoi consiste la grâce de l'Enfance de Notre-Seigneur selon que je la peux connaître. Cet adorable Seigneur m'a renouvelé ce matin deux connaissances qu'il m'en avait données depuis un mois à trois jours l'un de l'autre, par lesquelles je vous exprimerai ce que j'en conçois.

» Il y a donc environ un mois qu'étant à l'église, je me trouvai intérieurement inquiété sur la dévotion de l'Enfance de Notre-Seigneur, parce que mon esprit fut frappé de cette pensée, que le Chrétien doit regarder Jésus-Christ tout entier depuis son Incarnation jusques à l'état de sa gloire, où il est assis à la droite de son Père, et d'où avec lui il nous envoie son Saint-Esprit; qu'il faut s'adresser à tous ses Mystères selon nos besoins, et que se lier à un en particulier, c'est se faire des dévotions tronquées qui limitent l'étendue de la vérité et de la grâce. J'allai ensuite communier, m'étant abandonné à Dieu, comme c'est ma coutume. Quelque temps après la communion, je vis dans une lumière qui me fut communiquée, Notre-Seigneur tout entier, c'est-à-dire, tous ses Mystères depuis son Incarnation jusques à l'état de sa gloire où il est à présent, nous gouvernant, et en particulier la grandeur et la dignité de son Enfance; et on me fit connaître comment ce Mystère est notre porte et notre adresse pour notre consommation jusques à la gloire; que c'est à lui que nous devons tendre et toujours nous tenir, et que ce serait témérité d'aller aux autres de même.

» Je voyais de la témérité à vouloir et à demander des croix par nous-mêmes, parce que c'est à la grâce de nous y conduire et de nous y soutenir. J'en voyais à demander le Thabor, c'est-à-dire, des lumières; enfin, je voyais qu'il ne faut point d'abord nous adresser aux autres Mystères de Notre-Seigneur, mais seulement à celui de son Enfance, qui nous met dans l'ignorance, dans la séparation et dans l'application des choses de cette vie pour n'en user que dans les besoins et selon qu'on les donne, qui nous tient dans un grand silence, et qui enfin produit une vie de mort pour l'extérieur, mais où pour l'intérieur la très-sainte ame de Notre-Seigneur s'occupait continuellement dans le regard vers son Père, dans son amour, dans le zèle de sa gloire, dans l'offre de soi-même, et dans l'obéissance pour aller en innocence, en pureté et en simplicité à tous les états par lesquels il avait arrêté qu'il passât.

» Je voyais donc que pour nous bien conduire dans toutes nos dispositions, soit de lumière, ou de ténèbres, de Thabor ou de la Croix, nous devons toujours, pour y recevoir, conserver et accroître la grâce, commencer par l'Enfance de Notre-Seigneur qui nous enseigne l'anéantissement de nous-mêmes, la docilité à Dieu, le silence et l'innocence, sans regard ni prétention sur nous, mais avec l'abandon d'un Enfant de grâce, et d'un Enfant de l'Enfant Jésus.

» Cette connaissance m'établit plus que jamais dans la liaison à ce Mystère; je sentis là mon fond, et j'y demeure en attente et en respect pour faire ce que demanderont de moi les momens suivans; car l'ame ne s'élève à rien par elle-même, mais au contraire elle s'anéantit et se laisse mener en petitesse avec grande reconnaissance de ce qui se passe, et simplicité d'un regard pur et abandonné. Ah! mon Père, que je serai coupable devant Dieu, de correspondre si peu à la grandeur de ses dons : c'est ma douleur, et elle est bien sensible, comme il le sait!

» Trois jours après, ces paroles de saint Paul me furent mises tout d'un coup dans l'esprit :

Hoc sentite in vobis quod et in Christo Jesu , et le reste ; mais l'effet principal fut sur celles-ci, *Semetipsum exinanivit, formam servi accipiens ;* et puis sur ces autres, *factus obediens usquè ad mortem ;* et la lumière me fut donnée pour connaître, que ces paroles portaient la preuve de ce que j'avais vu il y avait trois jours , et le vrai procédé de Jésus-Christ, qui, dans son Enfance, s'était anéanti lui-même jusques à la forme de serviteur , et pour le reste de sa vie jusques à sa mort sur la croix s'était rendu obéissant , suivant les ordres de son Père , non en élection , mais en soumission et en patience. Cette seconde vue m'affermit encore plus et d'une autre façon dans ce Mystère.

» L'Enfance donc de Notre-Seigneur est un état où il faut mourir à tout , et où l'ame en foi, en silence , en respect, en innocence, pureté et simplicité , attend et reçoit les ordres de Dieu et vit au jour la journée en abandon , ne regardant d'une certaine manière , ni devant ni derrière elle, mais s'unissant au saint Enfant Jésus , qui anéanti à lui-même reçoit tous les ordres de son Père pour être visité des Pasteurs et des Mages , pour être circoncis , pour être porté à Jérusalem , pour aller et demeurer en Egypte , pour en revenir , pour se transporter au Jourdain afin d'être baptisé, au désert pour être tenté ; pour prêcher , pour ensuite mourir sur la Croix, et puis être relevé et consommé dans la gloire. Il nous faut, mon Père, suivre , ce me semble , sur ces traces Jésus-Christ notre modèle, par la grâce de son Enfance. »

Voilà ce qu'il écrivit à son Directeur sur ce

Mystère, que pour cela il préférait aux autres, comme il le témoigna à une personne : « Il faut pour une raison aller plutôt à l'Enfance de Notre-Seigneur qu'à sa Croix et à ses autres Mystères, parce qu'il s'est anéanti lui-même, comme dit le grand Apôtre, de son propre mouvement, et a choisi la Crèche, et non la Croix ; mais il a été conduit à la Croix par obéissance, pour nous apprendre à choisir de nous-mêmes l'anéantissement, et puis nous laisser mener comme des enfans dociles, en Egypte, au désert, à la croix et à la gloire. »

Outre ces solides lumières et ces belles connaissances qui regardent l'Enfance de Notre-Seigneur, il en eut encore d'autres touchant ces trois vertus, de Pureté, d'Innocence et de Simplicité, où consiste principalement l'esprit de ce Mystère, et qu'il produit dans une ame qui lui est liée. Il en fit un petit écrit qui commence ainsi : « J'ai vu mon ame dans un rempart d'innocence et sur le fondement de la mort, du néant et de la nudité, pour vivre en pureté divine avec le saint Enfant Jésus ; » mais parce qu'il n'est pas si intelligible, voici l'éclaircissement qu'il en donna à son Directeur :

« J'ai vu mon ame sur la situation de la mort, du néant, et de la nudité, c'est-à-dire, dans la purgation et dans le vide d'elle-même et de tout ce qui est créé. Quand l'ame est suspendue en un désert, où elle n'a plus ni vue de quoi que ce soit, ni aucun appui à rien, il me fut montré que Dieu la tire hautement à lui par un bout de corde du pur amour, qu'il lui jette du ciel, comme disait sainte Catherine de Gênes, et que cette corde était l'Enfant Jésus, en l'union duquel nous devons rendre à Dieu tous les usages d'une victime, qui en Pureté, en Innocence et en Simplicité se sacrifie et se consomme pour sa gloire.

» Il m'est donc montré très-souvent, et c'est mon fond, selon que je le peux dire avec toutes mes infidélités, que je ne devais plus agir que par la conduite de l'Enfant Jésus ; et ses opérations saintes et divines m'étaient proposées, son pur amour vers son Père, son sacrifice pour sa gloire et pour la destruction du péché, sa soumission à tous ses ordres qu'il voyait distinctement, qu'il attendait avec patience, et qu'il exécutait en leur temps, dans la Crèche, dans son séjour d'Egypte, dans sa vie cachée, dans ses travaux jusqu'à sa mort, comme ne faisant rien par son mouvement, mais tout par celui de Dieu. On me fait voir que c'est ainsi qu'il faut que j'agisse avec cette pureté d'esprit, pour la conservation de laquelle l'innocence et la simplicité m'ont été données, comme deux remparts qui la défendent.

» L'innocence m'est comme un rempart de la pureté, ou comme un cristal lumineux, au travers duquel on me dit que je devais voir les choses innocemment, c'est-à-dire, sans m'appliquer au mal, et sans que les vices et les désordres des hommes m'arrêtassent et me fissent impression, ni qu'il en demeurât rien dans mon esprit.

» Cette innocence porte à une grande bénignité et à une grande douceur envers le prochain, et elle m'est d'un secours incroyable dans mes occupations, à cause de tant de sortes de maux et de péchés, dont j'ai journellement la connaissance, et où il semble que Notre-Seigneur veuille

que je m'emploie pour y apporter quelque remède. L'innocence donc s'applique à tout ce qui
est devant moi, afin que la pureté ne soit point
troublée dans son opération, c'est-à-dire, dans
son regard vers Dieu.

» La simplicité est l'autre rempart de la pureté,
et agit sur le passé, séparant l'ame de toute
duplicité et de toute multiplicité, et lui ôtant
toutes les vues de ce que l'on a fait et de ce que
l'on a vu; ainsi, l'ame est comme enclose entre
deux remparts et entre deux murailles, dont
l'une la protége contre le présent et l'avenir, à
savoir l'innocence; et l'autre, qui est la simplicité, contre le passé.

» Bienheureux sont ceux qui sont appelés au
Mystère de l'Enfance de Notre-Seigneur, et à
connaître et goûter Dieu fait homme dans une
Crèche; ils y reçoivent sans doute de grands
dons et y trouvent une grâce inexprimable avec
la pénétration et la possession de la Pureté, de
l'Innocence et de la Simplicité de ce divin Enfant; de même que le temps de la naissance d'un
roi ou de son avénement à la couronne est plus
favorable pour demander et pour obtenir. »

C'est ainsi que cet homme de Dieu et cet enfant
de grâce expliquait ses sentimens touchant ces
trois vertus de la Pureté, de l'Innocence et de la
Simplicité; de sorte que la pureté regarde les
intentions et règne dans toutes les actions intérieures et extérieures pour n'y voir, n'y chercher que la seule gloire et les seuls intérêts de
Dieu.

Comme un enfant n'opère que par nature,
tellement que s'il regarde, s'il bégaie, s'il écoute,
s'il mange, s'il dort, il fait tout cela par prin-

cipe de nature pure, comme cause opérant ces
actions, et comme cause finale de ces actions ;
ainsi, un enfant de grâce, et de grâce de Jésus-
Christ, produit toutes ses œuvres par un mouvement de grâce, et pour une fin de grâce, à
savoir, pour la pure gloire de Dieu, sur le modèle de Notre - Seigneur Enfant, qui dans sa
Crèche se comportait de cette manière envers
Dieu son Père.

L'innocence et la simplicité sont deux puissans
secours donnés à la pureté pour la faire agir sans
empêchement : l'innocence la couvre contre toutes les choses qui se présentent et lui tient lieu
de boulevart et d'un cristal très-net, au travers
duquel l'ame regarde innocemment toutes les
choses, les vices, les méchancetés, les impuretés, les pompes, les vanités, les beautés et
tous les autres objets extérieurs.

Un enfant qui voit toutes les choses qui s'of-
frent à lui, d'un œil pur et innocent, d'une vue
dégagée, et d'un regard superficiel qui n'entre
point dans la malice des choses, n'en conserve
aucune image, après qu'il les a vues : un enfant
de grâce regarde et opère de même, s'appliquant
à toutes les choses innocemment sans recevoir
leurs impressions malignes ; ce qui lui est un
très-grand et très-nécessaire secours, pour,
dans la conversation qu'il a avec les hommes,
voir, examiner et traiter leurs maux sans en
rien prendre, et sans plus se souiller par le
contact des ordures, que les rayons du soleil
par celui du fumier,

La simplicité bannit toutes les multiplicités
embarrassantes, imparfaites et vicieuses pour
ne faire aucun retour de propre recherche, de

L *

vanité, de complaisance, de déplaisir, ni de tristesse sur ce que l'on a fait, sur ce que l'on a dit, sur ce que l'on a négocié, ni sur les louanges ou sur les blâmes qu'on a reçus, ni sur les péchés que l'on a vus ou appris, pour regratter après et remuer ces saletés : ainsi un enfant ne fait aucune réflexion sur les pompes qui ont passé devant ses yeux, ni sur les maux qu'il a vus, mais tout cela s'efface de son esprit, et rien n'y demeure.

Ainsi la pureté regarde Dieu directement, ne prétendant absolument que sa gloire, dans tout ce que l'homme fait. L'innocence arme et protége la pureté contre toutes les choses présentes, et la simplicité contre les choses passées, et elles lui servent comme de deux grands boulevarts et de deux fortes murailles, qui l'enferment au milieu d'elles ; afin que rien ne la souille, et qu'elle puisse opérer librement en tout.

C'est ainsi que M. de Renty agissait dans cette Pureté, cette Innocence et cette Simplicité ; et c'est ce noble et divin usage qu'il faisait de toutes choses, que nous avions entrepris de montrer, et que nous avons été contraints, pour le faire mieux entendre, d'expliquer un peu plus au long.

Tous doivent imiter ce procédé, s'ils désirent faire des progrès dans la vertu, et arriver à la perfection ; ceux surtout qui traitent avec le prochain et procurent son salut, afin de le procurer excellemment, et de n'en point recevoir de dommage.

QUATRIÈME PARTIE.

LES VERTUS QUI L'ONT ÉLEVÉ ET UNI A DIEU.

CHAPITRE PREMIER.

Son Intérieur, et son application à la très-sainte Trinité.

Quoique ce qui a été dit jusques ici des vertus héroïques et des actions illustres de M. de Renty, relatives à sa perfection propre, ou au bien du prochain, soit fort remarquable, comme il est aisé d'en juger si l'on veut y faire tant soit peu de réflexion; le principal pourtant et le plus admirable est ce qui reste, à savoir, l'état de son intérieur et sa communication avec Dieu.

Aussi David dit, que toute la gloire de la fille du Roi est au dedans; et le Saint Esprit, dans le Cantique, loue bien avec de magnifiques paroles, l'Epouse, avec la beauté de son visage et de tout son corps; mais il ajoute que ce qui est caché dans son intérieur et dans son ame, a bien d'autres attraits et d'autres charmes.

Comme la plus grande excellence de Notre-Seigneur ne consistait pas en son extérieur, ni en tout ce qu'il faisait ou pour lui ou pour les hommes, mais dans l'union intime qu'il avait avec Dieu, et dans les actions qu'il produisait dans son fond envers lui: de même notre perfection ne consiste point dans les bonnes œuvres qui paraissent, ni dans les exercices de charité, d'humilité, de pauvreté, ni des autres vertus qui

frappent les yeux ; mais à s'appliquer à Dieu
dans son intérieur et à s'unir à lui par les actes
des vertus, et particulièrement des trois vertus
Théologales. Elle consiste à l'honorer et à l'adorer dans le temple de l'ame, à lui faire des
sacrifices d'une vive foi sur l'autel de l'entende-
dement, et à lui offrir sur celui de la volonté
des holocaustes d'une parfaite espérance et d'un
amour embrasé. Elle se trouve dans l'assujettissement total de notre esprit au sien, et en
l'union de nos facultés avec lui, qui, par cette
union, vient à les purifier, à les sanctifier et à
les déifier ; comme par proportion il le fait aux
esprits bienheureux, dans le ciel, où la perfection est consommée.

C'est ainsi qu'en usait M. de Renty, qui pour
cela goûtait beaucoup ces paroles que saint
Paul écrit aux Romains : *Votre vie est cachée en
Dieu avec Jésus-Christ, sur le modèle duquel vous
vous occupez bien davantage et bien plus excellemment à l'intérieur qu'à l'extérieur.* Il écrivit
un jour à un de ses amis dans cette pensée :
« Il n'y a rien au monde de si séparé du monde,
que Dieu ; et plus les Saints sont saints, plus
ils sont retirés en lui. C'est ce que nous a appris
Jésus-Christ vivant sur la terre parmi les hommes : dans toutes ses occupations visibles, il
était toujours appliqué à Dieu, et retiré dans le
sein de son Père. »

Le soin principal de M. de Renty était de culti-
ver et de polir incessamment son ame, de l'unir
intimement à Dieu par les opérations de son entendement et de sa volonté, et de s'adonner de
toute sa force à cette vie secrète et divine de
foi, d'espérance, de charité, de religion, de mort

mystique, et d'un entier anéantissement de soi-
même.

Son attrait spécial, quelques années avant sa
mort, fut d'être appliqué au Mystère adorable
de la très-sainte Trinité, où tout doit enfin abou-
tir. « Je porte pour l'ordinaire en moi, dit-il
dans la déclaration qu'il donna de son état à son
Directeur, l'an 1645, une vérité expérimentale
et une plénitude de la présence de la très-sainte
Trinité.

Il lui écrivit dans une autre lettre : « Toutes
choses s'effacent de mon esprit à mesure qu'elles
sont faites ; rien n'y demeure que Dieu, par une
foi nue, qui me faisant m'abandonner à Notre-
Seigneur Jésus - Christ, me donne une force
et une grande confiance en Dieu Trinité, parce
que l'opération des trois Personnes divines m'y
est montrée avec distinction : l'amour du Père
qui nous réconcilie par son Fils, et le Père et le
Fils qui nous donnent vie par le Saint-Esprit,
lequel nous fait vivre en communion avec Jésus-
Christ, ce qui opère en nous une alliance merveilleuse avec la très-sainte Trinité, et produit
parfois dans les cœurs des sentimens inexpri-
mables. »

Il écrivit à une personne de confiance et fort
liée à ce Mystère : « Que le propre et le particulier effet de la grâce chrétienne est de nous
faire connaître Dieu en Trinité, nous unissant
au Fils, qui nous fait opérer par son Esprit. A
dire la vérité, nous sommes par le baptême
dédiés au culte de la très-sainte Trinité ; nous
sommes consacrés à sa gloire ; nous recevons
son impression et nous portons sa marque, pour
faire savoir et à nous et à toutes les créatures
que nous sommes à elle. »

Il écrivit à la même personne, l'an 1648, sur le même sujet : « La fête de la très-sainte Trinité me porte à vous écrire pour vous renouveler en l'honneur et en l'appartenance que nous avons vers cet incomparable Mystère. Je joins mon cœur au vôtre, pour révérer ce que je ne peux exprimer ; amollissons-nous de reconnaissance, et fortifions-nous en la vertu de la foi, pour être par Jésus-Christ consommés dans ce Mystère adorable ; choses infinies à dire, que notre cœur ressent de la latitude de la grâce, mais qui ne se peuvent exprimer. Adorons Dieu, adorons Jésus-Christ, adorons le Saint-Esprit, qui nous fait connaître l'œuvre d'amour et de miséricorde des divines personnes en nous, et faisons-en usage. »

Il déclara la même année positivement, que son état et son application unique pour lors était à la très-sainte Trinité ; que son ame était très-intimement liée aux trois Personnes divines, de qui il recevait des clartés qui surpassaient l'intelligence humaine ; qu'il vivait perpétuellement retiré et renfermé avec le Fils de Dieu dans le sein du Père, où ce Fils divin était sa vie, sa lumière et son amour ; et le Saint-Esprit sa conduite, sa sanctification et sa perfection ; qu'il portait en lui le royaume de Dieu, qu'il expliquait par rapport à celui dont jouissent les Esprits bienheureux dans le ciel, à cause de la vue et de la connaissance surnaturelle de la très-sainte Trinité qui lui était communiquée, et du pur amour dont il se sentait brûler et qui le transformait en Dieu, en qui il possédait une joie et une paix qui allait au-delà de tout sentiment.

Qu'en cet état il avait conformité au Fils de Dieu, dans la liaison et le mélange de béatitude et de souffrance qu'il avait porté ici-bas, et qu'il accomplissait par son divin Esprit en lui tous les Mystères de sa vie voyagère, le rendant continuellement une hostie à la très-sainte Trinité, qui aspirait à la résurrection et à la consommation entière dans la gloire. Telle était, envers la très-sainte Trinité, la disposition de ce saint homme. Il y passa ses dernières années et y mourut, achevant ainsi son sacrifice : aussi disait-il que quand on y était appelé, il y fallait demeurer et ne plus changer.

Etant conduit de cette façon et marchant par ce chemin, il fit de très-grands progrès à la plus haute perfection où l'on puisse atteindre en cette vie, et chaque personne divine fit en lui des impressions admirables de grâce, le marquant de son propre caractère, qui le sanctifièrent d'une très-excellente manière.

Le Père le tenait retiré et recueilli dans son sein, où il lui fit grande part de cette inclination infinie qu'il a de se communiquer, et de sa fécondité divine pour engendrer des enfans, non selon la chair et le sang, mais selon l'esprit, et alluma dans son cœur un amour de Père et de Mère envers tous les hommes, d'où a découlé pour eux cette charité extraordinaire que nous avons vue.

Le Fils le rendit une naïve image de Dieu par l'expression et la ressemblance de ses perfections ; il lui donna un esprit filial pour s'acquitter envers lui de tous les devoirs de révérence, de croyance, de confiance, d'amour et d'obéissance d'un bon fils envers son père, et le mit en état que Dieu lui parlât intérieurement, et produisît en lui son Verbe accompagné de cette puissante force, dont parle saint Paul, pour toucher les ames, et pour opérer de grands effets de salut en elles.

Le Saint-Esprit, l'amour infiniment pur du Père au Fils et du Fils au Père, le nettoya des impuretés de l'amour-propre et de toutes les recherches de soi-même, et l'embrasa d'un amour parfait envers Dieu ; il lui apprit à spiritualiser toutes les choses matérielles, à sanctifier les indifférentes, à tirer du bien des mauvaises et à mener une vie d'esprit à l'exemple de Notre-Seigneur. Ainsi, l'an 1647, il manda à son Directeur : « La bonté divine fait en moi ce que je ne saurais dire ; je possède la très-sainte Trinité, et je sens distinctement les opérations des trois divines Personnes. »

CHAPITRE II.

Sa Foi.

Pour venir au détail de cette vie d'esprit, nous commencerons par la Foi, qui est la première des vertus théologales ; la première vie de l'ame, comme Guillaume de Paris la nomme, et le premier pas, selon saint Paul, que doit faire celui qui veut aller à Dieu.

M. de Renty s'était étudié avec un soin très-particulier de faire un grand fonds de cette vertu, sachant qu'elle est d'une conséquence incroyable dans la vie spirituelle, et que toutes les autres vertus dépendent d'elle, comme de leur racine, de leur règle et de leur mesure : « Ah ! qu'il fait bon vivre de la foi, écrivait-il à une personne ;

j'en connais la grâce de jour en jour. Ceux qui sont établis dans cette vie, qui est la vie du juste, ainsi que dit l'Apôtre, s'affermissent enfin au comble de leur perfection et ressentent les prémices de la gloire. »

Il possédait cette vertu à un si haut degré, qu'il était plus persuadé de la présence de Dieu et de la vérité de nos Mystères, que de la lumière du soleil. Il vivait de la foi ; c'était la voie par laquelle il marchait, et ensuite il opérait tout par son esprit ; il regardait toutes choses avec ses yeux, qui ne s'arrêtent point à l'extérieur comme ceux du corps, mais qui pénètrent jusques au dedans, et ne considèrent pas une chose selon son être présent, passager, ni dans l'ordre de la nature, mais selon son être futur et éternel, et par rapport à la grâce et à la gloire, puisqu'elle ne regarde rien que comme des moyens de notre salut.

Il faisait de même toutes ses œuvres avec les mains de la foi, qui sont fort robustes, bienfaisantes, et qui touchent aussi et même plus volontiers les ordures et les ulcères des pauvres, que les mains les plus délicates ne manient le satin et le velours. « La foi pure et vigoureuse de nos premiers chrétiens, disait-il, leur faisait faire sans toute notre habileté, qui vient souvent du déchet de notre foi, les actions héroïques qui nous tiennent maintenant en admiration : ils vivaient certainement de foi, sans forme et sans composition de leur propre esprit, en grande simplicité, efficacité et vérité. »

Etant fortifié de cette foi, il disait qu'il n'avait point de peine quand Notre-Seigneur le délaissait sensiblement et lui envoyait des sécheresses ; attribuant au défaut de cette vertu les inquiétudes et les impatiences , qu'on ressent dans ces états de privations. Je remarque à ce sujet, dans une de ses lettres , ce qui suit : » On trouve rarement des personnes d'Oraison , qui supportent bien les abandonnemens inté-rieurs , et qui demeurent quelque temps à atten-dre à la porte du sensible et de la lumière sans y entrer, qui ne se fatiguent point, qui ne re-gardent point de côté et d'autre et n'agissent pas d'eux-mêmes pour se les procurer, cherchant quelque appui outre la foi, qui seule devrait suffire à l'homme spirituel. Le sensible de Dieu est un supplément à notre peu de foi ; mais le Juste doit vivre de foi et se soutenir sur ce fonde-ment stable , sans s'impatienter, dans l'attente de son Seigneur. Notre mal vient de ce que nous sommes gens de peu de foi pour connaître les choses dans sa lumière, quoique nous ne fassions que trop les connaisseurs. »...

Il écrivit à une personne dans le même senti-ment, au sujet de la foi du Centenier : « Qui se trouvera avoir de la foi comme ce Centenier ? hélas ! qu'il confondra de spirituels d'aujour-d'hui , qui assez habitués à parler de la foi , n'en ont que le bruit, mais rarement la vérité et les effets ! O qu'il y a peu de personnes qui veuillent supporter des peines d'esprit ou de corps dans la nudité de la foi , et qui en simpli-cité cherchent les remèdes devant Dieu , prenant patience si le soulagement ne vient pas aussitôt qu'ils le désirent. Presque tous voudraient que Jésus-Christ leur fût sensible et qu'il descendît dans leurs maisons pour guérir leurs inquiétudes : à moins de quelque signe sensible , l'esprit court et va de tous côtés, cherchant son repos qu'il ne trouve pas, parce qu'il ne peut être en son action, mais seulement en son sacrifice en foi, qui attire l'esprit de Jésus-Christ, lequel nous est force et vie au milieu des troubles et de la mort. Le centenier est confus d'entendre que Jésus-Christ veut descendre dans sa maison ; sa foi prévaut par-dessus ces signes sensibles, d'où il est qualifié homme de foi ; on nous le propose pour modèle. »

Animé de cet esprit parfaitement fidèle, il ne faisait aucun fond et ne prenait aucun appui sur tout ce qui lui venait par les voies extraordinaires, et ne s'arrêtait ni aux visions, ni aux révélations, ni aux paroles intérieures, ni aux miracles, mais uniquement à la foi pure et nue, ne voulant qu'elle seule pour aller à Dieu.

Il manda ce qui suit à son directeur, sur un sujet qui était de conséquence pour lui : « Je vous envoie un papier, que cette personne de haute vertu, que vous savez, me donna lorsque je la vis il y a environ trois mois, et qu'elle me gardait, ne l'ayant osé confier à personne. Ce qui me fait autant expérimenter Dieu en elle, c'est qu'elle ne m'a jamais rien dit que je n'y aie été disposé auparavant dans mon intérieur, et c'est comme le sceau qui confirme les premiers établissemens de la chose, sans toutefois que l'on fasse fond de certitude sur telles choses : car il faut l'anéantissement à leur regard et à toute réflexion pour suivre sans recherche, en simplicité et en foi, ce que Notre-Seigneur fait à l'ame dans le temps présent, soit sur ceci, soit sur cela. »

Allant à Beaune où était la sœur Marguerite du Saint-Sacrement, de laquelle nous avons fait

mention ci-dessus, très-digne d'être visitée pour
les merveilles que Dieu opérait en elle, il dit
qu'il ne demanderait ni de la voir, ni de lui parler ; que si Notre-Seigneur lui faisait connaître
que c'était sa volonté, il lui parlerait ; qu'autrement il n'en chercherait pas l'occasion.

Comme il était à Dijon au temps qu'on montrait la sainte Hostie (*), il ne s'approcha point
pour la voir, disant à ceux qui l'en pressaient,
qu'il n'avait pas besoin de voir pour croire, et
qu'il en croyait plus que ses yeux ne lui en pouvaient montrer.

Voilà la foi de cet homme de Dieu ; c'est avec
ses yeux qu'il regardait toutes les choses, et
avec ses mains qu'il faisait toutes ses actions, et
qu'ensuite il est monté au comble des vertus,
nous apprenant par son exemple le chemin que
nous devons tenir pour y arriver.

En effet le chemin assuré et le plus court pour
devenir très-vertueux, et atteindre au sommet
de la perfection, c'est de croire très-fermement
les vérités de notre religion, et d'en être parfaitement persuadé : comme au contraire, la source
d'où découlent tous nos péchés, tous nos vices,
et universellement tous les maux du christianisme, c'est la faiblesse de notre foi, c'est que nous
ne sommes point convaincus de nos Mystères,
et que nous ne nous conduisons pas dans nos
actions par les règles de la foi. Notre-Seigneur
disait pour cela : *Noli timere, tantummodò crede.*
Ne crains point, crois seulement : si tu crois vivement, tu seras délivré de tous tes maux et
comblé de tous les biens.

(*) L'Hostie miraculeuse envoyée, en 1430, par le Pape
Eugène IV, à Philippe le Bon.

CHAPITRE III.

Son Espérance.

Une grande Foi produit par une certaine nécessité morale une grande Espérance et une grande Charité. Il ne faut que bien croire ce que Dieu est en lui-même, et ce qu'il nous est, pour nous confier parfaitement à lui et l'aimer ardemment. Comme M. de Renty était établi dans une foi très-ferme en Dieu, ainsi que nous venons de le dire, il avait aussi une confiance inébranlable en lui, et un amour embrasé pour lui.

Sa confiance était appuyée sur la connaissance qu'il avait de la puissance, de la bonté, de la miséricorde et de la libéralité de Dieu, et des mérites infinis de Notre-Seigneur. S'affermissant sur ces bases, il espérait tout, et pensait pouvoir tout. Se considérant lui-même, il disait qu'il ne pouvait aucune chose quelque petite qu'elle fût : jetant sa vue sur Dieu, il assurait que rien ne lui était impossible ; et ainsi la défiance qu'il avait de lui-même et son humilité n'étaient ni lâches, ni abattues, mais courageuses et magnanimes, comme aussi elles le doivent être pour entreprendre avec un dégagement entier de soi, tout ce qui est nécessaire.

Il écrivit à une personne sur ces deux points, qui doivent tenir notre balance en justesse devant Dieu : « La défiance que vous portez de vous, me fait faire attention sur le bien de cet état, et sur le fond que l'église veut que nous en conservions, mettant au commencement de toutes les

Heures de l'Office Divin ce verset : *Deus , in ad-jutorium meum intende : Domine , ad adjuvandum me festina ;* il semble par-là que l'ame soit tou-jours sur le bord du précipice , sans soutien, et que l'on crie miséricorde pour être préservé de la chute.

« En effet cela est , et nous tomberions sans cesse , si sans cesse nous n'étions secourus : et comme l'Office est divisé pour les sept parties du jour , et que le nombre de sept comprend tous les temps , parce qu'il comprend les semaines , et que le monde a été fait sous ce nombre , l'é-glise nous apprend par-là , que nous devons avoir ce fond de défiance de nous-mêmes , et attendre avec confiance tout notre secours de Dieu. »

Il avait en Dieu une si haute espérance, qu'en toutes ses affaires il ne s'appuyait ni sur sa pru-dence , ni sur sa conduite , ni sur son crédit , ni sur ses soins , ni sur toute la prévoyance et toutes les inventions humaines , mais unique-ment sur Dieu ; disant qu'il faut , après avoir fait de notre côté avec défiance de nous-mêmes ce que nous devons , attendre tout de lui , et l'attendre en son temps , sans presser les cho-ses ni se trop empresser. Il manda à une per-sonne : « Pour mes enfans , je les mets entre les mains du Saint Enfant Jésus ; je ne détermine rien, et je ne sais pas ce qui se fera demain, mais il me donne une grande confiance en sa protec-tion , qui me rend aveugle, et sans rien vouloir, et néanmoins prêt à tout vouloir. »

Avec cette parfaite confiance il ne craignait rien, il était assuré, résolu contre tout et en tou-tes sortes de rencontres , il allait hardiment en tous lieux et en tout temps, par les villes et aux champs, de jour et de nuit, traversant les bois et les forêts où l'on courait risque des voleurs et d'autres dangers, sans peur et sans autre défense que celle que lui donnaient son espérance en Dieu et l'appui en sa protection ; tellement qu'il avait comme surmonté toutes les frayeurs dont la nature est attaquée et saisie dans les hasards et dans les accidens fâcheux et subits, et qu'on pouvait l'appeler le chrétien sans peur. A dire vrai, un chrétien ne devrait avoir peur que du péché, parce qu'il n'y a que le péché qui lui puisse nuire et le mettre mal avec Dieu : tout le reste lui est avantageux, s'il en fait bon usage.

Un échafaudage, sur lequel il était monté, en faisant bâtir, étant tombé sous lui et sous quelques ouvriers, dont quelques-uns furent grièvement blessés, on ne le vit pas étonné de sa chute, ni plus ému qu'auparavant : son esprit demeura immobile et conserva inviolablement sa même assiette, parce qu'il était établi en Dieu qui est immuable.

Un de ses amis lui disant un jour qu'il appréhendait de sortir le soir sans épée dans Paris, et qu'il eût bien désiré de se défaire de cette appréhension, mais qu'il craignait de se trouver la nuit sans défense s'il était attaqué, et qu'il le priait de lui donner conseil là-dessus sur ce qu'il avait à faire : M. de Renty, qui depuis long-temps ne portait plus d'épée, lui répondit : « Suivez en cela l'inspiration que Dieu vous donnera lorsque vous l'aurez prié, et souvenez-vous qu'il nous assiste selon notre confiance. »

On trouve dans une de ses lettres adressées à

son directeur : « Ayant confiance, foi et amour, je ne crains ni diable, ni enfer, ni aucune des inventions des hommes ; et je ne pense ni au ciel ni à la terre, mais à faire en tout et partout la volonté de Dieu. »

On lui a vu faire des actions admirables de cette vertu dans les sécheresses intérieures où Dieu le tenait parfois. « C'est dans le délaissement et la privation du sensible de la grâce, manda-t-il à une personne, que se trouve l'abandon héroïque de nous en Dieu, comme l'espoir au milieu même du désespoir. Soyons enfans du véritable Abraham : Isaac ne mourra point, quoiqu'il semble déjà égorgé ; et s'il arrive que le vrai Isaac soit enfin crucifié, c'est pour de nos croix et de notre mort nous donner la vraie vie. »

Il écrivit à son directeur : « J'ai une forte vue de l'extrême besoin que j'ai de Jésus-Christ ; je le vois dans les richesses, et moi dans ma pauvreté ; je le vois dans sa force, et moi dans mes faiblesses ; et mon esprit, plein de respect à l'impression de ces paroles, *Quid est homo, quod memor es ejus ?* se confie dans un abandon total de sa bonté.

» Ces paroles *longanimiter ferens*, depuis longtemps me sont venues souvent à l'esprit, sans que je susse d'où elles sont tirées, ni ce qu'elles signifient, sinon qu'il me faut porter avec longanimité l'attente et la venue de Notre-Seigneur, sans m'avancer de moi-même par recherche ni par action propre, hors celle du respect et de la fidélité à lui demander sa grâce, et de l'espérance en lui ; mais il y a quelques jours que prenant mon Nouveau Testament, je tombai à livre ou-

vert sur le Chapitre 6 aux Hébreux où l'Apôtre
parle de la foi et de la patience , qui nous don-
neront l'effet des promesses de Dieu , *qui fide et
patientiâ hæreditabunt promissiones.* Il apporte
pour preuve l'exemple d'Abraham , et dit : *Et
sic longanimiter ferens adeptus est repromissionem.*
Cette rencontre me toucha le cœur , et ma langueur se trouva consolée avec un autre passage
de saint Jacques, qui se présenta à mes yeux
presque en même temps : *Patientes igitur estote,
fratres, usquè ad adventum Domini : eccè agricola
exspectat pretiosum fructum terræ patienter ferens.*
Je suis ainsi en paix sur les bases de l'abandon
en confiance. »

Comme cette excellente vertu donne infailliblement à l'ame qui la possède en perfection , un
profond repos , une solide joie , un grand courage, une haute élévation au-dessus de toutes les
choses de la terre , et un généreux mépris de tout
ce que le monde estime et désire ; avec un avant
goût délicieux des plaisirs de la félicité éternelle ;
ainsi qu'il est bien aisé à qui espère de jouir
bientôt d'un riche royaume , de mépriser une
botte de paille ; elle communiqua abondamment
tous ces trésors à cet excellent homme , et lui
imprima tous ces nobles sentimens qui le portè-
rent à encourager de toute sa force les ames à
cette vertu, connaissant par expérience les biens
inestimables qu'elle produit ; que c'est notre
lénitif dans tous nos maux , notre bâton et notre
soutien dans nos faiblesses , et notre port assuré
dans nos tempêtes. Et il avertissait sagement ,
que Dieu , pour nous la faire acquérir et nous
y affermir, nous expose à des tentations et à des
épreuves, afin de nous mettre dans la nécessité

d'avoir recours à lui et de lui demander son aide, et de l'attendre avec confiance.

Il donna cette instruction sur ce sujet à une personne à l'occasion de l'épouvante qu'eurent les Apôtres, en voyant marcher sur les eaux Notre-Seigneur qu'ils prenaient pour un fantôme : « Pensez-vous que ce fût sans une particulière providence, que Notre-Seigneur laissa aller ses Apôtres seuls dans une nacelle, et permit qu'il s'élevât un vent contraire ? Qui ne sait que c'est ainsi qu'il forme les ames des fidèles par ses absences et par des épreuves ; qu'ensuite, venant à montrer son pouvoir sur la mer et sur les orages, il vivifie notre foi, se faisant connaître pour le Messie et le vrai Libérateur du monde ?

» Mais remarquez qu'il y a quantité de personnes, qui dans leurs peines tiennent beaucoup de la frayeur qu'eurent les apôtres, en voyant Notre-Seigneur marcher sur les eaux : tout leur fait peur, le vent, les vagues, Jésus-Christ même, c'est-à-dire, leurs agitations d'esprit, leurs retours, et aussi les conseils qu'on leur donne pour les en retirer et les affermir en Jésus-Christ devant Dieu ; tout cela leur paraît un fantôme qui les épouvante, si Jésus-Christ ne se manifeste davantage à eux, et ne les fortifie.

Manquerons-nous toujours de confiance, pour croire Jésus-Christ un fantôme ? n'irons-nous point à lui pour tous nos besoins, comme à notre seul libérateur ? On lui portait autrefois les malades corporels, et il les guérissait : est-il venu pour être plutôt médecin des corps, que des ames ? notre peu de foi, notre peu d'amour et notre peu de confiance sont la cause de nos langueurs et des lassitudes inutiles de nos esprits : ainsi allons droit à Jésus-Christ avec confiance.

CHAPITRE IV.

Son Amour envers Dieu.

Comme l'amour de Dieu est sans contredit la plus excellente et la plus parfaite de toutes les vertus, et celle qui principalement et par-dessus toutes fait les Saints, nous ne pouvons douter que ce saint homme ne l'ait possédé à un éminent degré, et qu'il n'ait aimé Dieu de tout son cœur. Il fondait cet amour sur les perfections infinies et sur les bienfaits de Dieu, et voici ce qu'il en écrivit, l'an 1648, à son directeur, et en quoi il faisait consister cette Reine des vertus.

« Le Seigneur rayonne, de fois à autre, dans mon ame avec ses lumières, qui la vivifient en lui; elles sont de tant de manières, et ce qui se fait en de petits momens demanderait tant de temps et tant d'étendue pour être exprimé, que je n'ose l'entreprendre. Le tout se rapporte à un qui est la charité de Dieu en Jésus-Christ, sa communication de lui à nous par l'Incarnation de son Verbe, et celle de nous à lui par le même Verbe rendu notre frère conversant avec nous et faisant société de nous avec lui, pour n'être qu'un en lui, et expérimenter quelle est la charité de Dieu envers nous.

» Je ne connais et je ne ressens que charité en tout ce que je lis dans les saintes lettres, et je vois clairement que le dessein et la fin du christianisme n'est que charité, *finis autem præcepti est charitas de corde puro*, mais qu'elle s'acquiert par la foi en Jésus-Christ, comme l'apô-

M 2

tre le dit ensuite, *fide non fictâ*, qui nous lie et nous unit à lui pour sacrifier à la Divinité nos ames et nos corps dans son esprit, lequel nous conduit à la fin parfaite des préceptes et nous livre à Dieu, et Dieu à nous, en charité et très-chère unité inexplicable ; qu'il en soit béni à jamais ! Amen.

» Mon esprit a été ce matin éclairé d'une lumière sur ces paroles, Que nous sommes au monde pour connaître, pour aimer et servir Dieu ; elle m'a fait voir que le vrai effet de la connaissance de Dieu doit être de nous anéantir devant lui ; parce que cette connaissance venant à nous découvrir une Majesté infinie, l'ame s'abaisse et s'anéantit par un grand sentiment de crainte et de respect, à proportion qu'elle la découvre ; et voilà le premier pas de cet état.

» La charité de Dieu, qui a paru lorsqu'il nous a donné son Fils, commence à nous toucher d'amour ; ce qui fait que si la vue de la grandeur de Dieu nous retient en crainte, son amour en Jésus-Christ nous dilate et nous élève, et nous l'aimons en lui ; ce qui nous porte à concevoir toutes sortes de bons désirs selon que son esprit nous anime ; c'est le second pas.

» Mais le troisième est de le servir, c'est-à-dire, de mettre cet amour en pratique par de bonnes œuvres, car les désirs sont les fleurs, et les œuvres sont les fruits. J'aurais beaucoup à dire s'il fallait que je dévelopasse ceci comme je le sens ; parce qu'on trouve tout en Tout, qui est Dieu connu par Jésus-Christ, et aimé et servi par son Esprit. Ce divin Seigneur fait une société et un royaume de nos ames pour y régner dans une charité inconcevable et éternelle. »

Ecrivant à une autre personne, il lui manda : « Je bénis Notre-Seigneur de ce qu'il vous dispose à vous abandonner vous-même ; c'est pour vous mener à la pureté de son amour, qui sans cela ne peut être pur : car il faut savoir que notre amour vers Dieu ne consiste pas à recevoir beaucoup de dons et de grâces de lui, mais à renoncer beaucoup à soi, à s'oublier et à souffrir pour lui, et cela constamment et courageusement. » C'est ainsi qu'il expliquait la nature de l'amour de Dieu.

En effet, on n'a jamais dit que l'amour consiste à recevoir, mais à donner. Plus on donne, et des choses grandes et de grand prix, plus on aime ; l'amour porte celui qui aime selon la mesure de sa flamme à penser à la personne aimée, à vouloir ce qu'elle veut, à rechercher ses intérêts, à procurer sa gloire, à faire tout ce qu'il sait lui pouvoir donner du contentement, et à avoir une appréhension extrême de l'offenser.

Comme M. de Renty était tout brûlant de l'amour de Dieu, il ressentait parfaitement ces effets : toutes ses pensées, toutes ses paroles, et toutes ses actions, étaient des productions de cet amour : car quoiqu'il fît des œuvres des autres vertus, elles avaient pourtant leur origine dans la fournaise de la charité, qui en était le principe, le motif et la fin ; ce qu'il a souvent témoigné à des personnes de confiance, et avec des paroles si embrasées, qu'elles étaient capables d'échauffer les cœurs les plus glacés.

J'ai remarqué, dit une de ces personnes, que ce feu divin était parfois si ardent en son ame, que les flammes en paraissaient sur son extérieur ; et il m'a dit que lorsqu'il prononçait le

nom de Dieu, il goûtait sur ses lévres une douceur qui ne se peut expliquer, et qu'il était tout
pénétré de suavités célestes. Il écrivit à une autre,
il y a neuf à dix ans, qu'il ne pouvait lui cacher
qu'il ressentait un feu dans son cœur qui le brûlait et le consumait sans cesse.

Une autre assure l'avoir vu très-souvent tellement embrasé de l'amour de Dieu, qu'il était
comme hors de lui, et qu'il lui disait, dans ses
transports, qu'il eût voulu se pouvoir jeter dans
un feu pour témoigner à Dieu son amour. Il termine en ces termes une de ses lettres à une autre
de ces personnes : « Il faut que je me taise ; mais
si je cesse de parler, le feu qui me consume
ne reposera pas pourtant ; brûlons donc, brûlons
et brûlons en tout et partout pour Dieu, Puisque nous ne sommes que par lui, pourquoi ne
vivrons-nous pas pour lui ? Je le dis hautement,
et ma gloire serait de le confirmer par mon
sang : Je vous parle avec franchise. »

Ecrivant encore à une autre personne, il lui
mande : » Je ne sais pourquoi vous insérez dans
votre lettre ces paroles : *Deus meus et omnia*, Mon
Dieu et mon tout ; mais vous me portez à vous
dire, ainsi qu'à toutes les créatures : *Mon Dieu et
mon tout, mon Dieu et mon tout, mon Dieu et mon
tout.* Si vous les prenez pour votre devise et me les
envoyez pour m'exprimer la plénitude de votre
cœur, puis-je me taire à cette communication que
vous me faites, et ne pas épancher ce que je sens ?
Sachez donc, que *Deus meus et omnia* ; et si vous
en doutez, je vous en écrirai piutôt une centaine ;
je ne dis rien de plus, car tout est superfluité à
qui a la pénétration de *Deus meus et omnia* ; Mon
Dieu et mon tout. Je vous y laisse donc en toute

jubilation , et vous conjure de demander pour moi la solide grâce de ces saintes paroles. »

Transporté de cet amour de Dieu , il avait un zèle incroyable de son honneur, qu'il a procuré et avancé de mille et mille manières connues en partie par ce que nous avons dit ; et en partie inconnues, ou parce qu'elles ont été purement spirituelles, ou parce qu'il les a cachées même à ses plus intimes confidens.

Il écrivit à ce sujet ce qui suit à son Directeur, le 23 mars 1641 : « Un jour porté d'un grand désir d'être tout à Dieu, je lui offrais tout ce qui se peut et tout ce qui ne se peut pas ; je lui eusse volontiers donné des cieux et des mondes si je les eusse eus , et d'autre part je désirais d'être au-dessous de tous les hommes, et au plus bas état possible, et même, soutenu par sa grâce, de souffrir avec les démons les peines éternelles, s'il en eût été plus glorifié. En cette disposition de tranquille ferveur, il n'y a sorte de martyre, sorte de grandeur ni de petitesse, d'ornement ni de dépouillement, qui ne passe par l'esprit, et que l'ame n'accepte pour rendre à Dieu de l'honneur. On voudrait être roi pour tout régir, et le dernier des pauvres et des misérables pour tout souffrir , et cela hors de raison par excès de raison. On ne saurait comprendre comment en si peu de temps on voit tant de choses différentes, et il faudrait un fort grand discours pour en éclaircir une seule circonstance. Ce que je pus faire en cet état, ce fut de donner à Dieu ma liberté, écrivant sur un papier le don que je lui en faisais, et le signant de mon sang. »

Voilà le zèle dont cet homme parfait brûlait pour glorifier Dieu : mais la conformité à la volonté de Dieu, marque infaillible de l'amour, était en lui merveilleuse. Les personnes qui l'ont connu tout-à-fait, rapportent que l'union intime de sa volonté à celle de Dieu, était une de ses grâces singulières et sa voie; et il a témoigné lui-même qu'il avait toujours été en cette sainte disposition, quoiqu'il y ait été appliqué plus spécialement durant quelques années, pendant lesquelles il faisait voir évidemment, que l'objet et la fin de toutes ses actions était la volonté divine, dans laquelle la sienne était absolument perdue.

Il écrivit à une personne sur la maladie et la mort de madame de la Châtre, avec laquelle il avait, comme nous avons dit, de grandes liaisons de grâce. « Je vous dirai qu'étant éloigné de madame de la Châtre, je ressentais sa peine; car je savais qu'elle souffrait beaucoup : mais l'ordre de mon Dieu est mon désir; et lorsqu'il m'est signifié, il me fait la grâce que je m'y rende. J'appris sa mort, en entrant dans Paris; je me donnai alors pleinement à Dieu, dont j'attendais de connaître la volonté pour la suivre. »

Il manda une autre fois à son Directeur : « Depuis trois semaines j'ai été retenu par une fièvre, par une fluxion et par une faiblesse; mon état en tout cela n'a été qu'une simple suite et adhérence à ce que Dieu voulait et faisait. Je ne vois rien de particulier et de notable à vous écrire, sinon que j'ai le cœur tourné à des tribulations qui me doivent arriver. Je désire tout ce qui est de l'ordre de Dieu, et je le demande. »

Nous avons dit que l'an 1641, il lui mourut un de ses enfans, qu'il aimait beaucoup. Quand on lui en apporta la nouvelle, il ne dit pas une parole et ne témoigna rien que sa soumission aux ordres de Dieu, agréant dans une parfaite complaisance qu'il eût ainsi disposé de cet enfant, et lui eût envoyé cette perte.

Sur la fin de l'année 1643, madame son épouse fut très-grièvement malade et pensa mourir ; lorsqu'elle fut abandonnée des médecins, qu'elle eut perdu la parole et l'usage des sens ; et qu'on croyait qu'elle allait rendre l'ame, M. de Renty, dans la vive douleur que cette séparation lui causait, et avec grand sujet, fit paraître une conformité très-parfaite à la volonté de Dieu, et il alla même jusqu'à dire : « Je ne peux pas nier que la nature ne ressente en moi une grande douleur de cette perte ; mais mon esprit est rempli de tant de joie de me voir en état de donner et de sacrifier à Dieu une chose qui m'est si chère, que si la bienséance ne m'empêchait, je la ferais éclater au-dehors, et j'en donnerais des témoignages publics. »

C'est ainsi qu'il montra que la volonté de Dieu était tellement la sienne, que non-seulement il voulait ce que Dieu voulait, quoique très-difficile, mais qu'il le voulait encore comme Dieu le veut, c'est-à-dire, avec plaisir : d'autant que Dieu ne veut et ne fait pas simplement les choses, mais il les veut et les fait avec une joie infinie, parce qu'il est infiniment bienheureux ; Dieu rendit la santé à la malade, ayant égard, comme il y a beaucoup d'apparence, à cette action héroïque qu'exerça son serviteur, et encore plus au vœu qu'il fit à Notre-Dame pour l'obtenir.

Sa conformité à la volonté de Dieu ne se bornait pas à cela ; mais elle allait encore plus loin, et parvenait jusques aux choses plus délicates qui regardaient son salut et sa perfection, qu'il ne

M *

désirait que dans la volonté de Dieu : car quoiqu'il aspirât ardemment à la sainteté, et que
pour y arriver il travaillât avec un courage, avec
une ferveur et une diligence qui ne se peuvent
dire, c'était toutefois dans un abandon entier
aux desseins de Dieu sur lui.

S'ouvrant à son Directeur sur ce sujet, il lui
écrivit : « L'état que je porte est une adhérence
de ma volonté à tout ce que Dieu veut de moi,
que je sens dans le fond de mon esprit ; j'ai été
en de grands délaissemens intérieurs, excepté
certains instans, où tout est ouvert, et où l'ame se
donne et se livre à Dieu dans des manières inexplicables, et d'où elle demeure affermie, pleine
de certitude et de vérités, lesquelles ne s'effacent pas, quoiqu'elles ne soient pas autrement
développées. »

Ayant écrit et signé de son sang le don de sa
liberté, dont nous avons parlé, il manda au
même : « Depuis ce temps une conformité à la
volonté de Dieu m'a été donnée telle, que comme
je vois tout régir par sa main, je prends aussi
tout de cette divine main. » Et il écrit à une autre
personne fort intime : « La personne, (c'est-à-dire
lui, parce qu'il parle de lui,) a ressenti depuis
une conformité si grande à la volonté de Dieu,
qu'elle ne peut vouloir que ce que Dieu veut, et
qu'elle ne sait comment on peut vouloir autre
chose. Cela porte à aller tout droit et tout court. »

Dans cette disposition il ne regardait jamais les
choses en elles-mêmes, mais toujours dans la
volonté de Dieu, et c'était un des principaux avis
qu'il donnait pour parvenir à la perfection. « Il
faut, disait-il, que l'ame s'abandonne à Dieu,
et qu'elle aille en simplicité dans ses actions, ne

s'appliquant pas aux choses pour les choses ; mais parce que c'est l'ordre de Dieu : ainsi elle ne demeure point liée aux choses, mais à Dieu, à qui elle obéit et qu'elle honore en tout. »

De cette parfaite conformité à la volonté divine naissait la tranquillité admirable intérieure et extérieure qui paraissait en lui ; et de cette source découlaient ces torrens de paix et de profond repos qu'il possédait en tout jusques à un tel point, que dans les rencontres les plus surprenantes, son cœur ni son esprit n'en étaient point altérés, et même ses facultés inférieures et son corps n'en recevaient aucune émotion ; il en est lui-même convenu.

Il m'écrivit un jour : « Je ne comprends pas ce que l'on appelle mortification, si l'on vit dans cet état de conformité, parce que n'y ayant plus de résistance en l'esprit, il n'y a plus de mortification. Qui ne veut que ce que Dieu veut, est toujours content, quoi qu'il lui arrive.

CHAPITRE V.

Son respect envers Dieu, qui produisait en lui une admirable Pureté de conscience.

Une des plus excellentes dispositions de l'ame dans la vie intérieure est celle d'un grand respect pour la présence de Dieu ; comme les saintes lettres disent des Anges, qui s'abîment et s'anéantissent de respect devant sa divine majesté. M. de Renty était extrêmement touché de ce noble sentiment, et parlait à Dieu avec un si profond respect, qu'il passait jusques au tremblement.

. La considération de la grandeur de Dieu le tenait dans un abaissement inexplicable, et le faisait
souvent aller, lorsqu'il était à la campagne, tête
nue, à l'ardeur du soleil, et à toutes les intempéries de l'air. Une personne de confiance lui
ayant demandé d'où lui venait ce grand respect
qu'il portait à Dieu en tout temps et en tous
lieux, et quelque occupation qu'il eût, il répondit que la vue de sa grandeur, qui partout lui
était présente, produisait partout en lui cet effet,
et le tenait dans le respect et dans le sentiment
d'une extrême petitesse. « Je me vois si petit,
disait-il, si petit, et rien devant cette Majesté
infinie : un atome au soleil est bien petit, je
suis encore bien moins, devant Dieu je ne suis
rien. »

Ecrivant à son Directeur, le premier juin 1647,
il lui manda : « J'ai presque tout le mois passé
été toujours occupé de la connaissance de ma
bassesse. Je suis saisi de honte devant Dieu avec
une retenue de respect, comme qui aurait les
yeux baissés devant le trône de sa Majesté sans
oser les lever. »

Et il écrivit à une autre personne : « Tenons-
nous devant Dieu, comme les hommes du monde
nous en donnent l'exemple lorsqu'ils sont devant
leur prince; car, quoiqu'ils aient bon esprit et
la tête remplie de beaucoup d'affaires, ils sont
néanmoins en leur présence tête découverte, et
la vue baissée; ils sont modestes, ils ne disent
mot, et ne songent qu'à être attentifs; ils ont
tout oublié; et le seul respect humain fait tout
cela en eux, à l'occasion d'une personne qui souvent leur est inférieure en talens et en qualités
naturelles. Combien plus la sainteté, la dignité et

la grandeur infinie de Dieu nous doit-elle ravir à nous-mêmes, et nous mettre dans un extrême respect ? »

Ce sentiment de petitesse que ce saint homme portait de lui devant Dieu, non seulement les pécheurs, mais encore les plus saints doivent l'avoir. Celui qui au fond d'une vallée regarde le Soleil qui se lève et qui paraît sur la pointe d'une haute montagne, croit qu'un homme qui est dessus, est bien près du Soleil, et qu'il le peut presque toucher de la main ; mais celui-ci le voit extrêmement élevé sur sa tête : et quoiqu'effectivement il en soit plus près que celui qui est en bas, c'est néanmoins de si peu, à proportion de l'élévation du soleil, que cela ne mérite pas qu'on en parle : ainsi Dieu est tellement relevé en sa grandeur, en sa majesté, et en toutes ses perfections infinies au-dessus de nous, et des imparfaits et de ceux même qui sont sur la cime de la plus haute perfection, que tous doivent s'abaisser et s'anéantir en sa présence.

Ce profond respect que M. de Renty rendait à Dieu, avec l'ardent amour dont nous avons parlé au chapitre précédent, lui imprimait une aversion horrible de la moindre offense de Dieu, et produisait en lui une parfaite pureté de conscience. Ceux qui l'ont confessé, diront qu'elle allait jusques à causer le plus grand étonnement, et que le prince des ténèbres y avait très-peu d'entrée ; et il dit un jour lui-même à une personne familière, qu'il éprouvait de la peine quand il devait se confesser à d'autres qu'à son confesseur ordinaire, parce que ne connaissant pas sa manière d'être, ils ne comprenaient pas si bien ce qu'il leur disait, et parce qu'il était souvent fort embarrassé de trouver quelque chose à leur dire.

Mais nous pouvons voir clairement cette grande pureté par son contraire, à savoir, par ses péchés, qu'il avait coutume d'envoyer, par lettres de mois en mois, à son Directeur, et qui, étant signées de lui et portées par des messagers assez loin de Paris, pouvaient être interceptées ; ce qui constitue sans doute, en un homme surtout de cette qualité, une action d'une héroïque humilité.

Voici ce qu'il lui écrivit le 27 Novembre 1646 : « Je me suis proposé, si vous le trouviez bon, de prendre mon temps réglé pour vous rendre compte de mes dispositions, après le vingt-cinq de chaque mois. » Venant ensuite sur ses fautes, il dit : « Pour mes fautes, voici le peu que j'en ai connues parmi tant d'autres que j'ai faites : J'ai dit en deux occasions à deux de mes domestiques deux paroles avec humeur ; j'ai omis deux fois par inattention de réciter l'Oraison de l'*Angelus.* »

Dans une autre lettre il lui mande : « Je suis autant ou plus aveugle pour mes manquemens que pour le reste. J'ai en général une assez grande connaissance de ma misère, et je peux dire que je n'ignore pas mon indignité ni la dépravation pitoyable que le péché a faite en moi ? mais pour effets connus, voici ceux de ce mois : Parlant d'une charité à faire, qui était pour retirer des enfans hérétiques orphelins, je nommai sans y faire réflexion deux gentilshommes leurs parens, qui n'auraient pas voulu s'y employer.

» J'ai témoigné avoir connaissance des défauts d'une personne, à une autre qui les savoit, et je le faisais à dessein de lui montrer qu'elle était en meilleur état ; mais j'en sentis aussitôt du reproche, et je connus qu'il suffisait de parler du bien de cette personne sans faire mention du mal de l'autre, et que c'était m'avancer trop dans l'affaire. De plus je suis un égaré et une terre pleine d'épines. »

Dans une autre : « Mes fautes sont une grande grossiéreté que je ressens en moi, qui fait obstacle à la lumière de Dieu. Je suis lâche et ingrat étrangement. Je vous assure que je ressens bien en moi de quoi me confondre et m'humilier.

» Ayant travaillé tout le jour à des accommodemens d'affaires, et le soir voyant entrer un homme qui selon l'opinion de tous avait soutenu une fausseté, je dis par inconsidération et par manque de recueillement : Voilà l'homme de cette fausseté. »

Dans une autre encore : « j'ai fort ressenti la faute d'avoir dit une chose de rien, c'est d'avoir placé un domestique dans une grande maison ; j'avais été porté à ne le pas dire, mais ensuite elle m'échappa ; je la ressens puissamment, car il faut être fidèle à l'esprit de Dieu.

» De plus, je me suis assis à table devant un Prêtre : j'en fis grande difficulté, et je ne sais comment je cédai, non au Prêtre, mais à la personne de condition qui m'en pressait. »

Voilà les fautes de cet homme de Dieu, lesquelles découvrent manifestement la très-grande netteté de sa conscience : car il faut sans contredit l'avoir eue très-nette pour ne faire que de telles fautes, qui pourraient en quelque façon passer pour des perfections, et comme les tâches que l'on voit dans les astres.

Ces fautes nous font voir jusques à quel point de pureté et d'innocence peut arriver une ame quand elle y veille, puisqu'un gentilhomme de cette naissance, de son âge, dans la vie séculière, et dans une multitude innombrable d'occupations, en est venu là ; aussi faisait-il une attention très-particulière et se rendait-il très-fidèle à la grâce, ce qui est le vrai moyen de posséder cette perfection.

CHAPITRE VI.

Son respect pour les choses saintes.

M. de Renty ne portait pas seulement respect à Dieu, mais encore il révérait par une suite moralement nécessaire, tout ce qui concernait le service de Dieu et toutes les choses saintes et divines : c'est le sentiment que la vertu de religion imprime dans une ame, et l'effet qu'elle lui fait produire à l'extérieur.

Ainsi cet excellent serviteur de Dieu portait une singulière révérence, premièrement aux lieux saints. Il serait difficile de dire avec quel respect et avec quelle dévotion, il se comportait dans les Eglises. Quand il y entrait, il se composait un maintien plus religieux et d'une plus haute modestie ; jamais il ne s'y asseyait, même durant le sermon ; il y demeurait le plus qu'il lui était possible, et on l'y a vu à genoux aux grandes fêtes les sept et les huit heures de suite : il y gardait très-exactement le silence, et si quelqu'un, de quelque condition qu'il fût, lui parlait, il coupait court ; que si la chose demandait plus de temps, il le conduisait adroitement dehors, ou s'en démêlait d'une autre manière.

Secondement il avait une grande vénération pour tous les Ecclésiastiques, sans en excepter les moins considérables; mais celle qu'il avait pour les Prêtres était admirable; il ne passait jamais devant aucun d'eux; ou bien il fallait lui faire de grandes violences; et nous avons vu ce qu'il nous en a dit au Chapitre précédent. Quand il en rencontrait, il les saluait toujours avec grande humilité, et même, en voyage, il descendait de cheval pour les saluer, et partout il leur rendait tout l'honneur qu'il pouvait. Il recevait avec une cordialité pleine de respect ceux qui le venaient voir, et ils ne sortaient point de chez lui qu'il ne les eût conduits jusqu'à la porte de sa maison. Si l'un d'eux dînait à sa table, il lui donnait la première place: il en faisait de même à son Chapelain.

La Mission étant en quelqu'une de ses terres, il faisait servir les Missionnaires, qui mangeaient à part, en vaisselle d'argent; quant aux gentils-hommes et personnes de grande qualité qui le venaient voir, il les faisait servir en vaisselle d'étain, passant par-dessus le respect humain. Un seigneur et une dame de condition accompagnés d'un Prêtre qui demeurait chez eux en qualité de Précepteur de leurs enfans, l'étant venu visiter; comme il entretenait ce seigneur et cette dame dans une salle, il s'aperçut que ce Prêtre était demeuré avec leur suite au bas de la salle; au même moment, quittant avec civilité le seigneur et la dame, il s'en va trouver ce Prêtre, et lui fait grand honneur comme à la personne la plus honorable de la compagnie.

Enfin il avait une si haute idée de la dignité

de Prêtre et la regardait comme un moyen si puissant pour procurer à Dieu de la gloire, qu'il dit à quelqu'un, que son dessein était de se faire Prêtre, si jamais Dieu le mettait en état de le pouvoir.

Mais comme il faisait un très-grand cas de cette dignité, il avait aussi un désir extrême que les Prêtres, et généralement tous les Ecclésiastiques, connussent l'excellence de la condition où Dieu les avait élevés, et menassent une vie qui fût conforme à leur état. Il écrivit à son Directeur, l'an 1645, Qu'il avait le cœur tout brisé de douleur, en voyant que plusieurs Ecclésiastiques de sa connaissance, constitués en autorité et obligés à procurer le salut des ames, ne correspondaient pas à leur profession ni à leur obligation ; il se mit là-dessus à gémir devant Notre-Seigneur et à lui demander instamment des hommes Apostoliques : « Nos pauvres pêcheurs, nos pauvres pêcheurs, donnez-nous nos pauvres pêcheurs ; j'entendais les Apôtres, et c'était le mot qui me revenait pour lors, sans pouvoir dire autre chose, et mon esprit était ouvert sur les pêcheurs, et sur les pécheurs. Je voyais ces hommes simples à l'extérieur, mais grands Princes dans l'intérieur, dont la vie et l'apparence vile aux yeux des hommes et éloignée de la pompe du monde convertissait les ames par leur sainteté, par leurs prières, par leur vigilance, et par leurs fatigues. Et je voyais un abus trop ordinaire, en ce que l'on croit que la grandeur extérieure et le faste sert beaucoup à donner du crédit, et rend une personne plus capable d'aider le prochain pour son salut ; mais on se trompe lourdement, car c'est la grâce qui a pouvoir sur les ames , et c'est la vie sainte et humble qui gagne les cœurs. »

Il déplorait dans le même esprit la vitesse , la précipitation avec laquelle tant d'Ecclésiastiques récitent en tant de lieux l'Office divin. « Entendant l'Office d'aujourd'hui, m'écrivit-il un jour, plusieurs de ses paroles montraient combien notre Religion est sainte , et je remarque avec beaucoup de douleur , que néanmoins les uns les chantent en courant , sans dévotion et sans esprit ; et que les autres les entendent de même. Quelle pitié ! Où est notre foi ? mes yeux voulaient verser un torrent de larmes , mais il fallut les retenir , et se faire violence. »

En troisième lieu , il avait grande révérence et grand amour pour les personnes religieuses , et pour toutes celles qui se voulaient consacrer au service de Dieu ; il les y encourageait et les y aidait de toute sa force.

Il écrivit à une d'elles dans le plus rude de ses combats : «Je vous avoue que j'ai été touché, lorsque j'ai appris combien de tempêtes et d'instantes poursuites vous avez eues à supporter. Je ne sais pourquoi on s'alarme tant , ni ce que vous avez fait contre l'Evangile , il n'y a toutefois que cela à condamner. Je crois que l'on aura de la peine à vous faire ce reproche au sujet de votre dessein ; mais je ne m'étonne nullement de toutes ces traverses ; il suffit de savoir que vous êtes à Jésus-Christ, et que vous désirez de le suivre, pour s'attendre que la contradiction vous est due pendant tous les jours de votre chair. Soyez seulement fidèle à vous confier en Notre-Seigneur, et prenez garde que le battement du dehors ne mette du trouble et de l'obcurité dans la lumière qui vous a éclairée et pressée de sortir, Je supplie notre grand Dieu de vous délivrer du procès du raisonnement humain, qui souvent en ces matières multiplie à l'infini, vous assurant que si vous ne l'écoutez point, il se manifestera à vous, je veux dire, qu'il vous consolera et vous fortifiera en foi sur votre appel et en expérience des dons du Saint-Esprit »

Il manda à une autre. « Béni soit à jamais le saint Enfant Jésus de l'entrée en religion de ces deux bonnes ames dont vous me parlez. J'ai une joie bien grande de leur persévérance, qui marque une grande vocation. Si cette autre personne que vous savez, avait un peu plus de confiance et de force pour rompre ses liens, elle ferait un grand coup pour elle. Il ne faut pas tant de sagesse ni d'examen pour se dédier à la folie des Gentils et au scandale des Juifs. Le monde est un étrange trompeur et amuseur ; il se trouve partout, il infecte presque tout. Dieu n'a que faire de nos belles parties ni de nos qualités excellentes ; il se plaît quelquefois à confondre les sages par le choix des petits. Heureuse petitesse, qui souvent est tenue pour bassesse, et qui toutefois renverse toutes les forces et toute la prudence de la chair ! »

Traitant avec des Religieuses, il s'élevait parfois à Notre-Seigneur tout d'un coup sur le bonheur de l'état religieux, et leur disait : « O que vous êtes heureuses, mes sœurs ; » et puis il faisait un discours si puissant sur le sujet de leur vocation, qu'elles en étaient vivement touchées et de reconnaissance envers Dieu et de courage pour bien faire.

Ecrivant à une jeune personne, à la vocation et

à l'entrée de laquelle il avait après Dieu plus contribué que personne, il lui dit, après qu'elle eut fait profession : « Je bénis Notre-Seigneur dans tout le respect dont je suis capable, des saintes dispositions que votre lettre me montre pour votre profession. J'y connais et j'y sens la grâce abondante, qui me fait juger que le progrès de l'œuvre sera magnifique en la libéralité de Dieu, lequel est à l'ame qui se donne vraiment à lui : *Merces magna nimis.* Vous avez fait un saut qui vous met en un nouveau monde. Dieu est adorable, quand, dans la plénitude des temps, qui est en sa science et en sa bonté sur une ame, il lui envoie son Fils pour la racheter de la loi de servitude, et la mettre dans l'adoption de ses enfans. C'est ce qu'il a fait maintenant en vous de la manière la plus spéciale et la plus digne qui puisse être. Vous n'avez jamais été unie à Jésus-Christ comme vous l'êtes à présent par la sainte profession ; vous aviez encore à donner ce que vous n'aviez pas engagé, et il avait à recevoir ce qu'il n'avait pas encore pris : mais à présent tout est donné et tout est pris ; le don mutuel est accompli. Plus de moi, plus de vie ; plus d'héritage qu'en Jésus-Christ ; il est tout en toutes choses, en attendant, selon l'Apôtre, que nous livrant un jour tous et pleinement à Dieu son Père, son Père aussi sera en Jésus et en tous les siens tout en toutes choses, et puis Amen. »

Quatrièmement, il avait dévotion pour tous les Saints, et une particulière et très-grande pour saint Joseph et pour sainte Thérèse, laquelle, dès 1640, il avait choisie pour sa Mère Maîtresse ; et encore plus grande envers la Sainte des Saints et des Saintes, Notre-Dame : pour marque de quoi il se consacra aux Ardilliers à son service, lorsqu'il s'en alla pour se faire Chartreux, comme nous avons rapporté en la première Partie ; et il voulut, la même année, être de la Congrégation qui est érigée en son honneur dans la maison Professe des Pères Jésuites de Saint-Louis. Il porta quelques années au bras un cachet, sur lequel était gravée l'Image de la Sainte Vierge tenant entre les bras son Enfant, et il en cachetait d'ordinaire ses lettres.

Nous avons raconté comment il donna à une Image de Notre-Dame de Grâce un cœur de cristal enchassé dans de l'or, pour témoigner son amour à cette Mère admirable, c'est ainsi qu'il la nommait souvent, et pour montrer que dans ce cœur il lui donnait le sien. Comme le plus grand plaisir qu'on peut faire à Notre-Dame est d'aimer son Fils Notre-Seigneur, aussi le plus agréable service qu'on peut rendre à Notre-Seigneur c'est d'aimer sa Mère.

Enfin cet homme de Dieu honorait et aimait uniquement l'Epouse de Jésus-Christ, la sainte Eglise ; il respectait tout ce qui venait d'elle et faisait très-grand cas de toutes ses cérémonies. Il disait qu'il trouvait une certaine grâce et une vertu particulière aux prières et à l'usage commun de l'Eglise, et qu'il se conformait volontiers en tout à ses pratiques. Entendant la grand' messe à sa paroisse, il allait à l'offrande parmi le peuple, et même ordinairement avec un pauvre ; il assistait aux cérémonies, où les personnes, non-seulement de son rang, mais encore des moindres conditions, n'ont pas coutume de se trouver, comme à celle des Fonts le Samedi

Saint, aux processions quoiqu'elles allassent fort loin, et quelque mauvais temps qu'il fît.

Sur quoi il écrivit un jour à une personne : « Notre procession va aujourd'hui à notre faubourg, il faut suivre son étendard, puisque Notre-Seigneur nous a fait cette grande miséricorde d'être de son petit peuple. Je regarde comme un honneur singulier de suivre avec eux la Croix, où l'Eglise notre Mère nous mène, n'y ayant rien en elle que de grand, puisqu'il se fait en esprit de religion devant Dieu, et qu'il exprime de grands mystères à ceux qui sont petits et respectueux. » Il faut de ces paroles et de ces actions nécessairement inférer qu'un homme de cette qualité, et dans une telle multitude d'affaires, même bien plus importantes, ait eu une très-haute estime de toutes les cérémonies de l'Eglise, pour leur avoir rendu une telle soumission et un tel honneur.

Il est vrai qu'il les honorait, mais il désirait aussi que les Chrétiens, de l'extérieur et de la pompe qui donne dans les yeux, passassent à l'intérieur et à l'esprit, se plaignant que la magnificence dont on pare les églises, souvent les arrête et les amuse, et au lieu de les porter à Dieu qui est leur fin, les en divertit. Il manda à ce propos à une personne : « Il faut nous souvenir de la simplicité dans laquelle nos divins Mystères se sont passés, pour ne pas nous tenir à ces appareils, dans lesquels maintenant on les célèbre. Cette vue m'a été donnée en entendant la musique et les orgues, et voyant les riches ornemens avec lesquels on faisait l'Office divin : il faut trouver l'esprit simple, pur et humilié de leur première institution, au milieu de ces pom-

pes. Ce n'est pas, que cela ne soit saint, mais
on doit aller au-delà, à la simplicité et à la pauvreté de Bethléem, de Nazareth, d'Egypte, du
Désert et de la Croix. »

Mais il avait singulièrement à cœur de s'unir
d'esprit, de volonté, et de communication de
biens universellement avec tous les Fidèles en
quelques lieux du monde qu'ils fussent, et d'entrer dans la Communion des Saints, article du
Symbole qu'il goûtait fort.

Ainsi il les estimait tous, de quelque nation
et de quelque profession qu'il fussent, sans prendre un esprit particulier et souvent intéressé
pour priser les uns et mépriser les autres, pour
louer ceux-ci et parler mal de ceux-là. Il honorait tous les Ecclésiastiques séculiers ; il avait
des communications avec eux pour les exercices
de la charité du prochain ; il rendait de grands
honneurs à MM. ses Pasteurs ; il assistait habi-
tuellement aux offices de sa Paroisse ; il fréquen-
tait beaucoup les Religieux, il les aimait et se
servait d'eux pour la direction de sa conscience.

Quoi qu'il en soit, dans cette variété d'Ordres
qui se trouve dans l'Eglise son cœur n'était point
partagé ; mais il avait pour tous une estime, une
approbation et une affection générale selon leurs
degrés, parce qu'il n'était poussé à tous ces
mouvemens que par un seul esprit, savoir, par
l'esprit de Jésus-Christ, qui doit animer tous
les Fidèles comme les membres de son corps,
ni plus ni moins que ceux du nôtre, qui, quoiqu'ils soient si différens en leur situation, en
leur figure et en leurs emplois, sont néanmoins
tous bien unis et s'accordent parfaitement ensemble, parce qu'ils sont tous vivifiés par une

même âme. Quand il y a de la mésintelligence, c'est signe qu'il y a deux esprits qui dominent, et la division est le principe de la mort.

Cet homme de Dieu eut un jour une peine touchant cette Communion des Saints, au sujet de laquelle il écrivit cette lettre importante à son Directeur : » J'éprouve , avec la personne dont je vous parle, une réalité d'union en lumière et en foi , qui est plus que palpable, et qui ne me laisse aucun doute que nous ne soyons un. Je vous dirai là-dessus ce qui m'a occupé ces jours derniers, et ce qui me remplit encore ; mais pour vous en rendre un compte plus net, je prendrai la chose de plus haut.

» L'opération que je sens en moi depuis deux à trois ans, m'a toujours tenu lié à suivre Notre-Seigneur Jésus-Christ, et à trouver en lui la vie éternelle en la présence de son Père par les hommages de son Esprit, ainsi que je vous en ai rendu compte de temps en temps ; et je vous dirai que quoique pour lors j'honorasse au fond de mon cœur Notre-Dame , les Saints et les Anges ; et que je désirasse en rendre témoignage en toute occasion, cependant leur présence et leur commerce étaient obscurcis, et comme à l'écart dans mon esprit.

» Je vous avoue que cette pensée m'est venue plusieurs fois , disant en moi-même, J'honore tant Notre-Dame et quelques Saints et quelques Anges , et je ne sais où ils sont. Je leur élevais bien mon cœur, mais de présence il n'y en avait point, au moins ce me semble comme je la ressens maintenant : car il y a quelques mois que j'ai eu ouverture et lumière avec de puissans effets sur la charité et la chère unité, me fai-

N

sant concevoir des choses inexplicables de Dieu, Père, Fils, et Saint-Esprit, qui est charité, non par raisonnement et étendue d'esprit, mais par une vue fort simple, et par une touche qui pénètre le cœur d'amour ; et j'ai connu que le Fils de Dieu Notre-Seigneur nous est venu apporter par son Incarnation cette charité, et qu'il s'est uni à nous pour nous faire être tous en cette intime et chère union jusques à ce qu'il nous fasse tout consommés en lui, être un jour tous un en Dieu, lorsqu'il lui livrera son royaume, *ut sit Deus omnia in omnibus*, et que nous entrerons en cette chère unité du Père, du Fils et du Saint-Esprit.

» Il y a environ dix à douze jours, que m'étant mis à mon ordinaire le matin à prier Dieu, je sentais en moi-même qu'il n'y avait aucune entrée : je me tins là humilié ; la vue du Père, l'accès du Fils, avec lequel je parle d'ordinaire avec autant de confiance que s'il était encore sur la terre, et le secours de son Saint-Esprit me paraissaient prodigieusement éloignés de moi, et je sentais en moi une indignité si grande, si véritable et si pénétrante, que je n'avais garde de lever les yeux de l'ame, non plus que ceux du corps.

» Alors il me fut donné à connaître qu'en effet j'avais l'indignité que je sentais, mais que je devais chercher dans la communion des Saints mon entrée à Dieu et à Notre-Seigneur, et je fus épris en un instant d'une présence inexplicable de respect, d'amour et d'union de la Sainte Vierge, des Anges et des Saints ; je ne vous peux dire la grandeur et la solidité de cette grâce ; car c'est Vie éternelle, c'est Paradis ; et cette union est pour les Saints du ciel et pour ceux de la terre, que j'ai toujours, ou presque toujours, en vue et en présence.

» Je connus alors que Dieu et Notre-Seigneur ne nous forment pas pour être tout seuls et séparés, mais pour être unis à d'autres, et composer avec eux par notre union un tout divin. Comme une belle pierre, telle que serait le chapiteau d'une colonne, est inutile, si elle n'est au lieu où elle est destinée, et que jusques à ce qu'elle soit posée et cimentée avec tout le corps du bâtiment, elle n'a ni sa conservation ni sa décoration, ni, en un mot, sa fin : cela m'a laissé dans l'amour et dans la liaison véritable et expérimentale de la communion et de la communication des Saints, dans l'ordre pourtant de ceux auxquels je suis plus lié, qui est ma vie en Dieu et en Jésus-Christ Notre-Seigneur. » Voilà ce que contient la lettre.

CHAPITRE VII.

Sa Dévotion envers la Sainte Eucharistie.

Une des plus grandes dévotions de ce saint homme a été envers la Sainte Eucharistie, considérée et comme sacrifice et comme Sacrement, de laquelle il faisait un état incroyable, laquelle il honorait avec tous les respects qui lui étaient possibles, pour laquelle il avait des amours très-tendres ; il louait et bénissait Dieu de son institution, et excitait de bouche et par lettres tout le monde à faire de même.

Il disait qu'elle avait été instituée pour arrêter

parmi nous Notre-Seigneur Dieu et homme, pour
nous obtenir tous les biens de grâce dont nous
sommes capables sur la terre, et nous disposer
à ceux de la gloire ; que le grand dessein de
Dieu en l'Incarnation, en la vie, en la mort et
en la résurrection de son Fils a été de nous donner son esprit, pour nous être vie éternelle ;
ce qu'il nous a enseigné par sa parole, nous a
mérité par sa mort, et nous donne de l'état de
sa gloire ; et pour nous le donner et nous en faire
vivre mourant à nous-mêmes, il se donne à nous
en la très-sainte Eucharistie, mort, ressuscité
et glorieux, afin de produire en nous par l'opération du Saint-Esprit ces deux effets de mort et
de vie.

Il n'entendait pas seulement tous les jours la
messe, mais il tenait à grand honneur de la
servir : il communiait tous les jours, à moins
que quelque affaire bien importante et bien pressante de charité ne l'en empêchât. Et comme
l'honneur que l'on rend au très-saint Sacrement,
n'est pas de souvent communier, mais de communier bien et parfaitement, il apportait, pour
cela tous les soins que pouvait prendre un
homme comme lui, d'une si sainte vie et d'une
si éminente vertu.

Il passait beaucoup d'heures en prières devant
le saint Sacrement à genoux ; et il dit à un de
ses amis, qui s'étonnait qu'il pût y demeurer si
long-temps, que c'était là qu'il délassait son
esprit, et qu'il prenait du rafraîchissement et de
nouvelles forces. Ce n'était pas pourtant toujours
sans peine, car il écrivit à son Directeur, le 27
juin 1647, cette lettre qui nous peut servir d'instruction :

« J'ai été bien pauvre tout ce mois, et je ne sais si je l'ai jamais été plus en sentimens, et si jamais j'ai eu plus de pesanteur de corps et d'esprit, que tout le jour du Saint-Sacrement. J'allais comme une vraie bête, à l'Office, à la Procession, à la Messe, à la Communion, au Sermon, aux Vêpres et à Complies ; je ne savais de quelle manière me tenir, ni à genoux, ni debout. J'étais dans un sentiment inquiet pour le corps, et vague pour l'esprit ; toutefois je sais bien que dans mon fond, je voulais honorer Dieu en Notre-Seigneur Jésus-Christ.

» Après les Complies je me trouvai tellement pesant, que me sentant inhabile à pouvoir demeurer devant le Saint-Sacrement, car je tombais tout debout, je voulus voir si me retirant à l'écart je serais mieux pour m'assoupir un peu ; mais je me trouvai ensuite encore plus harassé et plus lâche de corps et d'esprit, et j'aurais eu le courage de me coucher tout plat par terre.

» Il me vint alors en mémoire ce qu'autrefois j'avais lu dans un papier que vous m'aviez donné d'un certain assoupissement arrivé à une personne de vertu : aussitôt je me lève et je m'en vais sous le crucifix devant le Saint-Sacrement, determiné à honorer Notre-Seigneur en tous les états. Dès que je fus à genoux, et que par le secours divin j'eus remporté cette victoire sur moi, mon esprit fut ouvert, et je reçus du Saint-Sacrement cette lumière, que, pour que je fusse un pain qui eût du rapport avec lui, il fallait que je fusse moulu comme le grain, puis pétri avec l'eau, et enfin cuit au feu, et que c'était là le moyen d'être incorporé au Pain mystérieux Jésus-Christ ; et au même instant qu'il me faisait voir cela tout à la fois, je sentis un désir si ardent d'être dans cet effet, qu'il m'est toujours demeuré depuis. Le blé, le brisement et le broiement des meules de moulin m'a été une bonne nourriture : l'eau des afflictions est excellente pour pétrir et faire changer le grain de forme ; mais la perfection, c'est la cuisson de l'amour divin qui affermit et donne couleur. Voilà ce que je sentis en ce moment.

» Et j'ai connu depuis que, pour entrer dans les voies de l'esprit, il faut, comme le blé avant d'aller au moulin, être purgé de la paille, être battu et vanné de nos grossièretés terrestres ; et que le grain n'est propre pour nos usages qu'étant pur, et qu'il n'a sa fécondité que par sa mort et par sa destruction dans la terre.

» Ce pain matériel m'a montré pendant cette sainte Octave de grandes choses sur le pain céleste du Saint-Sacrement. Jésus-Christ brisé et broyé par sa Passion se donne à nous à manger, afin que nous annoncions et que nous exprimions sa mort, sa charité et ses vertus dans notre vie. Voilà où j'en suis, bien amoureux de Jésus-Christ, bien désireux d'être tout à lui, et de lui rendre par affection ce qu'il m'a donné, et mes biens, et mon corps et mon ame, et mon temps et mon éternité. J'ai une grande soif de le servir, et des désirs que je réserve à vous dire quand j'aurai l'honneur de vous voir. »

Son affection singulière envers le Saint-Sacrement lui fit écrire en gros caractères sur la cheminée de son château de Citry : *Loué soit le très-Saint-Sacrement de l'Autel pour jamais* ; elle le fit aller à pied visiter les Églises à deux lieues aux environs pour voir comment le Saint-Sacrement

était mis ; elle lui fit donner en diverses contrées
un très-grand nombre de Ciboires d'argent aux
pauvres Eglises qui n'en avaient point , et même
des Tabernacles qu'il faisait et dorait lui-même,
car il avait une adresse merveilleuse pour toutes
les choses manuelles. Il écrivit à ce sujet le 26
décembre 1646 : « J'ai, depuis cet Avent, commencé de mettre à exécution ce que je désirais
il y a long-temps, savoir, que le temps où je
n'ai pas des affaires bien pressantes, comme est
pour l'ordinaire celui d'après le souper jusques
à la prière, je fisse quelque travail des mains :
suivant ce dessein j'ai un petit atelier de ménui-
sier, et je taille des Tabernacles pour le Saint-
Sacrement : quand je n'en ferais qu'un par
mois, le temps sera utilement employé, et quelque Eglise nécessiteuse secourue. »

Cette même affection lui donna la pensée, dès
l'an 1641, de former dans sa paroisse de Saint-
Paul une compagnie de dames pour prier toutes
les après-dînées, chacune à son heure, devant
le Saint-Sacrement. Il fit un petit traité de la
conduite de cette dévotion, et des motifs pour
lesquels il fallait l'entreprendre : dont le principal est de considérer que Notre-Seigneur étant
continuellement en cet adorable Mystère pour
se communiquer à nous, il semblait très-rai-
sonnable qu'il y eût aussi sans cesse quelques
personnes dans les églises où il est, pour lui
rendre nos honneurs et nos hommages, et pour
satisfaire au désir qu'il a de se donner à nous.

Il présenta avec l'humilité et la soumission où
il devait être, ce traité à M. son Pasteur, pour
le lui faire agréer, et le faire mettre en pratique,
s'il le jugeait à propos ; ce qui est arrivé, et se

continue encore avec une grande édification et un
grand profit, et avec tant de succès, que de là
cette sainte institution s'est étendue en beaucoup
d'autres paroisses, et en d'autres villes, comme
à Dijon, où M. de Renty l'établit, au premier
voyage qu'il y fit, avec zèle et avec courage,
surmontant toutes les difficultés et toutes les ré-
sistances qu'il y trouva, et où aussi elle a réussi
avec une grande bénédiction.

Il excita aussi plusieurs personnes de sa paroisse à accompagner le Saint-Sacrement, quand
on le porte aux malades; de sorte que dès lors
plusieurs, et hommes et femmes, suivaient Notre-
Seigneur avec une grande révérence, le cierge
allumé dans la main; et il s'y rendait lui-même
si assidûment, nonobstant toutes ses occupations,
qu'il a passé long-temps presque toutes les ma-
tinées en ce saint exercice, par les plus mauvaises saisons de froid, de chaleur, et par les
autres intempéries de l'air.

Et un jour entr'autres qu'il faisait fort mauvais
temps, et qu'il était extrêmement enrhumé,
comme on le pria de n'y point aller pour cette
fois, parce que y allant incommodé comme il
était, et par un si mauvais temps, et tête nue,
il était impossible qu'il n'en reçût un notable préjudice, tout cela ne put fléchir sa constance, ni
arrêter sa dévotion; mais il y alla, sans s'inquiéter de toutes ces difficultés, et ce qui est
admirable, c'est qu'au retour il se trouva délivré de son rhume.

Un autre jour, comme il accompagnait le Saint-
Sacrement, il passa un carrosse à six chevaux;
ceux qu'il portait ne s'étant point arrêtés et
n'ayant pas même salué Notre-Seigneur, on

crut que c'étaient des hérétiques ; M. de Renty, indigné de cette impiété et animé de son zèle pour défendre la gloire de son cher Maître, exposa sa vie pour faire mettre ces gens à leur devoir, se jetant hardiment au devant des chevaux, qu'il arrêta par bonheur tout court, et obligea ceux qui étaient dans le carrosse, à demeurer en respect jusques à ce que le Saint-Sacrement fût passé ; ce qui causa, et avec sujet, de l'admiration à tous ceux qui virent une action si généreuse.

CHAPITRE VIII.

Son Oraison.

Ce Chapitre et le suivant tiendront quelque chose de plus que ne porte une histoire, parce que devant traiter de choses difficiles, elles demandent de l'éclaircissement pour pouvoir être bien entendues.

Nous parlons dans ce Chapitre de l'Oraison de cet homme de Dieu, et nous disons que comme l'Oraison est le grand canal par lequel les dons de Dieu découlent dans nos ames, le moyen le plus assuré pour acquérir les secours et les grâces nécessaires à notre salut, et l'instrument le plus général dont nous nous servons dans la vie spirituelle pour en faire toutes les fonctions et nous avancer dans la vie purgative pour la ruine des vices et des péchés, et dans l'illuminative pour la pratique des vertus, et dans l'unitive pour arriver à l'union avec Dieu où consiste notre perfection ; tous les Saints ont eu tant d'estime

N *

et tant d'amour pour cette divine action , que, quittant presque toutes les autres , ils ont passé les jours et les nuits en oraison. Et plusieurs ont abandonné leurs sceptres et leurs couronnes , et se sont retirés dans des monastères et dans des solitudes, pour avoir l'honneur de pouvoir et plus secrètement et plus particulièrement et plus long-temps converser et s'entretenir avec Dieu.

M. de Renty, éclairé de leurs lumières et marchant sur leurs traces , s'est donné à ce saint exercice avec tant de soin et avec tant d'assiduité, que nous pouvons dire qu'il a été son occupation ordinaire, et que toute sa vie a été une vie d'Oraison.

Je ne dis rien de ses Oraisons vocales , parce que j'en ai parlé dans la première Partie ; je dis qu'il a eu une affection incroyable pour l'Oraison mentale, sachant combien elle est nécessaire, puisqu'elle fait connaître et rend efficaces les vérités de notre religion, qui ne font point d'effet étant inconnues ; combien elle est utile, puisqu'elle apprend à l'homme ce qu'il est, et lui fait exercer les vrais actes de vertus, c'est-à-dire, les intérieurs ; et combien elle est glorieuse puisqu'elle l'élève au devis familier avec Dieu, ce qui lui est un plus grand honneur incomparablement, même en un quart-d'heure, que ne lui seraient les années entières d'une communication très-confidentielle avec tous les monarques de la terre : comme un homme est plus honoré d'entretenir, une heure seulement, un roi avec liberté et franchise, que s'il conversait dix années entières avec des villageois.

Je dis de plus, qu'il a essayé les différentes

manières de cette Oraison, et qu'il est monté à ses quatre degrés, dont le premier est l'Oraison de raisonnement et de discours ; le second plus relevé, l'Oraison d'affection ; et le troisième encore plus, l'Oraison d'union ou la contemplation, qui se partage en deux : la contemplation active et acquise, et la contemplation passive et infuse, qui est le quatrième et le plus haut degré de l'Oraison.

L'Oraison de raisonnement et de discours, ou la méditation, est une application que l'homme fait de son esprit pour reconnaître, sur son salut, une vérité qui lui est cachée, raisonnant et discourant au sujet de cette vérité ; et pour cela en cherchant les causes, les effets et les circonstances, pour le temps, pour le lieu, pour la manière, pour les personnes, afin d'en tirer des motifs de bien vivre, allant d'une circonstance à l'autre, des causes à leurs effets, et des effets à leurs causes : ce qui s'appelle Raisonner et Raisonnement : et parce que notre esprit est fort prompt en ses opérations, et qu'il ne va pas, mais qu'il court, cela se nomme Discourir et Discours.

M. de Renty commença par cette sorte d'Oraison, et y demeura quelque temps. Il faut bien toujours commencer par-là, si l'on est attiré de Dieu à une autre voie ; parce que comme la façon propre et naturelle que Dieu a donnée à l'homme pour connaître et affectionner une chose, est celle de la considération et du raisonnement, il doit s'en servir jusques à ce que Dieu l'élève à une plus sublime. Le premier don qu'il lui a fait, étant celui de la raison et du discours, il doit pour cela même en user en premier lieu.

Le sujet ordinaire que M. de Renty prenait pour ses méditations, était la vie, la passion et la mort de Notre-Seigneur : comme c'est aussi sans contredit le plus profitable, puisque Notre-Seigneur nous a été donné pour modèle, et que c'est dans l'imitation et l'expression de ce modèle que consistent notre avancement et tout notre salut.

Quelque temps après, lorsqu'il eut été bien fidèle à Dieu dans ce premier degré, il passa au second, qui est l'Oraison d'affection ; et on lui dit : *Amice, ascende superiùs :* Mon ami, monte plus haut ; comme un écolier, qui a bien appris, monte à une classe plus haute et à une science plus relevée ; car il ne croupit pas toujours dans une grammaire, il étudie, pour passer de science en science, jusques à s'y rendre consommé.

Cette Oraison d'affection est un entretien familier et affectueux de l'ame avec Notre-Seigneur, sans discours, ou en fort peu de paroles : c'est une communication sincère avec Dieu présent et résidant dans l'intérieur, où l'ame quittant les considérations et les recherches, à la seule pensée et à la simple souvenance de Dieu, s'emporte vers lui, et s'allume dans des affections de louange, de bénédiction, d'adoration, de glorification, d'action de grâces, d'offre, de demande, et par-dessus tout de charité, comme de la reine de toutes les vertus, qui est la plus agréable et la plus glorieuse à Dieu et la plus méritoire à l'homme, et qui lui donne le plus de force pour surmonter les difficultés et pour pratiquer les bonnes œuvres, et qui l'unit plus intimement et plus parfaitement à Dieu.

J'ai dit, sans discours, parce que l'entendement

a été suffisamment éclairé des lumières que lui ont fournies les méditations précédentes. Il ne faut plus chercher de nouvelles connaissances ni de nouvelles raisons, où l'on en a assez pour aimer et produire les autres affections nécessaires, si l'on s'en veut servir.

Or, la manière de la faire est, premièrement, de vous retirer dans le cabinet secret de votre cœur, et là vous appliquer à Dieu qui y réside, non par la raison ni par le discours, mais par la foi, croyant fermement la présence de sa divine majesté et de toutes ses perfections, et ensuite de cette croyance et de cette ferme persuasion, lui faire une profonde révérence, l'adorant et vous anéantissant devant lui par respect de son infinie grandeur, et par sentiment de votre extrême bassesse, dans la lumière de ces paroles de David, *Domine, quis similis tibi? Quid est homo, quòd memor es ejus?* Seigneur, qui vous est semblable? et qu'est-ce que l'homme, que vous daignez vous souvenir de lui, et qu'il ose paraître devant vous?

Tenez-vous en sa présence dans ces impressions de respect et d'humilité, et tenez-vous-y long-temps, si vous voulez, afin de vous y mieux établir, car le temps y sera très-bien employé; encore plus long-temps, si vous sentez que votre cœur s'ouvre à ces affections.

Ensuite bannissant toutes les considérations et toutes les recherches du sujet sur lequel vous désirez de vous employer, celui-ci, par exemple, que Dieu est Tout, et que vous n'êtes rien; qu'il est votre souverain Seigneur et votre dernière fin; qu'il a un soin de tout ce qui vous touche; que Notre-Seigneur est mort pour vous,

etc. occupez-vous de lui par la foi d'une manière très-simple, faisant et refaisant des actes
d'une foi vive de la vérité que l'Eglise vous en a
enseignée ; puis d'espérance, ou de louange, ou
de glorification, ou d'action de grâces, ou de
douleur de vos péchés, ou d'une autre affection,
selon que l'ame y sera disposée, mais particulièrement de l'amour, et prenant garde que ces
affections tirent à conséquence pour vos mœurs
et opèrent des changemens en vous.

Voilà la conduite qu'il faut tenir dans cette
oraison, qui pour cela s'appelle Oraison de présence de Dieu, et Oraison de foi et d'affection :
de présence de Dieu, à cause du premier point,
où l'ame se met en la présence de Dieu et s'y
tient : de foi et d'affection, à raison du second,
où elle exerce la foi et s'épanche en des affections différentes, suivant que le sujet l'y porte,
et selon la facilité qu'elle y trouve.

En quoi il faut remarquer soigneusement deux
choses : la première, qu'il n'est pas nécessaire
dans cette manière d'oraison de produire plusieurs affections de diverses sortes ; mais une
seulement, comme d'espérance, ou d'amour ;
ou une autre, qui, bien formée et bien conti-
nuée suffit.

La raison en est claire, parce que, lorsque
Dieu donne grâce à l'ame de faire l'action de
quelque vertu en sorte qu'elle s'y sent disposée
et poussée et qu'elle l'exerce avec facilité, c'est
une marque évidente qu'il veut qu'elle le serve
et l'honore et qu'elle se sanctifie et se perfec-
tionne par cette action, et ainsi qu'elle la continue tant que ce secours lui durera ; de plus,
prenant la chose du côté de l'ame ainsi dispo-

sée et secourue, ce n'est pas sagesse de quitter une action bonne et excellente, qui lui est aisée, à cause de l'assistance qu'elle y reçoit de Dieu, pour en prendre une autre, qui lui sera difficile, parce qu'elle n'aura pas tant d'aide pour la faire. Ce qui montre qu'il ne faut jamais changer un exercice de piété pendant que Dieu nous y donne une grâce abondante, et qu'il nous y applique.

La seconde est de faire et refaire plusieurs fois les actes d'une même vertu, comme de la foi, de l'espérance, de la charité, ou, ce qui sera encore meilleur, de continuer le même acte, pour acquérir un fonds de ces vertus, qui ne s'acquiert que par la répétition efficace et constante de ses actes : comme un clou n'entre pas bien avant pour un coup qu'on lui donne, mais il lui en faut donner plusieurs et frapper sur lui bien des fois ; il en est de même des vertus, qui ne profitent et n'ont de la force qu'autant qu'elles s'affermissent et s'enracinent dans l'ame ; tandis qu'elles ne font rien, ou fort peu, si elles n'y sont bien établies et bien prises ; comme un arbre ne produit ni feuilles, ni fruits, s'il n'est enraciné, et ne produit qu'à proportion qu'il a jeté de plus profondes racines.

Il faudra faire de même pour les conclusions morales qu'on doit tirer de ces actes, c'est-à-dire, les renouveler plusieurs fois pour les bien affermir et les rendre efficaces. Ainsi, après les actes réitérés de foi, que Dieu est votre premier principe, et que de vous-même vous n'êtes rien ; que vous espérez en lui et en Notre-Seigneur, dites une fois, deux fois et plusieurs autres fois, avec affection et avec une application tranquille, mais pourtant vigoureuse : Si je crois cette vérité de Dieu et de moi, pourquoi m'attribué-je quelque chose? ne dois-je pas m'humilier et m'abaisser? qui n'aimerait celui de qui on tient tout? pourquoi ne regardé-je pas et moi et toutes les créatures comme des néans? Si j'espère en Dieu et en Notre-Seigneur, de quoi donc ai-je peur? n'ai-je pas sujet de vivre en assurance et en joie? qu'est-ce qui me doit inquiéter et me troubler? vivons donc en tranquillité et en repos, comme une telle espérance m'y oblige. Ces actes faits à diverses reprises, et renouvelés avec fermeté, opéreront sans doute de grands effets dans une ame; ce qui est le fruit que doit produire cette oraison affective.

M. de Renty s'y exerça quelques années et y acquit des trésors inestimables de richesses spirituelles. « Cette oraison, dit-il, dans un de ses papiers, n'est point par raisonnement ni par recherche, mais par un loyal amour, qui tend toujours à donner plutôt qu'à recevoir. La foi, dans son obscurité, est plus certaine à l'ame que toutes les lumières qu'elle peut avoir, et dont elle doit user avec respect et action de grâce, et non par complaisance ni par attachement : il n'y a point là d'effort d'esprit. Cette oraison ne fait point mal à la tête; c'est un état de présence modeste dans laquelle on se tient devant Dieu, attendant de son esprit ce qu'il lui plaira de mettre en nous, et que nous recevons en simplicité et en confiance, comme s'il nous parlait. »

Les dispositions plus ordinaires, avec lesquelles il entrait en cette oraison, étaient, la première, une profonde révérence et un anéantissement de lui-même en la présence de Dieu, de qui la grandeur le tenait dans un sentiment incroyable de sa bassesse, disant, que nous devons nous regarder devant elle comme de petits atomes, et encore moins ; la seconde, une haute et parfaite confiance en son infinie bonté et en sa grande miséricorde. Cette confiance, en soutenant son humilité et l'impression qu'il avait de sa bassesse, lui faisait espérer tout.

Il excitait beaucoup les personnes qu'il en jugeait capables, à cette manière d'oraison, comme étant très-excellente, très-profitable, et fort facile, puisqu'il ne s'agit pas de considérer une chose, de la pénétrer, ni de discourir : ce qui est difficile à tous, comme dit le Sage, et principalement à ceux qui n'ont point d'instruction, mais de la croire simplement, et puis de s'y appliquer avec les affections.

Il conseillait de s'adonner beaucoup plus aux opérations de la volonté, qu'aux spéculations de l'entendement ; et par l'instruction que saint Paul nous donne, écrivant à Tite, de vivre en sobriété, il entendait la sobriété des sens, et encore plus celle de l'esprit, pour retrancher dans nos oraisons la multitude des connaissances et les discours, et y procéder par la foi.

En effet, la foi d'un mystère l'emporte incomparablement sur toutes les autres connaissances et tous les discours que le meilleur esprit du monde en peut former ; parce que, comme les choses ne se voient bien que par leur propre lumière, un flambeau par sa lumière, le soleil par la sienne, les choses de la gloire par la lumière de gloire ; ainsi celles de la grâce ne se connaissent que par des lumières de grâce, dont la meilleure et la plus parfaite sans contredit est

celle de la foi. La raison nous a été donnée pour
que nous connaissions les choses naturelles, et
la foi pour que apprenions les divines ; nous
devons parler aux hommes avec la raison, et à
Dieu avec la foi. De plus, comme Dieu est infiniment au-dessus de toutes les créatures, et les
choses de la grâce au-dessus de celles de la nature, tous les discours des hommes, quelque
subtils et élevés qu'ils puissent être, ne sauraient y atteindre ; parce qu'après tout ce n'est
que leur façon de connaître et la nature qui rai-
sonne.

Ajoutons que quelques connaissances que nous
ayons, sur la terre, de Dieu et des choses spirituelles, ces connaissances sont toujours en quelque façon trompeuses, parce qu'elles ne représentent jamais les choses telles qu'elles sont véritablement, parce que notre esprit ne peut rien
concevoir ici-bas qui n'ait auparavant passé par
les sens ; où les choses spirituelles s'épaississent
et prennent du corps, et ainsi se falsifient et se
déguisent ; mais la foi les montre comme elles
sont.

Il n'y a que deux lumières assurées et indubi-
tables absolument, qui surpassent de beaucoup
en excellence toutes les autres, qui sanctifient
et qui déifient notre entendement, et qui le réu-
nissent à leur premier principe et à la source de
toutes les vérités, qui est l'entendement divin,
savoir : la lumière de la foi en cette vie, et la
lumière de la gloire en l'autre ; parce que ce
sont des participations des mêmes connaissances
que Dieu a. Ce qui montre le mérite et la perfection de l'oraison affective, qui, laissant les
discours, procède par la foi.

SECTION UNIQUE.

Sa Contemplation.

M. de Renty n'en demeura pas là, mais il passa plus avant, et de l'oraison d'affection Dieu l'attira et l'éleva à l'oraison d'union et à la contemplation, qu'il lui donna en un très-haut degré.

Mais pour l'entendre il est à savoir que les Saints, parlant de la contemplation, qui est l'oraison la plus sublime que l'on pratique sur la terre, nous apprennent qu'il y en a deux sortes, l'une acquise, et l'autre infuse. L'infuse est celle que Dieu tout seul produit dans l'ame, sans que l'ame y apporte rien du sien que le simple consentement à recevoir l'opération de Dieu, et ce qu'il fait en elle, d'où on l'appelle encore contemplation passive : l'acquise est celle que l'homme aidé de la grâce de Dieu acquiert par son travail et exerce par son industrie et par ses actions, ce qui fait qu'elle est de plus nommée active.

L'homme ne peut rien à la première, elle dépend absolument de Dieu qui la donne, et à qui, et quand, et comment il lui plaît, et qui l'ôte de même, sans qu'on l'en puisse empêcher ; non plus que tous les hommes avec tous leurs efforts ne sauraient faire que le soleil ne se lève et ne se couche ; mais tous sont en quelque façon capables de la seconde, et c'est une vue simple et sans discours de Dieu ou d'un autre objet, qui touche la volonté de saintes affections, et particulièrement de celles de l'amour ; c'est une opération douce et paisible de l'ame

qui envisage une chose ; c'est un regard tranquille de foi , et ensuite de la foi un regard d'estime, ou de respect, ou de gratitude, ou de
confiance, et singulièrement d'amour.

Quand vous voyez un de vos amis malade,
que vous le regardez dans son lit souffrir beaucoup, se tourner, se tourmenter et gémir, et
que l'aspect de cette chère personne souffrante
vous émeut et vous donne des sentimens de pitié,
des désirs de le soulager , et de grandes peines
de son mal, c'est là contempler ; car vous le regardez sans raisonnement, mais d'une simple
vue, qui pourtant vous frappe et fait impression
sur vous.

Quand de même vous regardez Notre-Seigneur,
au Jardin des oliviers, priant, le visage contre
terre, et répandant autour de lui une sueur de
sang ; ou lié à la colonne et déchiré de coups
de fouet; ou, cloué à la Croix, mourir dans une
extrémité de douleur et d'infamie ; et que ce
regard attentif, mais simple, qui ne porte for-
mellement aucun discours , vous touche de
compassion , d'admiration , de regret de vos
péchés, d'espérance et d'amour, c'est contempler.

La Magdelène était dans une véritable contemplation, lorsqu'elle était assise aux pieds de Notre-
Seigneur, écoutant avec foi ses paroles, ou le
voyant crucifié et croyant que c'était le Fils de
Dieu son Rédempteur qui lui avait pardonné ses
péchés, qui lui avait fait tant de grâces, qui lui
avait témoigné tant de bonne volonté, et qui
souffrait pour elle, et que de cette source découlaient des sentimens d'amour, de gratitude,
de contrition, et un torrent de larmes.

L'usage donc de cette contemplation active et acquise consiste à entrer dans le fond de son esprit, et là, en la présence de Dieu, quittant les sens et les discours, s'appliquer par la foi et par les affections de la volonté sur quelque perfection divine, ou sur quelque Mystère de Notre-Seigneur, le regardant avec attention et avec des yeux de foi, de respect, de confiance, d'amour, sans raisonner, et même sans multiplier une quantité d'affections différentes, s'affermissant seulement dans ce regard attentif et affectueux, qui encore doit être si simple et si éloigné de tout soin et de toute réflexion d'aucune autre chose, qu'on les oublie toutes si l'on peut, pour s'occuper seulement à regarder et à écouter Notre-Seigneur; comme la Magdelène, dont nous venons de parler, laquelle, assise à ses pieds, ne disait mot, et blâmée par sa sœur ne répondait rien, ne pensant qu'à le regarder et à l'écouter.

L'ame doit se taire à toutes les créatures et parler à Dieu seul. L'ame parle aux créatures en quatre manières : en premier lieu, elle leur parle avec l'entendement, lorsqu'elle pense à elles ; secondement, avec la volonté, quand elle les affectionne ; troisièmement, avec l'imagination, quand elle se les figure ; et en quatrième lieu, avec les passions, lorsqu'elle les désire, sans rien dire du langage qu'elle leur tient par les sens extérieurs.

Tellement que les paroles qu'elle leur dit, sont les pensées qu'elle en a, les affections qu'elle en conçoit, les images qu'elle en forme, et les convoitises qu'elle en produit. Comme au contraire elle se tait et ne leur dit mot, quand

elle ne s'applique pas à elles avec ces facultés,
qu'elle ne s'en occupe point avec ces opérations,
et qu'elle est en une cessation d'actes à leur
égard.

De sorte que n'ayant avec elles aucun commerce, elle est comme s'il n'y avait au monde
qu'elle, et Dieu, à qui seul elle parle dans ce silence mystique, dont saint Jean dit qu'il se fît
silence au ciel, c'est-à-dire, en l'ame; et elle lui
parle de l'entendement et de la volonté avec les
actes de foi, d'espérance, d'amour, d'adoration,
de bénédiction, de glorification, de louange, de
remerciment, d'union, et semblables.

Et encore mieux elle se tait de temps à autre
et ne lui parle pas, même de cette noble manière et de ce divin usage; mais elle l'écoute sans
rien dire, et se rend attentive à ses paroles, qui
quelquefois peuvent être articulées, intelligibles
pourtant à elle seule, mais qui ordinairement
sont les lumières avec lesquelles il éclaire son
entendement, et les impressions et les mouvemens dont il touche sa volonté, faisant ce que
disait David : *Audiam quid loquatur in me Dominus Deus;* J'écouterai ce que Dieu me dira dans
mon intérieur, et le suppliant avec Samuël:
Loquere, Domine, quia audit servus tuus; Parlez,
Seigneur, parce que votre serviteur écoute.

Notre-Seigneur instruisant ses Apôtres à l'oraison, leur dit et à nous en leurs personnes : *Oran-
tes nolite multùm loqui;* Quand vous priez, ne
parlez pas beaucoup : ce qu'il entend non-seulement de la bouche, mais encore de l'entendement et des autres facultés de l'ame; ne parlez
pas beaucoup, mais écoutez beaucoup. Aussi
s'appelle-t-il, *Verbum,* la Parole, parce qu'il

veut être écouté, et qu'il le mérite : c'est pourquoi on dit à l'ame, *Audi, filia*, Ecoute, ma fille.

Ainsi le Père Avila, qui a composé un excellent ouvrage sur ces mots, donnait pour un avis important, que nous devons aller à l'oraison plutôt pour écouter que pour parler ; et il avoua au célèbre Père Louis de Grenade, qui a écrit sa vie, que quand il allait à ce saint exercice, il attachait et liait son entendement comme un fou, afin qu'il n'y fût point grand parleur.

Il y a de certaines ames qui en leurs oraisons parlent toujours, leur avis étant que le secret consiste à toujours parler à Dieu, et à employer sans cesse leurs facultés à produire des actes, et à ne l'écouter jamais ; sans considérer que ce que Dieu leur dira, sera bien meilleur et plus utile pour elles, que ce qu'elles lui peuvent dire, et que, dans la conversation et l'entretien qu'on a avec une personne, on ne lui parle pas continuellement, mais on parle d'abord, et ensuite on l'écoute ; ainsi en vos oraisons parlez à Notre-Seigneur, et puis écoutez-le ; vous rendant attentif en silence et en respect à ce qu'il a à vous dire.

C'est ainsi que se pratique la contemplation active et l'oraison d'union ; où il faut remarquer sa différence d'avec l'oraison de raisonnement et celle d'affection, en ce que les deux facultés de l'ame, l'entendement et la volonté agissant en ces trois sortes d'oraison, l'entendement agit plus que la volonté dans l'oraison de raisonnement, la volonté davantage dans l'oraison d'affection : où encore il est à savoir que ceux qui la commencent, ne sont pas à l'entrée ordinairement sans quelque discours, mais leur discours va diminuant peu à peu jusques à ce qu'il cesse tout-à-fait ; et de plus ils ont d'abord une grande variété d'actes affectueux, mais à la fin beaucoup moins : dans l'oraison d'union la volonté prédomine encore sur l'entendement, mais avec plus de simplicité que dans l'oraison d'affection ; de plus Dieu y opère davantage, et l'homme moins, et son opération y est plus spirituelle, plus pure, et plus divine ; c'est pourquoi il faut qu'il attende en paix et en confiance l'action de Dieu, sans empressement.

Ce qui faisait dire à M. de Renty : « La grande imperfection des ames est de ne pas assez attendre Dieu. Le naturel agissant et qui n'est pas assujetti se remue, et sous de beaux prétextes pense faire merveilles ; mais c'est ce qui empêche Dieu d'agir dans une ame, parce qu'il la trouve dans un état d'agitation et d'inquiétude, et que, pour recevoir son action, elle devrait être en tranquillité et en silence. »

Quelqu'un me dira, peut-être, qu'il lui semble qu'agissant dans cette suppression de discours, dans cette foi si nue, et dans cette grande simplicité d'actions, il ne fait pas grand'chose, et que même il perd son temps. A quoi je réponds qu'il se trompe, et qu'au contraire il l'emploie fort bien, puisque retranchant les actions des sens et les discours, il ôte ce qui l'éloigne de Dieu, qui est infiniment au-dessus de tous les discours et encore plus des sens, et marchant par la foi et par les affections de la volonté, il s'en approche. Marcher de cette sorte dans ce chemin, c'est s'avancer et faire de grands progrès.

M. de Renty satisfait à ce doute dans un de ses papiers, en disant : « Quelqu'un me dira : Souvent il ne me vient rien dans l'oraison, je crains de perdre mon temps en paresse. Mais sachez que vous ne le perdez pas, quand dans la perte de vous-même, vous vous mettez en respect et en confiance devant Dieu pour lui offrir vos hommages. Il ne peut trouver mauvais un tel procédé.

» Un autre dira : J'ai eu des distractions, je me trouve dans de grandes sécheresses, et je suis travaillé de beaucoup d'autres peines. Je réponds : Persévérez malgré toutes ces peines dans votre regard de foi, de respect et dans vos affections, autant que vous pourrez ; tenez-vous clos et enfermé dans le cabinet de votre cœur ; laissez bruire toutes ces tempêtes au dehors sans vous en soucier, à l'exemple de Noé qui était paisible, comme son nom même le marque, au milieu de son vaisseau, quoiqu'il fût choqué de tous côtés par des vagues, et agité par les orages.

» Cela est nécessaire à l'ame, pour la purger et la disposer aux opérations de Dieu. Comme le bois vert avant de flamboyer sue et jette son humidité, et subit nécessairement cette purgation pour être capable d'être enflammé ; de même les distractions et toutes sortes d'imaginations nous attaquent, selon qu'il plaît à Dieu, mais ne nous troublons point et ne nous retirons pas pour cela du saint exercice de l'oraison ; détournons seulement notre regard de ces misères, quand nous nous en apercevons, et continuons paisiblement et sans bruit notre sacrifice, nous assurant que nous ne soutiendrons pas long-temps le Seigneur, qu'il ne vienne. »

Et lui se trouvant en cet état, criait à Dieu

O

tout haut lorsqu'il était seul : « Je suis à vous, ô mon Dieu, malgré toutes ces distractions et toutes ces aridités ! Je suis à vous, et je veux être à vous à jamais sans réserve. Vous m'avez créé, et je vous aimerai toujours. » Parfois il l'écrivait de son doigt sur la terre, d'autres fois sur son cœur, et disait : « Je suis content de tout ce que Dieu veut et ordonne de moi, je ne veux rien de plus. Je ne travaillerai ni pour avoir de la consolation, ni pour m'exempter de la sécheresse, ma résolution est de bénir Dieu en tout temps. »

Il écrivit à ce propos à son Directeur : « Je suis quelquefois une heure ou deux à l'Oraison, sans qu'il me vienne rien ; quelquefois j'y souffre par sécheresses et par distractions et lassitude ; mais de quelque façon que ce soit, je ne finis jamais que je ne voulusse recommencer, et le désir m'en est renouvelé ; quelquefois la lassitude du corps s'en va tout à coup par une force intérieure qui m'est communiquée, et qui me dispose à continuer l'Oraison hors du lieu et du temps de l'Oraison, dans la conversation et dans les affaires ; et je vous dirai sincérement que, quoique je fasse tout si mal, il n'y a guère de différence de tout mon temps pour l'Oraison, me trouvant recueilli en tout. »

Il manda, sur le même sujet, à une autre personne : « Je demeurai l'autre jour trois ou quatre heures dans une église avec une grande sécheresse, sans qu'il me vînt rien sur quoi m'arrêter. J'entendis derrière moi un bon serviteur de Dieu qui disait un chapelet de *Gloria Patri*, *etc.* j'offris à Dieu ce qu'il disait, jusques à ce que tout d'un coup il me fut montré, que quand l'ame est seule dans un désert, où elle n'a rien de créé sur quoi s'appuyer, c'est lorsque la corde du pur amour de Dieu lui est donnée et jetée du ciel pour l'attirer; et je ressentis quelque chose de cet effet. Quoiqu'il ne me vienne rien, quand je finis de prier, je serais encore prêt à recommencer. » Voilà pour la contemplation active et acquise.

Pour la passive et l'infuse, comme elle dépend absolument de Dieu, elle n'a d'autre règle que sa volonté et la résolution qu'il a prise de se communiquer à une ame, dont il éclaire l'entendement de hautes lumières, et dont il remplit la volonté de grandes affections, et spécialement de son amour.

Tout ainsi que Moïse, parfaite image des contemplatifs, pour se rendre capable de monter sur la montagne de Sinaï, et y converser avec Dieu, quitta les troupeaux des bêtes, le peuple, les petits et les grands, son frère Aaron même, et encore Josué son ministre qui était toujours avec lui, et puis tout seul s'en alla sur le sommet de la montagne, où *accessit ad caliginem, in quâ erat Deus*, comme parle l'Ecriture, il entra dans un nuage sacré où Dieu était, et y fut quarante jours en contemplation et en conversation intime avec sa divine Majesté. Ainsi on doit laisser les sens, les raisonnemens, les choses sensibles et les intelligibles pour être admis à la vraie contemplation, qui se fait dans les nuages de la foi, où Dieu est indubitablement, et, par la foi, dans les lumières et dans les affections.

Mais il faut remarquer que toutes ces hautes contemplations et ces grandes communications doivent avoir pour but de rendre l'ame contem-

plative, soigneuse d'observer les Commandemens de Dieu et de l'attacher à sa volonté,
comme celles de Moïse aboutirent à lui donner
les Tables de la Loi et à les lui mettre dans les
mains, qu'il rompit encore après, pour nous
apprendre par figure, que l'ame en ces dispositions de sainteté ne laissera pas de faillir, tant
nous sommes faibles et près de tomber malgré
toutes nos lumières, si Dieu ne nous soutient.

L'Époux, dans le Cantique, invite les ames
avec ces aimables paroles : *Comedite, amici, et*
bibite, et inebriamini, carissimi : Mangez, mes
amis, et buvez, et vous, qui êtes mes très-chers
et mes plus confidens, enivrez-vous. Par le manger qui rompt et mâche la viande, il entend la
méditation ; par le boire, où l'on avale une
viande liquide, il signifie l'oraison affective, et
par l'ivresse, la contemplation active, et encore
plus la passive, laquelle produit saintement dans
une ame, ce que l'ivresse opère avec désordre
dans un corps et dans un esprit, la perte de la
raison, l'oubli de toutes choses, et la joie.

M. de Renty fut attiré là de Dieu, et élevé avec
Moïse au haut de la montagne de la contemplation infuse. Il écrivit à son Directeur dès 1645 :
« Depuis long-temps, pendant l'Oraison, ni presque plus en autre temps, je n'ai aucun usage de
l'entendement ni de la mémoire : je ne vois rien,
je ne sens rien, et je n'ai goût ni dégoût à rien,
je sens seulement ma volonté vive et prête à tout
ce que Dieu lui montrera.

« Il lui manda dans une autre lettre : «J'expérimente que depuis quelque temps mon Oraison
n'est plus en règle. Je possède la très-sainte Trinité avec une plénitude de vérité et de clarté,

et cela avec un trait si simple et si fort dans la
partie supérieure de l'esprit, que je ne suis en
rien distrait de mes occupations extérieures. »

Une autre fois : « Jésus-Christ opère l'expérience de son règne dans mon cœur, et je sens
bien qu'il en est le maître et que je suis tout à
lui. J'ai maintenant une ouverture plus grande,
mais pourtant si simple, qu'il n'y a rien à dire
pour l'exprimer, sinon que c'est une simple,
mais vraie vue de Dieu en Trinité, accompagnée
de louanges, de bénédictions, d'offrandes et
d'autres hommages, si simplement que cela ne
fait aucun bruit en bas, et ne se discernerait pas
même en haut par ce détail pour l'exprimer, si
l'on n'y faisait réflexion. Je ne sais pas même si
je dis bien tout-à-fait. »

Ce saint homme uni par ces contemplations à
Dieu et à la première Vérité, recevait une abondance de grandes lumières pour lui et pour les
autres sur toutes sortes de matières ; mais celle
qu'il eut sur l'Ecriture sainte, et spécialement
sur le Nouveau Testament et sur les Mystères de
Notre-Seigneur, furent admirables.

Il écrivit à son Directeur : « Sur un mot, que
je lirai dans le Nouveau Testament, il me viendra
quelquefois des connaissances de nos vérités
d'une manière si pénétrante et si abondante, que
même j'en sens mon corps plein, c'est-à-dire, que
toute ma nature en est pénétrée. » Et il manda
à un de ses amis : « Quand je lis les saintes lettres, je me fortifie pour entrer dans l'effet qu'elles opèrent, qui est une plénitude de Dieu, qui
rassasie l'ame solidement et expérimentalement. »
Il a fait sur tous les Evangiles du Carême des
remarques qui découvrent bien sa piété, et les
grandes lumières dont son esprit était éclairé.

Voilà à peu-près ce que l'on peut dire de l'oraison de ce grand serviteur de Dieu pour ce qui a paru, car le principal est ce qui se passait dans le sanctuaire de son ame ; et il avait un si puissant attrait à l'oraison et à la conversation avec Dieu, qu'après y avoir passé les sept à huit heures de suite, il se trouvait à la fin comme s'il n'eût fait que la commencer ; sinon qu'il avait encore plus de désir de la continuer : et il est arrivé enfin à ce point qu'il n'en sortait plus parce qu'il était toujours recueilli et appliqué à Dieu. D'où il avoua à un ami intime, qu'il n'avait plus besoin ni de temps ni de lieu particulier pour faire l'oraison, parce qu'il la faisait en tout lieu, et en tout temps, et en toutes sortes d'occupations.

~~~~~~

CHAPITRE IX.

Son état de mort mystique et d'anéantissement.

Voici le plus haut degré de la vertu d'une ame, et la dernière disposition qu'elle doit avoir pour être capable de s'unir intimement à Dieu, où consiste sa perfection. Il faut qu'elle meure pour vivre de sa vraie vie, et elle doit s'anéantir pour devenir quelque chose de grand.

Cette mort et cet anéantissement ne consistent pas dans la destruction de l'homme pour ce qui est de l'être naturel, tellement qu'il n'ait plus d'entendement, plus de mémoire, plus de volonté, ni de passions, plus d'yeux, plus d'oreilles, plus de langue, mais dans la ruine de l'être corrompu et vicieux du vieil homme, dont le péché l'a infecté, de sorte que son entendement et ses autres facultés spirituelles et corporelles en soient nettoyées, et animées de l'esprit de Jésus-Christ pour opérer, non pas selon la nature gâtée, ni selon la nature toute pure ; mais selon la nature élevée par la grâce et sanctifiée par Jésus-Christ.

Or comme l'être corrompu et malin du premier homme règne entièrement dans notre nature, et que le poison, que son péché a coulé dans nous, s'est répandu partout dans nos ames et dans nos corps, de façon que depuis le sommet de la tête, comme parle le Prophète, jusques à la plante des pieds, il n'y a partie en nous qui ne soit malade ; il faut guérir toutes ces parties malades, purger toute cette corruption, et faire mourir et anéantir tout-à-fait cet être malin. Je dis *tout-à-fait*, autant qu'il se peut sur la terre, parce que ce n'est qu'au Ciel dans l'état de la gloire, que ce bonheur se trouve dans sa perfection ; ici-bas il y a toujours quelque chose à redire. Cet homme saint et illuminé écrivant à une personne, sur cet état de mort et d'anéantissement, lui mande que chantant à l'Eglise avec les autres le *Magnificat*, il eut sur le verset, *Deposuit potentes de sede, et exaltavit humiles*, une lumière qui lui fit voir une ame dans la plénitude d'elle-même, dans la puissance et la richesse de ses facultés et de ses inventions naturelles, dans la vie de ses sens intérieurs et extérieurs, qui veut tout voir et tout entendre, enfin qui est toute pleine d'elle-même et vide de Dieu.

Et puis il ajoute : « Notre-Seigneur me fit comprendre dans l'intelligence de ce verset, qu'il dépouille cette ame de ce propre esprit arrogant et riche d'iniquités, qu'il l'humilie, la simplifie et l'anéantit, et que par ce moyen, *Exaltavit humiles*, il l'élève à un état merveilleux, où je la vis réduite à ce riche néant, vide d'elle-même et de tout ce qu'elle avait des sens et de l'humanité, et dépouillée non-seulement de ce qui est des dons de Dieu, pour le suivre en nudité, et être devant lui en audience pure. Je connus qu'en cet état, comme elle porte une grande impression d'abandon et de confiance, Dieu fait en elle ce qu'il veut, qu'elle est très-éclairée, et qu'elle découvre de loin les moindres choses, comme l'on découvre un petit arbrisseau au milieu d'une rase campagne. »

Il envoya à son Directeur ce qui suit sur le même sujet : « Lorsque j'eus donné ma liberté à Dieu, signée de mon sang, comme je vous ai mandé, on me fit connaître à quel point d'anéantissement il faut que l'ame vienne pour se rendre capable de s'unir à Dieu. Je voyais mon ame se réduire comme à un petit point ; je la voyais se serrer, diminuer et se réduire au néant, et au même moment je me voyais, comme si j'eusse eu autour de moi tout ce que le monde aime et possède, et comme une main qui éloignait tout cela de moi, et le jetait dans l'abîme du néant.

» Premièrement les choses extérieures, les royaumes, les gouvernemens, les édifices superbes, les riches meubles, l'or, l'argent, les divertissemens, les plaisirs qui empêchent beaucoup les ames d'aller à Dieu, et dont il veut pour cela les voir dépouillées, afin qu'elles puissent arriver au point de nudité et de mort, qui les doit mettre dans les solides richesses et dans la vraie vie.

» Secondement, les choses intérieures qui sont encore plus délicates et plus précieuses, comme les sciences acquises, les connaissances recherchées, les opérations de la mémoire, de l'entendement et de la raison humaine, les expériences des sens, dont doit être purgée l'ame qui doit mourir à ses propres actions ; et je connus qu'il faut devenir comme de petits enfans simples et innocens, séparés non-seulement du mal, mais même de la manière d'agir que nous avons au bien, allant aux choses que la divine providence nous présente, par envoi de Dieu aux choses, et non par les choses à Dieu, qui est une façon nue, dégagée et anéantie, qui ne voit rien que Dieu, non pas même, pour ainsi dire, les choses qu'elle fait, dont il ne lui reste rien, ni choix, ni joie, ni regret de la plus grande ni de la plus petite, du bon ou du mauvais succès ; mais seulement l'ordre de Dieu qui règne en tout, et qui en tout aussi contente l'ame qui tient à lui et non à la vicissitude des choses : c'est pourquoi elle est toujours égale et toujours la même au milieu de tous les changemens. »

Dans une autre il lui mande ; « Il faut anéantissement à tout pour suivre en simplicité, sans regard et sans réflexion, ce que Notre-Seigneur fait en nous, ou ordonne de nous, soit ceci ou cela ; c'est un chemin qui m'est montré, par lequel je dois aller à lui ; et de là vient que toutes choses me sont sans goût, et c'est là mon ordinaire. »

Et dans une autre encore : « Je ressens de grandes choses sur la vérité et la simplicité de l'a-

O *

néantissement que je dois porter, et j'ai en un clin d'œil la vue qu'il doit être si simple, que même il ne soit pas connu de l'ame. C'est un état de mort et d'anéantissement, sans avoir aucun regard sinon d'être à son Dieu avec abandon, avec foi et avec confiance. »

Il écrivit à une autre personne : « Je vous assure qu'il n'y a sûreté que dans le néant et dans la mort : qui est baptisé, doit être mort en Jésus-Christ pour mener une vie d'anéantissement : le reste n'est pas tout mauvais, mais il est toujours dangereux, particulièrement l'action que nous faisons de nous-mêmes ; ainsi dénuons-nous de tout, afin que le saint Enfant Jésus meuve tout. »

Il dit tout, parce que cet état de mort et d'anéantissement doit être généralement de tout ce qui en nous vit de la vie corrompue d'Adam ; de sorte que, comme un corps mort n'est pas seulement mort à l'œil, ni à l'oreille, ni à la main, mais à tous ses sens et à tous ses membres, sans qu'il en reste un seul de vivant ; et qu'il est encore mort aux richesses et à la pauvreté, aux plaisirs et aux douleurs, aux honneurs et aux opprobres, à la louange et au blâme ; car il ne sent rien de tout cela, parce qu'il est mort à tout : il en est de même de l'esprit, qui doit être mort non-seulement à une de ses facultés, comme l'entendement ou la volonté, mais à toutes choses, de la manière que nous avons dite ; avec cette différence pourtant, que le corps étant une fois privé de sa vie, ne la peut jamais naturellement recouvrer, tandis que l'esprit mort peut aisément revivre, et l'être malin d'Adam ne s'en va pas si loin qu'il ne puisse bientôt revenir, si on n'y prend garde, parce qu'en cette vie la mort ni l'anéantissement ne peuvent aller jusques au centre de la nature.

De même que dans un jardin vous pouvez nourrir une mauvaise herbe, à laquelle vous ne toucherez pas, mais vous lui donnerez toute la liberté de pousser, d'étendre ses feuilles et de croître ; ou si vous ne voulez pas qu'elle paraisse, vous la retrancherez, la coupant jusques à la racine ; ou même vous l'arracherez et la déracinerez de façon qu'elle ne pourra plus revenir : mais pourtant vous ne sauriez si bien faire, que la terre n'en puisse produire une autre semblable, parce qu'elle y est naturellement disposée.

Il est de même en votre pouvoir de laisser vivre dans votre ame une passion déréglée, qui y produira ses saillies, et y exercera sa tyrannie ; ou bien de la mortifier, empêchant qu'elle ne pousse, quoique la racine y demeure ; ou même encore la déraciner à fond comme font ceux qui par un grand courage changent leur naturel et détournent son cours pour lui faire prendre une pente toute contraire, du mal au bien et du vice à la vertu, tels qu'ont été les hommes parfaits et celui dont nous écrivons la vie ; mais quoi qu'il arrive et quoi que ces esprits généreux gagnent sur eux, notre nature demeure toujours gâtée en son fond, et en état, si on n'y veille, de produire tôt ou tard les actions du même vice.

SECTION PREMIÈRE.

Suite du même sujet.

Pour venir au détail de la mort mystique et de l'anéantissement de ce saint homme, il était

mort et anéanti, premièrement aux richesses et
à tous les biens de la terre, dont il s'était tellement dépouillé et pour l'affection du cœur, et
même pour la possession réelle, qu'il en avait
quitté, comme nous avons vu, la propriété, et
n'en usait qu'en qualité de pauvre, avec un ardent souhait de pouvoir même se priver de l'u-
sage.

« Je reconnais devant Dieu, écrivit-il un jour
à son Directeur, qu'il me fait cette miséricorde
en son Fils, de me détacher véritablement des
choses de ce monde ; et mon sentiment ordinaire est, que si son ordre ne m'y tenait lié par
ma condition, et qu'il me mît en état de tout
donner ou de tout quitter, ce serait mon grand désir. Je soupire souvent après un tel détachement,
non par la présomption de ma force, mais soupirant après l'état de Jésus-Christ en Jésus-Christ. »

Et il manda à une autre personne : « Tout ce
qui se peut imaginer en ce bas monde, est peu de
chose, fût-ce le dépouillement de tous nos biens,
et la mort de tous les hommes ; car toute la four-
milière de monde me semble ne pas mériter
réflexion. Si nous avions un peu de foi et un peu
d'amour, qu'heureux serait celui qui aurait à
donner tout, ou qui aurait déjà tout donné, pour
ne vaquer plus qu'à son Dieu, et dire : *Deus meus
et omnia !* »

En son procès de Dijon, il parut si désintéressé et si mort au gain ou à la perte, qu'on ne
put jamais l'obliger, je ne dirai pas de solliciter ses Juges, mais même de leur recommander
son affaire, non que par une indifférence vicieuse il la négligeât et n'y fît ce qu'il jugeait
être absolument nécessaire ; mais parce qu'il

avait ainsi perdu, par une haute vertu, le sentiment des biens de la terre, et s'était remis
du succès entièrement à la volonté de Dieu ;
joint qu'il savait que les affaires se traitent et se
gagnent bien mieux devant Dieu par la prière
et par la confiance en son secours, que devant
les hommes par une multitude de sollicitations
souvent inutiles.

Secondement, il était mort et anéanti à toutes
les récréations et à tous les plaisirs de cette vie,
y ayant renoncé depuis le commencement de sa
parfaite conversion, et se tenant en toutes choses
dans un état de continuel sacrifice de son corps et
de son ame, ce qui était son grand exercice et son
terme ordinaire. Ainsi il ne faisait usage de ses
sens ni de leurs objets, que dans la pure nécessité, et suivant la conduite de Notre-Seigneur.
Il était tellement occupé de Dieu en son intérieur, comme nous avons remarqué, que lorsqu'il avait des douleurs cuisantes et qu'il était
malade, il n'y pensait presque pas, et avait
peine à en parler ; ce qui a paru notablement dans
sa dernière maladie.

Troisièmement, il était mort et anéanti à l'honneur, aux qualités de sa naissance et à sa noblesse, dont il s'était lui-même dégradé entre
les mains de Notre-Seigneur pour se rendre plus
humble ; il était mort à l'estime des hommes et
à toutes les louanges, comme aussi à tous leurs
opprobres. Il en donna un illustre témoignage
à une personne qui en agissait avec lui familiè-
rement, et qui lui disait qu'elle avait peine de
le voir tant honoré et estimé des hommes : en
lui répondant, premièrement, qu'elle avait
grande raison, parce qu'il n'y en avait point de

sujet; et puis, comme elle lui demanda quels
sentimens il avait quand il s'entendait louer :
« Je n'y fais aucune attention ni aucun retour :
cela ne me touche pas plus que si on parlait à
une souche : je suis par la grâce de Dieu insensible aux louanges et aux mépris, les unes ni les
autres ne font aucune impression sur mon esprit,
et je n'y réfléchis seulement pas. »

Il avait raison ; car comme toutes les louanges
que les hommes vous donnent, ne vous font pas
meilleur, leur blâme non plus ne vous rend
pas pire ; outre que dans la distribution qu'on
fait des louanges et du blâme, on commet pour
l'ordinaire une des hautes injustices qu'on voit
sur la terre, parce qu'on loue fort souvent des
gens infames qui mériteraient d'être confondus,
et on blâme des personnes que Dieu estime.

En quatrième lieu, il était mort et anéanti
aux biens, aux plaisirs et aux honneurs surnaturels, qui sont sans comparaison de plus grand
prix que ceux dont nous avons parlé. Il était
mort à toutes les choses bonnes, aux vertus et
à la perfection, qu'il ne désirait et ne cherchait
que dans un esprit dégagé et anéanti, sans vouloir, ni telle ou telle vertu, ni ce dégré de perfection ou un autre, mais les voulant comme
Dieu voulait qu'il les eût, et disant que : « L'a-
mour propre craint tant de se voir dépouillé,
qu'il ne lui importe pas à quoi il tienne, pourvu
qu'il ait moyen de subsister et de se maintenir
dans son petit droit de propriété ; ce qui nous
oblige de travailler sans cesse à l'anéantissement de tous nos désirs, même de ceux qui nous
semblent ne tendre qu'aux vertus ; je dis, qui
nous semblent, parce que si Dieu nous donnait

lumière, nous verrions sans doute que ce qui nous semble souvent tendre à nous dénuer, va secrètement, mais véritablement, à posséder quelque chose et à nous conserver nous-mêmes ; tandis que nous devons aller toujours à notre néant, dans lequel seulement nous pouvons trouver Dieu. O qu'heureux sont les pauvres d'esprit !

Il était mort et anéanti à tous les goûts de dévotion et à toutes les grâces sensibles, dont les ames amoureuses d'elles-mêmes sont ordinairement si avides. Sur quoi il disait avec raison : Qu'il faisait beaucoup plus de cas des grâces auxquelles les sens n'ont point de part, que des visibles et des sensibles. Il écrivit à une personne : « Je crains fort ces grâces qui tiennent tant et presque tout du sensible. Il se trouve, parmi les Spirituels un grand nombre de mauvais riches d'esprit ; de ce nombre sont tous ceux qui ne cherchent que des goûts, des sentimens et des lumières dans cet exil, où nous devons vivre de foi ; et ce qui est pitoyable, c'est qu'il y en a fort peu qui ne soient en quelque façon de ce nombre, parce qu'on estime et qu'on aime cela, parce que l'homme naturellement aime à voir, et pour cela il cherche la lumière ; et comme il n'a pas expérimenté celle de Dieu, que l'on ne peut bien recevoir qu'en éteignant la sienne et en se détruisant, il cherche celle qui est en lui-même, qu'il prend pour la divine, parce qu'il se l'imagine et qu'il l'exprime à sa manière. »

Il manda à une autre : « Pour les obscurités, pour les délaissemens et les autres peines d'esprit, on les souffre, quoi qu'il en coûte, et on s'y jette à corps perdu, pour ainsi dire, en

abandon , comme un poisson dans l'eau qui est
son élément ; à Dieu de tous côtés ; en Dieu pour
jamais et pour tous. Si nous sommes liés à Notre-
Seigneur Jésus-Christ , nous ne verrons que
soumissions et anéantissemens , et nous ne sen-
tirons que cela. »

Il était mort et anéanti à toutes les choses
éclatantes et extraordinaires ; il n'en avait aucun
sentiment , comme le Soleil , qui tout couvert
de lumière et couronné de gloire , n'en est pas
plus glorieux. Ayant reçu de la part de Dieu par
une personne de haute grâce des promesses de
très-grands dons , il écrivit à son Directeur :
« Les choses qu'on m'a envoyées et qu'on m'a
promises , sont ce qu'elles sont , sans que je
m'y arrête et que je m'y puisse appuyer ; il faut
vivre de foi. »

Et un autre encore l'ayant assuré que Notre-
Seigneur lui avait fait une faveur très-signalée ,
l'effet , que cette assurance opéra en lui , fut
de lui imprimer un très-grand mépris et un plus
profond anéantissement de soi-même ; et comme
on lui donna ces choses expliquées tout au long
dans des papiers , il se défit de ces papiers et les
mit entre les mains de son Directeur , ainsi que
tous les autres les plus secrets et les plus impor-
tans de ses dévotions , et ceux même dont nous
avons parlé , qu'il avait écrits de son sang ; ce
qui ne fut pas un petit effet d'anéantissement
en lui , parce que souvent on est épris de ces
meubles de piété , et on y a des affections d'autant plus difficiles à rompre , qu'elles sont plus
malaisées à connaître , et qu'elles paraissent plus
justes , à cause du profit qu'on croit en tirer :
mais il faut ne tenir à rien , pour pouvoir bien
tenir à Dieu.

Voici ce qu'il écrivit à son Directeur à ce sujet :
« J'ai reçu le papier qui parle de cette grâce : je
vous en envoie la copie, n'ayant rien à réfléchir
là-dessus, sinon porter la plus grande latitude
de cœur que je puis, à bénir Dieu, à le reconnaître et à le servir. J'ai brûlé ce papier et quantité d'autres choses semblables, et si vous ne
jugez pas que je vous les doive envoyer, je vous
supplie de me mander si vous ne trouvez pas
bon que j'en use ainsi. Je souhaiterais, si j'avais
à souhaiter quelque chose, de n'avoir rien à
moi que mon Dieu ; c'est là le grand rassasiement de l'ame, et le riche trésor du cœur. »

Il était encore mort et anéanti à toutes les
choses que Dieu faisait par lui, n'y prenant aucune part, et ne s'y intéressant pas plus, après
qu'elles étaient faites, que si elles eussent été
faites par d'autres que lui.

Cinquièmement, il était mort et anéanti aux
affections, non-seulement déréglées, mais même
purement naturelles, de toutes les créatures, et
en particulier de celles qui prenaient ses conseils
pour la conduite de leur intérieur, en qui les
liaisons et les attaches de part et d'autre sont,
si on n'y veille, plus ordinaires, de sorte que
dans la séparation vous voyez souvent des esprits
démontés et des dévotions fort altérées.

Il écrivit pour cela à une de ces personnes :
« Je ne puis supporter qu'avec peine le cas que
vous faites de mon entretien ou de mes voyages :
voyons beaucoup Dieu, lions-nous sans cesse à
Jésus-Christ, afin d'apprendre en lui et de lui
l'anéantissement profond de nous-mêmes. Et à
une autre : « Jésus-Christ est permanent et sa
grâce va toujours croissant, et tant que je serai

à lui, je serai à vous pour lui et selon lui. Notre-Seigneur ne délie pas les esprits, lorsqu'il éloigne les corps, puisque même la coutume est de séparer l'imparfait, qui bien souvent ne porte qu'altération à la pleine vie de son esprit, qui n'est jamais telle, que lorsqu'il est tout seul. »

Faisant savoir à une personne la mort de madame la comtesse de la Châtre, pour le salut et la perfection de laquelle il avait pris de très-grands soins, comme nous l'avons rapporté, il lui mande : « Je n'étais pas à Paris, mais à Citry, quand elle mourut; on m'envoya quérir en hâte, le samedi, jour de sa mort, mais je n'arrivai que deux heures après; et en entrant dans la ville je l'appris, en l'entendant crier dans les rues : je me liai aussitôt fortement à Dieu, dont j'attendais la volonté, et je n'en ai pas plus été affecté intérieurement ni extérieurement, que si elle était encore au monde. Je vois son ordre en ce que je n'ai pas assisté à sa mort, et je ne doute point qu'il n'ait permis cette privation pour le bien de cette Dame. »

Il écrivit à une personne qui avait perdu son Directeur : « Quant à l'absence de votre Père, ce serait à la vérité une grande perte et pour vous et pour le pays qu'il quitte, si l'ordre de Dieu ne sanctifiait et n'établissait plus qu'il ne détruit ; et s'il éloigne quelquefois nos petits appuis visibles et sensibles, c'est pour nous fonder plus fortement dans la fin à laquelle il nous achemine, qui est de demeurer et de nous tenir en Dieu avec Jésus-Christ, où nous trouvons toute vérité et toute force, et si près de nous qu'il est au milieu de nous. Et à proportion que les appuis des créatures nous manquent par sa conduite, il se montre en sorte que l'on expérimente bien que l'on n'est pas orphelin, soit par l'esprit qui réside en nous pour nous soutenir, soit par les secours des mêmes Ministres, lesquels, quoique plus rares, portent en nous une grâce de plus d'étendue ; tant notre Père céleste pourvoit jusques aux moindres besoins de tous ses enfans, qui lui sont vraiment enfans. »

Ainsi il ne faut se lier aux personnes qui vous aident pour votre salut, que comme à des instrumens dont Dieu se sert, et dont avec lui vous devez vous servir pour l'opérer. Tandis qu'il vous les donne, usez-en avec soin et avec fidélité, et souvenez-vous qu'en peu de temps on peut bien avancer en fait d'instructions nécessaires. Quand il vous les ôte, ou par la mort, ou autrement, ne vous affligez point, imparfaitement, et ne perdez pas courage, mais rendez-les-lui de bonne grâce avec soumission et avec remercîment : et ce sera le moyen qu'il vous en donne d'autres, qui vous aideront encore davantage, et trouveront mieux la jointure de votre esprit,

Enfin, il était mort et anéanti à l'amour de lui-même, à son humeur, qu'il avait tellement corrigée, qu'étant naturellement vif et prompt, comme nous avons déjà dit, il s'était rendu rassis et égal au point, qu'il a causé de l'admiration à tous ceux qui l'ont connu ; ayant un esprit haut et altier, il avait acquis une humilité de cœur très-profonde, dont il produisait des actions signalées à l'extérieur, en tout temps et en tout lieu ; et son génie naturel le portant à la raillerie, il était néanmoins l'homme du monde le plus respectueux envers tous, jusques aux plus petits. Pour ses passions, il les tenait si assujetties et si bien réglées, qu'elles n'échappaient jamais, et que l'on eût même dit qu'il n'en avait point.

Il était mort de cette mort parfaite, dont nous parlons, aux facultés supérieures de son ame : à sa mémoire, parce qu'elle était si vide de toutes les choses de la terre, qu'elle ne lui en donnait aucune idée capable de l'empêcher de se souvenir de Dieu ; il ne faisait aucune réflexion imparfaite sur le passé, ainsi que nous avons vu, et Notre-Seigneur lui avait donné cette grâce singulière, qu'il n'était point occupé des actions qu'il faisait, et lorsqu'elles étaient faites, qu'il en perdait comme le souvenir ; tout s'effaçant de sa mémoire pour qu'il n'en fût point embarrassé.

Il écrivit à une personne familière : « Il y a quelque temps, que me trouvant au milieu d'un grand nombre de personnes, mon esprit fut éclairé et touché de ne désirer, ni d'en connaître aucune, ni d'en être connu : cela a fait une merveilleuse séparation en moi de toutes choses ; et j'ai appris que de là dépend un des principaux points de la vie spirituelle, qui porte une grande pureté d'esprit, un grand éloignement de la créature, et qui met l'ame au monde comme si elle n'y était pas, dans l'oubli et dans l'ignorance de ce dont elle n'a que faire, ne pouvant plus souffrir que le nécessaire. »

Il était mort à son esprit, à sa raison et à son jugement, parce qu'il vivait de la Foi qui est sa propre mort. On peut conclure de ce qui a été dit, qu'il ne faisait pas plus d'usage de cette puissance par elle-même, que s'il n'en eût point

eu , et qu'il produisait tout par le mouvement de Jésus - Christ , qui vivait et opérait
par elle.

Enfin , il était mort et anéanti à sa volonté,
que je mets la dernière, parce qu'elle est en cette
vie la plus importante de nos facultés dans les
choses morales. Il était donc mort à sa volonté
propre ; il l'avait rendue entièrement conforme
à celle de Dieu , ne voulant absolument en tout
que ce que Dieu voulait.

« J'adore, écrivait-il à une personne, tellement la volonté de Dieu en tout ce qu'il lui
plaît de me marquer, que l'enfer me serait un
paradis , s'il me donnait l'ordre de le porter. »
Et à une autre : « Bien loin d'agir en cette affaire par mon esprit , je le veux anéantir tout-
à-fait ; je veux qu'il ne sache d'autre langage
que *rien*, et toujours *rien*, pour suivre en tout
les traits de la divine volonté dans sa mesure
et dans sa manière. » Il dit à une autre : Que
Notre-Seigneur l'avait par sa grâce mis en un
si grand état d'indifférence pour tout , qu'il eût
été très-content de demeurer toute sa vie para-
lytique dans un lit , sans se pouvoir remuer ,
et sans faire réflexion sur le service qu'il rendait
au prochain , et qu'il ne pourrait plus lui rendre ,
tout lui étant égal dans la volonté de Dieu. »

Il manda à une autre : « Je me suis trouvé
depuis quelque temps en des emplois de telle
nature, tant pour l'extérieur, que pour l'intérieur, qu'un pauvre petit esprit comme le mien
eût bientôt échoué, si je n'eusse abandonné le
tout à Dieu. C'est en lui, et par cette voie d'abandon, que je prends tout mon appui, adorant avec
vous et par l'instruction que vous me donnez

les décrets de sa très-sainte et divine volonté, qui tient toutes choses en sa main pour nous y assujettir par justice, et nous y sanctifier par amour, si l'épreuve montre que nous ayons un cœur d'enfant, c'est-à-dire, l'esprit de Jésus-Christ, pour gémir à notre Père céleste, et lui dire : *Abba, Pater.* »

SECTION SECONDE.

Continuation du même sujet.

M. de Renty étant ainsi tout-à-fait abandonné à Dieu, ayant perdu et anéanti sa volonté dans la sienne, ne désirait et ne craignait rien en ce monde, et de plus il y possédait un très-profond repos d'esprit et une paix que rien ne pouvait altérer ; d'où lui venait cette merveilleuse et invariable égalité, qui reluisait à son extérieur en tout temps, en tout lieu, et en toutes occasions.

Une personne intime voulant savoir un jour s'il n'avait point désir de quelque chose, lui demanda tout ce que son esprit lui put suggérer dour tirer cet éclaircissement ; et entr'autres questions, elle lui fit celle-ci : S'il ne désirait pas que les œuvres qu'il entreprenait pour la gloire de Dieu, eussent un bon succès ; à quoi il répondit : Qu'il n'avait point d'autre désir dans toutes ses actions et dans ses entreprises, que l'accomplissement de la volonté de Dieu ; et quoiqu'il fît tout son possible pour les faire réussir, qu'il était néanmoins abandonné pour tout à ce que sa Majesté en ordonnerait : ajoutant beaucoup d'autres choses qui montraient son anéantissement pour tous les désirs, et la parfaite transformation de sa volonté en celle de Dieu.

Et il n'eut pas plutôt achevé, qu'il arriva un
accident, où il fit bien paraître cette parfaite
mort : car on lui vint dire que le ciel était tout
en feu; à cette nouvelle, qui a coutume de sur-
prendre et d'effrayer si fort, il ne témoigna aucune émotion; mais avec une paix et une tranquillité admirable, il regarda le ciel et dit : **Le
feu est dans Paris**; sans s'altérer davantage, quoiqu'il connût que l'embrasement était si grand,
qu'une bonne partie de la ville était en danger
d'être brûlée : plusieurs personnes, qui demeuraient près de sa maison, disaient qu'il fallait
quitter le quartier, parce qu'en effet le feu n'était
pas loin, et pouvait s'étendre aisément jusques
à eux. Dans cette frayeur commune **M. de Renty**
demeurant dans son égalité ordinaire et dans son
abandon à l'ordre de Dieu, entra dans sa chapelle, où il fut fort long-temps en oraison, s'offrant à Dieu en sacrifice et s'immolant à sa volonté. Une personne le considérait en cet état
avec admiration, pendant qu'un grand nombre
de gens étaient dans l'épouvante, et délibéraient
pour s'en aller. Voilà la disposition de son esprit.

Il avoua aussi à une autre personne de confiance
et discrète, qu'il se sentait par la miséricorde de
Dieu dans un si parfait état de mort à toutes choses, que ni les anges, ni les hommes, ni la
perte des siens, ni le renversement de sa famille,
ni aucun autre accident ne pourrait lui faire perdre l'assiette de sa paix, mais qu'il demeurerait
tranquille et même insensible à tout cela : ce
qu'il disait non par une vaine exagération et
un certain sentiment de boutade qui fait souvent
proférer des choses bien éloignées de la vérité,
mais par un établissement ferme et expérimen-
tal qu'il avait dans l'insensibilité des Saints.

Telle était la mort mystique et l'anéantissement de cet homme de Dieu, qui le comblait
de trésors immenses de richesses spirituelles,
lui faisait mener une vie très-parfaite, et l'unis-
sait intimement à Dieu. À quoi aussi cette mort
et cet anéantissement sont absolument nécessaires, parce qu'un être ne peut devenir ce qu'il
n'est point, s'il ne cesse d'être ce qu'il est : le
bois ne saurait passer à la nature du feu, tant
qu'il conserve la sienne ; il faut qu'il la quitte et
que la matière soit dépouillée de toutes les formes du bois, de la substantielle et des acciden-
telles, et réduite à une nudité entière, pour être
capable que le feu s'unisse à elle ; à moins de
cette nudité, l'union est impossible.

C'est une règle générale dans la nature qui ne
souffre point d'exception, qu'un sujet, pour recevoir une forme, doit y être disposé, et d'autant plus, que la forme est plus noble ; et cette
disposition consiste dans ce dépouillement du
sujet, et dans cette perte qu'il doit faire de quelques choses pour en gagner d'autres. Partant
pour faire un homme divin, il faut qu'il ne soit
plus homme vivant selon sa nature ; et pour le
rendre digne de s'unir à Dieu, il doit nécessairement mourir et être anéanti à lui-même.

Certes si le feu demande de la matière ce dépouillement universel pour pouvoir se communiquer à elle, à combien plus forte raison Dieu,
qui est un esprit infiniment pur, et l'être premier et souverain, exigera-t-il de l'homme ce
dénuement général, cette mort et cet anéantissement à soi et à toutes choses, pour se donner
et s'unir à lui ? attendu qu'en se donnant à lui,
il lui donne la jouissance de lui-même, de sa

beauté, de sa bonté, de sa sagesse, et de ses autres perfections, et que par son union il le rend bienheureux.

D'après cela, quelle admirable pureté doit avoir une ame pour être unie à Dieu, au Ciel, dans l'état de la gloire? Il est nécessaire, ou qu'elle conserve encore toute son innocence baptismale, ou, si elle l'a souillée de la moindre tache, qu'elle en soit nettoyée avec des tourmens étranges par le feu du Purgatoire, quelques bonnes œuvres qu'elle ait faites d'ailleurs, et à quelque dégré de sainteté qu'elle soit parvenue.

Il en est à proportion de même de l'ame sur la terre dans l'état de la grâce, où, pour être bien préparée à l'union avec Dieu, elle doit être très-pure : et comme ce qui la souille est l'attache aux créatures, et encore plus à elle-même ; pour qu'elle soit pure, il faut que cette vie du premier homme qui la fait vivre à ses appétits, à ses désirs et à son propre esprit, meure à toutes les créatures et à elle-même : comme notre corps pour être parfait et obtenir sa vraie vie, immortelle et bienheureuse, doit auparavant nécessairement mourir ; il en est de même de notre ame, si nous voulons qu'elle arrive à sa perfection qui consiste dans l'union avec Dieu, et qu'elle mène une vie sainte, et divine, qui est sa véritable vie.

M. de Renty écrivit un jour à ce sujet à son Directeur : « Je vois très-clairement que le moyen d'être uni à Dieu, c'est d'être dénué de tout ce qui n'est point Dieu, et mort à toutes les créatures et à soi. Ah ! que je connais l'importance de ce dénuement et de cette mort ! Hé quoi, ce qui fait interruption à cette union continuelle

P

d'amour , que nous devons avoir avec sa divine
Majesté et avec cette beauté souveraine , c'est
une attache légère à quelque chose créée : et nous
souffrirons qu'une chose si menue et si indigne
nous occupe au lieu de Dieu , et que son esprit
divin , qui est un feu d'amour tout consumant
et qui nous environne de toutes parts , n'ait pas
la puissance de faire sur nous ce que le feu élé-
mentaire fait sur le bois ? Moi vicieux et toujours
mécontent par mes misérables plénitudes , et qui
ne puis être parfaitement heureux que par la
possession de Dieu , ne me point remplir ni m'occuper de Dieu. Je le puis , avec sa grâce , en
me séparant doucement de toutes choses par une
simple et amoureuse application à lui. »

Et il manda à une autre personne : « Quand
saint Paul nous dit : Vous êtes morts , et votre
vie est cachée en Dieu avec Jésus-Christ , il pose
la mort comme la base nécessaire du Chrétien
pour nous ôter toutes les vues et toutes les recherches des créatures , comme nous voyons
qu'un mort n'a plus de sentiment ni de mouvement pour rien : car quoique nous sentions parfois des mouvemens rebelles de la nature corrompue , ils ne naissent que pour être étouffés
et anéantis à leur naissance. L'Apôtre nous donne
pour notre modèle , Notre-Seigneur, de qui il
dit autre part : *Exinanivit semetipsum* , il s'est
anéanti lui-même : voyons comment et jusques
où ; c'est depuis l'instant de sa conception jusques à celui de sa mort. Voilà notre Règle , notre
Patron et notre Rendez-vous de toutes parts. »

Il dit à une autre : « Si nous pouvions concevoir combien le véritable dénuement de tout rend
l'ame capable de Dieu , nous lui demanderions

sans cesse cette grâce, et nous nous ferions sans
doute de grandes violences pour l'obtenir et arriver à l'état de mort et d'anéantissement où il
faut que tout chrétien arrive, s'il veut s'unir à
Dieu et monter à sa perfection.

» Je reçus, il y a quelques années, sur cette
vérité, une lumière qui me fit connaître que
le trésor Evangélique caché dans le champ, n'est
autre que cet état de mort, et l'anéantissement
qui nous ôte à nous-mêmes pour nous donner à
Dieu, et nous vidant de toutes les créatures
nous dispose à être remplis du Créateur, et ensuite de la source de tout bien. Notre-Seigneur
nous dit, que, qui le découvrira, vendra tout
ce qu'il a pour l'acheter. Si nous connaissions
la valeur de ce trésor précieux, nous donnerions
franchement notre liberté et tout ce que nous
sommes et tout ce que nous avons, pour le posséder.

« Ce nous est, à la vérité, une grande confusion, que tant de choses et tant de puissans motifs nous obligeant à tendre à ce néant, nous y
parvenions néanmoins si rarement et si tard.
O! qu'il y a peu de personnes véritablement anéanties! qu'il y en a peu qui ne vivent encore de
cette vie corrompue du premier homme, et qui
n'en produisent des actions, s'il se présente
quelque occasion d'honneur, ou de profit, ou
de plaisir! qu'il y en a peu qui achèvent de se
perdre et de renoncer à eux-mêmes dans les
points qui regardent leur perfection! Nous devrions tendre de toutes nos forces à l'état bienheureux du néant. »

Que les esprits ainsi morts mènent une vie
admirable, et que les ames anéanties de cette

P 2

sorte, et qui ne sont plus rien à elles-mêmes, sont en Dieu de rares chefs-d'œuvre, et capables de faire de grandes choses pour sa gloire; Elles sont intimement unies à lui, elles sont toutes perdues et toutes transformées en lui, et par cette union et cette transformation, par cette riche perte et cet heureux anéantissement, elles arrivent au comble de leur perfection, elles possèdent une si profonde paix et jouissent d'un contentement si pur et si solide, qu'il surpasse incomparablement tous les plaisirs des sens; et elles sont élevées si fort au-dessus de toutes les grandeurs de la terre et de tout ce que le monde admire, que, comme dit un ancien Père, elles les ont en mépris; elles ne mettent point de distinction entre la pompe des empereurs et les toiles des araignées; elles comparent les diamans et les plus fines pierreries aux cailloux qui sont sur le bord de la mer; elles ne tiennent pas la santé du corps pour bonheur, ni la maladie pour malheur; elles ne jugent pas que la pauvreté doive s'appeler misère, ni que le pauvre soit mal à son aise, et elles ne pèsent point la vraie béatitude au poids des écus, et ne la mesurent pas par les délices; mais elles disent que tout cela ressemble aux eaux des rivières qui baignent le pied des arbres plantés le long de leur rivage, sans s'arrêter à aucun, mais qui passent promptement des uns aux autres, en courant sans cesse à leur fin.

C'est de ces illustres morts, et de ces ames divinement anéanties, que l'Ange dit à saint Jean dans l'Apocalypse : *Scribe : Beati mortui, qui in Domino moriuntur. Amodo jam dicit Spiritus, ut requiescant à laboribus suis;* Écris cette vérité,

qu'il faudrait écrire partout en lettres d'or et en
caractères de saphirs et de rubis : Bienheureux
sont les morts, qui sont morts à eux-mêmes et
à toutes les choses créées pour ne vivre qu'au
Seigneur : le Saint-Esprit leur dit, et les assure,
que dès le moment de leur précieuse mort ils
se reposent, parce que tous leurs travaux et
toutes les peines de leur esprit ont pris fin, vu
qu'ils en ont ôté les causes et tari les sources,
qui sont, comme saint Jacques l'enseigne, leurs
désirs et leurs concupiscences.

M. de Renty en était indubitablement venu là,
comme il est aisé de le voir d'après ce que nous
avons dit, et il devait être mis au nombre de ces
bienheureux, qui sont les bienheureux de l'état
de la grâce et qui composent le paradis de
cette vie.

CHAPITRE X.

Sa mort corporelle.

M. de Renty étant mort, comme nous venons
de rapporter, de la mort mystique, il fallut pour
entrer dans la vie de la gloire et recevoir la
récompense que Dieu préparait dans le Ciel à
ses mérites, qu'il mourût nécessairement de la
mort du corps, comme aussi il en mourut il y a
aujourd'hui deux ans, et de la manière que je
vais dire.

Le 11 avril 1649, se sentant atteint plus vivement du mal qu'il portait, il y avait déjà quelques
jours, sans en rien découvrir, il fut contraint,
après avoir employé la journée en actions de charité, à se mettre au lit, où il commença à souffrir

dans tout le corps de grandes douleurs, dont
l'esprit même se ressentit en quelque façon,
parce qu'il dit que ses rêveries étaient si étranges
et si grotesques, que si la grâce ne le lui eût
fait connaître et ne l'eût contenu, il eût dit plus
d'extravagances qu'un insensé, et qu'ainsi son
mal était bien humiliant : mais qu'il faut que le
pécheur honore Dieu dans tous les états où il
le met.

Dans toutes les douleurs de son corps et dans
toutes les peines de son esprit et durant tout le
cours de sa maladie, son occupation ordinaire
consistait en des élévations affectueuses à Dieu,
en des sentimens et des paroles de bénédiction,
de louange et de soumission à toutes les dispositions qu'il faisait de lui, de douceur et d'obéissance à tous ceux qui le servaient, ou qui avaient
soin de lui, avec un esprit si facile et si aisé qu'il
trouvait tout bien fait, quoique parfois il ne le
fût pas.

Il y fit paraître une patience admirable, qui l'em-
pêcha de se plaindre jamais et de permettre qu'on
le plaignît ; en disant qu'il n'endurait rien, quoiqu'il souffrît extrêmement. Et comme sa garde,
qui était la Sœur de la charité de la paroisse, qui
avait visité avec lui tant de pauvres et tant de malades, le pressa de le lui avouer, il lui répondit :
« O ma Sœur, que l'amour de Dieu essuie de
souffrances ! les serviteurs de Dieu ne souffrent
rien. » Une autre personne lui demanda s'il souffrait beaucoup, il dit que non ; l'autre répliqua
qu'il lui semblait pourtant que oui. « Il est vrai,
répondit-il, que je suis bien accablé de mal,
mais je ne le sens pas, parce que je ne m'y applique point. » Comme on le pressait de prendre

quelques douceurs, il dit, en les refusant : « Cela ne fait ni vivre ni mourir, et n'est point nécessaire. »

Il prenait les médecines, quoiqu'elles fussent très-amères, d'un air gai et content, les avalant avec grand'peine, sans rien laisser. Et comme un jour avant sa mort on lui parla d'un excellent remède qu'on disait devoir faire grand effet, il répondit : « La patience est un grand remède ; » témoignant n'avoir pas beaucoup d'inclination à le prendre : néanmoins quand on le lui apporta, il le prit sans aucune résistance, et même sans demander ce que c'était, tant il était mort à tout ce qui le touchait.

Quoique son mal allât toujours croissant et ne lui donnât point de relâche, il ne demandait toutefois rien pour son soulagement ; et comme on avait une fois mis des draps blancs à son lit, et qu'on lui eut donné un oreiller qu'il avait déjà refusé, il dit tout confus et tout humilié, dans la croyance que c'était trop prendre ses aises : « Voilà Monsieur bien à son aise. » Sentant un peu de joie naturelle de voir une personne avec laquelle il avait de grandes liaisons de grâce, et qui était retournée de la campagne pour le visiter, il réprima cette joie, disant par trois fois, *Je ne veux plus que Dieu*, avec une ardeur qui faisait évidemment paraître son parfait dégagement de toutes les choses créées.

Il recommanda les Missions à cette même personne, la priant d'y travailler de toute sa puissance, comme à un emploi qui glorifie Dieu extrêmement, et qui de tous ceux qu'il connaissait, est le plus utile à l'Eglise, en lui disant : « Promettez-moi donc que vous y travaillerez, et que vous en procurerez autant qu'il vous sera possible. Oh! que cela plait à Dieu! »

Et se souvenant des pauvres qui lui avaient été si chers, il dit à madame son épouse : « Je vous recommande les pauvres, n'en aurez-vous pas bien soin ? Vous le ferez mieux que moi, et ne craignez point ; ce que vous donnerez ne diminuera pas le reste. » La plupart du temps de la première semaine, et encore beaucoup de la seconde des deux qu'il fut malade, il s'occupa fort aux œuvres de miséricorde, ordonnant qu'on fît des aumônes, et faisant écrire des lettres en plusieurs provinces pour des affaires de charité dont il s'était chargé, et en rendant compte exactement.

Plusieurs personnes le visitant par honneur, il les recevait avec une grande douceur et une grande affabilité, néanmoins avec peine, parce que plusieurs de ces visites n'allaient qu'à des paroles de civilité mondaine et à des complimens, dont il se plaignit à quelqu'un, en lui disant : « Ils me viennent parler de leur philosophie, ce n'est pas ce dont j'ai besoin. » Et une autre fois il dit au même sujet : « Il faut peu de paroles à un Chrétien. »

Une dame de grande qualité et de grande piété l'étant venu voir, lui dit : « Monsieur, je voudrais de bon cœur donner ma vie pour la vôtre. » Il lui répondit avec un visage gai et les yeux levés aux ciel : « Ce n'est pas se quitter, que de mourir ; notre conversation et notre union seront plus intimes que jamais. » La personne continua et lui demanda : « Mais, Monsieur, si Dieu voulait vous rendre la santé et vous laisser encore quelque temps en cette vie, ne le voudriez-vous

pas bien ? saint Martin voulait bien vivre à cette
condition ? » Il lui dit avec beaucoup de confusion :
« Ah ! Madame, point de comparaison d'un pécheur à un Saint ; la volonté de Dieu soit faite. »

Dès le troisième jour de sa maladie il pria qu'on
lui fît venir son Confesseur, et comme on lui demanda là-dessus s'il se sentait plus mal, il répondit que non, mais qu'en une conjoncture de
telle conséquence, comme celle où il se trouvait,
et où il est aisé que l'esprit et le jugement s'al-
tèrent, il ne faut pas différer ni se laisser sur-
prendre, et qu'il était bien raisonnable de faire
ce qu'il avait tant de fois conseillé aux autres. Le
lendemain il se confessa, et ensuite demanda ses
Reliques pour entrer en communion plus particulière avec tous les Saints : il se confessa encore le jour suivant, et presque tous les autres
jusques à celui de sa mort.

M. son Curé le vint communier ; et comme il
le vit après la communion entrer dans un grand
silence et ne dire mot, sinon avec une profonde
humilité : « Mon Dieu, mon Dieu, pardonnez-
moi, je suis un grand pécheur ; » il lui demanda
pourquoi il parlait si peu, et ne disait rien aux
assistans qui eussent été bien aises de l'entendre ; le malade lui répondit : « Qu'il ne devait
point parler en présence de la Parole Incarnée
qu'il venait de recevoir, et qu'il n'était pas
juste d'occuper aucun lieu dans les cœurs, qui
ne devaient être remplis que de Dieu seul. Il
lui ajouta pourtant que son esprit était fort appliqué à la joie que devait avoir une créature de
se voir sur le point de se réunir à son premier
Principe et à sa dernière Fin. »

L'après-dînée de ce même jour, quelqu'un lui

disant qu'il fallait se détourner de cette forte attention qu'il avait à l'intérieur, et que les médecins jugeaient que sa maladie venait d'une humeur mélancolique, il lui dit : « Je n'eus jamais
une joie pareille à celle que j'ai ressentie aujourd'hui ; » et celui-là lui en ayant demandé le
sujet : « C'est, dit-il, de penser que je vais m'unir
à mon Dieu. » Il témoigna à un autre qu'il avait
un extrême désir de s'aller unir à Dieu, disant
ces paroles de l'Apôtre : *Cupio dissolvi et esse cum
Christo* ; et ces autres du Disciple bien-aimé : *Spiritus et Sponsa dicunt : Veni ; et qui audit, dicat ;
Veni ; et qui sitit, veniat. Etiam venio citò ; Amen ;
veni Domine Jesu ;* s'abandonnaut toutefois et pour
la vie et pour la mort à la volonté de Dieu. Il pria
un jour après midi qu'on lui ouvrît les fenêtres,
afin de mieux contempler la clarté du jour, et
la voyant, il s'écria : « O beau jour de l'éternité !
que j'aime cette clarté qui m'aide à penser à celle
de ce jour, qui n'aura point de nuit ! »

Plus il avait de mal, plus il tâchait de s'appliquer à Dieu et de le prier, imitant son divin
Maître qui au fort de son agonie priait plus instamment ; et comme parfois la violence du mal
l'abattait davantage, et qu'il lui fallait faire plus
d'effort pour penser à Dieu, il s'écriait : « Courage, courage, l'éternité approche ; » il dit plusieurs autres paroles avec une ferveur incroyable, mais qu'il ne put prononcer distinctement à
cause de l'extrême sécheresse de bouche que
la fièvre lui avait causée, jusques à ce que s'arrêtant tout-à-coup il se mit à regarder fixement
en haut, près d'un quart d'heure, avec un visage
riant et plein de respect, comme voyant quelque
chose de grand, et puis ramassant toutes ses for-

ces il se mit sur son séant, il ôta son bonnet,
et le tenant à la main il dit tout ravi dans cette
contemplation, avec des élans et des paroles à
demi étouffées dans sa bouche tant par l'ardeur
de son esprit, que par la faiblesse de son corps:
« Je vous adore, je vous adore. »

M. son Curé lui donna au temps qu'il fallait
l'Extrême-Onction, qu'il reçut avec grande dévotion, répondant à toutes les prières qu'on y fait,
et s'occupant des paroles qu'on y récite, et les
répétant encore quelque temps après. M. le Curé
lui demandant s'il ne voulait pas donner la bénédiction à ses enfans, il dit : « Quoi ! donner la
bénédiction en votre présence ? Je suis trop heureux de la recevoir. » Pressé néanmoins de la
leur donner, sur ce que l'Eglise approuvait cette
coutume, aussitôt il leva les yeux et les mains
au ciel, et dit : « Je prie Dieu qu'il vous la donne,
et qu'il lui plaise de vous bénir, et de vous pré-
server par sa grâce de la malignité du monde,
et que vous n'y ayez point de part, et surtout,
mes enfans, que vous viviez dans la crainte et
dans l'amour de Dieu, et que vous obéissiez à
votre mère. »

Le samedi, jour de sa mort, sur les dix heures
et demie du matin, étant revenu d'une forte
convulsion qui pensa l'emporter, ayant regardé
assez attentivement ceux qui étaient présens, il
fit signe de la main, de la tête et des yeux, avec
ce souris et cet attrait qui lui étaient naturels, à
un homme de grande qualité et de grande autorité
et de ses amis intimes, pour le faire approcher;
et lui dit ensuite : « J'ai un mot à vous dire avant
de mourir ; » puis s'étant donné un peu de loisir
pour reprendre ses forces, il lui témoigna son

affection, mais avec des paroles qui ne furent pas
bien distinctement entendues ; et ensuite, d'un
ton plus ferme, d'une voix plus articulée et
plus nette, il lui dit : « La perfection de la vie
chrétienne est d'être uni parfaitement à Dieu
dans la croyance de son Eglise, et il ne faut
pas s'embarrasser dans les nouveautés. Adorons
sa conduite sur nous, et soyons-lui fidèles jusques au bout ; attachons-nous à un Dieu crucifié
pour notre salut, unissons toutes nos actions et
tout ce qui est en nous à ses mérites, et espé-
rons que lui étant fidèles par sa grâce, nous
aurons part à la gloire de son Père. J'espère
que nous nous y verrons un jour qui n'aura point
de fin. » Cet ami voulant lui répondre et le remercier, M. de Renty lui ferma la bouche, lui
disant adieu, et ajoutant : « C'est tout ce que
j'avais à vous dire, priez pour moi. »

Quelque temps après, et un peu avant sa mort,
tenant les yeux élevés, comme s'il eût vu quelque chose, il dit : « Le saint Enfant Jésus, où
est-il ? » On lui apporta une image qu'il baisa.
Il demanda son crucifix, le prit et le baisa amou-
reusement, puis retournant à la mort, il eut
une agonie qui ne dura qu'un bon quart d'heure,
pendant plus de la moitié duquel il proféra toujours le saint nom de Jésus, et fit comme il pouvait, des actes de résignation et d'abandon à
Dieu, et puis expira doucement ; et cette sainte
ame s'en alla, comme nous avons grand sujet
de le croire, au lieu de son repos.

C'est ainsi qu'a vécu et qu'est mort M. de Renty,
l'une des plus éclatantes lumières que Dieu ait
données à l'Eglise dans notre siècle, et l'un des
plus grands ornemens de la vraie dévotion qui

ait paru depuis. Il est mort à Paris la 37e année
de son âge, l'an 1649, le 24 avril à midi, au
temps que se fit l'élévation de Notre-Seigneur
sur la Croix, dont une personne eut quelque
connaissance qu'il lui avait appliqué le mérite au
moment de son décès; de sorte que cette application et les actes d'abandon, de mort, et d'anéantissement qu'il avait produits, et avec lesquels
il avait honoré grandement la Croix, achevèrent
de purifier entièrement son ame, et la mirent
en état de pouvoir au moment de sa sortie entrer
dans sa béatitude et jouir de Dieu.

On rapporte des révélations et des visions de
sa gloire. On dit qu'on le vit à l'instant de sa
mort comme un globe de lumière s'élever de la
terre au ciel. On raconte des guérisons miracu-
leuses faites par son intercession, des secours
d'effets et de paroles donnés à des personnes
pour leur avancement spirituel : cela n'est pas
incroyable; au contraire, une vie aussi sainte
que la sienne, et les vertus héroïques qui l'ont
rendu une des grandes merveilles de nos jours,
en facilitent la croyance, et peuvent nous le per-
suader aisément : néanmoins parce que je ne
suis pas si sûr de ces choses que de celles que
j'ai dites, et vu que la sainteté et la perfection
du christianisme ne consistent pas en elles, et
que nous ne pouvons pas les imiter comme les
autres, je n'insiste pas davantage sur ce point.

Je dis seulement, pour finir, que nous avons
grand sujet d'admirer dans cette mort les conseils
de Dieu, d'avoir retiré du monde un homme qui
y faisait tant de bien, et qui pouvait encore y en
faire davantage ; car se trouvant dans la force de
son esprit, dans la fleur de son âge et dans un

très-haut degré d'estime, de crédit et de capacité, il pouvait y servir merveilleusement, et
encore plus servir que jamais, à l'honneur de
Dieu et au salut du prochain.

- Mais quoi ! c'est Dieu qui l'a fait, et c'est tout
dire. Il a voulu nous montrer par-là et nous apprendre qu'il n'a que faire de nous pour l'avance
ment de sa gloire et pour l'exécution de ses desseins, et qu'il en viendra bien à bout sans nous,
afin que nous soyons toujours humbles en sa présence ; outre qu'il l'a appelé dans un lieu et à un
état où il le glorifie beaucoup plus parfaitement
qu'il n'eût fait ici-bas ; d'où aussi il porte par
excellence le nom du lieu et de l'état de la gloire ;
ce qui se doit entendre non-seulement de la gloire
qu'y reçoivent les Bienheureux, mais encore plus
de celle qu'ils y rendent à Dieu ; nous pourrions
ajouter, que parfois il nous enlève avant le
temps ces hommes divins, qui sont comme les
colonnes de son Eglise et les soutiens des Fidèles, pour nous punir du mauvais usage que
nous faisons de leur conversation, et du peu de
profit que nous tirons de leur exemple.

Mais après tout, quand je sus sa maladie et le
péril où il était, il me vint dans l'esprit, sur la
connaissance que j'avais de sa vertu consommée
et de sa sainteté, que nonobstant toutes les considérations du bien qu'il était capable de faire sur
la terre, il pourrait bien mourir, parce que c'était
un fruit mûr pour le Ciel : de sorte que comme
on cueille un fruit quand il est dans sa maturité,
le cueillir ou plus tôt ou plus tard c'est lui nuire:
Dieu de même avait pris M. de Renty au point
de la maturité de sa grâce et au comble de la
vertu à laquelle il l'avait destiné, et comme un

homme parfait et achevé, pour lui donner au Ciel la récompense due à ses mérites, où il nous désire, pour avec lui adorer, glorifier et aimer très-parfaitement Dieu le Père, le Fils et le Saint-Esprit, à qui soient honneur, louange, bénédiction, et toutes sortes d'hommages maintenant et toujours. Amen.

CHAPITRE XI.

CONCLUSION DE TOUT L'OUVRAGE.

Comment il faut lire les Vies des Saints.

Pour conclure cet ouvrage et en rendre la lecture plus utile, je crois qu'il sera à propos de montrer comment il faut lire les Vies des Saints et les histoires des hommes excellemment vertueux, afin d'en recueillir le fruit pour lequel elles sont faites : Voici mon avis là-dessus. Nous devons les lire, regardant ces ames éminentes de deux côtés : le premier, selon le rapport qu'elles ont à Dieu ; et le second, en tant qu'elles en ont à nous.

Pour le premier, je dis que les Saints et les personnes illustres en piété doivent être considérés comme les plus riches ouvrages, les plus beaux ornemens, les plus précieux joyaux, les pièces les plus rares, et les plus grands instrumens de la gloire de Dieu qui soient sur la terre, parce que, si le moindre Juste est incomparablement plus noble et plus honorable que tous les pécheurs ensemble, attendu que ceux-ci étant esclaves du diable et ennemis de Dieu sont tous, quoiqu'ils fussent Rois et Monarques de l'univers,

selon la déclaration qu'en fait la Vérité même ;
roturiers et infames ; celui-là est serviteur, ami
et enfant de Dieu, à qui servir seulement, c'est
régner ; à combien plus forte raison le seront
les Saints et les personnes d'une vertu héroïque ?
puisqu'ils possèdent la justice et la vertu en un
plus haut degré, qu'ils ont une plus grande
abondance de grâces et de dons, qu'ils parti-
cipent plus pleinement aux perfections de Dieu,
qu'ils sont ses plus naïves images, qu'ils ont plus
de liaison, plus d'union et plus de ressemblance
avec Notre-Seigneur Jésus-Christ, et que ce sont
ses plus riches conquêtes et ses chefs-d'œuvre.

Tertullien considérant Job, lorsqu'à toutes les
mauvaises nouvelles qu'on lui apportait coup sur
coup, au comble de ses afflictions et dans le plus
fort de ses douleurs, il ne s'impatienta point,
ne murmura jamais, et ne s'opposa ni de la
moindre parole ni de la plus légère pensée aux
dispositions que Dieu faisait de lui, mais il dit
toujours : *Dieu soit béni ;* et le regardant tombé
de si haut sur un fumier, dénué de tout et
blessé depuis la tête jusques aux pieds, porter
cette extrémité de maux avec une patience invincible, il dit : « (1) Quel trophée Dieu n'a-t-il
pas dressé à son honneur en la personne de Job
patient jusques à ce point, à l'encontre du diable ?
quel étendard n'a-t-il pas élevé contre lui, et
quelle victoire n'a-t-il pas remportée sur l'ennemi
de sa gloire ? »

_____

(1) Quale in illo viro feretrum Deus de diabolo exstruxit ?
quale vexillum de inimico gloriæ suæ extulit ? cùm ille
homo ad omnem acerbum nuntium nihil ex ore promeret,
nisi, Deo gratias ? (*Tertull. de Patientia. c.* 12.)

Nous devons étendre ces paroles et cette pensée à tous les Saints, et dire qu'ils ont procuré à Dieu un très-grand honneur, et comme autant d'éclatantes trompettes ont fait partout retentir ses louanges par leur foi, leur espérance, leur charité, leur patience, leur force, leur humilité, leur obéissance, leur chasteté et leurs autres vertus.

Nous devons donc concevoir une haute estime de tous les Saints et de toutes les personnes illustres en vertu ; nous devons les avoir en grande vénération, les honorer, les louer et les aimer sur le modèle que Dieu et son Fils Notre-Seigneur nous en donnent, et nous devons aimer, louer et honorer Dieu et son Fils en eux, car sans doute, comme dit David : « (1) Dieu est admirable, il est louable, il est aimable et redoutable en ses Saints. » Nous devons admirer sa puissance dans les miracles qu'ils ont faits ; la force de sa grâce, dans les actions héroïques qu'ils ont exercées : nous devons espérer en sa miséricorde, voyant les heureux changemens qu'il a opérés en eux ; craindre sa justice, considérant les châtimens qu'il a infligés à leurs moindres fautes, et aimer sa bonté dans les témoignages de bienveillance et d'amitié qu'il leur a rendus.

C'est ici le lieu de remarquer que, comme il ne faut pas être trop léger à croire tout ce que l'on dit ni tout ce que l'on écrit des visions, des révélations, des grâces extraordinaires, des faveurs et des caresses que Dieu a faites aux Saints, qui n'ont pas été encore autorisées par le juge-

_____

(1) Mirabilis Deus in Sanctis suis. (*Ps.* 67. 36.)

ment de l'Eglise, parce qu'on peut aisément s'y
tromper ; et le démon bien plus rusé que nous,
qui connaît que notre nature curieuse et ambitieuse se plaît aux choses qui ont de la nouveauté
ou de l'éclat, se déguise en beaucoup de façons,
et se transfigure, comme parle saint Paul (1),
en Ange de lumière : aussi ne doit-on pas être
trop rétif à les approuver ni précipité à les condamner, parce qu'en effet il y en a, et il y en
aura toujours de véritables ; et il ne faut point
mesurer les bontés de Dieu à notre raison, ni
à notre cœur petit et rétréci.

Après les Mystères de l'Incarnation et de l'Eucharistie, et ce que Dieu a fait au premier, et
ce qu'il fait encore tous les jours au second, pour
l'homme, et dont nous ne pouvons douter, il
n'y a plus rien d'incroyable en fait de grâce et
de faveur que Dieu puisse faire à une ame,
d'autant qu'il n'y en a pas une qui puisse approcher à beaucoup près de celles-là.

Notre-Seigneur témoigne plus d'amour à un
homme imparfait, et se communique à lui avec
plus de transport et plus de merveilles dans une
seule communion, qu'il n'en a fait paraître à
tous les Saints dans toutes les communications
extraordinaires qu'il a eues avec eux.

De plus, quelle bonté, quelle compassion,
quelle tendresse n'a-t-il pas exercée envers les
hommes, tandis qu'il a vécu avec eux ? Que
n'a-t-il point fait pendant sa vie, et que n'a-t-il
point souffert à sa mort pour eux ? Après sa Résurrection glorieuse, quoiqu'il fût dans un état si

_____

(1) 2. *Cor.* 11. 14.

relevé au-dessus du leur, quelle familiarité pourtant et quelle privauté n'a-t-il point montrée à ses Disciples, les visitant souvent, et travesti de diverses manières, se montrant visiblement à eux, leur donnant des rendez-vous dans de certains lieux pour les entretenir, leur parlant très-amicalement, se laissant toucher à eux, et mangeant avec eux ? Ces familiarités sont merveilleuses, et toutefois elles sont bien certaines.

Il faut dire ce qui est : l'amour que Dieu porte aux hommes, et particulièrement aux ames pures, innocentes et simples, est inconcevable. (1) « Dieu prend plaisir à converser et à s'entretenir avec les simples, » nous dit le Saint-Esprit. Les pères, quoique sages, sérieux et âgés, jouent parfois avec leurs enfans et bégaient avec eux ; et un d'entr'eux, Agésilas, très-grand personnage, Capitaine très-renommé, et Roi de Sparte, ayant été surpris par un de ses amis comme il courait sur un bâton avec un petit-fils qu'il avait, et remarquant que cet ami était étonné de lui voir faire une telle action, il lui demanda s'il avait des enfans ; l'autre répondant que non, Agésilas lui dit : « Ne soyez pas surpris de ce que je fais ; il faut être père pour avoir ces tendresses et s'oublier ainsi soi-même. »

Ainsi on ne doit pas trouver étrange, si Dieu, qui est le vrai Père des hommes, et qui surpasse en affection paternelle tous les autres pères avec tant d'avantage, que Notre-Seigneur dit qu'en comparaison de lui ils ne méritent pas d'en porter le nom ; si, disons-nous, Dieu a des bontés

---

(1) Cum simplicibus sermocinatio ejus. (*Prov.* 3. 32.)

si aimables et des douceurs si charmantes pour
les Saints, qui sont ses plus chers enfans, s'il pratique envers eux de si grandes privautés, et s'il
les caresse si tendrement ; (et il faudrait avoir
l'amour que Dieu leur porte, pour bien juger de
la vérité des témoignages qu'il leur en donne ;)
c'est bien plus, si nous considérons avec quels
embrassemens, avec quels baisers et avec quelles caresses ce Père dans l'évangile reçut son fils
prodigue et débauché qui revenait à lui.

C'est pourquoi, observons cette grande maxime
des Anciens : *Rien de trop* ; ni trop de facilité,
ni trop de difficulté à croire ce qu'on nous dit
des grâces que Dieu fait aux ames saintes ; il
faut nous balancer justement entre l'un et l'autre, examinant tout, et y apportant la modération nécessaire, non de la raison humaine, mais
de la prudence divine. Et voilà pour le premier
aspect, selon lequel nous devons considérer les
Saints : venons au second qui nous regarde, et
snr lequel je dis :

Que saint Grégoire-le-Grand (1) a fait une belle
remarque, lorsqu'il nous dit que Dieu n'a point
allumé autant de flambeaux au ciel pour nous
éclairer et pour guider nos pas sur la terre, qu'il
nous en a donné ici-bas pour nous conduire à lui,
et pour de la terre nous acheminer au Ciel. Parmi
ces flambeaux, les Saints sont sans doute des
plus considérables, parce qu'il n'y en a pas un
dont la vie ne nous soit une vive lumière pour
nous découvrir les routes que nous devons tenir ;
comme ce fameux Phare d'Alexandrie, qui,

_____

(1) *Homil.* 34 *in Evang.*

avec ses clartés, servait d'indication aux nauto-
niers pendant la nuit pour régler leur voyage.

Les Saints, dit saint Grégoire de Nysse, montrent leur vie aux hommes qui prétendent aller à
Dieu, comme une belle lampe, pour les y mener en assurance ; et parlant de saint Ephrem,
il l'appelle un grand Luminaire, qui a plus
éclairé le monde avec sa vie que le Soleil ne fait
avec ses rayons. Ensuite : Que Dieu l'avait mis
comme une haute colonne vivante et animée pour
montrer aux hommes les sentiers de la sainteté
et de la perfection, à la manière des Mercures
des Anciens qu'on plaçait dans les carrefours
pour indiquer les chemins.

Saint Grégoire-le-Grand nous avertit de rechef
de considérer, que comme Dieu le Créateur par
l'ordre admirable d'une belle économie et d'une
profonde sagesse, a tellement disposé le cours
et les périodes des étoiles, qu'elles viennent,
chacune à son rang, les unes après les autres,
pour nous éclairer pendant l'obscurité de la nuit
et verser sur nous leurs influences ; il a de même
envoyé les Saints comme autant d'astres pour
nous illuminer durant les ténèbres de cette vie.
En suivant ce dessein, il a fait paraître Abel, pour
nour apprendre l'innocence ; ensuite Enoch,
pour nous enseigner la pureté d'intention dans
nos œuvres : ensuite Noé, pour fortifier nos
courages dans l'attente d'une longue espérance :
Abraham, pour produire à la vue de tous les
hommes l'effet d'une héroïque obéissance, et
ainsi les autres. « (1) Regardez, ajoute ce saint

---

(1) Ecce quàm fulgentes stellas in Cœlo cernimus, ut
inoffenso pede operis iter nostræ noctis ambulemus.

Pontife, comme nous voyons dans le Ciel de l'E-
glise des astres fort brillans, afin que sans nous
fourvoyer et sans broncher nous puissions tenir
le chemin couvert et ténébreux de notre salut.

Les exemples que les Saints nous ont donnés,
et les influences de vertu que ces mystérieuses
étoiles ont répandues sur nous, sont admirables. « (1) Ils ont pratiqué l'abstinence, dit saint
Augustin, jusqu'à ne manger que du pain et ne
boire que de l'eau, et à jeûner non-seulement
tous les jours, mais encore plusieurs jours con-
sécutifs ; la chasteté, jusques à ne vouloir point
se marier ; une patience qui s'est portée jusques
au mépris des gibets, des roues et des feux ;
une libéralité avec de saintes profusions pour
donner tout aux pauvres et ne se rien réserver ;
enfin un si grand dégoût de toutes les choses de
ce monde, que pour eux la vie était un tourment, et qu'ils désiraient la mort ; et tout cela,
pour nous apprendre ce que nous devons faire,
parce que, nous dit Saint Ambroise, « (2) la vie
des Saints est une règle pour dresser celle des
autres. »

Dieu donc nous ayant donné les Saints pour
nous servir de règle dans la conduite de notre
vie, et nous tenir lieu de phare pour nous éclai-

---

(1) Fuit in eis continentia usquè ad tenuissimum victum
panis et aquæ, et non quotidiana solùm, sed etiam per
plures dies perpetuata jejunia. Castitas usquè ad conjugii
prolisque contemptum. Patientia usquè ad cruces flammas-
que neglectas. Liberalitas usquè ad patrimonia distributa
pauperibus ; deniquè totius mundi aspernatio usquè ad de-
siderium mortis. (Lib. de utilit. credendi. cap. 17.)

(2) Sanctorum vita cæteris norma vivendi est. (De S. Joseph. c. 1.)

rer dans la navigation de notre salut, c'est à nous de les regarder attentivement, et de suivre les traces qu'ils nous marquent par leurs œuvres.

Nous y sommes sans doute obligés, parce que Dieu le demande et l'attend de nous, et nous le devons, parce qu'il nous sera très-utile, puisque ce regard attentif fera de fortes impressions sur nos esprits. Ainsi saint Antoine, au rapport de saint Athanase, recommandait instamment à ses religieux, de repasser souvent dans leur mémoire ce que les Saints avaient fait et ce qu'ils avaient dit, afin de se former sur leur modèle : et saint Basile écrit dans sa première lettre, que comme les jeunes peintres, pour se rendre habiles, considèrent les pièces des grands maîtres, et demeurent les heures et les jours entiers attachés à les regarder pour les copier exactement sur leur toile, ainsi ceux qui veulent tirer l'image de la vertu sur leur ame, qui est son propre fond, doivent regarder diligemment des originaux excellens qui la représentent au vif, à savoir les Vies des Saints, avec quoi ils se rendent en quelque façon semblables à eux. Il dit encore autre part, que, comme la lumière émane naturellement du feu et la bonne odeur s'exhale des parfums, de même on retire beaucoup de bien de la connaissance des belles actions des Saints, et il s'en répand une odeur de vertu qui embaume ceux qui en ont connaissance.

A la vérité, comme il n'est pas possible qu'un homme qui se tient au Soleil ne soit couvert de lumière, et que s'il demeure quelque temps dans la boutique d'un parfumeur au milieu du musc, de la civette et de l'ambre-gris, il n'en sorte parfumé ; ainsi ceux qui ont commerce avec les Saints et qui les étudient deviennent nécessairement meilleurs , et se sanctifient.

Ces deux courtisans de l'Empereur , dont parle saint Augustin , lisant la vie de saint Antoine , en furent tellement touchés , qu'ils prirent la résolution de quitter le monde et de ne penser plus qu'à leur salut , « (1) L'un deux , dit-il , commença à lire cette vie , et en la lisant en fut saisi d'admiration et d'ardeur , et conçut le dessein d'une vie semblable , de quitter son épée et le service de l'Empereur , pour ne servir que Dieu. A mesure qu'il lisait , il se sentait changer intérieurement et son ame se dégager des affections de la terre et dépouiller le vieil homme pour se revêtir du nouveau. » Parlant de lui , saint Augustin assure (2) que les exemples des serviteurs de Dieu lui étaient comme des charbons vifs et ardens qui jetés dans le sein de son esprit l'échauffaient , le brûlaient , et le mettaient tout en flamme.

Saint Columban doit sa conversion à la lecture et la considération de la vie de sainte Marie Egyptienne. Notre fondateur saint Ignace est redevable de la sienne à celle des Vies des Saints , et plusieurs autres lui sont aussi redevables de la leur. Saint Eugende , abbé de Saint-Claude , lisait sans cesse les actions de saint Antoine et de saint Martin , et les ayant toujours devant les

---

(1) Legere cœpit unus eorum , et mirari, et accendi , et inter legendum meditari arripere talem vitam , et relictâ militiâ seculari servire tibi ; legebat et mutabatur intùs, et exuebatur mundi mens ejus. (Confess. l. 8. c. 6.)

(2) Confess. l. 9. c. 2.

yeux et encore plus dans l'esprit, il se façonnait sur ces modèles. Et saint Bonaventure dit de saint François : « (1) que quand il sentait son cœur se refroidir tant soit peu en l'amour de Dieu, il le réchauffait et l'enflammait de nouveau par le souvenir des vertus des Saints, comme par l'attouchement des cailloux embrasés. »

C'est à quoi nous doivent servir les exemples des Saints ; il faut que nous retirions ce profit de la lecture de leurs histoires. Les Saints sont nos Patrons pour que nous les imitions ; si nous y manquons, ils se rendront témoins contre nous pour nous accuser devant Dieu, qui ensuite se servira d'eux comme de Juges pour nous condamner. Nous pouvons dire d'eux avec plus de sujet, ce que Sénèque disait d'un grand Philosophe Stoïcien de son temps, qu'il avait été donné à son siècle, *ne aut exemplum deesset seculo suo, aut convicium*, pour servir aux hommes ou d'exemple, ou de reproche.

En effet les Saints étaient comme nous, et nous sommes comme eux : nous sommes tous pétris d'une même masse, et issus du même père ; et si de plus nous servons le même Dieu, nous avons les mêmes lois, nous avons les mêmes Sacremens, les mêmes espérances, et le même Paradis qu'eux.

«*Elias*, dit saint Jacques, *homo erat similis nobis passibilis*. Elie était un homme semblable à nous et passible comme nous ». Les Saints avaient un corps composé de chair et d'os comme le nôtre,

---

(1) Ex recordatione Sanctorum omnium, tanquam lapidum ignitorum, in deificum recalescebat incendium.

Q

et ils étaient sujets aux mêmes passions et aux mêmes infirmités que nous. Ils éprouvaient les mêmes difficultés que nous à resister à leurs appétits, à vaincre leurs vices, et à pratiquer la vertu ; et néanmoins, aidés de la grâce, qui ne manque à personne, avec un courage résolu et déterminé, ils ont franchi toutes ces difficultés, et ont fait des actions héroïques, quoiqu'elles fussent fort contraires à leurs inclinations.

Nous devons savoir, dit saint Ambroise dans cette pensée : « (1) que les Saints n'ont pas eu une nature plus excellente ni plus forte que la nôtre, mais une plus grande exactitude pour la vertu, et ils n'ont pas été exempts des atteintes des vices, mais il les ont corrigés. » C'est pourquoi nous devons les imiter, parce que nous le pouvons ; ou si nous ne le faisons pas, nous devons en attendre du blâme.

Saint Augustin raconte, que, lorsqu'il projetait sa conversion, sentant de terribles peines et des angoisses inexplicables, particulièrement à quitter les créatures qu'il aimait, et à vivre dans la continence ; cette vertu se présenta à lui avec un visage plein de majesté et de douceur, et le convia avec un aimable souris à s'approcher, étendant, pour le recevoir et l'embrasser, ses bras charitables, dans lesquels il vit un grand nombre de personnes dont l'exemple pouvait beaucoup le fortifier. Il y vit une multitude de jeunes gens, de garçons et de filles, d'hommes et de femmes de tout âge, de sages

---

(1) Non naturæ præstantioris fuerunt, sed observantiæ majoris ; nec vitia nesciverunt, sed emendârunt. (*Lib. de S. Joseph. c.* 1.

veuves et de vierges avancées jusques à la vieillesse ; et la continence se moquant de lui agréablement et d'une manière propre à lui donner
courage, lui disait : « (1) Tu ne pourras pas ce
que ces garçons et ces filles, ces hommes et
ces femmes ont pu : comme s'ils l'avaient pu
de leur propre force, et non par le secours que
Dieu leur avait donné ? »

Nous pouvons donc dans notre manière, ce que
les Saints ont pu dans la leur, et si nous y manquons, nous sommes coupables, et leurs actions
nous condamnent. « (2) Vous produisez, dit Job
à ce propos, (suivant l'interprétation de saint
Grégoire,) vous produisez contre moi vos témoins qui sont vos Saints, et sur ce que je n'ai
pas voulu imiter leurs vertus, vous augmentez
votre colère envers moi; » et autre part : « Le
pécheur regardera les hommes, c'est-à-dire, les
Saints, qui étant hommes et faibles comme lui,
se sont toutefois roidis contre leur faiblesse, et
se sont surmontés généreusement eux-mêmes;
et voyant ces victoires, il s'accusera lui-même
et dira, J'ai tort, j'ai péché, et je condamne ma
vie lâche, imparfaite et vicieuse. »

C'est en ce sens que l'Apôtre saint Jude, et le
Sage avant lui, nous avertissent que les Saints
jugeront les pécheurs et les réprouvés au jour
du jugement, parce qu'ils leur feront voir, que

---

(1) Tu non poteris quod isti et istæ ? an verò isti et istæ
in semetipsis possunt, ac non in Domino Deo suo ? (*Lib. 1.*
Conf. c. 11.)

(2) Instauras testes tuos contra me, et multiplicas iram
tuam adversùm me. (*Job. c.* 10. 27.) Respiciet homines et
dicet, Peccavi et verè deliqui. (*Job.* 33. 27.)

s'ils eussent voulu correspondre , comme eux, à la grâce qui leur était donnée , et faire de leur côté ce qu'ils pouvaient, ils participeraient à la béatitude qu'ils possèdent ; et ainsi, que leur malheur ne vient que de leur faute.

Quand nous nous présenterons devant le tribunal de notre souverain Juge pour recevoir notre dernière sentence, dit saint Prosper, que ferons-nous ? que dirons-nous ? à qui aurons-nous recours ? sera-ce aux Saints et aux amis de Dieu , de qui nous n'avons pas voulu recevoir les instructions ni imiter la vie ? nous excuserons-nous sur la corruption de notre nature, et sur la fragilité de notre chair? « (1) Mais les exemples de tous les Saints s'opposeront à nos excuses et les rendront inutiles , parce que vivant dans la fragilité de la chair et ne s'y laissant point aller , mais s'en rendant victorieux , ils ont montré que ce qu'ils ont fait pouvait assurément se faire , attendu même qu'ils ne l'ont pas fait et n'ont pas résisté au péché par leur propre vertu , mais par l'assistance qu'ils ont reçue de la miséricorde de Dieu. »

Que répondrons-nous donc alors , si Notre-Seigneur nous dit, comme effectivement il nous le dira : « (2) Si vous avez pu résister au péché,

---

(1) Sed excusationi reclamabunt omnium Sanctorum exempla , qui cum fragilitate carnis in carne viventes , quod fecerunt, utique fieri posse docuerunt ; maximè quia nec ipsi peccato suâ virtute , sed Domini miserantis auxilio restiterunt. (*Lib.* 3. *de vitâ contemplat. c.* 12. 16.)

(2) Si potuistis, quare non restitistis desideriis peccatorum ? si non potuistis, quare meum contrà peccatum non quæsistis auxilium? aut vulnerati, quare pœnitendo non adhibuistis vulneri vestro remedium ?

pourquoi ne l'avez-vous pas fait? si vous ne l'avez pas pu, pourquoi ne m'avez-vous pas demandé la grâce de le pouvoir? ou, si dans le combat que vous avez eu contre lui, vous avez été blessés, pourquoi n'avez-vous pas mis l'appareil de la pénitence sur vos plaies pour les guérir? » Comme nous ne saurons que répondre, ajoute ce Père, Notre-Seigneur prononcera contre nous l'arrêt de notre condamnation et nous enverra au supplice.

Gardons-nous de ce malheur, et pour cela tâchons d'imiter les Saints, et les grands serviteurs de Dieu, chacun selon sa condition et selon la mesure de sa grâce, et en particulier celui dont nous avons décrit l'histoire, et qui, dans la fleur de son âge, dans une si haute naissance, dans tous les avantages qu'il avait pour le monde, et dans l'état séculier, ayant mené une vie si vertueuse et si sainte, a tracé à toutes sortes de personnes des modèles excellens de vertu pour imiter; ou donné, si on les néglige, de grands sujets de recevoir du blâme.

FIN.

TABLE.

TABLE.

TROISIÈME PARTIE.

TABLE.

QUATRIÈME PARTIE.

FIN DE LA TABLE.